KERSTIN HOHLFELD

Glückskekssommer

MACHT DES SCHICKSALS »Heute Abend hält das Schicksal etwas für Sie bereit!« Eigentlich glaubt die angehende Schneiderin Rosa Redlich kein bisschen an die Macht des Schicksals und schon gar nicht an die Prophezeiungen aus den Discounter-Glückskeksen, die ihr ihre Großmutter regelmäßig zusteckt. Aber dieser Spruch hat es ihr ausnahmsweise angetan, denn es sieht so aus, als hätte sie gerade eine Glückssträhne. Die Filmdiva Eva Andrees betritt die Schneiderei, sieht Rosas Gesellenstück und möchte »dieses Traumkleid und kein anderes« für ihren Auftritt bei der Berliner Filmnacht. Rosa schwebt auf Wolke Sieben und sieht sich schon als Lieblingsschneiderin der Reichen und Schönen. Doch hängt das Glück oft nur an einem seidenen Faden und plötzlich geht für Rosa alles schief. Es wird langsam Zeit für einen neuen Glückskeks. Doch kann die Zukunft wirklich in einem Keks geschrieben stehen?

Kerstin Hohlfeld, geboren 1965, lebt seit ihrem Studium der Theologie in Berlin. Sie absolvierte einen Belletristik-Kurs an der Hamburger Schule des Schreibens sowie einen Drehbuchlehrgang an der renommierten Katholischen Medien-Akademie (kma) in Ludwigshafen, aus dem eine Zusammenarbeit mit Zieglerfilm Köln resultierte. 2007 gewann Kerstin Hohlfeld den EU-Drehbuch-Wettbewerb »EuroWistdom«. »Glückskekssommer« ist ihr Debüt als Romanautorin.

KERSTIN HOHLFELD

Glückskekssommer

Roman

Original

GMEINER

Ausgewählt von
Claudia Senghaas

Besuchen Sie uns im Internet:
www.gmeiner-verlag.de

Im Ehnried 5, 88605 Meßkirch
Telefon 07575/2095-0
info@gmeiner-verlag.de

1. Auflage 2011

Lektorat: Claudia Senghaas, Kirchardt
Herstellung/Korrekturen: Julia Franze/Katja Ernst, Doreen Fröhlich
Umschlaggestaltung: U.O.R.G. Lutz Eberle, Stuttgart
unter Verwendung eines Fotos von: anchelito © / photocase.com
Druck: Fuldaer Verlagsanstalt, Fulda
Printed in Germany
ISBN 978-3-8392-1147-2

Für Thomas

Glückskeks I

Heute Abend hält das Schicksal etwas für Sie bereit.

Im Discounter ist Asia-Woche.

Und für mich ist endlich wieder einmal Oma-Tag.

Meine Großmutter und ich gehören zu den Menschen, die sich gern sehen, es aber nicht öfter als einmal im Monat schaffen. Wir sind beide vor ein paar Jahren nach Berlin gezogen und leben gar nicht so weit voneinander entfernt. Aber trotzdem treffen wir uns selten.

»Wir telefonieren nächste Woche«, sagt sie, wenn wir uns verabschieden.

»Auf jeden Fall«, antworte ich.

Und dann dauert es doch wieder ein paar Wochen, bis eine von uns zum Hörer greift.

Das liegt daran, dass wir beide immer voll beschäftigt sind.

Meine Oma hat einen großen Bekanntenkreis. Sie besucht Museen und Konzerte, geht ins Theater und am Wochenende im Berliner Umland wandern und Fahrrad fahren. Außerdem trainiert sie in einem Kampfsportstudio Thai Chi.

Seit Oma vor acht Jahren mit einer Freundin in China war, ist sie ganz versessen auf asiatische Lebensart. Und deshalb ruft sie mich immer an, wenn im Supermarkt Asia-Wochen sind. Eine Wagenladung voller Woknudeln, Shiitakepilzen, Bambussprossendosen, Krabbenchips und Gläsern mit Süßsauersoße will sie nämlich nicht allein die Treppen zu ihrer Wohnung hochtragen.

Ich freue mich auf diese Oma-Tage. Dann nehmen wir uns Zeit füreinander.

Wenn ich ihre Einkäufe nach oben geschleppt habe, lädt sie mich immer zum Essen ein. Ich mag ihre duftenden Wok-Gerichte, die sie abwechslungsreich mit Fleisch oder Fisch und Gemüse zubereitet.

Ihr größter Wunsch ist, noch einmal für ein paar Wochen nach China zu reisen.

Meine Großmutter sagt, dass ihr in Asien, abgesehen von der atemberaubenden Landschaft und der exotischen Küche, die Gelassenheit der Menschen besonders imponiert hat.

Zur sagenumwobenen Ausgeglichenheit der Asiaten habe ich meine eigene Theorie. Sie kommt vom Stäbchenessen! Denn da gibt es nur zwei Möglichkeiten. Entweder man behält die Nerven und lernt es. Oder man verhungert vor vollen Schüsseln.

Ich habe jedenfalls kein asiatisches Gemüt. Es nervt mich, wenn mir kurz vor dem Mund jeder zweite Bissen von den Stäbchen zurück in die Schüssel fällt. Oma meint augenzwinkernd, dass die Art, wie jemand isst, viel über den Charakter aussagt. Schon möglich. Sie verspeist fast alles sehr gekonnt mit diesen kleinen, glatten Hölzchen. Es sieht bei ihr sogar richtig elegant aus. Wenn ich alt bin, lerne ich das auch. Vorerst kann gern alles ein bisschen schneller gehen.

Nach dem Essen plaudern wir meist noch eine Weile. Dann schauen wir alte Fotos an und reden von früher, als wir noch zusammen mit Opa in der großen Haushälfte meiner Eltern gewohnt haben. Nach Opas Tod ist Oma aus unserem kleinen Provinzdorf nach Berlin gezogen. Meine Eltern waren außer sich. Wo es doch so schöne Heimplätze gibt …

Aber Oma war der Meinung, dass sie nun alt genug sei, mal zu tun und zu lassen, was ihr gefällt. Und nach Berlin wollte sie schon als junges Mädchen gehen. Seitdem hat sie eine sonnige Zweizimmerwohnung mit großem Gemeinschaftsgarten im schicken Lichterfelde-West und ist mit sich und ihrem Leben überaus zufrieden.

Wenn es Zeit ist zu gehen, schenkt sie mir jedes Mal einen Vorrat chinesischer Glückskekse, damit mich die fernöstliche Weisheit durch die Woche begleitet. Einen muss ich immer gleich essen, weil meine Großmutter neugierig ist, was mir in den nächsten Tagen bevorsteht. (Eigentlich könnte sie mich deshalb auch einfach anrufen, aber dafür hat sie ja meistens keine Zeit.)

Die anderen verteile ich im Schneideratelier von Helena Senner, in dem ich seit drei Jahren meine Ausbildung mache, an meine Kolleginnen. Sie warten immer schon sehnsüchtig darauf und lesen sich begeistert gegenseitig ihre Prophezeiungen vor.

»Hört euch das an! ›Ein besonderes Geschenk trägt zu Deiner Freude bei.‹ Ist das nicht herrlich?«, kreischt Annemarie.

Sie zerbeißt geräuschvoll ihren Keks. Ein paar Krümel landen auf ihrer üppigen Oberweite. »Ob Achim mir endlich das neue Jil Sander gekauft hat? Ich hab ihm schon zehnmal erzählt, wie unglaublich toll das an mir riecht. Bestimmt hat er es heute für mich.«

Nora, Jola und Elke, meine drei anderen Kolleginnen, nicken zustimmend. Lila, unsere zweite Auszubildende, zwinkert mir zu und tippt sich, mit Blick auf Annemarie, unauffällig an die Stirn. Dann taucht sie grinsend hinter ihre Nähmaschine ab.

Ich hoffe inständig, dass es ein Duft ist, den ich mag. Denn wenn sie das Parfüm wirklich bekommt, dann werden wir *alle* etwas davon haben. Annemarie gehört nämlich zu den Menschen, die ihr persönliches Lieblingsparfüm für einen *Raumduft* halten und deshalb äußerst großzügig aufsprühen. Seit ich bei Helena Senner arbeite, benutze ich mein Laura Biagiotti nur noch am Wochenende. An den Arbeitstagen kommt es wegen Annemaries Duftschwaden sowieso nicht zur Geltung.

Davon abgesehen habe ich meine Zweifel am glückskeksinduzierten Optimismus meiner Kollegin. Achim ist ihr langjähriger Ehemann. Er holt sie manchmal von der Arbeit ab. So wie ich ihn einschätze, weiß er nicht mal, wo man Parfüm überhaupt kaufen kann, geschweige denn das Neue von Jil Säääänder. Da hilft auch der Zettel aus dem Glückskeks nicht.

»Vielleicht solltest du ihm einfach *sagen,* dass du es haben willst. Wäre das nicht Erfolg versprechender?«

Diese an sich logische Überlegung trägt mir einen giftigen Blick von Annemarie und ein Kopfschütteln der anderen ein. Zuerst vermute ich, dass sie sich einen Spaß mit mir erlauben, doch dann wird mir klar, dass sie es wirklich ernst meinen.

»So einfach ist das Leben nicht«, deklamiert Annemarie. »Wenn du älter wärst, würdest du das wissen.«

Ich bin zwar auch schon 27, aber es macht mir nichts aus, als Küken behandelt zu werden. Ist doch schön, die Jüngste zu sein. Zumal sich die Älteren gerade wie

Kleinkinder benehmen. Also wirklich! Wer Glückskeksorakel für die Wahrheit hält, kann genauso gut glauben, dass Hasen zu Ostern Eier bemalen.

Aber da wir eine solche Diskussion nicht zum ersten Mal führen, begreife ich langsam, dass ich die Einzige bin, die so denkt. Der Rest der Welt scheint davon überzeugt, dass Zettel in Keksen, Linien auf der Hand, ein rückläufiger Merkur und die Sonne im 9. Haus (… was auch immer das sein mag!) mehr Einfluss auf das Leben haben als der gesunde Menschenverstand.

Jolanta, unsere älteste Kollegin, die in Polen geboren ist und einer seltsamen Mischung aus Aberglauben und Heiligenverehrung anhängt, hat zu dem Thema natürlich auch etwas beizutragen.

»Meine Großmutter immer so gesprochen hat: ›Jola! Du kannst deinem Schicksal nicht entgehen‹«, sagt sie mit dunkler Stimme. »Und alles, was dir wird passieren, das steht geschrieben da oben in die große Schicksalsbuch.«

Fünf Frauen an einem sonnigen Juni-Tag im *21. Jahrhundert* folgen brav mit ihren Augen Jolas himmelwärts ausgestrecktem Zeigefinger.

Ich sehe kein Buch, nirgends. Aber die andächtige Stille im Raum lässt mich Böses ahnen. Bin ich mal wieder die Einzige, der das Übersinnliche verschlossen bleibt, die das große Schicksalsbuch nicht spüren, geschweige denn sehen kann?

Ich verstehe es nicht. Da hat die Menschheit Computer, Flugzeuge und Antibiotika erfunden und steht mit einem Bein noch immer im tiefsten Mittelalter. Nur Jolanta zuliebe verkneife ich mir, mit dem Finger an die Stirn zu tippen, denn ich mag sie. Sie hat mir oft geholfen und so manchen Schneidertrick beigebracht, als ich noch ziemlich unerfahren war.

»Mir hat eine Zigeunerin aus der Hand gelesen, als ich 13 war«, steuert nun auch noch Nora erwartungsgemäß bei. »Und bis jetzt ist alles eingetreten. *Alles!*«

»Das ist doch Zufall«, protestiere ich. Obwohl ich weiß, dass es sinnlos ist, muss ich meine Meinung jetzt doch loswerden. »Die formulieren das so allgemein, dass es mit ein bisschen guten Willen auf jeden zutrifft.«

»Du bist ganz schön eingebildet, wenn du glaubst, dass du über dein Leben allein entscheiden kannst«, schimpft Annemarie.

Das tue ich in der Tat und habe es eigentlich bis eben für ganz normal gehalten. Ich zucke die Schultern. Sollen sie glauben, woran sie wollen.

»Das hat doch nichts mit Einbildung zu tun«, sage ich matt und winke ab. »Ich werde jedenfalls nicht glauben, dass mein Leben in einem Keks geschrieben steht.«

Ich hoffe, dass das Thema nun beendet ist. Doch da habe ich mich getäuscht.

»Warte nur ab, bis sich dein *Schicksal* erfüllt!«, droht Annemarie. »Du wirst schon sehen.«

Die Zukunft scheint in ihren Augen etwas ziemlich Gefährliches zu sein.

Kein Wunder, dass Propheten (siehe Bibel) und Seherinnen (siehe griechische Sagen) früher so unbeliebt waren. Wenn die auch so geschwollen dahergeredet haben …

Ob ich will oder nicht, ich kriege eine Gänsehaut. Im Stillen beschließe ich, Omas Glückskekse ab sofort selbst zu essen. Auf gruselige Prophezeiungen von Hobby-Prophetin Annemarie habe ich nämlich keine

Lust mehr. Bevor meine Kollegin weiterorakeln kann, kommt zum Glück die Chefin in die Werkstatt. Die Köpfe ihrer Angestellten senken sich hastig über die Nähmaschinen.

»Seit Rosa das Kleid für Eva Andrees genäht hat, ist sie so eingebildet«, höre ich Nora zischen.

Annemarie nickt. »Sie denkt, sie ist was Besseres.«

Das finde ich jetzt ziemlich gemein, denn ich kann überhaupt nichts dafür, dass ich als Schneiderlehrling im dritten Lehrjahr ein Kleid für eine berühmte Schauspielerin machen darf. Ich habe mich kein bisschen darum gerissen. Es hat sich so ergeben und war echt Schicks…, ich meine Zufall.

Eva Andrees wohnt gleich um die Ecke. Wilmersdorf ist ein beliebter Stadtbezirk, und sie ist nicht die einzige Prominente, die hier eine der todschicken Altbauetagen gekauft hat. In unserer Schneiderei gehen die Promis ein und aus, sozusagen. Schließlich müssen die auch mal eine Hose kürzen lassen oder einen Rock enger machen.

Frau Senner sammelt ihre Autogramme. Sie lässt sich persönliche Widmungen darauf schreiben und hängt die Fotos im Laden aus. Ihre Sammlung ist schon ziemlich stattlich.

Die Andrees stand also vor drei Monaten im Geschäft. Sie hatte irgendeine Reparatur in Auftrag gegeben. Wie immer, wenn ein Promi unseren Laden betritt, ließ die Chefin die Tür zur Werkstatt offen, damit wir ein bisschen gucken können. Aber an diesem Tag guckten wir nicht raus, sondern die Andrees rein. Und was sie sah, war mein Gesellenstück, an dem ich seit ein paar

Wochen eifrig arbeitete – ein schulterfreies Abendkleid aus taubenblauer, zarter Maulbeerseide (edleren Stoff gibt's nicht) mit üppigen Volants am bodenlangen, über dem Knie geschlitzten Rock. Ich hatte es gerade auf die Schneiderpuppe gezogen und steckte den Saum ab, als plötzlich die Andrees mit verklärtem Gesichtsausdruck neben mir stand.

»Dieses Kleid ist mein wahr gewordener Traum«, hauchte sie und berührte ehrfürchtig den edlen Stoff. »Du nähst es fertig, und dann werde ich es kaufen.«

Ich starrte sie ungläubig an und konnte vor Überraschung kein Wort herausbringen.

Als sei sie aus dem Boden gewachsen, erschien mit einem Mal die Meisterin neben uns. Da sie offensichtlich der Meinung war, das Gespräch über meine Arbeit ginge mich nichts an, führte sie die Schauspielerin von mir weg. Ich spitzte die Ohren.

»Es ist doch nur ein Gesellenstück«, hörte ich sie sagen. »Wir können Ihnen gern ein richtiges Kleid nach Ihren Wünschen anfertigen.«

Ich war ein bisschen enttäuscht, denn bisher hatte ich angenommen, dass sie stolz auf mein wunderschönes Kleid sei. Immerhin hatte ich alles, was ich konnte, in ihrer Werkstatt gelernt. Zu meinem Glück ließ die Andrees sich auf keinerlei Verhandlungen ein. Schließlich weiß eine waschechte Diva ganz genau, was sie will.

»Danke, aber ich habe bereits ein Kleid ausgewählt und das ist dieses dort. Wenn Ihnen allerdings nicht recht ist, dass ich es auf der Berliner Filmnacht trage, bei der ich einen Preis für mein Lebenswerk bekomme …«

Ich riss die Augen auf. Die anderen hatten aufgehört zu nähen und starrten ebenfalls.

»Auf der Ber…, Berliner Filmnacht?«

Ich hatte die Chefin noch nie stottern hören.

»Aber selbstverständlich.«

Als die Andrees gegangen war, öffneten wir eine Flasche Rotkäppchen-Sekt. Ein Kleid aus Helena Senners Schneideratelier auf der Filmnacht! Das musste gefeiert werden.

»Kinder, ich werde mir neue Visitenkarten drucken lassen«, jubelte die Chefin, die uns immer ›Kinder‹ oder ›Mädels‹ nannte, wenn sie gut drauf war. Obwohl die Hälfte der Mitarbeiterinnen älter war als sie.

»Helena von Senner – Modeatelier ›Star‹. Das hat eine Wirkung, was?«, jubelte sie. »Mit diesem Kleid komme ich ganz groß raus.«

Wir sahen uns fragend an, denn erstens war ›Star‹ echt albern und zweitens war bisher keinem von uns bekannt gewesen, dass unsere Chefin einem Adelshaus entstammte.

Es war Annemarie, die uns später aufklärte, dass es die Senner mit ihrem Namen noch nie so ganz genau genommen hatte. Denn eigentlich hieß sie auch nicht Helena, sondern Erna … Was für eine attraktive Mittvierzigerin allerdings wirklich eine Strafe ist. Sogar meine echt alte Oma hatte einen schöneren Vornamen, nämlich Luisa!

Abgesehen von der Schwindelei mit dem Namen störte mich aber etwas anderes viel mehr. Das bald berühmte Filmnachtkleid hatte ich entworfen, zugeschnitten und genäht. Genau genommen war es also kein Helena-(von)-Senner-, sondern ein Rosa-Redlich-Kleid. Anscheinend hatte die Chefin das völlig vergessen. Als ich mit meinen Kolleginnen darüber sprechen wollte, winkten sie ab.

»Du bist Lehrling«, erklärte mir Nora, als ob ich das nicht selbst wüsste.

»Genau«, echote Annemarie. »Du musst jetzt wegen der Sache nicht gleich abheben.«

Mir war schlagartig klar, dass ich von ihnen keine Unterstützung bekommen würde. Sie konnten mich einfach nicht ausstehen.

Nur Jola beugte sich zu mir herüber und flüsterte verschwörerisch: »Musst du stellen ein Schälchen mit Knoblauch auf deine Brettfenster. Das hält fern böse Blicke und Neid. Sonst wird passieren etwas Schlimmes. Wirst du sehen.«

»Ich denke, Knoblauch hilft nur gegen Vampire«, sagte ich lachend.

»Musst du nicht lachen über die Weisheit von die alte Leute. Ist immer drin ein bisschen von die Wahrheit, Kind.«

Ich nickte ihr zu. Die Sache mit dem Neid, die stimmte. Ob nun ausgerechnet Knoblauch dagegen half? Na ja.

Von da an behielt ich meine Meinung jedenfalls für mich und konzentrierte mich auf das Abendkleid. Es sollte ein Traum werden …

Und es ist ein Traum. Ich habe mich selbst übertroffen.

Rosarote Fantasien wabern durch meinen Kopf. Dieses Kleid wird *mein* Durchbruch. Wäre es nicht wunderbar, schon bald eigene Visitenkarten zu haben?

›Rosa Redlich – Schneiderwerkstatt‹

Das klingt nach ehrlicher Arbeit – mein Nachname ist genial – ohne ›von und zu‹ und ›Ateljeh‹ und Tralala. Einfach Rosa – die Lieblingsschneiderin der Reichen und Schönen in Berlin. Das reicht völlig.

Ich sitze mit blödem Lächeln vor der Nähmaschine und starre Löcher in die Luft. Manchmal erwische ich mich selbst, wenn ich meinen rosaroten Zukunftsplänen nachhänge und dabei das Nähen vergesse. Aber habe ich nicht allen Grund, glücklich zu sein? Endlich, nach x Versuchen (und nachdem meine Eltern schon aufgegeben und mir eine Karriere als Sozialfall bescheinigt hatten), habe ich meinen Beruf, nein, meine *Berufung* gefunden. Und nicht nur das. Mein Leben ist einfach perfekt. Ich habe einen Freund (wir werden bald heiraten und in ein paar Jahren zwei Kinder haben), eine weltbeste Freundin (wir halten zusammen, egal, was kommt) und nun auch ganz tolle Karriereaussichten. Ich sehe mein zukünftiges Leben ganz deutlich vor mir. Und dazu brauche ich weder Glückskekse, noch Horoskope. Sorry, Annemarie!

Leider vergesse ich manchmal vor lauter Träumerei, weiterzuarbeiten, und fange mir dann einen Rüffel von der Chefin ein. Heute weckt mich zum Glück meine beste Freundin Lila, bevor die Senner was merkt.

»Hallo. Auf welchem Stern bist du gerade unterwegs?«, sagt sie und grinst.

Ich lächele zurück. »Ich bin so aufgeregt. Nachher holt die Andrees ihr Kleid ab und heute Abend ist es dann so weit. Guckst du mit mir die Liveübertragung?«

»Ist doch Ehrensache«, beteuert Lila. »Ich kaufe uns eine Flasche Sekt, mache ein schönes Essen und dann feiern wir … auch deinen neuen Job.«

Ich schlucke.

Sie kann Gedanken lesen. Woher weiß sie sonst, dass ich gerade von meiner eigenen Werkstatt geträumt habe? Ich mache absichtlich ein dummes Gesicht. Hä?

»Nun tu doch nicht so«, sagt Lila und stupst mich in die Seite. »Du weißt doch, dass die Chefin in ein paar Tagen verkündet, wen von uns beiden sie nach der Ausbildung übernimmt. Nach dem Geniestreich mit dem Kleid ist doch wohl klar, wie ihre Entscheidung ausfällt.«

Ach, das meint sie. Sie kann also doch nicht Gedanken lesen, wobei das auch nicht schlimm wäre, denn mit Lila teile ich *alles*. Jawohl!

Jedenfalls bisher. Mir wird ganz schlecht, denn ich habe im Glücksrausch völlig vergessen, dass in zwei Wochen unsere Lehrzeit vorbei ist. Dann muss eine von uns gehen und woanders Arbeit suchen. Ich springe auf und nehme Lila ganz fest in die Arme. Ich will mich nicht von ihr trennen. Bisher sind wir noch nie lange auseinander gewesen, na ja … Außer während der zehn Semester, die ich mal studiert habe. Das war eine schlimme Zeit, denn Lila – mein Zwilling – fehlte mir schon nach drei Tagen entsetzlich.

Lila ist nicht wirklich meine Schwester, genauer gesagt, ist sie eigentlich meine Cousine. Aber wir fühlen uns wie Zwillinge und haben außerdem denselben Nachnamen. Wir sehen uns sogar verblüffend ähnlich – beide klein, blond, zierlich und mit Sommersprossen im Gesicht. Unsere Väter sind Brüder, von denen haben wir die vielen Punkte auf der Haut geerbt, aber auch die Haare, die nordisch hellblond sind – ganz ohne Färben.

Unsere Mamas waren von klein auf beste Freundinnen und beschlossen schon im Kindergarten, sich niemals zu trennen. Eigentlich vergisst man ja seine Kinderträume im Laufe der Zeit. (Also ich kann mich jedenfalls an keinen mehr erinnern.) Aber nicht so Simone und Susanne, unsere Mütter. Die haben wirklich Wort gehalten.

Sie drückten zusammen zehn Jahre die Schulbank, lernten gemeinsam Krankenschwester und arbeiteten anschließend im gleichen Krankenhaus auf der Kinderstation, vermutlich auch in der gleichen Schicht, aber das habe ich nicht so genau überprüft. Als sich meine Mutter dann in Thomas Redlich verliebte, den sie beim Baden kennengelernt hatte, während Susanne mit ihren Eltern im Urlaub war, drohte die Harmonie unter den Freundinnen zum ersten Mal zu leiden. Bis sich herausstellte, dass Thomas einen Zwillingsbruder hatte, Thorsten, der noch nicht vergeben war. Ein Jahr später läuteten die Hochzeitsglocken. Und da anscheinend auch die beiden Brüder beschlossen hatten, zusammen alt zu werden, war kurz darauf ein riesiges Doppelhaus für beide Familien im Bau.

Zum großen Glück von Simone und Susanne Redlich fehlten nur noch Kinder. Keine Ahnung, wie sie das geschafft haben, aber wir beide kamen genau am gleichen Tag zur Welt – ich als Rosa, sie als Lila Redlich. (Ich hätte vielleicht andere Vornamen gewählt. Aber a) wurde ich nicht gefragt, b) bin ich froh, dass wir nicht Hanni und Nanni heißen und c) ist Rosa eigentlich ein ganz hübscher Name.) Meine Cousine war vom ersten Tag an wie meine Schwester, nein, noch viel besser, wie die allerbeste und treueste Freundin der Welt. Wir traten nur im Doppelpack auf und stritten uns nie. Natürlich trugen wir dieselben Kleider, besuchten die gleiche Dorfschulklasse und quälten uns gemeinsam durch das Abitur. (Wobei meins deutlich besser ausfiel, aber das tut nichts zur Sache.)

Und jetzt sollte ein blöder Arbeitsvertrag uns trennen?

»Wir können doch beide eine neue Arbeit suchen«, sage ich und seufze.

»Spinnst du?«, antwortet Lila und schüttelt energisch den Kopf. »Sei doch froh, dass du so eine gute Stelle hast. Ich finde schon was. So schlecht bin ich ja nun auch wieder nicht.«

»Du bist die Beste«, sage ich und meine es im doppelten Sinn.

Ich habe solch ein Glück mit meiner Lila!

»Wenn ihr fertig seid mit der Liebeserklärung, geht Rosa mal neues Nähgarn holen.«

Schon die Stimme der Chefin lässt normalerweise keinen Widerspruch zu, schon gar nicht ihr energisches Auftreten. (Wenn ich mal Chefin bin, versetze ich meine Lehrmädchen jedenfalls nicht in Angst und Schrecken.) Aber heute versuche ich es trotzdem.

»Frau Senner?«, hauche ich. »Gleich kommt doch die Eva Andrees und holt das Kleid und da wollte ich …«

»Trinkgeld oder wie?«

»Nein … Ich … Ich will kein Geld. Ich wollte es ihr nur selber geben … Ich meine, weil ich doch …«

Annemarie hört auf zu arbeiten und grinst hämisch zu mir rüber.

»Sie wollte noch ein bisschen angeben«, ergänzt Nora die unausgesprochenen Gedanken ihrer Spießgesellin.

Die beiden sind auch wie Zwillinge, aber von der bösen Art – solche, die im Märchen am Ende immer klebriges, schwarzes Pech auf den Kopf kriegen.

Das ewige Ätzen der ›Pechmaries‹ raubt mir den letzten Nerv. Ich fange beinahe an zu weinen. Leider bin ich eine Heulsuse. Das ist nervig, denn eigentlich bin ich im Moment gar nicht traurig, sondern sauer. Aber ich habe das nicht im Griff. Meine Tränen führen ein reges Eigenleben und interessieren sich nicht die Bohne dafür, ob ihr Erscheinen gerade passend ist oder nicht. Wieder mal haben sie keine Ahnung, dass sie bei Wut völlig unangebracht, ja sogar peinlich sind. Ich schicke meinen beiden Kolleginnen einen vernichtenden Blick (jedenfalls hoffe ich, dass es so aussieht) und … gebe nach.

»Ich gehe ja schon.«

»Wir sind in der Mittagspause, wenn du zurückkommst. Kannst nachkommen.«

Ich bekomme einen riesigen Schreck. Was, wenn die Andrees ins Atelier kommt und *keiner* ist da?

Wir gehen nämlich in der Pause immer geschlossen in die naheliegende Betriebskantine, weil da das Essen gut und günstig ist. Machen die das mit Absicht, um mich zu quälen?

Lila, der wunderbare Engel, sieht meinen verzweifelten Blick und rettet mich.

»Frau Senner, ich gehe lieber nicht mit in die Mittagspause. Ich habe nämlich heute Morgen gekotzt, äh ich meine mich übergeben und jetzt ist mir auch schon wieder schlecht. Ich merke schon, dass …«

»Ist ja gut«, sagt die Senner. Sie macht ein angewidertes Gesicht. »Du hältst hier die Stellung, falls die Andrees bis dahin noch nicht da war. Beruhigt, Fräulein Redlich?«

Ich nicke.

Und schlagartig ist mir alles klar.

Meine Chefin ist auch neidisch. Sie zeigt es nur nicht so deutlich wie Annemarie und Nora. Aber ich weiß genau, wenn sie selbst Eva Andrees' Kleid genäht hätte, dann würde sie bestimmt nicht essen gehen, wenn es abgeholt würde.

»Neid muss man sich verdienen, Mitleid gibt es umsonst«, sagt Oma immer.

Ob das auch so eine Glückskeksweisheit ist?

Ich schüttele mich vor Unbehagen. Warum können nicht alle Frauen so lieb sein wie meine Lila? Beim Gehen werfe ich ihr eine Kusshand zu. »Bis nachher, Süße.«

Ich sehe noch, wie die Chefin die Augen verdreht. Scheinbar weiß sie nicht einmal, was eine echte Frauenfreundschaft ist.

»Wo bleibt denn Rob?« Ich schaue ungeduldig auf die Uhr. Seit zwei Stunden sitze ich nun schon vor dem Fernseher und warte darauf, dass die Liveübertragung der Filmnacht endlich anfängt. In der Programmzeitschrift steht zwar, dass die Sendung erst um 20.15 Uhr beginnt. Aber man kann ja nie wissen. Lila ist in unserer Küche und kocht uns was Schönes. Wir essen gern beim Fernsehgucken. Das ist so gemütlich.

Oma ruft kurz an, obwohl sie heute keine Hilfe beim Einkaufen braucht. Sie verrät mir, dass sie auch schon vor dem Fernseher sitzt. »Ich bin stolz auf dich, meine Kleine«, sagt sie.

Dann will sie wissen, welche Prophezeiung in meinem heutigen Glückskeks steht. Keine Ahnung! Ich habe schon ewig keinen aufgemacht. Meine Großmutter soll aber nicht glauben, dass ich ihre Geschenke nicht zu schätzen weiß. Also rase ich in die Küche, krame die Verpackung aus dem Regal und breche schnell einen der Kekse auf. Der Zettel fällt herunter, segelt zielsicher in den geöffneten Mülleimer und landet auf einer matschigen Filtertüte. Igitt!

Lila grinst, als ich das Papier mit spitzen Fingern aus dem Abfall fische.

Heute Abend hält das Schicksal etwas für Sie bereit.

Na also! Davon abgesehen, dass es Blödsinn ist, könnte es heute sogar stimmen. Schon macht sich meine Fantasie wieder auf die Reise. Die Andrees steht bei der Preisverleihung auf der Bühne. Sie ist wunderschön. »Ich danke Rosa Redlich, meiner jungen Schneiderin, für das zauberhafte Kleid.«

Ein Raunen geht durch die Menge und plötzlich ist mein Name in aller Munde.

Hallo, Rosa! Komm mal wieder runter von dem Trip!

Ja, wahrscheinlich ist das Quatsch. Aber weiß man es? Bei solchen Anlässen werden die Stars doch immer ganz rührselig! Vor allem, wenn es um das Lebenswerk geht, oder?

Mal angenommen, sie dankt mir wirklich. Werden dann nicht auch andere Promis in Frau Senners Werkstatt kommen?

»Arbeitet hier die Rosa Redlich? Ich möchte ein Kleid bei ihr bestellen!«

Dann platzen die Kolleginnen vor Neid. Und ich kann endlich tun, was ich mir wünsche, seit ich zum ersten Mal an einer Nähmaschine saß – richtig schöne Mode für richtig schöne Menschen machen.

Ich starre auf den kleinen Zettel in meiner Hand. Wenn mein Traum heute wahr wird, dann rahme ich mir den Glückskeksspruch golden ein, obwohl er halb aufgeweicht und kaffeefleckig ist! Wenn mein Kleid heute Abend groß rauskommt, glaube ich auch an die Kraft der Glückskekse – wenigstens ein ganz kleines bisschen!

Bevor meine Fantasien noch unbescheidener werden, unterbreche ich sie und freue mich vorerst über die Aufmerksamkeit, die mir in der Wirklichkeit zuteil wird.

Meine Eltern und natürlich Tante Susanne und Onkel Thorsten, Lilas Eltern, sitzen schon vor der Glotze, genauso wie wahrscheinlich unser halbes Dorf. Sie alle gucken die ›Filmnacht‹ nur meinetwegen. Ich grinse ein bisschen bei dem Gedanken. Schließlich bin ich nur Schneiderin und nicht mal selbst im Fernsehen dabei. Aber dass so eine berühmte Frau mein Kleid trägt, färbt auch auf mich ab. Eigentlich ziehen die Damen bei solchen Gelegenheiten nur Haute Couture an. Ich darf schon ein bisschen stolz sein.

Nur Annemarie und Nora haben sich für heute Abend in ihrer Stammkneipe verabredet, besonders laut, damit ich es auch ja nicht überhöre. Sie wollen

Darts spielen. Sollen sie doch! Auf ihren Beifall kann ich verzichten.

Ich werde ein bisschen unruhig, denn Rob sollte jetzt langsam kommen. Mein Freund muss unbedingt neben mir sitzen, wenn Eva Andrees mein Kleid über den roten Teppich trägt.

Rob heißt eigentlich Robert. Er findet den Namen aber spießig und bevorzugt deshalb die amerikanisch klingende Kurzform. Ich finde, es passt zu ihm, denn er ist ein cooler Typ mit Bodybuilderfigur und millimeterkurz geschorenen Haaren. (Das steht nur Männern mit schöner Kopfform. Bei ihm sieht es fantastisch aus.) Wir sind seit drei Jahren fest zusammen.

Lila hat keinen Freund. Sie trauert noch Micha, ihrer Jugendliebe, nach, mit dem sie sechs Jahre zusammen war. Leider hat Rob keinen Zwillingsbruder. Aber wir unternehmen viel zu dritt, so lange, bis Lila auch jemanden gefunden hat.

Gerade balanciert meine Süße ein Tablett mit drei randvoll gefüllten Tellern in mein Zimmer. Sie hat Hühnerkeulen gebraten und Reissalat mit Mais und Paprika dazu gemacht. Der Sekt ist gekühlt und als Nachtisch wartet eine große Portion Wackelpudding mit Vanillesoße auf uns – unser Lieblingsnachtisch schon seit Kindertagen.

»Rosa, du könntest wenigstens mal den Sekt holen«, sagt sie.

Ich springe schuldbewusst auf, um ihr zu helfen. Sie sieht richtig geschafft aus. Immerhin hat sie, weil ich nicht zu gebrauchen war, das ganze Essen allein gemacht, einschließlich einkaufen. Abgesehen davon kann ich überhaupt nicht kochen und bin deshalb in der Küche keine große Hilfe.

»Die Sendung fängt erst in einer Viertelstunde an«, sagt sie leicht genervt, als sie sieht, dass meine Blicke schon wieder am Fernseher kleben. »Das schaffst du hin und zurück. So weit ist es ja nicht bis zur Küche.«

Ich muss wohl oder übel lachen. Ich weiß ja, dass ich mich albern aufführe.

Als der Sektkorken knallt, klingelt es endlich. Rob ist da!

Lila macht auf und ich höre, wie sie ihm ein Küsschen auf die Wange gibt. Ich bin froh, dass die beiden sich mögen, denn mein Freund übernachtet oft hier. Es wäre schlimm, wenn Lila ein Problem damit hätte. Schließlich ist es ihre Wohnung.

Nach meinen zehn Semestern Studium in diversen Städten Deutschlands, die ich ohne jedweden Abschluss beendet hatte, stand ich quasi auf der Straße. Zu meinen Eltern wollte ich nicht zurück und in Omas kleiner Wohnung war kein Platz für mich, meine zahllosen Bücher und Grünpflanzen.

Lila lebte damals schon seit ein paar Jahren in Berlin. Nach dem Abi hatte sie keine Lust zum Studieren gehabt und deshalb im Nachbardorf eine Ausbildung im Einzelhandel gemacht. Aber sie wollte unbedingt zu ihrem Freund Micha ziehen, der damals in Berlin studierte. Viel Geld hatte sie nicht, aber dafür einen Traum gepaart mit einem starken Willen. Monat für Monat sparte sie ihren Lohn, bis es für den Umzug und eine kleine Wohnung reichte. Flugs befreite sie ihren Micha aus dem Studentenwohnheim. Sie arbeitete im

Discounter an der Kasse, sorgte somit für ein regelmäßiges Einkommen und ein gemütliches Zuhause, während er sich ganz auf sein Studium konzentrieren konnte.

»Wenn er einmal Anwalt ist, muss ich nicht mehr arbeiten«, freute sie sich. »Dann verdient er das Geld. Wir bauen uns ein Haus, bekommen Kinder und ich bin die Frau an seiner Seite. So haben wir das abgemacht.«

Die Vereinbarung hielt, bis er Studium und Referendariat erfolgreich abgeschlossen hatte und schlagartig richtig gut verdiente. Da verließ er Lila, die als ›kleine Verkäuferin‹ für ihn als frisch gebackenen Anwalt einfach nicht ›repräsentativ genug‹ war.

Lila war am Boden zerstört. »Er wird zu mir zurückkommen. Das schuldet er mir. Ich habe doch alles für ihn gemacht.«

Obwohl sie quasi täglich mit Michas Rückkehr rechnete, zögerte sie keinen Moment, als sie sah, dass ich keine Bleibe hatte.

»Natürlich ziehst du bei mir ein«, bot sie an. »Die Pflanzen kannst du mitbringen, aber diese hässlichen Bücher nicht.«

Lilas Wohnung war nämlich, nachdem Micha seine Sachen abgeholt hatte, komplett bücherfrei. Das war eine Kleinigkeit, die uns voneinander unterschied. Außer zweimal im Monat ›Dr. Cordes – Kinderarzt aus Leidenschaft‹ las Lila nicht.

»Du kannst die Dinger doch verkaufen«, riet sie mir. »Dann hast du gleich die erste Miete zusammen.«

Aber ich hing an meinen Büchern, denn obwohl ich nicht gerade eine erfolgreiche Studentin war, gehörten sie doch zu meinem Leben. Vier Semester Medizin, drei Semester Jura, zwei Volkswirtschaft und eins Psychologie – alles, was sich da an Ordnern und Büchern angesammelt hatte, wanderte nun in Lilas Keller.

Ich überlegte, ob ich mich in Berlin für Germanistik einschreiben sollte. Meine Eltern waren sauer und drohten mit Geld- und Liebesentzug. Sogar Oma schüttelte den Kopf. »Du bist eine typische Ratte. Die sind schnell begeistert, aber haben kein Durchhaltevermögen.«

Ich fand mein chinesisches Sternzeichen nicht gerade schmeichelhaft. Eine Ratte, also wirklich! Meinetwegen konnten die Chinesen gern glauben, dass alle im gleichen Jahr wie ich Geborenen als Charakterklone durch die Welt liefen. Aber ohne mich!

Das war ja noch unglaubwürdiger als die Skorpione, Krebse, Waagen und was nicht alles in den hierzulande beliebten Sternzeichen, die aber wenigstens monatlich, nicht nur einmal im Jahr, wechselten. Ob nun Ratte oder Fisch, für mich hatte dieser Unfug keine Gültigkeit.

Aber das sagte ich Oma nicht, denn ich wollte sie nicht verletzen.

Die Erlösung für uns alle kam, als ich an einem Seidenmalworkshop in der Volkshochschule teilnahm und merkte, dass Stoffe es mir angetan hatten. Es war wie eine Erleuchtung. Endlich wusste ich, was ich wollte: nähen und Kleider entwerfen!

Ein paar Monate lang fütterte Lila statt Micha nun mich durch. Aber dann hatte ich eine Lehrstelle gefunden. Als das zweite Lehrmädchen nach einer Woche absprang, überredete ich Lila, sich zu bewerben. Da ihr der Verkäuferinnenjob keinen Spaß mehr machte, stellte sie sich auch bei Helena Senner vor und wurde angenommen.

Von da an waren wir wieder vereint, lernten gemeinsam Damenmaßschneiderin und weil es so praktisch und für uns beide billiger war, blieb ich gleich in Lilas Wohnung. Obwohl Lila geduldig wartete … Micha ließ sich nie wieder blicken. An manchen Tagen war sie furchtbar traurig deswegen.

Rob kommt in die Küche und drückt mir ein Küsschen auf die Wange.

»Hier riecht es irgendwie gut. Was gibt es denn?«

»Eine Preisverleihung mit meinem Kleid«, sage ich etwas spitz. Essen ist doch nun wirklich zweitrangig heute.

»Ich hab was für dich«, sagt er. Er zwinkert mir schelmisch zu. »Ich wollte es dir erst geben, wenn du den Gesellenbrief hast, aber heute passt es besser … irgendwie.«

Rob ist so ein Schatz. Ich strahle ihn an. Natürlich hat er an meinen großen Tag gedacht. Er drückt mir ein kleines in Seidenpapier eingewickeltes Päckchen in die Hand.

»Darf ich es schon aufmachen?«

Vor Freude vergesse ich, dass gleich die Übertragung losgeht, bis Lila schrill aus meinem Zimmer schreit.

»Rosa, komm schnell. Da ist sie!«

Ich lasse Robs Geschenk auf dem Küchentisch liegen und sause zum Fernseher. Mein Freund hinterher. Tatsächlich. Gerade zeigen sie Bilder vom Gang der Stars über den roten Teppich. Und da läuft Eva Andrees!

»Oh, mein Gott, sie hat es an«, stöhnt Lila. »Sie hat es wirklich angezogen.«

Ich lasse mich schwer atmend auf meine Couch fallen. Ja, auch ich habe mich gefragt, ob die Diva sich im letzten Moment nicht doch für ein anderes Kleid entscheiden würde. Sie hat es nicht getan!

Rob schlingt seine starken Arme um mich. Lila hält meine Hand. Eva Andrees sieht unglaublich gut aus. Ich bin so stolz und froh und glücklich. Dieser Abend ist das Beste, was mir je passiert ist. Einfach perfekt!

Während die Stars ihre Preise entgegennehmen, lümmeln wir auf der Couch, lassen uns die Hühnerkeulen schmecken und trinken Rosésekt dazu. Den Wackelpudding essen wir zu dritt aus der großen Schüssel und machen uns einen Spaß daraus, einander den glibberigen Nachtisch vom Löffel zu schubsen.

Lila führt eine Strichliste, wie oft Eva Andrees eingeblendet wird. Es ist ziemlich oft. Zwar sieht man jetzt mein Kleid nicht so gut, aber das ist egal.

Wir werden erst wieder ernst, als der Preis für das Lebenswerk angekündigt wird, einer der wenigen, bei dem die Preisträgerin schon vorher bekannt war.

»Eva Andrees hat in über 50 Filmen mitgespielt und dabei gezeigt, dass sie eine großartige, wandelbare Mimin ist, die in ihren Rollen zu überzeugen weiß.«

Gerührt höre ich der Laudatio zu.

Ich habe viele Filme mit der Andrees gesehen. Besonders gut gefällt sie mir in ihrer neuesten Rolle, einer Kommissarin. Als KHK Anna Schweizer muss sie nicht nur Verbrechen aufklären, sondern sich auch um ihren minderjährigen Enkel kümmern, der auf die schiefe

Bahn zu geraten droht. Sie spielt das ebenso tough wie verletzlich, sodass sie schon allein dafür einen Preis verdient hätte.

Lila guckt zu mir rüber (Rob sitzt in unserer Mitte) und reicht mir ein Taschentuch. Im Gegensatz zu mir muss sie nie heulen, nicht mal in der allerfinstersten Micha-Trauer-Bewältigungsphase. Sie ist so stoisch wie ein Indianerhäuptling. Wenn sie mal weint, dann ist aber wirklich etwas ganz Schlimmes passiert.

Jetzt wird Eva Andrees nach vorn gebeten. Die Diva steht auf, lächelt, schüttelt Hände und küsst ihren Mann, bevor sie losgeht Richtung Bühne ... In meinem Kleid!

Ist – das – ein – Wahnsinn!

Sie erreicht die Treppen. Der Moderator und die Laudatorin blicken ihr strahlend entgegen, reichen ihr die Hände und führen sie sicher die Treppen hinauf.

Mein Herz schlägt bis zum Hals.

Sie steigt eine Stufe, zwei ... und dann ist alles aus.

Ihr Kleid öffnet sich! Genau am Hinterteil über dem Höschen klafft mit einem Mal ein riesiger Riss und mit jedem Schritt, den Eva Andrees macht, wird er größer. Da, wo ich sorgfältig Stich für Stich gesteppt habe, ist wie durch Zauberhand die Naht aufgegangen! Nach einem kurzen Moment des Schweigens geht ein aufgeregtes Raunen durch das Publikum.

Neeiiin!

Mein Herz setzt aus.

Lila kreischt entsetzt.

»Moment mal ... Das ist doch ... Das gibt es doch irgendwie nicht«, sagt Rob.

Er sieht aus, als müsste er gleich platzen. »Was ist denn da passiert?«

Im Gegensatz zu mir muss Rob in den unmöglichsten Situationen *lachen.* Obwohl ich so gut wie tot bin, empfinde ich Dankbarkeit, dass er jetzt versucht, es nicht zu tun.

»Stellt den Fernseher aus«, schreie ich nach einer Schrecksekunde. »Stellt ihn aus!«

Lila gehorcht.

Ich will die Schmach nicht mehr mit ansehen und habe die irrwitzige Hoffnung, dass es auch all die anderen Millionen Zuschauer nicht mehr sehen können, wenn *wir* jetzt ausschalten. So als könnte ich einfach das Fernsehprogramm der ganzen Nation löschen.

Überflüssig zu erwähnen, dass ganze Tränenbäche, nein Flüsse, aus meinen Augen stürzen.

»Rosa, Schatz, beruhige dich«, sagt Lila. Sie kniet sich vor mich hin. »Vielleicht hat es ja niemand gesehen.«

»Genau«, pflichtet Rob ihr bei. Ich sehe, dass er fast explodiert vor unterdrücktem Lachen.

»Haut ab!«

Ich kann nur noch schreien. In der Diele fängt das Telefon an zu klingeln. Mein Handy flötet seinen nervigen Klingelton. Wer will mich jetzt trösten? Oder verspotten? Oder mir einen Mord androhen? Egal! Alles egal!

»Rosa. Bitte!«

»Lasst mich in Ruhe! Alle!«

Lila und Rob gucken betroffen, tun aber, was ich sage. Zusammen verlassen sie mein Zimmer. Ich halte mir die Flasche Sekt an den Hals und leere das, was noch drin ist, mit einem Zug aus. Mein Leben ist verpfuscht. Eben war ich noch stolz und froh und jetzt hat das Schicksal zugeschlagen.

Oh, mein Gott! Der Glückskeks!

Heute Abend hält das Schicksal etwas für sie bereit.

Ich fasse es nicht! Annemarie hat recht. Das Schicksal ist, wenn es mal Lust hat, sich zu erfüllen, ein verdammt fieses Ding!

Ich hasse Glückskekse!

Glückskeks 2

Sie werden viel Glück haben und Schwierigkeiten überwinden!

Berliner Morgenpost, 15.6.

›Kleiderdebüt geht in die Hose

Peinlicher Zwischenfall bei der Verleihung des deutschen Filmnachtpreises: Als Eva Andrees die Treppen zur Bühne hinaufstieg, um den goldenen Preis für ihr Lebenswerk entgegenzunehmen, verselbstständigte sich eine Naht am unteren Rücken ihres Kleides und lieferte dem Publikum ein paar ungewohnte Einblicke. Die Grande Dame des deutschen Films nahm es mit Humor. »Ich wollte schon immer mal halb nackt vor der Kamera stehen«, kommentierte sie die Panne mit einem Augenzwinkern. Laut Informationen der Morgenpost stammte das Kleid nicht wie üblich von einem großen Designer, sondern aus der kleinen Wilmersdorfer Schneiderei von Helena Senner. Selbige ist normalerweise auf das Ausführen von Änderungen und Reparaturen spezialisiert. In der Haut der Möchtegern-Modemacherin wollen wir heute nicht stecken.‹

Da hat er recht, der Reporter. Ich fühle mich auch schon ganz unwohl in dieser Haut, auch wenn es nicht mein Name ist, der in der Zeitung geschmäht wird. Meine Meisterin wird mich umbringen! Ich habe zwar nicht die geringste Ahnung, wie dieses Missgeschick passieren konnte. Aber eins steht fest. Ich habe Helena Senner bis auf die Knochen blamiert!

Rob hat mir die Zeitung auf meine Bettdecke geknallt. Jetzt steht er da und guckt kopfschüttelnd auf mich herab, während ich den Artikel überfliege.

»Das ist wahnsinnig peinlich«, sagt er. »Mein Meister würde mich rausschmeißen, wenn ich so einen Pfusch wie du abliefern würde. Du kannst froh sein, wenn du ein halbwegs vernünftiges Zeugnis von ihr bekommst.«

Mir ist hundeelend und mein Liebster dreht noch das Messer in der Wunde um.

Ich ziehe an seinem Arm, damit er zu mir unter die Decke kommt. Er soll mich streicheln und trösten. Mies fühle ich mich schon von ganz allein. Aber Rob schüttelt genervt meine Hand ab. Dann schnappt er sich ein Handtuch und geht duschen. Mir ist kalt unter meiner XXL-Bettdecke, unter der ich so gern mit ihm kuschele und die für mich allein viel zu groß ist. Mein Leben und der Ruf von Helena Senner sind ruiniert. Ich glaube, es ist besser, wenn ich sterbe. Bevor ich noch mehr Schaden anrichte. Rob scheint mein Tod ja egal zu sein. Aber meine Lila gibt mich nicht so einfach auf.

»Hier ist dein Kaffee, meine Süße, mit extra viel Zucker«, flötet sie. Sie kommt fröhlich lächelnd in mein Zimmer. So, als wäre nichts geschehen.

»Danke«, brumme ich. Ich beschließe, mit dem Sterben noch zu warten, bis ich etwas Milchkaffee im Bauch habe. Mein Mund fühlt sich ganz trocken an. Hinter meiner Stirn pocht ein fieser Kopfschmerz. Gierig nehme ich Lila die Tasse aus der Hand und trinke. Meistens bin ich morgens brummig und unausgeschlafen, aber schon nach ein paar Schlucken Kaffee fließen Energie und Lebensfreude durch meinen Körper. Normalerweise. Aber heute nicht. Nach der ersten Tasse geht es mir kein bisschen besser.

»Du musst jetzt aufstehen«, fordert Lila.

Ich verschlucke mich beinahe an dem heißen Getränk. »Niemals! Du glaubst doch nicht etwa, dass ich heute zur Arbeit gehe?«, kreische ich entsetzt. »Außerdem ist Samstag.«

»Betriebsausflug, mein Engel. Schon vergessen?«

Lila stemmt ihre Hände in die Hüften und betrachtet ärgerlich das Chaos in meinem Zimmer. Sie hasst es, wenn ich ihr nicht beim Aufräumen helfe und in diesem Fall hat sie auch wirklich recht. Die schmutzigen Teller stehen seit gestern Abend auf dem Fußboden, daneben die Schüssel mit dem Wackelpuddingrest, der sich mit der Vanillesoße zu einer unappetitlichen Pampe vermischt hat. Vor meinem Bett liegt die leere Sektflasche. Ich ekle mich vor dem ganzen klebrigen Zeug.

Aber gestern Abend war mir alles egal. Ich wollte nur allein sein und mich unter meiner Decke verstecken. Wann ist eigentlich Rob zu mir ins Bett gekommen?

Ich kann mich, außer an die Riesenpanne mit meinem Kleid, an nichts erinnern. Kann man von einer halben Flasche Sekt einen Filmriss kriegen?

Ich überlege, ob ich Lila fragen soll. Aber dann lasse ich es. ›Sag mal, weißt *du* vielleicht, ob mein Freund letzte Nacht bei mir im Bett war‹? Nein, das ist zu blöd. Wo soll er denn sonst gewesen sein? Außerdem habe ich im Moment ganz andere Sorgen.

»Ich komme nicht mit«, sage ich trotzig zu Lila.

Sie stapelt gerade die schmutzigen Teller übereinander. »Was soll das denn heißen?«

»Ich bleibe im Bett«, beschließe ich. »Sag ihnen, dass ich Kopfschmerzen habe. Du weißt, was passiert, wenn ich Annemarie und Nora unter die Augen trete.«

Schon der Gedanke an die hämischen Kommentare der Kolleginnen versetzt mich in Angst und Schrecken. Sie werden mich gnadenlos zum Heulen bringen. Da hilft auch kein süßer Kaffee mehr. Kaum denke ich ans Weinen, da geht es auch schon los.

»Ich gehe nicht«, jammere ich und ziehe mir die Decke über den Kopf.

»Aber du musst«, sagt Lila schonungslos. »Du kannst dich jetzt nicht verstecken wie ein bockiges Kind.«

Und ob ich das kann.

»Sieh deinem Schicksal ins Auge.«

»Du klingst schon wie Annemarie«, schniefe ich.

»Nun trink noch eine Tasse Zuckerbrühe, dann wird es schon gehen.« Lila hebt meine Decke hoch, guckt mich kopfschüttelnd an und gibt mir ein Taschentuch. Sie ist wie meine Mutter. Die hat auch immer was zum Schnäuzen in Reichweite.

»Ich bin so blamiert.«

»Wenn du willst, entschuldige ich dich für einen Tag«, bietet Lila an. »Aber denk mal nach! Was soll das bringen, außer dass du das ganze Wochenende im Bett rumhängst und jammerst?«

Wir haben zusammen mit den Kolleginnen einen Ausflug ins Berliner Umland geplant – mit der Draisine auf einer stillgelegten Bahnstrecke, Picknick inklusive. Eigentlich habe ich mich seit Wochen darauf gefreut.

Ich denke über Lilas Worte nach. Dann nicke ich zaghaft. Sie hat recht. Genauso gut kann ich gleich heute vor Frau Senner und Co treten. In den nächsten Tagen werden sie, so oder so, die Schnäbel wetzen und auf mir herumhacken. Wie es scheint, muss ich da durch.

Lila bringt das Geschirr in die Küche. Dann kommt sie wieder und setzt sich zu mir ans Bett. »Klar, die Chefin wird sauer sein«, denkt sie laut. »Das ist hart, was da über sie in der Zeitung steht.«

»Und es ist auch ungerecht«, sage ich leise. Einen Moment lang tut mir meine Chefin sogar mehr leid als ich mir selber. »So streng wie sie auf Qualität achtet …«

Lila nickt.

»Ihr dürft Fehler machen«, hatte die Senner gleich am Anfang unserer Ausbildung gesagt.

Sie war wie ein Feldwebel vor seinen Rekruten auf und ab geschritten und hatte uns streng über den Rand ihrer Lesebrille in die Augen geblickt.

»Jeder macht Fehler, denn nur daraus lernt man etwas. Aber wenn ihr eine Arbeit aus der Hand gebt, dann muss es erste Qualität sein. Kein einziges Kleidungsstück verlässt mein Haus, wenn es nicht 100-prozentig einwandfrei ist. Denn nur das unterscheidet unsere Ware von diesem Made-in-China-Zeug von der Stange, bei dem nach ein paar Tagen die Nähte reißen. Wer von euch bei einem Kunden eine lose Naht abliefert, wird gefeuert, nein mehr noch, er wird vorher von mir eigenhändig umgebracht.«

Die ganzen drei Jahre bei ihr hatte ich umsichtig jede

Naht überprüft und nie, nicht ein einziges Mal, war etwas reklamiert worden, was ich genäht hatte.

»Weißt du, was ich nicht verstehe?«, frage ich.

»Was denn?«

»Warum die Naht überhaupt gerissen ist.«

»Vielleicht war das Kleid einfach zu eng?«

Ich verdrehe die Augen.

»Lila!«, sage ich vorwurfsvoll und tippe an meine Stirn. »Ich habe es der Andrees *auf den Leib* geschneidert.«

»Ja, woher soll ich denn wissen, was passiert ist?«, fragt Lila und springt auf. »Und nun zieh dich endlich an. Wir müssen los.« Sie schnappt sich meine leere Kaffeetasse, sammelt beim Rausgehen noch meine verstreuten Klamotten ein und rauscht aus dem Zimmer.

Vor dem Spiegel kämme ich mich und stecke mir selbst die Zunge raus.

Alles wird gut.

»Ich werde es schon überstehen«, murmele ich vor mich hin. »Ich muss mich entschuldigen, zuerst bei der Chefin und dann bei Eva Andrees. Sie werden mir bestimmt verzeihen.«

Ich bin ein Stehaufmännchen. Auch wenn ich schnell aus der Fassung gerate – mein Optimismus siegt am Ende meistens doch.

»Rosa ist wie ein Gewitter«, haben meine Eltern früher immer gesagt. »Erst donnert und blitzt sie und dann scheint ganz plötzlich wieder die Sonne.«

Erst als wir schon in der S-Bahn Richtung Umland sitzen, fällt mir auf, dass Rob direkt nach dem Duschen grußlos verschwunden ist. Auf meinem Handy ist keine

Nachricht, dass er weg musste oder so. Ich finde, er verhält sich ziemlich merkwürdig.

Unser Ausflug scheint wider Erwarten nett zu werden. Als Lila und ich unsere Kolleginnen am Bahnhof treffen, sind alle ausnahmslos freundlich und ungezwungen.

Wir entern eine große Draisine, die man vorwärtsbewegt, indem zwei Leute einen Hebel abwechselnd nach unten drücken, während die anderen auf einer Bank sitzen und die Fahrt genießen können. Wir haben Picknickkörbe dabei, die unsere Chefin bei einem noblen Partyservice bestellt hat. Annemarie hat gebacken. Aus dem Korb, den sie anschleppt, wabern süße Düfte. Mir läuft das Wasser im Mund zusammen. Ihre Kuchen sind wirklich gut.

Wir laden noch einen Kasten grüne Berliner Weiße auf, dazu Wasser und drei Kannen Kaffee.

Jetzt kann es losgehen. Die Stimmung ist heiter. Auch die Chefin wirkt gelöst. Wir gleiten im strahlenden Sonnenschein über die Schiene. Nachdem ungefähr eine Stunde niemand etwas gesagt hat, fange ich an, mich ein wenig zu entspannen.

Vielleicht haben die anderen überhaupt nichts von der Panne mitbekommen? Nicht Fernsehen geschaut, keine Zeitung gelesen. Vielleicht hat sich die Welt gestern doch nicht nur um mich gedreht.

Mitten auf dem Weg halten wir an und heben die Draisine mit vereinten Kräften aus der Schiene, damit wir die meist eingleisige Strecke nicht blockieren.

Unter Bäumen liegt ein lauschiger Picknickplatz. Das Essen ist ganz ausgezeichnet. Es gibt gefüllte Wraps, würzige Chickenwings, Himbeertörtchen mit Schlagsahne und Annemaries Kuchen – gefüllter Bienenstich.

Zur Feier des Tages hat Lila zwei Packungen Glückskekse aus meinem Vorrat mitgenommen. Ich finde, sie hätte mich ruhig fragen können. Aber ich sage nichts, weil ich so erleichtert bin, dass alle mich normal behandeln. Lächelnd und kommentarlos verfolge ich die Auswertung der Weissagungen und lese auch meine willig vor.

Sie werden viel Glück haben und Schwierigkeiten überwinden!

Annemarie und Nora stecken direkt die Köpfe zusammen und tuscheln. Meine Hoffnung, dass sie nichts von gestern Abend wissen, schwindet. Vielleicht sind sie auch nur neidisch, weil *mir* Glück verkündet wurde und ihnen nicht.

Ich kann es heute ja wohl gebrauchen, oder?

Lächerlich! Mir ist vollkommen egal, was dieser blöde Zettel verkündet.

Dann steht die Chefin neben mir. »Wir haben etwas zu besprechen, Rosa«, sagt sie.

Sie redet leise. Dennoch verstummen plötzlich die Gespräche und alle gucken mich an.

Mit einem Schlag ist meine Entspannung schon wieder Geschichte. Sie wissen es. Natürlich wissen sie es. Alle! Und jetzt warten sie darauf, dass die Senner mir, dem kleinen, frechen Schneiderlehrling, der es gewagt hat, einem Filmstar ein Kleid zu schneidern, den Kopf abreißt.

Ich halte mich an meiner Kaffeetasse fest und trotte schleppenden Schrittes neben ihr her. Sie sagt kein Wort, bis wir außer Hörweite der anderen sind. Wenigstens macht sie mich nicht vor Zeugen fertig. Das rechne ich ihr ziemlich hoch an.

»Vor 20 Jahren, da habe ich mein Geschäft aufgemacht. Ich hatte gerade meinen Meisterbrief in der Tasche. Ich war ungefähr so alt wie du jetzt und wollte nur eines: berühmt werden. Ich träumte von Mode, von Kleidern, Blusen, Jacken …, meiner eigenen Kollektion.«

Ich kann ihr gut folgen, denn mir geht es ganz genauso. Und ich habe noch nicht einmal einen Meisterbrief. Warum sie mir das erzählt, verstehe ich jedoch noch nicht. Ich nicke brav und sage lieber gar nichts. Vermutlich will sie auch gar nichts hören.

»Die Jahre vergingen, und ich nähte noch immer Säume um, kürzte Hosen und kümmerte mich um kaputte Reißverschlüsse. Ich merkte, dass ich damit gutes Geld verdienen kann. Mein Geschäft ging immer besser, auch wenn ich fast nur Änderungen machte. Ich konnte weitere Schneiderinnen einstellen, mir einen größeren Laden mieten, ausbilden … Ich war bekannt für die herausragende Qualität meiner Arbeit. Wahrscheinlich kommt dir das albern vor, aber irgendwann war ich richtig stolz auf mich.«

»Das ist nicht albern«, sage ich leise.

Sie redet weiter, als hätte sie mich nicht gehört. »20 junge Mädchen haben bei mir das Schneiderhandwerk gelernt. Sie haben heute alle eine gute Stelle, einige sind eine Weile bei mir geblieben, haben dann den Meister gemacht und führen jetzt ihr eigenes Geschäft.«

»Ich würde auch gern …«, flüstere ich.

»Spar dir deine Worte«, unterbricht mich die Chefin.

Schade! Ich hätte ihr gern gesagt, wie sehr ich meinen Beruf liebe und dass ich weiß, wie viel ich ihr verdanke. Außerdem ist es, trotz gelegentlicher Unstimmigkeiten, schön in unserer Werkstatt. Das Surren der Nähmaschinen, die vielfältigen Stoffe, Garne in tausend Farben; Hosen, Kleider, Mäntel, Jacken – alles, was Menschen kleidet und schöner macht – und mittendrin wir Schneiderinnen, fleißige Arbeiterinnen mit einem ausgeprägten Sinn für Form und Genauigkeit. Helena Senners Atelier ist in den letzten drei Jahren so etwas wie mein zweites Zuhause geworden.

Sie schaut mich an, als wollte sie meine Gedanken lesen. Obwohl sie das gar nicht müsste. Ich würde ihr ohne Umschweife *sagen*, was ich denke. Aber sie fragt mich nicht. Unruhig überlege ich, was sie von mir will? Wird sie mich jetzt etwa rauswerfen – ein paar Wochen, bevor ich meine Lehre beendet habe?

Gelegentlich trägt der Wind Gekicher und Wortfetzen zu uns herüber. Wie viel lieber wäre ich dort als hier!

»Frau Senner«, setze ich vorsichtig an. »Das Kleid …«

»Du brauchst mir nichts zu erklären«, faucht sie plötzlich. »Dein Verhalten hat mehr gesagt, als es Worte können.«

Was für ein Verhalten? Ich verstehe sie nicht. »Heute

hätte in jeder Zeitung gestanden, dass Eva Andrees beim Filmball ein Kleid von Helena Senner getragen hat, nicht wahr?«

»Ja«, sage ich. Ich weiß noch immer nicht, worauf sie hinaus will.

»Egal, wer das Kleid genäht hat, den Ruhm erntet immer die Meisterin.«

»Na ja …«

»Stattdessen musste ich heute Morgen lesen, dass ich eine Pfuscherin bin.«

»Es tut mir leid«, hauche ich. Ich schäme mich in Grund und Boden.

»Ich habe dich durchschaut, mein Fräulein«, sagt sie wütend. Sie fuchtelt mit ihrem Finger vor meinem Gesicht herum. »Du hast dir gedacht, wenn du den Ruhm nicht bekommst, dann soll ihn auch niemand anders kriegen, stimmt's?« Ihre Augen funkeln. »Ein paar kleine unauffällige Schnitte an der Naht und schon ist die Meisterin blamiert.«

Ich starre sie ungläubig an. *Hat sie das jetzt wirklich gesagt? Glaubt sie allen Ernstes, dass ich das Kleid kaputtgemacht habe? Diese wunderschöne Robe, an der ich wochenlang gearbeitet habe und die meine Eintrittskarte in die Welt der Schneiderkünstler sein sollte?*

»Das ist nicht wahr«, sage ich. »Ich …« Ich bin so aufgeregt, dass ich kaum Luft bekomme.

»Ich will ehrlich mit dir sein«, sagt die Senner etwas ruhiger. »Ja, wir waren alle neidisch auf dich. Das, was wir uns seit Jahren erträumen, ist *dir* einfach in den Schoß gefallen. Dabei bist du noch nicht mal trocken hinter den Ohren.«

Das stimmt gar nicht! Ich bin doch nicht Aschenput-

tel, dem die Kleider von irgendwelchen Haselnussbäumen auf den Kopf fallen. Ich habe für meinen Erfolg gearbeitet! Und dass die Andrees das Kleid haben wollte, war dann eben ein bisschen Glück.

Leider bringe ich kein einziges Wort heraus. Meine Kehle ist wie zugeschnürt. Ich fixiere meine Schuhspitzen. Das hilft mir, nicht jammernd zusammenzubrechen. Alles, was sie mir da unterstellt – Neid und Betrug und Intrige – das ist mir völlig fremd.

Ich bin doch ein Sonnenschein! Hat die Senner das in drei Jahren wirklich nicht gemerkt?

»So ein talentiertes Mädchen wie dich habe ich noch nie ausgebildet«, fährt sie fort, während ich weiter um Fassung ringe. »Ich finde, nach all dem, was du gestern angerichtet hast, bist du mir etwas schuldig.«

Ganz langsam hebe ich den Kopf und schaue ihr in die Augen. Sie lächelt jetzt, aber es sieht nicht herzlich aus. »Was soll ich denn machen?«

»Bring mir Aufträge!«

»Was für …«

»Du wirst dafür sorgen, dass in meiner Werkstatt jetzt auch Mode produziert wird.«

»Ich? Wie soll ich das denn machen?«

»Fang bei Eva Andrees an! Geh zu ihr! Entschuldige dich! Küss ihr die Füße! Das ist mir egal. Hauptsache du kommst mit einem Auftrag für ein Kleidungsstück wieder.«

Ihre Forderungen fliegen mir um die Ohren wie Gewehrkugeln. »Frau Senner«, krächze ich. »Das kann ich nicht.«

»Oh doch! Das kannst du. Die Leute werden dich lieben – deine süße Sommersprossennase, blaue Augen, blonde Haare – so unschuldig wie ein Kleinkind. Man sieht dir nicht an, wie gerissen du bist. Und das will ich jetzt ausnutzen.«

So etwas hat mir noch nie jemand gesagt. Plötzlich bin ich die Hexe mit dem Engelsgesicht.

»Du hast die Wahl. Entweder du tust, was ich sage und bekommst die Stelle bei mir«, fährt sie fort.

Oder was?

Ihre Augen glänzen hart wie Stahl, während sie weiterredet. »Leider kann ich sonst nicht garantieren, dass du die Prüfungen bestehen wirst. Vergiss nicht, dein Gesellenstück ist zerrissen. Ausschuss sozusagen.«

Warum sage ich ihr nicht, dass sie sich ihre Stelle und den Abschluss sonst wohin schieben kann und gehe einfach?

Ich hole tief Luft, aber es kommt kein Ton aus mir heraus. In zwei Wochen bin ich fertig mit meiner Lehre. Ich kann doch jetzt nicht alles hinschmeißen! Meine fünfte Ausbildung und wieder ohne Abschluss? Meine Eltern bringen mich um. Und außerdem will ich doch unbedingt Schneiderin sein!

Helena Senner hat meine Zukunft in der Hand. Sie will mich benutzen, um ihren alten Traum wahr zu machen, und ich bin machtlos.

Sie starrt mich herausfordernd an. Was soll ich nur tun?

Ich nicke gehorsam. »Ich bringe Ihnen Aufträge«, sage ich leise. Ich habe jedoch nicht die geringste Ahnung, wie ich das schaffen soll. »Aber Sie müssen mir bitte glauben, dass ich das Kleid nicht kaputt gemacht habe.«

Sie zuckt die Schultern. »Es ist kaputt«, sagt sie kalt.

»Egal wie. Dein Kleid hat nicht gehalten, was es versprach. Jetzt streng dich an.«

Ein paar Minuten später sind wir zurück bei den anderen. Die Chefin sieht so zufrieden aus wie eine Katze, die am Sahnetopf genascht hat. Nora und Annemarie tuscheln und suchen mein Gesicht nach Tränenspuren ab. Bin ich froh, dass ich es dieses Mal geschafft habe, nicht zu heulen! Lila sitzt allein auf einem umgestürzten Baumstamm und knabbert lustlos an einem Hühnerflügel.

»Was hat die Senner gesagt?«, fragt sie, als ich mich neben sie plumpsen lasse.

Ich stehe unter Schock. Aber instinktiv weiß ich, dass es besser ist, mit niemandem über Helena Senners Erpressung zu reden. Es würde mir sowieso keiner glauben. »Ach nichts«, wiegele ich also ab. »Ich soll mich ein bisschen mehr anstrengen, weiter nichts.«

Lila schaut mich von der Seite an. »Geht es dir gut?«

»Mir geht es super«, sage ich.

In den nächsten Tagen benehme ich mich wie ein Bienchen während der Blütezeit. Ich sause eifrig durch die Werkstatt und bemühe mich, jeden Auftrag der Chefin zu erfüllen, bevor sie ihn auch nur ausgesprochen hat. Ich entwerfe ein paar feine Sommerkleider, die ich – in der Hoffnung, dass sie jemand kaufen will – vorn im Laden ausstellen werde.

Aber das ist nicht genug. Ich spüre Frau Senners Blicke förmlich in meinem Nacken brennen. Sie wartet darauf, dass ich zu Eva Andrees gehe (die sich seltsamerweise nicht über das geplatzte Kleid bei uns beschwert hat) und sie als erste Modekundin für uns gewinne.

Ich bin furchtbar aufgeregt, denn ich habe nicht die geringste Ahnung, was die Schauspielerin machen wird, wenn ich ihr Auge in Auge gegenüberstehe. Aber es ist egal, wie ich mich fühle. Ich muss etwas tun.

Ich verrate niemandem, was ich vorhabe. Beiläufig sage ich, dass ich keine Zeit habe, um mit in die Mittagspause zu kommen. Was keinen sonderlich zu stören scheint. Ich suche mir Eva Andrees' Adresse aus unserer Kundenkartei und laufe los. Um die Ecke gibt es einen todschicken Blumenladen. Dort lasse ich einen großen Strauß aus langstieligen Rosen, Lavendel und Schleierkraut binden, dessen Preis mir die Tränen in die Augen treibt. Aber ich möchte nicht mit leeren Händen zu der Schauspielerin kommen. Also Schwamm drüber.

Kurze Zeit später stehe ich vor einem wunderschönen, weißen Stuckaltbau. Während ich die Klingelschilder nach ihrem Namen absuche, öffnet sich die Haustür. Irgend so ein Depp kommt heraus, quasselt in sein Telefon, guckt nicht nach vorn und rennt mir mit voller Wucht mitten in meinen Blumenstrauß. Er hebt entschuldigend die Hand, murmelt irgendetwas, das wie »Sorry« klingt, und läuft die Treppen herunter. Als ich mich wieder den Klingeln widmen will, sehe ich, dass eine Rose geknickt ist. Ein Büschel Schleierkraut hängt herab. Der Strauß ist hin.

»Moment!«, schreie ich dem Typen wütend hinterher. »Sie haben die Blumen kaputtgemacht. Mit einem Sorry kommen Sie mir nicht davon.«

Kurz vor seinem Auto, einem klapprigen Renault,

bremst er und dreht sich zu mir um. »Reden Sie mit mir?« Lässig schiebt er sein Handy in die Hosentasche.

»Die waren teuer«, sage ich und halte ihm den ramponierten Strauß entgegen.

»Es tut mir leid. Das war nicht meine Absicht«, sagt er freundlich. »Was kann ich tun?«

Er ist braun gebrannt und auf seinem Kopf kräuseln sich tausend kleine dunkle Locken. Eine schwarze Sonnenbrille verdeckt seine Augen.

»Ich wollte sie Eva Andrees schenken. Sie … Sie erwartet mich.«

Äh? Warum sage ich das jetzt? Will ich ihn etwa beeindrucken? So ein Quatsch.

Er ist lang und schlaksig, trägt Jeans und T-Shirt. Schlecht sieht er nicht aus, aber er wirkt arrogant und hat kein Benehmen. Solche Männer mag ich nicht.

»Oho, etwa *die* Frau Andrees?«, fragt er prompt und grinst frech.

Er ist wirklich überhaupt nicht mein Typ und die Blumen kann er auch nicht wieder heil machen. *Hätte ich bloß nichts gesagt!* Ich verdrehe genervt die Augen, winke ab und wende mich erneut den Klingelschildern zu.

»Schon gut«, murmele ich.

Hoffentlich verschwindet er schnell. Tut er aber nicht.

»Das ist eigenartig«, sagt er. »Sie ist nämlich gar nicht zu Hause.«

Ich kriege einen riesigen Schreck und drehe mich wieder zu ihm um. »Aber …«

Wie bitte? Da habe ich endlich meinen Mut zusam-

mengenommen, mich in Unkosten gestürzt und jetzt ist Eva Andrees nicht da?

»Ist alles okay?« Der Typ kommt die Treppen zu mir hoch. »Sie sind ja ganz blass geworden.«

»Es … Es war … nur … wichtig für mich«, stottere ich.

»Tja, das tut mir wirklich leid«, sagt er. »Also, ich muss dann mal los, ja?«

Er saust schon wieder die Treppen herunter, immer zwei Stufen auf einmal nehmend. *Wer ist der Typ überhaupt? Wieso glaube ich ihm, was er sagt?*

»Woher wollen Sie eigentlich wissen, dass sie nicht da ist?«, rufe ich ihm mit dem Mut der Verzweiflung nach. »Sie … Sie kennen sie doch gar nicht.«

Er bremst und dreht sich mit verwundertem Gesichtsausdruck wieder nach mir um. »Sie ist ein paar Tage im Urlaub«, sagt er. Es klingt leicht genervt. »… Nach dem Wirbel bei der Filmnacht. Ausspannen am Mittelmeer. Ich gieße in der Zeit ihre Blumen. Da muss ich es wissen, okay?«

»Ach, Sie sind der Concierge?«

In besseren Gegenden kommt dieser Beruf, so eine Art guter Geist des Hauses, wieder zunehmend in Mode. Das habe ich neulich in der Zeitung gelesen. Schlagartig ist mir der Lockenkopf ein bisschen sympathischer. Schließlich sind wir beide Dienstleister. Außerdem kann es nützlich sein, ihn zu kennen. Wow! Der Mann hat ja sogar ihren Schlüssel!

»Dann wissen Sie ja, wann Frau Andrees wiederkommt!«, sage ich, noch leicht gezwungen lächelnd.

Jetzt will ich gar nicht mehr, dass er verschwindet. Im Gegenteil! Ich hoffe sogar, dass er ein bisschen bleibt und mit mir plaudert. Seine Informationen können Gold wert sein.

»Concierge?«, sagt er grinsend. Er scannt mich von Kopf bis Fuß und steigt noch einmal die Treppen zu mir hinauf. »Ja … Ja genau! Der bin ich.«

Es klappt! *Was hat die Chefin gesagt? Die Leute werden mich lieben? Ja, vielleicht ist es wirklich gut, dass ich klein, blond und blauäugig bin.*

»Haben Sie irgendwas mitbekommen wegen der Sache mit dem Kleid?«

Er steht jetzt direkt vor mir. Sein Rasierwasser riecht gut. »Mmh?«

»… Ich meine, weil da so was Peinliches passiert ist bei der Filmnacht. Das war ja sogar im Fernsehen zu sehen.«

»Ach das?«, grölt er und lacht laut.

Also sehr dezent ist er nicht. Fehlt nur noch, dass er sich auf die Schenkel schlägt. »Nicht so laut«, flehe ich. Die Sache ist mir immer noch so sterbenspeinlich.

»Ja, sie hat gesagt, wenn ihr dieses Schneiderlein noch mal unter die Augen kommt …«

Ups, da sind die Tränen. Ich wusste doch, dass die Andrees mich hasst. Sie wird mir niemals einen neuen Auftrag geben. Da kann mir auch der Concierge nicht helfen. Er hört mitten im Satz auf zu sprechen und guckt mich verblüfft an.

»Du bist ein seltsames Mädchen«, sagt er. Er zieht ein Päckchen Taschentücher aus seiner Hosentasche und hält sie mir hin. »Was willst du eigentlich wirklich von Eva Andrees? Du bist doch gar nicht mit ihr verabredet. Oder?«

Ich habe keine Energie, mir eine Lüge auszudenken.

»*Ich* habe ihr Kleid verpfuscht«, gebe ich also offen zu. »Aber ich will es wieder gutmachen. Ich muss es wieder gutmachen, sonst schmeißt mich meine Chefin raus und die anderen lachen mich aus und überhaupt … Ich bin eine gute Schneiderin.«

Tief in mir drin ist noch eine Hoffnung, dass er mir helfen kann. Es muss doch einen Sinn haben, dass ich ihn getroffen habe. Er guckt mir beim Naseputzen zu.

»Du bist jedenfalls ein ziemlich tapferes Schneiderlein!«, sagt er.

Das finde ich richtig nett von ihm.

»So was würde sich nicht jeder trauen«, fährt er fort. »… Nach so einer Blamage. Ich meine, die Sache stand in *jeder* Zeitung.«

Plötzlich habe ich eine Idee. »Würden Sie etwas für mich tun?«

Er schaut mich fragend an. Meine Gedanken überschlagen sich.

»Ich werde für Frau Andrees eine Bluse nähen, eine, die ihr ganz wunderbar steht. Ich will kein Geld dafür. Ich will nur, dass sie mir die Blamage verzeiht und … Und dass sie sieht, dass ich doch gut nähen kann …«

»Klingt nach einer brauchbaren Idee«, sagt der Concierge. »Und was habe ich damit zu tun?«

»Sie legen die Bluse in ihre Wohnung und wenn sie nach Hause kommt, dann ist es das Erste, was sie sieht.«

Er lacht. Sein Lächeln ist offen und sympathisch.

»Wie heißt du eigentlich?«

»Ich? … Rosa … Ähm … Machen Sie das?«, frage ich mit flehender Stimme. Ich bin so nah dran. »Bitte!«

»Kaffee?«

»Wie bitte?«

»Trinkst du einen Kaffee mit mir, Rosa? Oder besser Yogi-Tee. Du bist ja total überdreht und musst mal ein bisschen runterkommen.«

Ich schüttele den Kopf. Das nun auch wieder nicht. Ich will gar nicht ›runterkommen‹. Ich find's schön da oben. Endlich sehe ich, wo es langgeht. »Ich muss wieder zurück in die Werkstatt«, sage ich. Ich hoffe, dass er deshalb jetzt nicht sauer ist. »Meine Chefin ist seit der Sache superstreng zu mir.«

Zum Glück grinst er und nickt. »Okay. Wann willst du deine Bluse bringen?«

»In drei Tagen!«, jubele ich. »Zur gleichen Zeit?«

»Abgemacht. Aber dann einen Kaffee, ja?«

»Danke!«

Ja, vielleicht trinke ich einen Kaffee mit ihm. Wenn er unbedingt will. Aber dann muss ich ihm sagen, dass ich in festen Händen bin. Sonst denkt er noch, wir haben ein Date. Ich drücke ihm fest die Hand und gehe.

»Weißt du, was sie gesagt hat?«

»Wer?« Ich bin schon fast um die Ecke, drehe mich aber noch einmal um.

»Na, die Eva Andrees … zu deinem Kleid? Sie hat gesagt, abgesehen von der Scheiß-Naht war es das schönste Kleid, das sie je getragen hat.«

»Hat sie wirklich Scheiß-Naht gesagt?«

»Na ja, so was Ähnliches. Sie hat dein Kleid geliebt, Schneiderlein! Trotz allem.«

Wow! Wenn ich könnte, würde ich zur Werkstatt fliegen.

Sie werden viel Glück haben und Schwierigkeiten überwinden!

Wer sagt denn, dass Glückskekse nicht die Wahrheit sprechen!

Als ich abends im Bett liege und den Tag Revue passieren lasse, bin ich wieder ein wenig zufriedener mit meinem Leben.

Nur eins wundert mich. Warum spricht die Andrees mit dem Concierge über ihre Kleider? Sie ist eine sehr volksnahe Diva. Wer hätte das gedacht?

Seit der Draisinen-Tour ist es ziemlich still in meinem Leben. Ich arbeite verbissen und schaue weder nach rechts noch nach links. In der Werkstatt ist die Stimmung angespannt. Niemand raschelt mit Glückskeksverpackungen oder liest morgens das aktuelle Tageshoroskop vor. Mir soll es recht sein. Selbst die sonst so lustige Mittagspause verläuft bedrückend still. Die Pechmaries ignorieren mich neuerdings. Jolanta ist für ein paar Tage zu ihrer Familie nach Polen gefahren. Elke, unsere vierte Kollegin, ist krankgeschrieben.

Lila wurde von der Chefin zum großen Sommer-Werkstattputz verdonnert und kaut in jeder freien Minute auf ihren Fingernägeln herum. Das hat sie schon als Kind gemacht, wenn sie etwas ausgefressen hatte.

»Was ist los?«, frage ich sie, als wir zusammen nach Hause fahren.

»Ach nichts«, sagt sie. Sie guckt mich nicht an, sondern betrachtet ihre verwüsteten Nägel.

Na gut, wenn sie nicht reden will, dann wird es schon nichts Ernstes sein.

Ich arbeite jeden Tag wie eine Verrückte und mache oft Überstunden. Wenn ich spät nach Hause komme, falle ich mehr tot als lebendig ins Bett.

»Du hast überhaupt keine Zeit mehr«, mault Lila, als ich mal wieder erst um 22 Uhr die Wohnungstür aufschließe. »Warum nähst du neuerdings nach Feierabend Kleider und Blusen?«

Sie schiebt mein Abendessen in die Mikrowelle und gießt mir Cola ein. Dann setzt sie sich zu mir an den Tisch und schaut mich neugierig an.

»Du weißt doch, dass ich das gern mache«, antworte ich ausweichend.

Lila hat, im Gegensatz zu mir, überhaupt keine Modeambitionen. Sie ändert gern. Wenn ich so darüber nachdenke, passt sie eigentlich viel besser in Helena Senners Werkstatt als ich. Schon, weil sie mit Annemarie und Nora gut zurechtkommt.

Die Mikrowelle piepst. Lila springt auf und stellt mein aufgewärmtes Schnitzel vor mich hin.

»Ich muss mal mit dir reden«, sagt sie. »Es … es ist da nämlich was passiert.«Automatisch steckt sie einen ihrer Finger in den Mund, um an ihren Fingernägeln herumzukauen. Ich kann das nicht mehr mit ansehen.

»Lass das Geknabber«, fauche ich sie an. »Das ist eklig.«

Sie guckt mich erschrocken an und lässt die Hand sinken.

»Tut mir leid«, sage ich und wundere mich selbst, dass ich so heftig war. »Was wolltest du denn mit mir besprechen?«

»Ach nichts«, sagt sie eingeschüchtert.

Ich sehe wohl, dass sie etwas belastet. Aber für Lilas Sorgen habe ich im Moment keinen Sinn. Zuerst müssen meine Kleider fertig sein und die Bluse für Frau Andrees natürlich.

Frau Senner habe ich erzählt, dass ich mit der Diva gesprochen habe und sie etwas bei mir bestellt hat (Was natürlich nicht mal die halbe Wahrheit ist, aber das kann der Chefin doch egal sein). Nun muss ich überhaupt keine Änderungen machen. Alle zwei Sekunden kommt die Chefin und guckt, was ich nähe. Zwischendurch nickt sie anerkennend.

So wie eben läuft es bei Lila und mir seit Tagen, auch am Wochenende. Da kocht sie immer etwas besonders Leckeres für uns, aber wenn sie mich zum Essen ruft, schlafe ich schon halb und sie muss allein essen. Oder ich habe mein Skizzenbüchlein neben dem Teller und zeichne. Wenn Lila etwas besprechen will, merkt sie jedes Mal schnell, dass ich überhaupt nicht zuhöre. Dann lässt sie mich in Ruhe und unser Essen verläuft schweigend.

Rob ist ganz aus der Welt. Er hat *eine* SMS geschickt seit jenem Morgen, als er einfach so verschwunden ist. Aber ich kann mich jetzt nicht darum kümmern. Wenn ich meinen Abschluss in der Tasche habe, werde ich ihm alles erklären.

Zum Glück ist in ein paar Tagen der Stress vorbei. Dann bin ich fertig, stelle meine kleine Sommerkollektion im Laden aus und trage die Bluse zu Eva Andrees. Allzu lange würde ich diese Anspannung sowieso nicht mehr durchhalten. Ich habe schon zwei Kilo abgenommen.

Als der große Tag endlich gekommen ist, zittern mir die Hände. Heute bekommen wir unsere Zeugnisse und die Lehrzeit ist zu Ende. Wir sind jetzt Schneiderinnen. Fast!

Lila sieht blass aus, als sie mir den Frühstückskaffee ans Bett bringt. Ich fühle mich so, wie sie aussieht.

Helena Senner hat kein Wort mehr über meine Zeugnisse gesagt. Aber die Kleider, die ich genäht und im Laden ausgehängt habe, sind innerhalb von drei Tagen verkauft worden. Ich habe keine Ahnung, wie viel sie damit eingenommen hat. Aber ihr zufriedenes Gesicht sprach Bände. Es war wie ein Wunder: Seitdem der Name ihrer Werkstatt in der Zeitung gestanden hat, strömten die Kunden haufenweise in den Laden. Scheinbar wollten alle unbedingt die Schneiderin kennenlernen, die Eva Andrees' Kleid verpfuscht hatte.

Ich verstand die Welt nicht mehr. Aber die Chefin rieb sich die Hände.

»Besser schlechte Schlagzeilen als gar keine«, lachte sie.

Während sie sich im neuen Ruhm sonnte, zeichnete ich noch mehr Kleider und fertigte dazu die entsprechenden Schnittmuster an. Davon konnte die Meisterin gar nicht genug kriegen. Meine Überstunden konnte ich nicht mehr zählen. Aber mit jeden Tag, da war ich sicher, machte ich mich ein kleines bisschen unentbehrlicher.

Die Bluse für Eva Andrees lieferte ich wie verabredet. Ich hatte sie in weißes Seidenpapier eingeschlagen und es vorsichtig mit kleinen Stecknadeln verschlossen. An einer hübschen Kordel hing die neue Karte meiner Chefin (tatsächlich ›Helena von Senner – Modeatelier

Star‹), zusammen mit einer kleinen getrockneten rosa Rose, die ganz zart duftete. Sie sollte meine ›Visitenkarte‹ sein, wenn schon wie üblich mein Name nirgendwo geschrieben stand.

Einen Kaffee mit dem Concierge habe ich wieder abgelehnt. Ich musste schnell zur Arbeit zurück. Er hat ziemlich enttäuscht geguckt.

Aber die Bluse lag nun in Eva Andrees' Wohnung. Ich war glücklich!

Jetzt *musste* die Chefin mir mein Zeugnis geben.

Schweigend fahren Lila und ich zur Arbeit, schlüpfen in unsere Arbeitsklamotten und flüchten hinter die Nähmaschinen, ohne uns auch nur in die Augen zu sehen. Egal, wie es heute läuft, werden wir keinen Grund zum Feiern haben. Wenn Helena Senner mich einstellt, wird Lila arbeitslos, und umgekehrt. Ich schwöre mir, dass ich mich ab sofort wieder mehr um meine Freundin kümmern werde. Die letzten Wochen haben uns beiden nicht gutgetan.

»Rosa! Lila! Zur Chefin kommen«, ruft Nora quer durch die Werkstatt, kaum dass wir die ersten Stiche genäht haben.

Da baut sich Annemarie vor mir auf. »Ich hoffe, sie stellt Lila ein«, zischt sie mir fast unhörbar zu.

Als ich ihre feindselig zusammengekniffenen Augen sehe, läuft mir ein Schauer den Rücken herunter. Aber dennoch bin ich ziemlich sicher, dass Annemarie dieser Wunsch heute nicht erfüllt wird. Die Meisterin kann mich gar nicht feuern – jetzt, da sie gerade die Früchte erntet, die ich gesät habe. Annemarie muss sich also mit mir arrangieren, ob sie will oder nicht.

»Das werden wir ja sehen«, fauche ich selbstbewusst zurück.

»Komm, Rosa«, sagt Lila.

Sie fasst meine Hand und zusammen schreiten wir wie zwei Schulmädchen, die etwas ausgefressen haben, zu Frau Senner ins Büro.

»Wetten, sie nimmt Rosa«, höre ich Nora seufzen. »So wie die sich eingekratzt hat in den letzten Tagen.«

»Sie ist wie Unkraut«, ätzt Annemarie. »Man wird sie einfach nicht los.«

Okay, das wird nicht leicht mit den beiden. Ich seufze. Wenigstens ist Jola nett.

Fünf Minuten später bin ich gefeuert!

Die Chefin hat sich bei mir bedankt (»Du hast alles getan, um deinen Fehler wieder gutzumachen.«). Dann drückte sie mir mein Zeugnis in die Hand und beglückwünschte Lila zu ihrem sicheren Arbeitsplatz.

Mir ist übel. Ich wanke erschüttert aus der Werkstatt. Die anderen starren mir wortlos hinterher.

»Rosa, warte!« Lila kommt mir nachgelaufen. »Es tut mir leid. Ich muss die Stelle nicht nehmen, wenn du nicht willst. Wir suchen uns beide etwas Neues, ja?«

Sie wäre bereit, für mich zu kündigen! Das gibt mir den Rest. Ich schäme mich so, denn ich war so blöd zu ihr in den letzten Wochen. Mir strömen die Tränen der Verzweiflung aus den Augen, als mir das Ausmaß der Enttäuschung bewusst wird. Ich wollte alles und jetzt habe ich nichts. Die schönste Bluse der Welt liegt bei Eva Andrees – zusammen mit *Helena Senners Visitenkarte!* In ihrem Laden hängt meine Mode, liegen meine

Skizzen, die Schnittmuster, die ganze Arbeit der letzten Wochen.

Helena Senner hat mich erpresst, ausgenutzt und zu guter Letzt rausgeschmissen. Ich dachte, ich mache mich unentbehrlich, wenn ich alles tue, was sie sagt. Aber in der Chefin habe ich einmal mehr meinen Meister gefunden! Sie wollte nicht *mich*, sondern meine Ideen. Und die hat sie jetzt.

Ich fühle mich wie ein Wurm, der durch den Rinnstein kriecht, durch den das Abwasser fließt.

»Du wirst nicht kündigen«, sage ich und falle Lila um den Hals. »Du bist die Bessere von uns beiden und deshalb hast du die Arbeitsstelle verdient, nicht ich.«

Ich schiebe sie zurück ins Atelier und bitte sie, am Abend meine Sachen mitzubringen. Nie, niemals wieder werde ich einen Fuß über Helena Senners Schwelle setzen!

Da war doch dieser Glückskeksspruch neulich … Und wieder hat er recht behalten.

Ich hatte viel Glück. Ich habe Schwierigkeiten überwunden.

Was er mir verschwiegen hat, ist, dass danach wieder neue und größere Probleme auf mich warten.

Ich kann Glückskekse noch immer nicht ausstehen! Sie sind so was von heimtückisch!

Glückskeks 3

Jemand gibt Ihnen Rätsel auf!

Na toll! Mit zitternden Händen habe ich den Glückskeks aufgebrochen. Wieder so ein komischer Spruch. Wie wäre es mit: ›Heute wird alles gut!‹ Oder: ›Sie können Ihr Glück kaum fassen!‹

Ich will keine Rätsel lösen, sondern eine neue Arbeitsstelle. Aber genau da liegt das Problem (oder Rätsel?). Kaum habe ich eine Bewerbung abgeschickt, ist sie zwei Tage später wieder im Postkasten.

»Ich glaube, die lesen sie nicht mal«, seufze ich. »Die tüten meine Mappe nur um und schicken sie zurück.«

Lila tröstet mich. »Das liegt an der wirtschaftlichen Lage, nicht an dir.«

Wenn sie nur recht hat. Ich glaube eher, dass es an Helena Senner liegt, die mich bei jeder Schneiderei in der Stadt als böse Hexe hingestellt hat, die hinterrücks Nähte auftrennt, um die Existenz der eigenen Chefin zu vernichten.

»Vielleicht sollte ich mich einfach persönlich vorstellen?«, denke ich laut. »Ich glaube, wenn die erst sehen, wie nett ich bin, wird mich schon jemand einstellen.«

Lila, die schon auf dem Sprung zur Arbeit ist, schüttelt den Kopf. »Dann fühlen die sich überfallen. Würde ich nicht machen.«

Sie hat gut reden. Schließlich muss sie nicht den ganzen Tag zu Hause sitzen, das Telefon anstarren und auf den Briefträger lauern. Das Leben ist so sinnlos, wenn man morgens nicht aus dem Haus gehen und arbeiten kann. Sogar meine zahlreichen Studiensemester haben mir mehr Spaß gemacht als das hier.

Immerhin habe ich jetzt viel Zeit für mein Hobby. Ich habe mir vor einiger Zeit angewöhnt, alles, was ich gern nähen würde, aufzumalen. Im Laufe der letzten drei Jahre ist eine stattliche Sammlung meiner kunterbunten Modeträume zusammengekommen. Ich hebe die Zeichnungen alle auf. Vielleicht kann ich sie in ferner Zukunft einmal gebrauchen, wenn ich meinen Meisterbrief und eine eigene Werkstatt habe und machen kann, was ich will. Zukunftsmusik! Im Moment wäre ich ja schon glücklich, wenn ich mal wieder Reißverschlüsse einnähen dürfte.

Es ist prächtiges Sommerwetter. Eigentlich könnte ich im Tiergarten oder einem anderen der tausend Berliner Parks sitzen, mich von der Sonne bescheinen und von Grillduft umwehen lassen. Ich habe ein Skizzenbüchlein und Stifte in meiner Handtasche. Warum nicht draußen zeichnen? Es ist doch eigentlich schön, mal ein paar Wochen freizuhaben! Leider nein. Wie ich es auch drehe und wende – ich kann diesen Zwangsurlaub einfach nicht genießen. Ich bin eine frisch ausgebildete Schneiderin und will arbeiten gehen und Geld verdienen!

Also hocke ich zu Hause und warte darauf, dass mich der Briefträger oder der Anruf einer Schneidermeisterin von der Qual erlöst. Meine Eltern, die sich neuerdings beinahe jeden Tag melden, um zu hören, was es Neues gibt, sind mir auch keine große Hilfe.

»Warum musstest du auch ein Abendkleid nähen?«, fragt meine Mutter in einem Ton, als hätte ich etwas absolut Unanständiges getan. »Viel zu extravagant. Guck dir Lila an, die hat ein schönes, kleines Sommerkleid gemacht und nun hat sie eine Arbeit. Du willst immer zu hoch hinaus.«

Ich sage nicht viel dazu. Wie es im Moment aussieht, hat sie ja sogar recht. Lilas Sommerkleid ist wirklich wunderschön geworden.

Wir haben zusammen gegrübelt und herumprobiert, bis uns ein Entwurf richtig gefallen hat. Ich war so froh, dass sie mich immer wieder um Rat gefragt hat. Schließlich muss eine Freundin für die andere da sein. Die entscheidende Idee für ihr Kleid kam mir, als ich einen alten Film mit Marylin Monroe angeschaut habe. Rob hatte an dem Abend keine Lust, mit mir ›Wie angelt man sich einen Millionär?‹ zu gucken. Er wollte zu einem Fußballspiel und Lila bot sich an, ihn zu begleiten. Mir war es recht, denn nichts ist nerviger, als bei einer herrlichen, alten Hollywoodkomödie neben einem Terminatorfan zu hocken. Ich lümmelte also auf der Couch und amüsierte mich über Pola, Tütü und Tschicki und ihre tapsigen Versuche, einen reichen Mann zu heiraten. So ganz nebenbei bewunderte ich die Kleider – schick und unglaublich feminin. Darauf schwöre ich. Das ist Rosa-Redlich-Stil! Eine Modenschau, wie sie im Film der stinkreiche Mr. Brookman gezeigt bekommt, werde ich in meinem zukünftigen Schneidersalon auch abhalten.

»Und hier sehen Sie das Modell Rosa, ein spektakuläres Abendkleid, mit dem Sie auch auf dem internationalen Parkett eine gute Figur machen.«

Ein wirklich inspirierender Film! Am Ende hatte ich

Lilas Sommerkleid vor Augen: Ein feines Teilchen aus Leinen-Seide-Gemisch für das Büro, das sich nach ein paar geschickten Handgriffen in ein knappes Strandkleid verwandeln lässt – top geeignet für die moderne Powerfrau, die sich zum Afterwork noch schnell mit ein paar Freunden am Bundespressestrand auf einen Cocktail trifft.

Lila war begeistert.

Nun arbeitet sie fest angestellt bei Frau Senner, und ich verbringe meine Tage mit Warten und rosa Träumen von besseren Zeiten. (Meine Lieblingsvorstellung ist die: Es klingelt und vor der Tür steht Eva Andrees. Sie sagt, dass sie sehr unzufrieden mit Helena Senner ist und nun ihre Kleidung bei mir schneidern lassen will – sie und ein paar andere Schauspielerinnen auch. Schwupps, schon bin ich doch ganz schnell berühmt.)

Einmal schafft es Oma, mich aus der Wohnung zu locken. Sie braucht mich zum Einkaufen. Da kann ich nicht nein sagen. Obwohl gerade keine Asien-Woche ist, kommen wir doch bepackt wie die Esel zu ihr nach Hause. Oma isst gar nicht so viel. Sie ist gertenschlank und dank Thai-Chi auch noch richtig fit. Aber sie hat gern Gäste und die müssen schließlich bewirtet werden.

Nachdem wir alle Einkäufe in Küche und Keller verteilt haben, kocht sie für mich – heute mal nicht chinesisch, sondern Eier in Senfsoße mit Stampfkartoffeln. Das habe ich mir gewünscht. Essen ist wie Psychotherapie. Kartoffelbrei und sämige Soßen erinnern mich immer an die Zeit, als ich noch klein war und meine Eltern und Großeltern mich vor allem Übel beschützt haben. Mit einem Bauch voller gekochter Eier sieht die Welt schon gar nicht mehr so schlimm aus.

Oma kann meinen Weltschmerz sowieso nicht nachvollziehen. Für sie ist es keine Frage, dass ich bald wieder arbeiten gehen werde. Sie hat mich wirklich lieb und kann sich einfach nicht vorstellen, dass alle Welt ihrem kleinen Mädchen gerade einen Korb gibt.

Zu Hause fische ich mal wieder vier dicke, große Briefe aus dem Postkasten. Ich brauche sie gar nicht aufzumachen. Es sind natürlich meine Bewerbungsunterlagen. Seit fünf Wochen suche ich jetzt Arbeit.

Ich sehe nett und freundlich aus, habe einen Eins-a-Gesellenbrief und meine Unterlagen sind weder fleckig noch fehlerhaft. Warum will mich denn keiner einstellen? Nicht eine einzige Einladung zu einem Vorstellungsgespräch habe ich bekommen.

Lila behauptet, dass die Senner nichts damit zu tun hat. »Sie hat dich schon vergessen«, beteuert sie. »Seit die Andrees bei uns ein und aus geht, schwebt sie auf Wolke sieben. Sie hat doch alles, was sie will. Warum sollte sie so etwas Böses tun?«

Was Lila so unschuldig daherplappert, tut mir ganz schön weh. Manchmal ist sie komisch. Sie muss doch merken, wie schmerzlich das ist, wenn ich höre, dass die Senner jetzt den Erfolg genießt, den *ich* vorbereitet habe.

»Hat sie nie nach mir gefragt?«, frage ich seufzend.

»Die Chefin? Nö!«

»Nicht die. Ich meine die Andrees.«

»I wo! Warum sollte sie?«

Ja, warum auch? Fragt man nach dem Blatt, das vom Baum fällt? Natürlich nicht!

Ich bin unterdessen so verzweifelt, dass ich sogar die Hausarbeit gern mache. Hauptsache, zu irgendetwas nützlich sein! In den drei Jahren, seit wir zusammen wohnen, hat eigentlich immer Lila den ganzen Haushalt erledigt, wenn sie nach Hause kam. Sie liebt Abwaschen, Bügeln und all dieses Zeug. Sie bringt es fertig, singend mit einem Staubpuschel durch die Wohnung zu laufen und fröhlich ihre tausend geliebten Dekorationsobjekte abzuwischen. Sie hat ein Faible für kleine Porzellantierchen in Setzkästen und Stoffblumen in Porzellanvasen. Es sieht zwar gemütlich aus. Aber es staubt ein! Und das hasse ich!

Aber jetzt ist sie den ganzen Tag arbeiten, und ich bin da. Es bleibt mir also nichts anderes übrig, als seufzend auch ein bisschen mit anzupacken. So haben wir beide die Rollen getauscht. Wenn Lila abends irgendwann von der Arbeit kommt, stelle ich ihr das Essen auf den Tisch. Meistens habe ich ein Tiefkühlfertiggericht aufgetaut. Lila sieht, angesichts der eingeschränkten Speisenauswahl, nicht gerade begeistert aus. Aber ich finde, dass Rahmspinat und Fischstäbchen auch lecker sind. So eine Perle wie Lila, die Kartoffelsuppe, Rouladen, Gulasch und Klöße kochen kann – sogar ohne Kochbuch – bin ich nun mal nicht.

Lila ist neuerdings immer ziemlich spät zu Hause. Ob die Senner sie jetzt zwölf Stunden arbeiten lässt? Das sähe der gemeinen Schlange ähnlich, erst mich und nun meine Freundin so auszunutzen. Als ich Lila darauf anspreche, reagiert sie ausweichend. Wahrscheinlich ist es ihr unangenehm, denn sie kann natürlich nichts gegen die Anweisungen ihrer Chefin machen.

Wie auch immer, zu Hause muss sie sich dafür nur noch zurücklehnen. Die Wohnung blitzt und glänzt, der Müll ist runtergebracht und im Kühlschrank stehen eisgekühlte Getränke. Jetzt ist sie es, die nach der Arbeit auf der Couch liegt und Fernsehen guckt.

»Wenn du wieder arbeiten gehst, das wird hart«, sagt Lila. Sie streckt sich seufzend mit einem Glas Cola auf meiner Couch aus. »Kannst du mir mal die Schultern massieren?«

Die verspannten Schultern sind eine Berufskrankheit.

»Mache ich gleich«, antworte ich. »Wenn ich abgewaschen habe.«

Sie schnurrt wie eine Katze, als ich etwas warmes Öl auf die Schultern gebe und kräftig einmassiere.

»Wann kriege ich eigentlich deinen Anteil der Miete für den Juli?«, fragt sie und lässt die Eiswürfel in ihrem Glas klirren.

»Das meinst du jetzt aber garantiert nicht ernst«, sage ich schockiert. »Du weißt doch, dass ich im Moment so gut wie nix habe und das geht alles für Porto und die ganzen Bewerbungssachen drauf.«

»Ist schon gut«, sagt Lila. Sie streckt ihren Rücken, damit ich ihn besser durchkneten kann. »Wird ja bald wieder besser.«

Später, als ich allein in meinem Bett liege, versuche ich mal wieder, Rob anzurufen. Entweder ist es besetzt oder er nimmt nicht ab. Seit Tagen geht das nun schon so. Ab und zu schickt er eine SMS, mehr ist nicht drin. Dabei könnte ich seinen Zuspruch wirklich gut gebrauchen.

Aber seit dem Abend, als Eva Andrees' Kleid geplatzt ist, habe ich kaum noch Kontakt zu ihm. Angeblich hat er so viel zu tun und kann deshalb nicht vorbeikommen.

Offenbar haben alle zu tun.

Alle! Nur ich nicht. Ich muss etwas unternehmen und zwar gleich!

»Guten Tag, ich bin Damenmaßschneiderin. Ich bin gerade mit der Ausbildung fertig geworden.«

»Ja, das ist ein toller Zufall. Wir suchen nämlich eine junge Schneiderin.«

Die Frau am Tresen lächelt gewinnend. Ich strahle zurück.

Warum bin ich nur nicht gleich losgegangen? Das ist viel besser als die öden Bewerbungsbriefe.

Während die Frau ihre Chefin holt, schaue ich mich im Laden um. Es gefällt mir. Alles hell und freundlich gestrichen. Modeatelier Riemer in Charlottenburg. Schön!

Im übergroßen Spiegel lächele ich mir selbst zu. Klein, aber auf hohen Schuhen, mit keckem Pferdeschwanz und einem Kleid, das ich selbst genäht habe – nichts Auffälliges, aber in Hellblau, der Farbe, die mir von allen am besten steht. Die bringt meine Augen zum Leuchten. Als die Besitzerin nach vorn kommt, ist sie mir gleich sympathisch.

»Frau Riemer?«, frage ich freundlich. »Nett, Sie kennenzulernen.«

»Ganz meinerseits, Frau …?«

»Redlich. Ich heiße Rosa Redlich … wie treu und ehrlich.«

Für einen Augenblick verfinstert sich der Blick der Chefin. Oder kommt es mir nur so vor?

»Sie suchen also Arbeit?« Sie räuspert sich und fixiert einen Punkt irgendwo hinter mir.

»Hier sind meine Zeug…«

»Da muss ich Sie leider enttäuschen«, unterbricht sie mich. »Ich habe heute jemanden eingestellt, sonst hätte ich Sie gern genommen.«

Warum fühlt es sich so an, als ob sie lügt?

Schneiderei Wichmann, Atelier Weller, Schneiderkunst Hübner, Anfertigungen und Änderungen aller Art Ahrend … wie sie nicht alle heißen.

Sie haben keinen Bedarf (»… sowieso zu viele Angestellte«), gerade eine schwierige wirtschaftliche Situation (»Die Leute sparen an allem, wissen Sie?«) oder hören mir gar nicht richtig zu (» … so viel zu tun. Keine Zeit, jemanden anzulernen«).

Als ob man mich anlernen müsste! Ich nähe einen schnurgeraden Saum mit geschlossenen Augen – von popeligen Reißverschlüssen, langweiligen Rückenmittelnähten, endlosem Maßnehmen und Abstecken mal abgesehen. Als gelernte Schneiderin kann ich das alles.

Als ich abends nach Hause komme, bin ich kurz vor dem Nervenzusammenbruch.

»Du hast ja gar nichts zu essen gemacht«, nölt Lila zur Begrüßung. Sie knallt die Kühlschranktür zu und stellt extra laut scheppernd einen Topf auf den Herd.

Das gibt mir den Rest. Den ganzen Tag war ich tapfer. Jetzt kann ich nicht mehr. Ich bin sogar zum Heulen zu schlapp, stehe mit hängenden Schultern da und schaue sie fassungslos an.

Lila schämt sich und nimmt mich tröstend in die Arme. »Was ist denn los, Süße?«, fragt sie. »Hat Rob mit dir Schluss gemacht?«

»Wie kommst du denn darauf?«, ich bin verblüfft. »Rob hat nur wenig Zeit im Moment. Aber er ist ganz lieb. Er hat mir eine SMS geschickt, dass er mir Glück wünscht für heute und so.«

Lila ist knallrot geworden. »Ich dachte nur, weil du so fertig aussiehst …«

»Doch nicht wegen Rob«, sage ich verzweifelt. »Es ist wegen der Arbeit. Keiner will mich einstellen! Ich war überall. Bei jeder Schneiderei in Charlottenburg, Wilmersdorf und Steglitz.«

»Es sind ein paar Briefe für dich angekommen. Vielleicht ist eine Einladung für dich dabei.«

Ich schleppe mich zum Tisch, auf den Lila die Post gelegt hat – alles große, dicke Umschläge. Ich wische sie wütend auf den Boden. »Die Senner steckt dahinter«, schreie ich. »Sie hat in der ganzen Stadt verbreitet, dass ich ihre Arbeit sabotiert habe. Deshalb will mich keiner einstellen. Alle denken, ich schädige meine eigene Meisterin. So jemanden will natürlich keiner haben.«

Lila lässt mich wüten und sagt erst mal gar nichts. Sie kennt mich und hofft darauf, dass ich mich nach dem ›Ausbruch‹ wieder ganz schnell beruhige.

Aber da kann sie lange warten!

Ich hole mir ein Bier aus dem Kühlschrank und stürze es hinunter. Die Kühle tut meinem rauen Hals für einen Moment ganz gut. Lila guckt nach, was ich eingekauft habe.

»Ich mache heute mal was zu essen, ja?«, bietet sie an. »Ruh dich ein bisschen aus.«

Ich gehe in mein Zimmer, mache die Tür zu und lasse mich auf die Couch plumpsen. Essen will ich nichts. Ich kriege sowieso nichts runter. Das Bier ist mir nicht bekommen. Mein Magen tut weh. Mir schwirrt der Kopf.

Als eine Stunde später leckerer Bratenduft durch die Wohnung zieht, liege ich mit glühend heißer Haut und feuerrotem Kopf in meinem Bett. Lila erschrickt und holt sofort das Fieberthermometer. 39,8 Grad.

»Wir müssen zum Arzt, aber schnell«, beschließt sie.

»Kannst du vergessen«, stöhne ich. »Ich kann nicht aufstehen, und ich will auch nicht.«

Lila seufzt. »Manchmal komme ich mir vor wie dein Kindermädchen«, nuschelt sie und ballt die Fäuste.

Ich habe natürlich gehört, was sie gesagt hat.

Pah! Wer bedient denn hier wen, seit ein paar Wochen?

»Versteh doch, Lila«, flehe ich. »Ich kann mich jetzt nicht in eine U-Bahn setzen und durch die halbe Stadt zu irgendeinem Krankenhaus fahren.«

Es ist später Abend. Da hat der Arzt um die Ecke keine Sprechzeit mehr und auch keine andere Praxis in der Nähe.

»Musst du doch auch nicht«, erwidert Lila. »Wir nehmen uns ein Taxi.«

Seit wir zusammen wohnen, überweisen unsere Mütter uns jeden Monat hundert Euro. Die stecken wir in eine Spardose – als Geld für Luxusausgaben. Taxifahren gehört eindeutig dazu.

Vor meinen Augen tanzen Sterne. Mein Kopf fühlt sich an, als würde er gleich platzen. Lila hat recht. Ich muss zum Arzt. Mir wird mit jeder Minute elender.

Etwa eine halbe Stunde später halten wir vor einer Klinik. Ich habe keine Ahnung, wo wir sind. Lila hat alles gemanagt. Sie ist es auch, die mich jetzt durch irgendwelche Flure schleift, auf einen Stuhl setzt und die Anmeldung in der Notaufnahme für mich macht. Ich bin völlig willenlos. Irgendwann untersucht mich eine nette Ärztin. Sie verschreibt mir einen Haufen Medizin und ordnet an, dass ich in den nächsten drei Tagen das Bett nicht verlassen darf.

Nichts lieber als das.

Lila bedankt sich, schleppt mich wieder nach draußen und steckt mich in eines der dort wartenden Taxis.

Gerade als sie einsteigen will, ruft jemand.

»Hi, warte doch mal! Rosa? Bist du es?«

Lila dreht sich um und lacht. »Nicht ganz«, antwortet sie.

Ich sehe nicht genau, was los ist, aber irgendein Typ im weißen Arztkittel ist ihr hinterhergelaufen und redet jetzt auf sie ein.

Kenne ich den? Er hat doch *Rosa* gerufen?

Lila kichert und flirtet wie ein Weltmeister.

Typisch! Während ich hier auf kleiner Flamme gar gekocht werde, versucht sie sich einen Arzt zu angeln.

Endlich lässt sie sich neben mir nieder und nennt dem Taxifahrer unsere Adresse.

»Was wollte der?«, röchele ich.

»Er hat gedacht, ich bin du«, antwortet Lila fröhlich. »Er meinte, dass ihr euch neulich kennengelernt habt. Ich habe ihm deine Nummer und unsere Adresse gegeben.«

»Du hast … was?« Entsetzt schaue ich sie an. Ich verstehe nur Bahnhof. »Ich kenne den Typen nicht. Wenn ich einen Arzt kennengelernt hätte, dann wüsste ich das doch.«

»Schade eigentlich«, sagt Lila grinsend. »Der war absolut süß.«

»Dann hättest du ihm *deine* Handynummer geben sollen!«, motze ich. »Was soll denn Rob von mir denken?«

»Daran habe ich überhaupt nicht gedacht«, haucht Lila und wird plötzlich so fleckig rot, dass ich schon fürchte, sie mit meiner Grippe angesteckt zu haben.

»Was machst du eigentlich, wenn der Doktor dich anruft?«, fragt mich Lila.

Wir sind endlich zu Hause. Ich versuche gerade, mir mein Kleid über den Kopf zu ziehen. Es haftet an meinem schweißnassen Körper wie angeklebt.

»Lass mich doch damit in Ruhe«, schluchze ich verzweifelt und zerre am Kleid. »Du hast einem völlig fremden Typen meine Nummer gegeben … und jetzt nervst du mich auch noch pausenlos damit.«

»Entschuldige.«

Endlich kapiert Lila, dass sie einen Fehler gemacht hat.

»Entschuldige«, sagt sie noch mal und hilft mir aus meinen feuchten Klamotten.

Dann geht sie eilig aus dem Zimmer. »Du brauchst jetzt erst einmal Ruhe.«

Von wegen!

Mitten in der Nacht wache ich auf, weil Lila mit dem Arzt in der Küche eine Party feiert. Der hatte es aber eilig, hierher zu kommen! Die beiden lachen, hören Musik und stoßen mit ihren Gläsern so klirrend an, dass mir fast der Kopf platzt. Der Doktor hat genauso eine Stimme wie Rob. Und sein Lachen erst! Wie Zwillinge. Nicht zu glauben! Das Fieberthermometer zeigt fast 40 Grad. Ich fühle mich sterbenselend!

»Entschuldigung!«

Die junge Frau mit Kopftuch und Kinderwagen dreht sich um. Ich lächele sie an. Ob sie mich versteht? *Alle* Frauen, die ich gesehen habe, seit ich aus der U-Bahn gestiegen bin, tragen ein Kopftuch. Ich irre jetzt seit einer Viertelstunde durch Wedding auf der Suche nach einer kleinen Änderungsschneiderei, die mir gestern empfohlen wurde.

»Wo ist die Malplaquetstraße?«, frage ich zaghaft.

»Zweite Querstraße rechts. Das können Sie nicht verfehlen«, kommt es im einwandfreien Hochdeutsch.

Ich bedanke mich und stürme los, meiner heißen Spur entgegen.

Gestern war ich in Reinickendorf bei einem türkischen Schneider, der niemanden einstellt, weil er sein Geschäft ganz allein führt. Aber er hat mir einen Tipp gegeben und dahin bin ich jetzt unterwegs.

Als ich beim Sexshop um die Ecke biege, ist es auf einmal ganz ruhig. Kein Autolärm mehr. Nach ein paar Schritten entdecke ich eine nette Kneipe. Die Sonne scheint auf schön bepflanzte Blumenkübel. Auf den

Stühlen und Bänken liegen kunterbunte Kissen. Ein paar Leute sitzen zufrieden in der Sonne und schlürfen Milchkaffee. So ein schönes Lokal hatte ich hier gar nicht erwartet. Was man eben immer so hört über den Wedding. Fein ist es hier nicht. Aber das ist mir unterdessen auch egal. Wenn es nur Arbeit für mich gibt.

Zwei Wochen war ich krank.

Oma hat nach mir gesehen und einen Topf Hühnersuppe vorbeigebracht – angeblich das reinste Wundermittel gegen Erkältung. Sogar meine Eltern waren da – mit einem Korb Süßkirschen aus dem Garten und besten Grüßen von Tante Susanne und Onkel Thorsten.

Auch Rob ließ sich blicken und saß ein paar Mal an meinem Bett. Aber mehr als Händchenhalten war nicht drin. Er wollte mich weder küssen, noch sich ein bisschen zu mir legen. In der ersten Woche habe ich das schon verstanden. Da war ich einfach zu ansteckend, aber in der zweiten ging es mir schon viel besser und seine Nähe hätte mir gutgetan. Na ja, Männer! Sie sind eben manchmal ein wenig zimperlich.

Wenn es heute klappt mit der Arbeit (ich habe plötzlich ein ganz gutes Gefühl), dann kratze ich mein letztes Geld vom Konto zusammen und lade ihn zum Essen ein. In den letzten Wochen haben wir total aneinander vorbeigelebt, so, als wären wir nicht schon drei Jahre zusammen. Rob ist der Mann, den ich heiraten und mit dem ich Kinder haben will. Es wird Zeit, dass er meine Liebe endlich wieder zu spüren bekommt. Nach dem Essen werde ich ihn in mein Zimmer entführen. Nur er und ich. Mich überzieht eine Gänsehaut, wenn ich nur dran denke. Wir hatten ja wochenlang keinen Sex.

Zurück zur Gegenwart: In der Straße sind viele kleine Läden – ein Trödler, Lotto und Zeitungen, irgendwas Undefinierbares, ein Friseur. Kein protziger Hochglanz-Supermarkt – so richtig Berliner Kiez eben. Das gefällt mir. Aber eine Änderungsschneiderei finde ich trotzdem nicht. Ob sich der nette türkische Schneider geirrt hat?

Ich krame meinen Zettel aus der Handtasche. Nummer 27. Ich stehe direkt vor dem Haus und schaue die mehrstöckige Fassade hoch. Sollte sich ganz oben vielleicht eine Schneiderwerkstatt verstecken? Der kleine Laden im Erdgeschoss, in dessen finsterer Auslage ein paar traurige Pflanzen zwischen verschrumpelten Fliegen- und Wespenleichen vor sich hinwelken, kann es nicht sein. So sieht ein florierendes Atelier, in dem sie eine Angestellte brauchen, jedenfalls nicht aus.

Der gute Mann hat mir wohl die falsche Adresse gegeben.

Die Straße scheint nicht sehr lang zu sein. Wenn hier eine Schneiderei ist, werde ich sie schon finden. Angeekelt wende ich mich von der schmuddeligen Fensterscheibe ab, als plötzlich die Ladentür quietscht und eine ältere Frau in Jogginghosen, Schlabberpulli und mit Zigarette im Mundwinkel vor mir steht.

»Sie wünschen?«, fragt sie mit rauer Stimme und bläst mir eine Nikotinwolke ins Gesicht.

Sie sieht – positiv formuliert – so aus, als ob sie sich hier auskennt. Eigentlich erweckt sie den Eindruck, als wäre sie noch keinen Tag hier herausgekommen.

Genauso habe ich mir den Wedding und seine Bewohner immer vorgestellt.

»Hier muss irgendwo eine Schneiderwerkstatt sein«, sage ich. Ich trete einen Schritt zurück, um dem stinkenden Qualm zu entgehen.

»Und was willst du da?«

Die Frage ist wirklich blöd. Was bitte will man bei einem Schneider? Da meine Eltern mich zur Höflichkeit erzogen haben, antworte ich, überlege aber fieberhaft, wie ich mich schnell von hier verdrücken kann. »Ich … Ich suche Arbeit.«

Die wachen, blauen Augen in dem von unzähligen Knitterfalten zerfurchten Gesicht der Frau mustern mich aufmerksam. »So ein hübsches Püppchen wie du will *hier* arbeiten?«

»Ja, warum denn nicht?«, antworte ich. Es klingt beherzter, als ich mich fühle. *Was, wenn hier alle so raubeinig sind?* »Wissen Sie denn, wo das Atelier ist?«, frage ich erneut.

»A-t-e-l- j-e-h?«

Die Frau betont genüsslich jede Silbe einzeln. Dann fängt sie an zu lachen. Das klingt ungefähr so, als würde Papa in seinem Werkzeugschuppen Metall sägen. Jäh wird sie von einem Hustenanfall geschüttelt. Für dieses Geräusch fehlt mir ein Vergleich. Ich widerstehe dem Drang, ihr auf den Rücken zu klopfen und will auch nicht dabei sein, wenn sie vor ihrem vergammelten Was-auch-immer-Geschäft das Zeitliche segnet. Ich habe zwar ein paar Semester studiert, aber die Reparatur von kaputten Dampfmaschinen stand auf keinem Lehrplan.

»Auf Wiedersehen. Ich muss weiter.«

»Warte.« Lachen und Husten enden abrupt.

Ich will eigentlich nicht, aber ich bleibe dennoch stehen.

Die Frau schmeißt ihre Kippe auf den Boden, tritt sie sorgfältig aus und streckt mir dann ihre Hand hin. »Margret Sonnemann«, sagt sie lächelnd. »Na, dann komm mal rein.«

Schlagartig wird mir klar, dass der nette türkische Mann sich gar nicht in der Adresse geirrt hat. *Ich* habe mich getäuscht, nämlich darin, dass ich dachte, er wäre *nett.* Stattdessen ist er wohl ein ausgemachter Fiesling. Was hat er sich dabei gedacht, mich hier hinzuschicken? »Sie suchen wirklich eine Angestellte?«

»Na ja, ich habe drüber nachgedacht. Hat Achmed dir das gesagt?«

Ich nicke und überlege, ob ich nicht einfach davonrennen soll.

»Er ist ein wirklich guter Freund«, sagt sie. »Hat gemerkt, dass es bei mir gesundheitlich nicht mehr so gut geht. Er will unbedingt, dass ich mich ein bisschen mehr ausruhe.«

Mit diesen Worten schiebt sie mich in die Tür. Ich kneife die Augen zu und will überhaupt nicht sehen, was sich hinter dieser grausigen Fensterscheibe verbirgt. Wider Erwarten ist es gar nicht so schlimm. Die Werkstatt von Margret Sonnemann besteht aus einem einzigen großen Raum. Alle wichtigen Schneiderwerkzeuge sind vorhanden – Nähmaschinen, Schneiderpuppe, Bügelstation und ein Tisch für den Zuschnitt. Es ist nicht gerade schick und die Einrichtung ist museal, aber wenigstens stinkt es nicht nach Zigarettenrauch. Zum Glück raucht sie nur draußen. Auf den Kleiderstangen hängen Hosen, Jacken, Anzüge. Sie hat offensichtlich reichlich Kundschaft.

Wenn sie ihr großes Schaufenster nicht komplett mit Holz verkleidet hätte, wäre es sogar hell in dem Laden und sie könnte statt unter einer Neonfunzel bei Tageslicht arbeiten.

Ich entspanne mich ein wenig. *Aber will ich wirklich hier arbeiten?*

»So ein schickes Mädchen hier bei mir«, sagt Frau Sonnemann noch einmal verwundert und mustert mich. »Du kannst doch wohl jede andere Stelle haben.«

Kann ich das? Wohl kaum.

Sie sieht es mir zum Glück nicht an, aber ich habe überhaupt keine Wahl. Ich muss nehmen, was ich kriegen kann. Mein Entschluss steht blitzschnell fest. »Ich will aber keine andere Stelle«, sage ich und werde nicht mal rot. »Ich will genau hier hin. Jawohl!«

Offensichtlich ist es nicht bis zu ihr vorgedrungen, dass ich die sabotierende Hexe mit dem Engelsgesicht bin. Ist auch besser so. Margret Sonnemann schüttelt trotzdem ungläubig den Kopf.

»Das kannst du dem Weihnachtsmann erzählen«, sagt sie direkt. »Aber wenn du gut arbeitest, ist mir egal, warum es dich ausgerechnet zu mir verschlagen hat. Zahlen kann ich nicht viel. Das ist dir wohl klar.«

Sie nennt mir eine Summe, bei der nach Abzug der Miete noch etwas Geld für die Samariter-Suppenküche übrigbleibt. Jetzt zu behaupten, mir wäre das Geld nicht so wichtig, ist wohl zu dick aufgetragen. Also nicke ich nur. Sie grinst mich breit an und zeigt dabei zwei Reihen erstaunlich makelloser Zähne.

»Also abgemacht«, sagt sie. »Zur Feier des Tages lade

ich dich drüben ins ›Schraders‹ bei den beiden Jungs ein. Die machen einen wirklich guten Kaffee.«

Sie will weder Zeugnisse sehen noch fragt sie nach meinen Berufserfahrungen. Aber meinen Namen sollte sie doch wenigstens wissen

»Ich heiße übrigens Rosa«, hauche ich vorsichtig.

Alle anderen Meisterinnen haben in diesem Moment plötzlich keine Stelle mehr frei gehabt. Wie wird sie reagieren?

»Rosa Redlich.«

Um ihre Lippen spielt ein feines Lächeln. »Angenehm«, sagt sie fröhlich. »Darf ich Rosi zu dir sagen? Ich hatte mal einen Pinscher, der hieß so. Er war etwas Besonderes, wirklich ein verdammt kluges, kleines Hundchen.«

Ich glaube, ich trinke statt Kaffee lieber einen Grappa. Irgendetwas, was so richtig brennt!

Am Abend erzähle ich Lila von meiner neuen Wirkungsstätte. Sie amüsiert sich prächtig über mich. Ich lache meistens mit, was aber eher daran liegt, dass ich gern lache und nicht daran, dass ich meine Situation so witzig finde. Aber gut, ich habe Arbeit und das Herumsitzen hat ein Ende. Angesichts der geringen Bezahlung beschließe ich, mein letztes Geld lieber doch nicht für ein Essen mit Rob auszugeben, sondern es als klitzekleinen Notgroschen zurückzuhalten. Ich werde ihn einfach ohne Vorspeise in mein Bett locken.

»Morgen koche ich was Schönes für uns beide«, sage ich froh zu Lila. »Und hole eine Flasche Wein. Es ist zwar nicht der Traumjob, aber ich bin glücklich, dass ich endlich etwas gefunden habe.«

Lila guckt mich schief grinsend an. »Soll das eine Feier werden, oder was?«, fragt sie. »Mit Tiefkühlpizza? Oder Ravioli aus der Dose? Was hast du dir Leckeres ausgedacht?«

Ich grinse zurück, etwas unsicher allerdings. Sie ist ja so schnippisch heute. »Ja, eine kleine Feier«, antworte ich, so ungezwungen wie möglich. »Ich kann wieder Miete zahlen. Das ist doch was, findest du nicht?«

Ich halte ihr meine Hand hin. »Schlag ein!«

Das macht Rob manchmal. Bei ihm sieht es cool aus.

»Oh Mann!«, sagt Lila und rührt sich nicht. »Du bist echt weit gesunken, Rosa.«

Mir vergeht das Lächeln. Ich starre Lila entsetzt an. »Das meinst du nicht ernst, oder?«

Aber Lila nickt und starrt zurück. »Doch«, sagt sie. »Du im tiefsten Wedding, Rosa. Das ist ja wohl das Allerletzte.«

Ich springe auf und stürze in mein Zimmer. Da werfe ich mich heulend auf mein Bett.

Ich habe schon gemerkt, dass Lila ein bisschen komisch geworden ist, seit das Missgeschick mit Eva Andrees' Kleid passiert ist. Aber ich habe darüber hinweggesehen (ich bin ja manchmal auch nicht gerade unkompliziert), weil es mich nie wirklich verletzt hat. Dafür kenne ich Lila viel zu gut. Sie war schon immer ein bisschen launisch, schon als wir noch Kinder waren.

Aber das eben, das war richtig schlimm.

Ich habe so etwas nie gesagt, als ich studiert habe

und sie nur im Discounter an der Kasse gearbeitet hat. Unter Freundinnen ist so etwas tabu, dachte ich. Wäre ich jetzt Ärztin und sie Verkäuferin … Na und? Eine Freundschaft hat doch mit dem Beruf nichts zu tun.

Sie arbeitet im schicken Atelier Senner in Wilmersdorf und ich in einer Weddinger Rumpelbude. Anscheinend glaubt sie, dass sie jetzt etwas Besseres ist.

Was ist bloß mit Lila los? Sie gibt mir wirklich Rätsel auf.

Da fällt mir ein, dass genau das in meinem letzten Glückskeks stand.

Jemand gibt Ihnen Rätsel auf!

Es wird Zeit, dass ich mir einen neuen Keks genehmige. Besser noch, ich werde einfach eine ganze Packung essen, so lange, bis ich einen Spruch gefunden habe, der mir nicht das kleinste bisschen Schlechtes voraussagt. Ich habe schon so eine Ahnung, dass das nicht klappen wird.

Was ein waschechter Glückskeks ist, der lässt sich nicht austricksen!

An diesem Abend komme ich nicht mehr aus meinem Zimmer heraus. Rätsel hin, Freundschaft her. Ich finde, Lila muss den ersten Schritt machen. Ich versuche zig Mal, Rob auf seinem Handy zu erreichen. Er muss zu mir kommen und mich trösten. Aber er geht nicht ran. Also hinterlasse ich eine Nachricht und bitte ihn, mich heute Abend noch auf ein Gläschen im Biergarten abzuholen. Ich möchte ihn jetzt doch einladen.

Ich warte, dass Lila endlich reumütig anklopft und sich entschuldigt. Aber nichts tut sich.

Irgendwann klingelt es an der Tür. Ich höre sie kichern und kurz darauf die Wohnung verlassen. Von Rob keine Spur. Noch einer, der mir ein Rätsel aufgibt.

Ich weiß nicht, warum meine Augen so tränen. Vielleicht liegt es an der knietiefen Schicht aus Staub, Stoff- und Fadenresten, durch die ich mich gerade wühle. Margret Sonnemann hat ihre Werkstatt seit gefühlten 40 Jahren nicht geputzt.

Kann aber auch sein, dass ich traurig bin.

Rob hat sich gestern nicht bei mir gemeldet. Lila ist gar nicht nach Hause gekommen. Keiner war da, als ich heute Morgen zu meinem ersten Arbeitstag aufgebrochen bin.

An dem Morgen, als Lila zum ersten Mal als Schneiderin und nicht mehr als Azubi zu Frau Senner gegangen ist, habe ich ihr extra ein schönes Frühstück gemacht und heimlich ein süßes, kleines Nadelkissen in die Handtasche geschmuggelt. Ich fand meine Geste ziemlich edel, wenn man bedenkt, welchem Umstand Lila ihre Stelle verdankte.

Immerhin hat Oma angerufen und mir Glück gewünscht.

Die Begrüßung bei Frau Sonnemann war freundlich. Zeitgleich mit mir traf einer der ›Jungs‹ in der Schneiderei ein. Ich hatte die beiden Wirte des ›Schraders‹, dem hübschen Ecklokal, gestern kennengelernt. Sie waren gleich sehr herzlich.

Ihre Speisekarte ist üppig und lecker mediterran angehaucht. Es gibt Cocktails, Weine, Kaffee. Frau Sonnemann hatte nicht zu viel versprochen.

Einer der beiden, Jens, stand mit einem Kaffeebecher und einem Frühstücksteller an der Tür der Werkstatt.

»Hallo«, begrüßte er mich lächelnd. »Du meinst es also wirklich ernst?«

»Ja, warum denn nicht?«

Er musterte mich. So schick wie am Tag zuvor hatte ich mich dieses Mal nicht gemacht. Ich trug Jeans, aber meine selbst genähte Bluse war schon auffällig hübsch.

»Als ich dich gestern gesehen habe, dachte ich, dass du dich hier nie wieder blicken lässt«, sagte Jens ehrlich. »Du wirst sehen, dass du es nicht bereust.«

Da war ich mir zwar noch nicht so sicher, aber ich lächelte tapfer und zeigte auf das Frühstück. »Für Frau Sonnemann?«

Er nickte. »Kriegt sie jeden Morgen. Zum Dank näht sie uns unseren ganzen Kram. Hast du die Kissen gesehen? Also, wenn du wirklich hier arbeitest, bringe ich ab sofort zwei Portionen. Was magst du denn zum Frühstück? Ist gratis – unter Freunden und Nachbarn sozusagen.«

Über so viel Herzlichkeit war ich nahezu fassungslos. Bevor ich vor Freude in Tränen ausbrechen konnte, kam zum Glück Frau Sonnemann, die nun also meine Chefin war, aus der Tür.

»Rosi, du bist ja wirklich gekommen? Alle Achtung!«

»Das habe ich auch schon gesagt«, kommentierte Jens grinsend.

Er drückte Margret den Kaffee und den abgedeckten Teller in die Hand. »Ist ein tapferes Mädchen.«

Frau Sonnemann lachte ihr rostiges Lachen, und wir gingen zusammen ins Geschäft. Kurze Zeit später versank ich im Staub.

Noch nie im Leben habe ich so viel geniest, aber ich kann nicht nähen, wenn es schmuddelig ist. Die Werkstatt von Helena Senner war immer picobello sauber und aufgeräumt.

Frau Sonnemann hat nichts dagegen, dass ich putze, während sie sich nach dem Frühstück (Jens hat mir auch noch Milchkaffee und ein Croissant gebracht) direkt an ihre Nähmaschine setzt. Sie näht tatsächlich auf einer uralten mechanischen Singer – einem wunderschönen, bestimmt 80 Jahre alten Modell, schwarz, zierlich und mit goldener Blume am Fuß. Wenn sie näht, macht es tok, tok, tok. So was Schönes sieht man sonst nur noch im Museum oder beim Trödelhändler. Die neue computergesteuerte Viking rührt sie nicht an.

»Damit kannst du arbeiten«, sagt sie, als sie meine verblüfften Blicke sieht. »… Wenn du mit Saubermachen fertig bist.«

Sollte das noch in diesem Jahr geschehen, werde ich es bestimmt tun, denn ich habe bisher nur mit elektrischen Maschinen gearbeitet.

Nachdem ich ungefähr 40 Mal geniest habe, bringt mir meine Chefin ein Tuch zum Vor-die-Nase-binden. Es ist aus weicher Seide.

»Das ist von einem echten Sari«, sagt sie. »Also bitte nicht reinschnäuzen, ja?«

Ich werde mich hüten. Einen guten Kleiderstoff erkenne ich auf 100 Meter Entfernung und weiß ihn zu schätzen. Nun sehe ich aus, als wäre ich ein Bankräuber, aber wenigstens dringt nicht mehr so viel Staub in Nase und Mund.

Am liebsten würde ich auch das schmuddelige Schaufenster sauber machen. Aber ich befürchte, das würde nicht viel bringen. Eigentlich müsste man nämlich die Holzverkleidung abreißen, mit der die Scheibe verschlossen ist. So eine seltsame Fensterkonstruktion habe ich noch nie gesehen. Es muss noch aus Zeiten stammen, in denen man Sonnenlicht für schädlich hielt. Ich beschließe, Frau Sonnemann erst darauf anzusprechen, wenn wir uns besser kennen. Nur die halb toten Blumen gieße ich in einem unbeobachteten Moment. Mal gucken, ob sie sich erholen.

Nach zwei Stunden Putzen habe ich eine Ecke im Laden sauber. Frau Sonnemann hustet wieder ziemlich stark. Wahrscheinlich ist es besser, wenn ich erst einmal aufhöre.

In dem Moment öffnet sich zum ersten Mal am Tag die Ladentür. Ich bin erleichtert. Offensichtlich verirrt sich doch ab und zu ein lebendes Wesen hierher, in diesem Fall sogar eine recht junge Frau, die lässig in Jeans und T-Shirt gekleidet ist und – ach du lieber Schreck – die mir merkwürdig bekannt vorkommt.

Margret steht auf und begrüßt sie.

Ich lungere, mit Besen in der Hand und Tuch vor dem Gesicht, in einer Ecke und glotze. *Ist das eine Fata Morgana oder steht da tatsächlich Vicki aus meiner alten Schule vor mir?* Nein, das kann nicht sein. Berlin ist doch kein Dorf und diese attraktive junge Frau kann unmöglich Ficki, das Klassengespött, sein!

Sicherheitshalber gehe ich auf Tauchstation. Falls sie es nämlich doch ist, soll sie mich hier nicht sehen. Sie wird was abholen, dann verschwinden und sich hier nie wieder blicken lassen. Ich ducke mich blitzschnell hinter den Bügeltisch und warte. Ich höre, wie sich die beiden begrüßen. Klang das gerade wie ein Küsschen rechts und links? Sie duzen sich und beginnen ein fröhliches Geplauder. Nach fünf Minuten staut sich das Blut in meinen Beinen und sie beginnen zu schmerzen. Es hilft nichts. Langsam richte ich mich auf.

»Ach Rosi, du bist ja wieder aufgetaucht«, sagt meine Meisterin fröhlich. »Ich will dir mal eine Stammkundin vorstellen.«

Na super!

»Das ist Vicki.«

Damit sind meine Zweifel restlos beseitigt.

»… und das ist meine neue Angestellte, die Rosi Redlich.«

Ich halte mich an meinem Besen fest und rühre mich keinen Millimeter vom Fleck.

»Rosi, sag mal, willst du nicht das Tuch vom Gesicht nehmen und Hallo sagen?«, fordert mich Frau Sonnemann stirnrunzelnd auf.

So ähnlich hat sie mit meinem Namensvetter, ihrem Hundchen, wahrscheinlich auch gesprochen. *Nein, will ich nicht!*

Das letzte Mal, als ich Vicki gesehen habe, war ich Medizinstudentin im dritten Semester, und so habe ich mich auch aufgeführt. Wir haben uns im Zug getroffen, als ich meine Eltern besuchen wollte. Sie hat sich freundlich erkundigt, wie es mir geht. Ich hatte keine Lust, mit ihr zu sprechen, und fertigte sie brüsk ab.

»Keine Zeit. Muss lernen, Physikum und so, weißt du?«

Dabei las ich gerade eins von Lilas Dr. Cordes Heftchen. Hatte ja irgendwie auch was mit Medizin zu tun.

Das vorletzte Mal, als wir miteinander zu tun hatten, das muss während unserer langen, gemeinsamen Schulzeit gewesen sein und da gab es keinen Tag, an dem Lila und ich nicht irgendwelchen Schabernack mit Vicki angestellt haben. Sie war ein eigenwilliges Pummelchen und außerdem blind wie ein Maulwurf, wenn sie nicht ihre einen Meter dicken Brillengläser auf der Nase hatte. Viktoria Liesen war definitiv das unbeliebteste Mädchen unserer Klasse, wenn nicht sogar der ganzen Schule.

Jetzt steht sie also vor mir. Ein Pummelchen ist sie heute nicht mehr. Im Gegenteil, sie ist groß und sehr schlank. Aber eine Brille trägt sie immer noch, so eine eckige mit schwarzem Rand. Klug sieht sie aus damit und … na ja, irgendwie attraktiv. Lange rotbraune Haare umrahmen ihr schmales Gesicht. Lieber Himmel! Sie ist ja eine richtige Schönheit geworden. Das muss ich Lila erzählen.

Sie kneift jetzt die Augen zusammen und starrt in meine Richtung. »Rosa, bist du es wirklich?«

Ja, stell dir das mal vor. Ich kriege kein Wort über meine Lippen.

»Was machst du hier?«, fragt sie. Sie kommt, frech

grinsend, einige Schritte auf mich zu. »Dein Cleanicum?«

Aua, das sitzt.

Ihr Gedächtnis funktioniert prima und wäre ihr Witz nicht auf meine Kosten gegangen, hätte ich mich wahrscheinlich schlapp gelacht.

Cleanicum! Ha, ha, ha!

»Ach, ihr kennt euch?«, fragt meine Chefin. Sie strahlt über beide Ohren. »Das ist ja ein toller Zufall. Kommt, wir gehen auf einen Kaffee zu den Jungs.«

Wenn das hier so weiter geht, werde ich Alkoholikerin. Ich könnte nämlich schon wieder einen Grappa vertragen.

Glückskeks 4

Eine neue Freundschaft wird dich verzaubern.

»Tut mir leid wegen vorgestern«, sagt Lila. »Ich weiß auch nicht, was da mit mir los war.«

Wir sind zusammen im Bad. Seit ich wieder arbeiten gehe, stehen wir morgens zur gleichen Zeit auf.

»Ist schon gut«, antworte ich. »Jeder hat mal einen schlechten Tag.«

»Ich habe nur schlechte Tage, seit Micha weg ist.«

Auf einmal sieht sie aus, als würde sie gleich losheulen. Von ihrem Ex-Freund hat sie ewig nicht geredet. Ich habe gedacht, sie hätte ihn längst vergessen.

»Fehlt er dir noch immer?«, frage ich.

Eigentlich wollte ich meine Haare föhnen, aber jetzt ist es wichtiger Lila zuzuhören. Ich setzte mich auf den Klodeckel und schaue zu, wie sie sich ihre langen Haare zu zwei Zöpfen flicht.

Sie sieht viel jünger aus als sie ist, noch richtig mädchenhaft – und sehr verletzlich im Moment. Ein Engelsgesicht, genau wie ich. Nur meine Haare sind etwas kürzer.

»Micha fehlt mir nicht mehr«, antwortet sie zögerlich. »Aber einer, mit dem ich einfach glücklich zusammen sein kann schon.«

»Du findest bald jemanden«, sage ich. »Da bin ich sicher.«

»Vielleicht habe ich ihn ja schon gefunden.«

»Wirklich? Das wäre ja …«

»Warum kümmerst du dich eigentlich gar nicht mehr um Rob?«, unterbricht sie mich.

»Wie meinst du das?« *Wer hat denn hier laufend angerufen in den letzten Wochen?*

»Du hast keine Ahnung, wie gut du es hast.«

»Ich?«, frage ich verdattert.

Sie bringt mich ganz durcheinander mit ihrem ständigen Themenwechsel. Außerdem habe ich es überhaupt nicht gut. Bei all dem, was in den letzten Wochen geschehen ist, halte ich mich eher für einen ausgemachten Pechvogel.

»Na ja«, sage ich vorsichtig. Ich weiß wirklich nicht, worauf sie hinauswill, und ich möchte auf keinen Fall, dass sie wieder so zickig wird wie neulich. »Das kommt ganz auf die Betrachtungsweise an, Lila. Du hast den besseren Job, die tolle Wohnung und … jemanden gefunden?«

Sie reagiert nicht.

»Nun erzähl doch mal.«

»Es ist kompliziert.«

Sie will nicht reden. Aber irgendwie doch, sonst hätte sie mir nicht lauter kleine Bröckchen hingestreut, die mich neugierig machen. Mir schwirrt der Kopf. Dann setzt Lila, um die Verwirrung komplett zu machen, noch einmal nach.

»Liebst du Rob überhaupt noch?«

»Wie kommst du denn darauf?«, frage ich überrumpelt. »Natürlich liebe ich ihn. Wir … Wir haben uns nur ein paar Tage nicht gesehen.«

Oder sind es Wochen? Ich habe keine Ahnung.

In letzter Zeit war ich viel zu beschäftigt mit meinen Problemen. Und dabei kam Rob irgendwie gar nicht vor. Ich schlucke den Kloß in meinem Hals herunter. Gleich nachher auf dem Weg zur Arbeit werde ich ihn anrufen. Der von mir heftig ersehnte Versöhnungssex steht immer noch aus, weil Rob neulich schon wieder keine Zeit hatte.

»Er hat eine neue Arbeitsstelle.«

»Er hat was?« Jetzt bin ich nicht mehr verwirrt, sondern am Boden zerstört.

»Du hast schon richtig verstanden.«

Rob ist Tischler und muss in Häusern, die saniert werden, die Fenster ausbessern. Er verdient gut dabei und hat Arbeit ohne Ende, aber zufrieden ist er damit nicht. Viel lieber will er Möbel tischlern.

»Warum weiß ich davon nichts?«, frage ich kleinlaut.

»Er wollte es dir sagen, aber du hattest ja nie Zeit. Er ist jetzt bei einem Möbelrestaurator.«

Warum heißt es eigentlich immer, dass ich keine Zeit habe? Umgekehrt ist es doch ganz genauso!

Es tut mir zwar weh, die Neuigkeiten von Lila und nicht von ihm zu erfahren, aber ich freue mich für ihn. Rob hat nämlich eine künstlerische Ader. Die kann er in seinem neuen Job nun voll ausleben.

»Ist er sauer auf mich?«

Lila hat ihr Flechtwerk beendet und dreht sich zu mir um. »Sauer nicht. Aber enttäuscht.«

Na, das ist ja viel besser. »Aber ich habe ihn ganz oft angerufen.« Ich spüre plötzlich den Drang, mich zu verteidigen.

Lila zuckt mit den Schultern. »Ich sage nur, dass du vom Glück verwöhnt bist. Und deshalb passt du nicht darauf auf.«

Unser Frühstück verläuft schweigend. Ich denke die ganze Zeit an meinen Freund und daran, dass ich nicht kapiere, warum wir in letzter Zeit so wenig miteinander zu tun haben.

Die Klingel schrillt.

»Rob!«

Lila und ich rufen es wie aus einem Mund, springen gleichzeitig vom Tisch auf und laufen zur Tür. Wer sonst sollte morgens um acht bei uns klingeln?

Ich bin zuerst da und öffne, froh, meinem Freund gleich in die Arme sinken zu können. Doch dann stoppe ich, denn er ist es nicht.

»Es ist der Concierge«, sage ich enttäuscht. *Was will der denn hier?*

Ich frage mich angestrengt, woher er weiß, wo ich wohne.

»Oh Gott, das ist der Doktor«, ruft Lila fast gleichzeitig mit mir.

»Guten Morgen«, sagt der Typ und grinst.

Wieder trägt er eine Sonnenbrille. Seine dunkelbraunen Haare sehen feucht aus, so als hätte er gerade geduscht, weshalb sie sich noch wilder kringeln als zuletzt.

»Was für ein Doktor?«, frage ich und schaue Lila blöde an.

»Was für ein Conzjärsch?«, will sie wissen. »Was zur Hölle ist das eigentlich?«

»Na, so einer, der die Blumen gießt, wenn du im Urlaub bist.«

»Willst du verreisen?«

»Nein!«

»Äh …«, sagt der Typ, aber weiter kommt er nicht,

denn Lila tippt sich an die Stirn und sagt: »Das ist der Doktor, Rosa. Als du krank warst neulich … Ich habe es dir doch erzählt … Der mir nachgelaufen ist, weil er uns beide verwechselt hat.«

»Nein«, beharre ich. »Das ist der Concierge, der die Bluse für Eva Andrees in ihre Wohnung gelegt hat, von der sie so begeistert war, dass sie jetzt alles bei Helena Senner nähen lässt. Obwohl ich die Bluse genäht habe und nicht sie.«

»Darf ich vielleicht auch mal was dazu sagen?« Der Typ schaut jetzt leicht verwirrt von Lila zu mir und von mir wieder zu Lila. Er hat seine Sonnenbrille in die Haare geschoben. Ich kann zum ersten Mal seine Augen sehen. Sie sind braun.

»Ja«, sage ich und gucke ihn hilflos an. »… Erstens: Was wollen Sie hier? Und zweitens, woher wissen Sie, wo ich wohne?«

»Ich … Ich habe …«, stottert Lila, »… ihm doch deine Adresse gegeben.«

Ich verstehe überhaupt nichts. Nur, dass hier irgendetwas nicht ganz koscher ist.

Der Concierge, den Lila für einen Arzt hält, ist nicht so leicht aus der Ruhe zu bringen. »Darf ich reinkommen?«, fragt er. »Dann kann ich vielleicht alles erklären.« Er macht einen Schritt auf uns zu.

»Nein«, wehre ich ab. Seine Anwesenheit verwirrt mich. Ein seltsamer Morgen ist das heute.

»Ja, klar«, widerspricht Lila.

Sie guckt mich mit einem strengen Das-ist-ja-wohl-meine-Wohnung-Blick an und schenkt dem Eindringling ein strahlendes Lächeln.

»Also, ich wollte zu dir«, sagt er, als Lila die Tür

hinter ihm zugemacht hat, und schaut mich unsicher an.

Er grinst jetzt nicht mehr ganz so frech.

»Wir beide haben noch immer keinen Kaffee zusammen getrunken. Ich komme gerade aus der Nachtschicht und dachte, du hättest vielleicht eine halbe Stunde Zeit.«

»Ihr kennt euch also wirklich?«, fragt Lila interessiert.

»Ja! Aber er ist kein Arzt«, beharre ich. »Er ist der Concierge von Eva Andrees. Er hat es mir selber gesagt.«

»So ein Quatsch«, sagt Lila belustigt.

Ich zeige ihr einen Vogel.

»Sie hat recht«, mischt sich der Lockenkopf wieder ein. »Ich bin wirklich Arzt. Ich habe sie neulich im Krankenhaus gesehen und bin ihr hinterhergelaufen, weil ich dachte, dass du es bist. Dann hat sie mir erzählt, dass du krank bist und dich bestimmt freust, wenn ich dich mal besuche.«

»Siehst du!«, sagt Lila, schweigt aber erschrocken, als sie meinen vernichtenden Blick sieht.

Ich glaube ihnen. Sie müssen es wissen. Schließlich haben sie damals nicht 40 Grad Fieber gehabt. Aber an dem Tag, als ich ihn vor Frau Andrees' Wohnung getroffen habe, war ich völlig gesund. Und da war der Typ Frau Andrees' Concierge. Er hatte doch sogar ihren Schlüssel!

Vollkommen ratlos schaue ich ihn an. »Bin ich jetzt verrückt?«

»Ich bin dir eine Erklärung schuldig«, sagt er. Er sieht ein bisschen zerknirscht aus.

Ich nicke. »Jetzt bin ich aber gespannt.«

»Du bist natürlich nicht verrückt.«

Danke schön! Endlich ein Lichtblick.

»Ich habe wirklich deine Bluse in Frau Andrees' Wohnung gelegt. Sie gefällt ihr übrigens sehr.«

Jetzt ist es Lila, die dumm guckt.

»Verdient man als Arzt heutzutage so wenig, dass man nebenbei noch bei fremden Leuten Blumen gießen muss?«, frage ich schnippisch.

Er lacht. »Ich bin doch überhaupt kein Concierge.«

»Warum hast du das dann behauptet?«, schreie ich ihn an. Dieses Verwirrspiel geht mir total auf die Nerven.

»Ich habe das überhaupt nicht behauptet«, verteidigt er sich ruhig. »Das warst du!«

»Und warum hast du mir nicht widersprochen?«

»Na ja …«, druckst er herum. Er denkt kurz nach. Ist er nicht sogar ein bisschen rot geworden?

»Es ist, weil … ich dich süß fand und ich dich wiedersehen wollte. Du hast mir einen tollen Vorwand geliefert. Hättest du mit mir gleich einen Kaffee getrunken, als ich dich eingeladen habe, dann hätte ich dir sofort alles erklärt.«

Wow! »Was denn erklärt?«

»Na, dass er *Arzt* ist, Rosa«, sagt Lila ungeduldig. »Und nicht Con… Na, dieses andere Dings da.«

»Ich konnte ja nicht ahnen, dass du mir ein paar Tage später zufällig in die Arme laufen würdest, beziehungsweise deine Doppelgängerin, die mir verrät, wo ich dich finden kann«, sagt er noch.

»Das war Schicksal«, ruft Lila und lässt sich kraftlos auf die Bank im Flur fallen.

Ausnahmsweise habe ich mal keine Lust zu widersprechen. Ich will nicht schon wieder irgendwelche hinterhältigen Glückskekse auf mich aufmerksam machen.

Wir stehen uns gegenüber und sagen kein Wort mehr. Spannung liegt in der Luft.

»Schön. Die Sache mit dem Beruf hätten wir geklärt«, sagt Lila, als sie sich wieder gefasst hat, pragmatisch. »Aber ich habe irgendwie noch nicht ganz verstanden, was du in Frau Andrees' Wohnung zu tun hattest.«

»Blumen gießen, wie gesagt.« Er grinst.

»Jetzt reicht es mir aber«, fauche ich. Die Situation ist so was von absurd.

»Ist ja gut«, sagt er, als er meinen wütenden Blick sieht. »Sie … Sie ist meine Mutter.«

»Das gibt's ja gar nicht«, kreischt Lila. »Ein Promi! Jetzt hat dieses Glückskind auch noch einen Promi kennengelernt!«

»Ich bin Sebastian Andrees. Dr. Andrees. HNO«, sagt er betont und mit einem Extrablick zu Lila. »Kein P-r-o-m-i. Meine Freunde nennen mich Basti.«

Soll ich jetzt auch Basti zu ihm sagen, oder wie? Ich komme mir vor wie ein Volltrottel. Und an all dem ist Lila schuld, die mir ungefragt fremde Männer auf den Hals hetzt. Was, wenn jetzt gleich Rob auftaucht? Wie bitte soll ich ihm erklären, dass morgens ein Kerl in meiner Wohnung steht und mit mir Kaffee trinken will?

Bevor alles noch komplizierter wird (wer weiß, an wen Lila meine Adresse sonst noch verteilt hat), ergreife ich die Flucht. Abhauen geht immer. Ich schnappe aufgeregt nach Luft, dann nach meiner Tasche und reiße die Wohnungstür auf. »Ich muss los.«

»Aber …« Lila und dieser Hausmeister-Doc rufen mir gleichzeitig nach. »Rosa!«

»Vergiss nicht, ihm zu sagen, wo ich arbeite«, fauche ich Lila an.

Die können mich mal. Ich höre erst auf zu rennen, als ich die U-Bahn erreiche. Auf nach Wedding in meine dunkle Schneiderbude! Da können sie mich nicht finden.

In der Bahn schnappe ich mir mein Handy und rufe Rob an. Er geht – oh Wunder! – gleich ran, und schmerzlich wird mir klar, wie sehr er mir in den letzten Wochen gefehlt hat. Ich kann selbst nicht fassen, dass ich ihn so lange vernachlässigt habe. Lila hat recht. Ich muss mehr auf mein Glück aufpassen, zumal es sich in letzter Zeit ziemlich rar bei mir macht.

»Hallo, Rosa«, sagt er.

Seine tiefe Stimme bewirkt ein wohliges Prickeln auf meiner Haut. »Rob!«, seufze ich. »Ich muss dich sehen heute Abend, unbedingt. Sag jetzt nicht, dass du nicht kannst.«

Er lacht. »Abgemacht, Kleines. Ich hol dich um 19 Uhr bei dir zu Hause ab.«

»Bis dann. Ich freu mich!« Glücklich schalte ich mein Handy aus und stecke es in meine Tasche. In der rappelvollen U-Bahn wird ein Platz frei. Ich setze mich und träume ein bisschen.

Selig und hingebungsvoll werde ich Rob um den Hals fallen. Er wird seine starken Arme um mich legen. Ich werde mich an ihn schmiegen und mit meinen Händen durch seine dunkelbraunen Locken fahren.

Wie bitte? Oh, mein Gott. Was für Locken? Robs blonde Haare sind doch kurz geschoren.

Was ist bloß mit mir los? Nicht mal vernünftig träumen kann ich mehr.

Am U-Bahnhof Seestraße steige ich aus und sprinte zur Werkstatt. Heute will ich mit dem Putzen fertig werden und mich dann meiner wirklichen Aufgabe widmen. Endlich wieder nähen!

Am ›Schraders‹ stellt Oskar gerade die Stühle raus. »Hallo, Rosi«, ruft er und winkt. »Nimmst du gleich euer Frühstück mit?«

Ein paar Minuten später öffne ich, bepackt mit Kaffeebechern, Sandwichtellern und zwei Glückskeksen, die Tür zum Laden. Die Dinger verfolgen mich, aber wenn ich ehrlich bin, will ich schon wissen, was die nächsten Tage mir – laut Glückskeksorakel – so bringen. Heute *muss* es etwas Schönes sein, denn Rob ist endlich wieder ganz normal zu mir.

Frau Sonnemann ist noch nicht an ihrem Platz.

»Guten Morgen«, rufe ich und stelle meine Sachen auf dem Tresen ab. Ich höre keine Antwort, nur ein komisches Geräusch aus dem Badezimmer. »Frau Sonnemann?«

Ich gucke mich im Laden um und finde, dass man schon richtig sieht, wie fleißig ich hier seit ein paar Tagen gewirbelt habe. Es ist sauber und riecht nach Zitronenreiniger, den ich großzügig beim Putzen einsetze. Wenn ich doch nur das Fenster aufmachen dürfte! Jetzt noch ein bisschen Sonnenlicht statt Neonröhren, und die Werkstatt würde richtig einladend aussehen!

Das komische Schnaufen aus dem Bad beunruhigt mich. Ich lege mein Ohr an die Tür und lausche.

»Frau Sonnemann?«, rufe ich und poche leise an die

Tür. »Ich bin da und habe das Frühstück mitgebracht. Ist alles okay?«

Die Tür öffnet sich ruckartig und da sie nach außen aufgeht, kann ich mich nur durch einen blitzschnellen Hechtsprung vor einer gebrochenen Nase retten.

»Was soll denn sein, Rosi?«

Frau Sonnemann sieht blass aus und ihre Augen sind gerötet. Wäre ich Ärztin, würde ich sie ins Bett stecken oder wenigstens ein paar Tage in Licht und Sonne. Aber ich bin ihre Angestellte, und sie hat mir gerade klar gemacht, dass sie nicht mit mir über ihre Befindlichkeit sprechen möchte. Aber mein Beschluss steht felsenfest. Das Fenster muss auf! Das dauernde Dämmerlicht macht nämlich krank und depressiv. Beim Frühstück, das sie zum Glück mit gutem Appetit verzehrt, nehme ich all meinen Mut zusammen.

»Ich würde dann heute das Schaufenster machen.«

»Mmh.«

»Das heißt also … ja?«

»Das Fenster ist doch in Ordnung.«

»Na ja, abgesehen davon, dass überhaupt kein Licht reinkommt. Ich meine, draußen scheint die Sonne und hier drin ist es finster wie im …« ›Loch‹ will ich sagen, schlucke es aber rechtzeitig hinunter.

»Du willst wohl alles verändern, wie?«

»Nein!«, rufe ich. »Nein, aber wenn wir die Verkleidung abreißen, dann können wir lüften. Das wäre doch gut bei all dem Staub. Dann müssen Sie auch nicht mehr so viel husten. Sie, äh … Sie husten ziemlich stark. Waren Sie schon beim Arzt deswegen?«

»Meine Lunge ist nicht okay. Sarkoidose, falls dir das was sagt«, antwortet Frau Sonnemann. Ihre Stimme klingt gereizt. Dann seufzt sie und holt aus ihrer Jogginghose ein Päckchen Zigaretten hervor. »Da hilft frische Luft auch nicht mehr. So, nun weißt du Bescheid. Wie ich dich kenne, würdest du ja doch keine Ruhe geben, bis du es herausgefunden hast.«

Dafür, dass ich erst so kurz bei ihr bin, kennt sie mich schon ziemlich gut.

Ich krame in meinem Gehirn nach längst verschüttetem Medizinwissen. Sarkoidose? Was war das noch gleich? Also, da war doch was … »Das hatte neulich ein Patient bei ›Dr. House‹«, fällt es mir endlich ein. »Das ist heilbar!«

Margret legt den Kopf schief. Ihre Augen lachen. »Da sieht man mal wieder, dass Fernsehen bildet«, sagt sie. »Der gefällt mir übrigens.«

»Wer?«

»Na, der Doktor, Dr. House. Wer möchte da nicht gern mal Sarkoidose haben?«

»Entschuldigung«, stammele ich. »Das war taktlos. Ich guck das nur wegen Rob. Der findet ihn auch so cool.« Vor meinem inneren Auge humpelt der Fernsehdoktor über den Krankenhausflur. Seltsamerweise hat der heute auch dunkle Locken und sieht überhaupt kein bisschen wie er selbst aus, sondern wie …

Verdammt noch mal!

»Also darf ich das Fenster heute machen?« Schnell verscheuche ich den frech grinsenden Wuschelkopf aus meinen Gedanken.

Sie nickt. »Wenn du unbedingt willst«, gibt sie endlich nach. »Aber erst heute Nachmittag, wenn ich weg bin. Ich habe einen Termin. Dann bist du zum ersten Mal allein hier.« Sie mustert mich kritisch. »Dass du mir ja nix kaputt machst, Rosi!«

Während Frau Sonnemann sich an die Arbeit macht, räume ich unser Geschirr weg.

»Kannst meinen Keks mitessen«, ruft sie zu mir herüber. »Ich mag die Dinger nicht. Die kleben zwischen den Zähnen.«

Ich mag die Dinger auch nicht, aber aus anderen Gründen – wegen unerwünschter Nebenwirkungen auf mein Leben. Während ich abwasche, grübele ich, ob sie eigentlich auch wirken, wenn man die kleinen Zettel *nicht* liest. Wäre Eva Andrees' Kleid auch gerissen, wenn ich den Glückskeks ignoriert hätte?

Ich merke, wie mein Herz plötzlich schneller schlägt. Dieser Typ! Basti! Behauptet er doch glatt, der Sohn der Filmdiva zu sein. Und Arzt! Dabei war er vor ein paar Tagen noch ihr Concierge. Es ist zwar süß, was er gesagt hat. Dass ich ihm gefallen habe und so. Aber er hat mich auch total an der Nase herumgeführt! Das war überhaupt nicht witzig. Ich hoffe, ich werde ihn niemals wiedersehen!

Ich überlege, ob ich die Glückskekse in den Müll kicke, aber ich kann es nicht.

Was, wenn nun ›Du wirst einen Sechser mit Zusatzzahl im Lotto haben‹ drin steht?

Ich schnappe mir einen Keks, wickle ihn aus und breche ihn auf. Man schmeißt schließlich auch keinen ausgefüllten Tippschein mit sechs Richtigen in den Papierkorb! Oder? Während ich kaue, lese ich:

Eine neue Freundschaft wird dich verzaubern.

Na klasse! Hier habe ich den Beweis, dass Glückskekse doch absoluter Schwachsinn sind.

Nicht, dass mir keine neuen Leute begegnen, aber ein neuer Freund? Wer bitte sollte das schon sein?

Die lungenkranke Schneiderin, die raucht wie ein Schlot? Die ehemalige Schulkameradin, die ich noch nie leiden konnte, oder der Typ mit dem Lockenkopf, der sich nicht entscheiden kann, welchen Beruf er eigentlich ausübt? Also wirklich, super Auswahl! Danke, Glückskeks! Hätte ich dich doch lieber in den Müll geworfen!

Ab sofort ist Schluss mit den Dingern! Den zweiten, den mir Frau Sonnemann so großzügig überlassen hat, schmeiße ich tatsächlich weg. Eine Prophezeiung am Tag ist mehr als genug!

»Ich bin dann mal weg«, ruft Frau Sonnemann. Sie hat ihre Schlabberhose gegen eine Jeans getauscht und das sackartige Sweatshirt gegen Bluse und Blazer. Ihre blond gefärbten Haare sind wie immer nach hinten gekämmt und aufgesteckt und auf ihren Wangen liegt ein zarter Hauch Rouge. Nicht schlecht! Sie hat trotz ihres Alters eine richtig gute Figur!

Zu gern würde ich wissen, wo sie hingeht. Aber ich kann unmöglich schon wieder so neugierig sein.

»Sie sehen toll aus!«, sage ich und meine es wirklich ehrlich.

»Ich fühl mich wie verkleidet.«

Sie schüttelt sich. Schade, ich hatte gehofft, sie zu überzeugen, sich immer so schön anzuziehen. Das wäre gut für das Geschäft! Davon abgesehen … schlecht läuft ihre Werkstatt nicht.

Heute ging den ganzen Vormittag die Tür. Rein und Raus! Röcke enger machen, Hosen flicken, Reißverschlüsse erneuern – eben typische Schneiderarbeiten für Leute, die sich nicht jeden Tag ein neues Kleidungsstück leisten können. Und das sind viele hier im Wedding. Ich habe mir die Sachen angeguckt. Sie sind oft nicht neu, aber gepflegt und gut erhalten. Irgendwie rührte mich das. Es erinnerte mich an die ganz alten Kleider meiner Oma, mit denen Lila und ich als Kinder so gern Prinzessin gespielt haben.

Margret Sonnemanns Preise sind übrigens auch noch von gestern. Wenn ich bedenke, was Helena Senner für ihre Arbeit kassiert!

Irgendwann schneite dann noch überflüssigerweise Vicki herein, eine Tüte Süßkirschen für meine Chefin unterm Arm. Ich grüßte freundlich, näherte mich ihr aber nicht.

Neulich im Café habe ich gestaunt, wie nah sie und Frau Sonnemann sich stehen. Sie plauderten, als seien sie beste Freundinnen. Dabei ist Margret über 30 Jahre älter. Na ja, Vicki war eben schon immer komisch. Als ich ihr erzählte, dass ich mit Lila zusammenwohne, wollte sie sich halb totlachen.

»Tragt ihr auch immer noch dieselben Kleider?«, fragte sie johlend.

»Nein, aber wir haben dieselbe Ausbildung gemacht im gleichen Atelier«, erwiderte ich. Ich hoffte insgeheim, Vicki würde an ihrem immer stärker werdenden Lachanfall ersticken.

Plötzlich wurde sie ernst. »Lila wird doch nicht auch bei Margret anfangen?«

»Nein«, antwortete ich einsilbig.

»Die beiden sind so was von krass«, sagte Vicki, erleichtert lachend, zu Frau Sonnemann. »Das müsstest du dir mal angucken. Wahrscheinlich teilen sie sich sogar ihre Unterhosen.«

Ich verzichtete auf die Bemerkung, dass Lila und ich das wirklich schon getan haben. Was ist denn schon dabei? Wie gesagt, Vicki ist seltsam. Man darf einfach nicht ernst nehmen, was sie sagt.

Kaum ist die Chefin aus der Tür, mache ich mich ans Werk.

Eine Kundin kommt noch, bringt eine Jacke, bei der die Taschen innen aufreißen und wundert sich, dass Margret nicht da ist und ich ihren Auftrag annehme. Nachdem alles zu ihrer Zufriedenheit erklärt ist, verabschiedet sie sich.

»Heute kommt ein Riesenunwetter runter«, sagt sie noch. »Also auf das Fenster aufpassen, Kindchen! Du weißt doch Bescheid, oder?«

Natürlich nicht. Aber was soll schon sein mit dem Fenster? Außer dass ich es jetzt von einer meterdicken Staubschicht und von grausigen dunkelbraunen 60er-Jahre-Paneelen befreien werde.

»Na klar«, sage ich und hebe den Daumen. Dann begleite ich die Kundin händeschüttelnd zur Tür.

Im Bad hinter dem Vorhang steht eine Werkzeugkiste, in der alles drin ist, was ich brauche, um die Verkleidung vom Fenster abzureißen. Ich bin vielleicht keine Haushaltsperle, aber renovieren kann ich. Mein Vater hat mir alles gezeigt. Er ist ganz stolz darauf, dass seine zierliche Tochter tapezieren, bohren und dübeln kann wie ein Mann.

Margret hat mir Geld für ein Taxi gegeben. So kann ich im Baumarkt rasch Farben und Spachtelmasse besorgen, um hinterher die Löcher in der Wand zu flicken. Endlich mal eine Arbeit, die Spaß macht, nach all der schrecklichen Putzerei.

»Uuuuaaahh!«

Mit einem unangenehmen Knirschen und Krachen reißen die Paneele von der Wand ab. Ich lande mitsamt Holz auf dem Fußboden, was ziemlich wehtut. Meine Hände fühlen sich an, als hätte ich mit einem Seeigel gekämpft. Aber das Fenster ist frei.

Zwei Stunden habe ich geschätzte tausend Nägel rausgezogen, die Blumen in Sicherheit gebracht (zwei üppige Scheffleras, die sich, nachdem ich sie gegossen habe, erstaunlich gut erholt haben und die ich demnächst umtopfen werde), Fliegenleichname zusammengekehrt und gegen immer wiederkehrende Niesanfälle angekämpft.

Ich bin trotzdem enttäuscht, denn als ich die Neonbeleuchtung ausschalte, ist es noch immer dunkel im Laden. Das kann doch nicht wahr sein! Soll alle Mühe umsonst gewesen sein? Ich meine, das ist ein *Fenster*. Da muss doch *Licht* reinkommen, selbst hier mitten im tiefsten Wedding.

Nachdem ich das Holz in den Hinterhof (auch düster) geräumt und tausend kleine Löcher in der Wand zugespachtelt habe, beschließe ich, dass es Zeit ist für eine kurze Pause. Ich klopfe den Staub von meiner Jeans ab und gehe, obwohl ich nicht gerade ausgehfein aussehe, drüben bei Jens und Oskar einen Kaffee trinken. Außerdem werde ich mir ein Stückchen Mousse-au-Chocolat-Torte gönnen. Wer arbeitet, muss auch essen.

Erst draußen sehe ich, dass gar keine Sonne mehr scheint und sich am Berliner Himmel dicke schwarze Wolken ballen. Ach ja, das Unwetter. Mich soll es nicht stören. Ich arbeite ja drinnen. Wenigstens habe ich jetzt eine Erklärung für die andauernde Finsternis in der Werkstatt.

Oskar und Jens haben keine Zeit für einen Schwatz. Das ›Schraders‹ ist rappelvoll.

Ich trinke meinen Kaffee und schaue ein bisschen in die Zeitung. Als ich fertig bin, nehmen die ersten Gäste ihr Geschirr und wechseln von draußen nach drinnen.

»Tschüss, ihr zwei«, rufe ich den Jungs zu und winke.

»Es wird ziemlich regnen heute«, erwidert Jens, der gerade an der Kaffeemaschine steht. »Du… Ei… er… stellen.«

Ich verstehe nur Bahnhof. Jens' halber Satz wird verschluckt, weil das Milchaufschäumen so einen Krach macht. Ja, ja! Ich habe keine Lust nachzufragen, was er gesagt hat. Wird schon nicht so wichtig sein. Mich zieht es in den Laden. Die Spachtelmasse müsste jetzt trocken sein. Dann kann ich streichen, sauber machen, die Blümchen wieder ins Fenster stellen und hoffen, dass die Sonne scheint, wenn Frau Sonnenmann morgen früh aufschließt.

Ich habe beschlossen, ihr ein schönes Schild für das Schaufenster (das seinen Namen dann wieder verdient) zu schenken:

›Margret Sonnemann
Schneidermeisterin‹

Das stellen wir zwischen die Scheffleras. Ich wette, bald strömen noch mehr Kunden ins Geschäft. Nachher werde ich Rob fragen, ob er mir einen schönen Rahmen baut – einen aus sägerauem Holz, den ich weiß beizen werde, aber so, dass man das Naturholz noch erkennen kann. Edel!

Mein Rob! In ein paar Stunden werde ich ihm in die Arme sinken und ihn niemals wieder so lange vernachlässigen, wie ich es in den letzten Wochen getan habe. Wenigstens hat sich Lila nett um ihn gekümmert. Sie ist schon ein Schatz, auch wenn sie in letzter Zeit ziemlich launisch ist.

Als ich über die Straße husche, kracht der erste Donnerschlag. Zwei Minuten später fängt es an zu regnen. Ich mische die weiße Farbe mit sonnengelber Abtönpaste, bis mir der Farbton gefällt. Schön ist es, im Trocknen zu sitzen, wenn draußen die Elemente toben. Ich singe vor mich hin und streiche, singe und streiche, bis sich ein rhythmisches leises Klopfen in mein Bewusstsein drängt. Wahrscheinlich tropft der Regen auf die Markise vom Lottoladen nebenan herunter. Ich lausche angestrengt. Draußen *strömt* der Regen. Erstaunlich, wie viel Wasser so vom Himmel fallen kann, begleitet von Blitz und Donnerschlag. Also von *Tropfen* kann keine Rede sein.

Aber es tropft trotzdem. Ich höre es ganz genau. Ich stehe auf und beäuge misstrauisch das halb fertige Schaufenster. Nichts zu sehen. Als ich nach oben gucke, macht es plitsch. Genau auf meine Stirn und dann noch mal plitsch und noch mal. Verdammt! Es regnet rein. Mitten in mein schönes, fast fertiges, frisch von finsteren Paneelen befreites Schaufenster.

Plitsch, platsch, plitsch, platsch …

Der Rhythmus geht vom gemütlichen Walzertakt in ein schnelles Trommeln über.

Ich gerate langsam in Panik. Und dann geht mir ein Licht auf. Was hatte die Kundin vorhin gesagt? Ich soll auf das Fenster aufpassen? Sie wusste was. Und ich wollte nicht zuhören. Das hab ich nun davon.

Im Schaufenster sammeln sich die Tropfen zu einer ansehnlichen Pfütze. Ein großes Gefäß muss her, aber dalli, bevor das Wasser auf den Boden rinnt und (noch schlimmer!) meine frisch gestrichene Wand hinunter. Im Bad schnappe ich mir meinen Putzeimer und stelle ihn unter die tropfende Stelle.

Plitsch, platsch, plitsch, platsch. Das Geräusch macht mich fertig.

Ich wähle Frau Sonnemanns Handynummer, aber sie geht nicht ran.

Fünf Minuten später ist der Eimer halb voll und eine weitere Stelle wird undicht. Ich bedrohe den Himmel mit meiner Faust und suche fieberhaft nach weiteren Gefäßen. Außer unseren Kaffeetassen findet sich nichts. Ich muss Hilfe holen. Also nichts wie rüber zu den Jungs. Es sind nur 20 Meter über die Straße, aber ich bin klatschnass, als ich ankomme.

»Ich brauche einen Eimer«, schreie ich.

Im vorderen Teil des Cafés verstummen die Gespräche. Alle starren mich an. Ist das peinlich! Vor allem, weil ich nass, dreckig und farbfleckig bin.

»Warum hast du den nicht gleich mitgenommen?«, fragt Jens und mixt seelenruhig irgendeinen quietschgrünen Cocktail.

»Woher sollte ich denn wissen, dass ich einen Wasserfall in der Werkstatt habe, wenn es regnet?«

»Weil ich es dir vorhin gesagt habe.«

»Hast du nicht.«

»Habe ich doch. Und jetzt schnapp dir den Eimer und sieh zu, dass du rüberkommst.«

»Wow, Wet-T-Shirt-Look«, sagt ein Kerl, der am Ausgang sitzt, und starrt auf meine Brüste. »Heiß!«

Ich werde knallrot und verschwinde so schnell, wie ich kann.

Die Kaffeetasse läuft gerade über, als ich mit dem Eimer zum Fenster hechte. Mein Putzeimer ist auch fast voll. Ich könnte heulen, aber da schon so viel Wasser vom Himmel fällt, spare ich meine Vorräte und versuche lieber herauszufinden, wo die Ursache der Überschwemmung liegt. Ich drücke meine Nase an der Scheibe platt, kann aber nichts sehen. Da klopft es ans Fenster. Vicki steht draußen unter einem XXL-Schirm. Sie zeigt auf mich und lacht.

Danke schön – ich weiß selbst, dass ich dämlich aussehe.

Ich stecke ihr die Zunge heraus. Sie macht ein Zeichen, dass sie jetzt rein kommt.

»Du hattest gerade eine Schweinenase«, sagt sie lachend. »Süß!«

Ich hocke noch immer im Schaufenster zwischen den zwei Eimern. »Mach dich nur über mich lustig«, grummele ich und drehe mich zu ihr um.

»Es ist die Dachrinne«, sagt sie. Sie klappt den Schirm zusammen und lehnt ihn an die Wand.

»Da ist frisch gestrichen«, kreische ich hysterisch. Dabei weiß ich ja schon, dass meine Arbeit ruiniert ist. Vicki ignoriert meinen Zwischenruf und redet seelenruhig drauflos.

»Oben ist ein riesiges Loch«, doziert sie. »Das Wasser läuft die Hauswand runter, sozusagen direkt in den Laden. Früher hat es immer nur ein bisschen getröpfelt. Da hat Margret einen Eimer hingestellt und fertig. Aber jetzt hast du die Paneele weggenommen und dabei anscheinend ein Loch in die Wand gerissen …«

Seit wann kann ich Wände einreißen? Ich kriege ja nicht mal ein Gurkenglas allein auf.

»Was sind denn das für Wände?«, greine ich. »Aus Papier?« Ich sitze zwischen den Eimern und fühle mich wie ein Häufchen Elend. Dabei wollte ich doch alles schön machen.

»Morgen rufst du die Hausverwaltung an«, beschließt Vicki. »Wird sowieso Zeit, dass die sich darum kümmern.«

»Das hilft mir jetzt auch nicht weiter.«

»Pass auf!«, schreit Vicki plötzlich.

Ihre ruhige Altstimme kippt in ein hektisches Kreischen. Mein Blick folgt ihrem ausgestreckten Finger. Der erste Eimer läuft über. Ich springe auf und will ihn aus dem Fenster nehmen. Vicki hat offenbar denselben Gedanken. Wir rasseln zusammen und bums – da liegt der Eimer auf dem Boden. Gefühlte tausend Liter Wasser ergießen sich auf den Fußboden, über unsere Hosen und Schuhe.

»Du blöde Kuh«, schreie ich.

»Du bist selber blöd«, kreischt Vicki zurück. »Hol Lappen. Los!«

Ich gehorche. In meinen Schuhen quietscht das Wasser. Im Laufen ziehe ich sie aus, samt den klatschnassen Strümpfen. Im Bad greife ich nach ein paar Scheuerlappen und rase zurück.

»Schnell.« Vicki steht mit aufgekrempelten Hosenbeinen vor dem Fenster und hat geistesgegenwärtig den Eimer wieder unter die Tropfstelle geschoben. »Die Nähmaschine, los.«

Ich reiße den Stecker der neuen Viking aus der Steckdose und gemeinsam zerren wir sie samt Tisch aus der Wasserfallzone. Dann beginnen wir, die Pfützen vom Boden aufzuwischen. Die triefenden Lappen drücken wir über den Eimern aus.

»Da wird sich Margret aber freuen, wenn sie morgen zur Arbeit kommt«, ätzt Vicki. »Das hast du richtig schön gemacht.«

»Du bist so fies!«, fauche ich. »Kein bisschen besser als früher, als du mich und Lila immer ›Die Fuckingfake-twins‹ genannt hast.«

»Wer war hier zu wem fies?« Sie schaut mich mit zusammengekniffenen Augen entrüstet an. »Wicki-Ficki! Weißt du noch, wem ich diesen Spitznamen verdanke? Das hat sich verdammt scheiße angefühlt.«

Sie knäult ihren Wischlappen zusammen und knallt ihn mir vor die Füße. Es spritzt bis auf mein T-Shirt. »Ich war 18, als ich mich endlich gewehrt habe«, schimpft sie. »Nachdem ihr mich mehr als zehn Jahre geärgert habt.«

»Was willst du überhaupt hier?«, schreie ich. »Ich

will dich hier überhaupt nicht haben.« Mein Lappen landet in Vickis Gesicht.

Oh, das wollte ich gar nicht.

»Sag mal, spinnst du?« Ihre Brille hängt schief. Sie steht auf, nimmt sie ab und legt sie ordentlich auf einen Tisch. Von ihrem Gesicht tropft schmutziges Wasser.

»Du willst es nicht anders.« Ihre Stimme klingt jetzt gefährlich ruhig. Sie greift nach einem der Eimer und ehe ich begreife, was sie vorhat, schüttet sie mir das Wasser über den Kopf.

Für einen Moment bleibt mir die Luft weg. Das ist doch …

Als ich die Augen öffne, steht Vicki vor mir wie ein zerzauster Racheengel und grinst.

Na warte! Das kann ich auch.

Wir haben schließlich zwei Eimer! Langsam stehe ich aus der Pfütze auf, wische mir mit einer Armbewegung die Tropfen aus dem Gesicht und verenge meine Augen zu Schlitzen. Das sieht terminatormäßig cool aus. Das weiß ich. Vicki weicht prompt einen Schritt zurück.

Plötzlich passiert das Unerwartete. Ich fange an zu lachen! *Was zur Hölle machen wir hier eigentlich?*

»Du bist komplett durchgeknallt«, sage ich. Unter das Schmutzwasser auf meinen Wangen mischen sich Lachtränen. »Warst du schon immer, Wicki-Ficki.«

»Danke gleichfalls!« Jetzt kichert sie auch.

Wir schauen uns an, tropfnass und dreckig, und kriegen uns nicht mehr ein. Gerade wollten wir uns noch die Köpfe einschlagen, jetzt stehen wir Arm in Arm im verwüsteten Salon von Margret Sonnemann und winden uns in Lachkrämpfen.

Da klingt die Glocke an der Eingangstür – eine schönes altes Stück, das ich bei meinen Aufräumarbeiten entdeckt und vorhin angebaut habe. Der Glockenklang übertönt das Quietschen der alten Tür.

»Ähm, bin ich hier richtig im Schneidersalon Sonnemann?«

Ich fasse es nicht. Da steht der Hausmeister-Doc!

»Nein!«, schreie ich und verstecke mich hinter Vicki. Das ist allerdings sinnlos, da ihre Figur der einer Bohnenstange ähnelt. Haben Bohnenstangen eigentlich eine *Figur?* Na ja, egal jetzt!

»Ja«, ruft Vicki, die anscheinend unsere frisch gewonnene Harmonie direkt wieder kaputtmachen will.

Na gut, andererseits kann sie nicht wissen, dass der nett aussehende Typ ein Stalker ist und neuerdings überall auftaucht, wo ich auch gerade bin. *Woher weiß er denn jetzt schon wieder, wo ich arbeite? Ja, na klar, meine liebe Freundin Lila hat es ihm gesteckt. Na warte, Süße!*

»Was ist denn mit euch los? Habt ihr zu Hause kein Badezimmer?«, fragt er. Er setzt mal wieder sein freches Grinsen auf. Bei Regen trägt selbst er keine Sonnenbrille und ich finde (leider!), dass er umwerfend aussieht, wenn er lacht. Ich gebe seufzend meine unvollkommene Deckung auf.

»Und hast du keinen anderen, den du verfolgen kannst?«, motze ich.

»Ah, ihr kennt euch«, folgert Vicki messerscharf.

»Ja«, sagt er.

»Nein«, sage ich.

»Klarer Fall«, sagt Vicki.

»Ihr habt ein Problem«, stellt der Doc fest.

Er guckt sich im Chaossalon um, worauf Vicki und ich direkt wieder zu lachen beginnen.

»Na, wenigstens seid ihr gut drauf. Ich will euch ja nicht weiter beunruhigen. Also lacht ruhig weiter. Aber während ihr hier Spaß habt, rufe ich mal einen Notdienst an, der so schnell wie möglich das Loch in der Wand schließt.«

»In Ordnung«, prustet Vicki.

»Das Loch, das ich hineingerissen habe. Uaahh!«, jubele ich und zeige meinen nicht vorhandenen Bizeps.

Die Augen des Docs kleben allerdings ein Stück weiter in meiner Körpermitte an meinem nassen T-Shirt fest. Ich lasse rasch die Arme sinken.

»Ist das dein Laden hier?«, fragt er und guckt sich neugierig um.

»Nein«, sage ich. Plötzlich vergeht mir das Lachen. Du lieber Himmel! Was ist denn in mich gefahren? Ich habe die Werkstatt meiner Chefin vernichtet, die alt, arm und lungenkrank ist und statt mich reumütig in die Spree zu stürzen, stehe ich hier und lache mich schlapp. Vicki ist das Grinsen auch vergangen.

»Los, lass uns sauber machen!«

Der Hausmeister-Doc redet unterdessen energisch in sein Handy.

Draußen versiegen langsam die Himmelsströme. Ein winzig kleiner Sonnenstrahl bricht sich seine Bahn durch die Wolken und – ja!!! – scheint durch die Fensterscheibe in die Werkstatt. Ich könnte heulen, so schön sieht das aus. Die Regentropfen auf der Scheibe glitzern wie tausend kleine Diamanten. Überirdisch!

Schon eine halbe Stunde später hält ein Klempnerauto vor der Tür. Der Typ im Blaumann macht sich flugs an die Arbeit. Vicki, der Doc und ich wischen den Fußboden, räumen auf, machen alles sauber und positionieren eine Art Riesenfön, den der Klempner mitgebracht hat, so, dass er in ein paar Stunden die feuchte Fensterfront getrocknet haben sollte.

Ich habe keine Ahnung, warum. Aber mitten in all dem Chaos, verstrubbelt und in durchgeweichten, schmutzigen Klamotten, fühle ich mich plötzlich *glücklich!*

Zwischendurch steckt Jens seinen Kopf in die Tür, schaut irritiert auf das Durcheinander und lächelt belustigt, als er uns drei auf dem Boden knien und wischen sieht.

»Kommt ihr nachher auf einen Cocktail rüber?«, lädt er uns ein. »Ich glaub, den könnt ihr gut vertragen.«

Das glaube ich auch, aber mit einem Blick auf meine dreckigen Klamotten schüttele ich den Kopf. Wir würden die schönen Samtpolster auf meiner Lieblingscouch im ›Schraders‹ total einsauen.

»Du kannst was von mir haben«, sagt Vicki, die meinen Blick bemerkt hat. »Mein Auto steht vor der Tür. Halbe Stunde, dann bin ich mit Klamotten wieder hier.«

Zweifelnd schaue ich sie an. Ich schätze, sie trägt Größe 32. Da passe ich mit meiner Größe 36 auch mit eingezogenem Bauch nicht rein.

»Ich habe ein Kleid aus Indien«, sagt Vicki zwinkernd und grinst frech. »Es hat ungefähr das Zeltformat, das du trägst. Was sagst du?«

Ich drohe ihr mit dem Scheuerlappen.

»Also, ich hätte Lust«, sagt der Doc, der mit aufgekrempelten Hosenbeinen und einem Wischmob in der Hand jetzt sehr einem Hausmeister gleicht.

Ich auch. Ich hab verdammt noch mal auch Lust! Also schau ich die beiden an, grinse und nicke.

Ein weites Kleid aus Indien. Cool! Da passt zum Mai Tai, meinem Lieblingscocktail, glatt noch ein extragroßer Spezial-Schraders-Burger in mich hinein, hausgemacht, mit Salat und Kartoffelecken, die in einem kleinen Blumentopf serviert werden. Lecker! Und das alles, ohne dass ein Hosenbund drückt.

»Wie du ausgesehen hast, mit deinem Riecher an der Scheibe. Herrlich!«

Vicki presst, damit Basti auch kapiert, wie blöd ich wirklich aussah, ihre Nase an ihr Cocktailglas. Es ist das … wie vielte? Keine Ahnung. Nach dem dritten habe ich aufgehört zu zählen. Ich lache. Der Doc guckt mich süß an. Die Stimmung ist toll. Mein Bauch unter Vickis hübschem Batikkleid ist eine kleine zufriedene Kugel.

Draußen geht langsam die Sonne unter. Ich lehne mich an die weiche Rückenlehne der Couch und bin froh, dass wir das Chaos in der Werkstatt zusammen wieder aufgeräumt haben. Der Klempner hat versprochen, so schnell wie möglich die kaputte Dachrinne zu reparieren. Alles ist gut!

Oh mein Gott! Ist es nicht!

Mich trifft beinahe der Schlag. Wie spät ist es? Ich schnelle wie eine Sprungfeder von der Couch. Fast 22 Uhr. Es wird dunkel draußen, und ich war um 19 Uhr mit Rob verabredet. Zum ersten Mal seit gefühlten zwei Jahren. Und ich habe es vergessen! Mein Handy liegt drüben in der Werkstatt. Wahrscheinlich hat Rob schon 100 Mal angerufen und denkt jetzt, ich will ihn nicht sprechen.

Nein! Nein! Nein! Das darf nicht wahr sein!

»Ich muss los!«, schreie ich. »Ein Taxi.«

»Rob! Robbi! Bitte sei noch da«, flehe ich, als das Taxi mich durch die beginnende Berliner Nacht kutschiert.

Hoffentlich hat Lila ihn hereingelassen und ihm ein Bier angeboten oder besser einen ganzen Kasten, denn ich bin *drei Stunden zu spät.*

Ich bezahle den Taxifahrer und rase im Sturmschritt die Treppen hinauf. Zweimal fällt mir der Schlüssel herunter, bis ich endlich die Tür aufkriege. Im Flur ist es dunkel, aber unter der Küchentür scheint Licht hervor. Ich höre Robs Stimme und Lilas Lachen. Sie sind da! Lila hat ihn für mich aufgehalten und mehr noch. Sie sorgt dafür, dass er gute Laune hat. Ich werde ihm alles erklären. Da kann er mir nicht böse sein.

»Rob!« Ich reiße die Küchentür auf.

Lila sitzt auf dem großen Holztisch. Sie hat ein Glas Wein in der Hand. Rob steht ganz dicht vor ihr. Zu dicht für meinen Geschmack! Seine Hände liegen auf ihrer Jeans direkt da, wo der Hintern ist. Er trägt kein T-Shirt. Im Licht der Deckenlampe sehe ich seine muskulösen Oberarme. Er ist so sexy.

Aber dann fallen mir fast die Augen aus dem Kopf. Es

kann nicht wahr sein, was ich da sehe! Auch Lilas Oberkörper ist nackt. Ihre kleinen, festen Brüste berühren seine glatte, gebräunte Haut. Sie sind sich so unglaublich nah. Sogar ich kann ihre Erregung spüren!

Die beiden starren mich an wie eine Erscheinung.

Rob und Lila – hier in der Küche beim Liebesspiel!

Hätte ich jetzt einen Eimer Wasser, ich wüsste, wo ich ihn hinschütten würde!

Glückskeks 5

Eine herausfordernde Überraschung wartet.

»Jetzt komm, Rosa, hab dich nicht so.«

Rob und Lila grinsen mich breit an. Ein riesengroßes Bett, das aussieht wie ein knallrot geschminkter Mund, steht im Hintergrund. Widerwillig folge ich den beiden.

»So ist es gut, Rosa«, sagt Lila und da sehe ich, dass sie nackt ist.

Als ich vor dem Mund-Bett stehe, ist mir noch komischer zumute.

Rob sagt: »Jetzt machen wir es uns richtig schön.«

Dann gibt er mir einen Stoß.

Der riesige Mund öffnet sich und ich stolpere in ihn hinein. Ich höre, wie Lila hämisch lacht. Die fetten, roten Lippen schließen sich, und ich spüre nur noch wie ich falle, falle …

Ich wache schwer atmend auf. Die Sonne scheint zum Fenster herein und vor mir steht Margret Sonnemann. Sie hat ein Tablett mit Kaffeebechern in der Hand und schaut mich verwundert an.

»Was machen Sie denn in meinem Zimmer?«, frage ich verblüfft.

»Das war die falsche Frage, Rosi«, sagt sie. Sie guckt mich an, als ob ich gerade vom Himmel gefallen wäre. »Die richtige Frage lautet: Warum schläfst du unter deiner Nähmaschine?«

Die Chefin stellt den Kaffee ab und wendet sich zum Fenster. »Das ist wirklich schön geworden, so hell und freundlich. Gute Arbeit, meine Liebe«, lobt sie. »Aber ich finde, deswegen musst du hier doch nicht gleich *einziehen!*«

»Hä?« Verwundert reibe ich mir die Augen. *Warum muss die Sonne eigentlich immer so furchtbar hell sein?* »Ich verstehe nicht.«

Doch plötzlich lichten sich die Nebel in meinem Gehirn. Ich bin ja überhaupt nicht zu Hause, sondern in der Werkstatt, wo ich mir mitten in der Nacht ein Lager aus Decken und Sitzkissen gebaut habe und mich irgendwann – wahrscheinlich vor fünf Minuten – in den Schlaf geweint habe. Mein Kopf schmerzt und mein Herz pocht wie verrückt.

Jetzt fällt mir *alles* wieder ein: der ganze verrückte Tag gestern, die Wasserschlacht mit Vicki, der lustige Abend im ›Schraders‹ und dann Lila und Rob, fast nackt zu Hause in der Küche.

Ich bin ohne ein Wort zu sagen aus der Wohnung gestürzt und die Treppe hinuntergerast.

Dann war Rob hinter mir und hielt mich am Arm fest. »Jetzt warte doch«, rief er. »Ich kann dir alles erklären.«

Aber ich riss mich los und rannte weiter. Ja, das sagen die Kerle immer in dieser Situation – in jedem blöden Film, in jedem kitschigen Buch.

›Ich kann dir alles erklären.‹ Was gibt es da zu erklären?

Wäre ich fünf Minuten später gekommen, dann hätten sie es auf dem Küchentisch getrieben. Da, wo wir sonst

Zwiebeln schneiden und friedlich unsere Spaghetti auf die Gabel wickeln, hätten sie Sex gehabt. Pfui Teufel! Das hätte ich Lila nie zugetraut.

Als ich schwer atmend in der U-Bahn saß und mich fragte, ob ich vielleicht zu viel getrunken und halluziniert hatte, begriff ich. Es war, als hätte in einem Puzzle der letzte Stein gefehlt. Alles, was in den letzten Wochen passiert war – Robs frostige Art, sein pausenlos besetztes Handy, Lilas seltsame Andeutungen … Jetzt passte all das mit einem Mal zusammen und ergab ein fertiges Bild.

Und das Schlimme daran ist – ich bin schuld! Ich habe, ohne es zu wollen, den Weg geebnet, um Lila und Rob zusammenzubringen.

Begonnen hat es – denke ich – an dem schrecklichen Filmnachtabend. Da habe ich sie beide aus meinem Zimmer geworfen. Und – jetzt bin ich mir sicher – Rob ist in dieser Nacht nicht mehr zu mir ins Bett gekommen. Da muss es zwischen ihnen gefunkt haben. Denn von diesem Tag an waren sie beide total verändert. Offensichtlich waren sie in den letzten Wochen laufend zusammen. Das war der wirkliche Grund, warum Lila oft so spät nach Hause kam. Und ich habe gedacht, die Senner lässt sie Überstunden machen!

»Nennen Sie drei Eigenschaften von Rosa Redlich!«

»Dumm, vertrauensselig und naiv.«

»Richtig!«

Ich fand es zwar verwunderlich, dass Lila mich ein paar Mal gefragt hat, ob ich Rob überhaupt noch liebe oder ob er mit mir Schluss gemacht hat. Aber dass Lila darauf warten würde, damit *sie* ihn haben kann … Darauf bin ich nicht gekommen.

Leider fallen mir immer mehr Details ein. Und auch sie taugen nicht zu meiner Ehrenrettung. An dem Abend, als ich krank war, hat Lila gar nicht mit dem Doc gefeiert, sondern mit Rob. Wie dreist – direkt neben mir und obwohl ich vor Fieber glühte und am Boden zerstört war.

In der Nacht nach unserem Streit, als sie nicht nach Hause gekommen ist und Rob sein Handy ausgeschaltet hatte, war Lila natürlich bei ihm und ganz sicher haben sie nicht nur Händchen gehalten. Während ich mich nach seiner Nähe gesehnt habe, hat er Sex mit meiner besten Freundin gehabt. Oh! Mein! Gott!

Ich kriege gleich einen Heulkrampf.

Lila liebt Rob! Und wenn ich mich nicht täusche, dann liebt er sie auch. Und ich Idiot habe sie zusammengebracht. Wie konnte ich nur so blöd sein?

Wen soll ich jetzt bitte schön eigentlich hassen? Sie oder mich?

Frau Sonnemann hockt sich jetzt zu mir auf den Boden. »Du guckst, wie eine Gans, wenn's donnert! Willst du mir vielleicht erzählen, was los ist?«, fragt sie vorsichtig.

Ich habe auf dem Fußboden zwischen Nähmaschinen geschlafen. Das ist der absolute Tiefpunkt in meinem Leben. Aber wo hätte ich sonst hingehen sollen? Schmerzlich wird mir bewusst, dass ich außer Lila keine

Freunde in dieser riesigen Stadt (und auf dem ganzen Erdball!) habe. Ein Freund unter drei Millionen – eine echt miese Quote. Zum Glück hatte ich wenigstens den Schlüssel zur Werkstatt und musste nicht in einem U-Bahnhof schlafen.

»Ist Zucker im Kaffee?«, frage ich und zeige auf einen der Pappbecher.

Sie nickt. »Drei Löffel, wie immer.«

Plötzlich muss ich doch heulen.

Drei Löffel Zucker. Da muss ich sofort an meine Lila denken und dass sie mir, seit wir zusammenwohnen, jeden Morgen eine Tasse dampfenden Kaffee ans Bett bringt, sehr stark gesüßt, so wie ich es mag. Und heute? Da sitzt sie mit Rob im Bett. Erst haben sie Sex. Dann lachen sie sich tot über mich.

Soll ich Frau Sonnemann erzählen, was los ist?

Sie lächelt mich aufmunternd an und der Ausdruck in ihren Augen ist warmherzig. Aber ich kann nicht. Ich kann ihr unmöglich berichten, was für einen Volltrottel und Pechvogel sie eingestellt hat. Womöglich schmeißt sie mich direkt wieder raus. Und dann muss ich in der nächsten Nacht unter einer Brücke schlafen.

Die Türglocke geht und Vicki steht in der Werkstatt.

»Margret, ich wollte mal gucken, wie es dir … hä?«

Das Hä gilt mir, als sie sieht, dass ich als heulendes Häufchen Elend zwischen zerwühlten Decken auf dem Fußboden hocke. »Was ist denn hier los?«

Margret erhebt sich und zuckt mit den Schultern. »Ich hab sie so gefunden«, sagt sie.

Es klingt, als hätte eine Tote in ihrem Laden gelegen und Vicki wäre der herbeigerufene Kommissar.

»Das ist ein Fall für dich«, beschließt Margret. »Ich schlage vor, du nimmst sie mit auf ein Frühstück zu den Jungs. Vielleicht kriegst du heraus, was passiert ist.«

»Boah, mir wird schlecht.«

»Warum?«, schniefe ich. Ich bestreiche gerade mein zweites Buttercroissant dick mit Schokocreme, schneide eine Banane drauf und bestreue das Ganze mit bunten Zuckerstreuseln. »Ist dein Frühstück nicht in Ordnung?«

»*Mein* Frühstück ist super«, sagt Vicki. »Ich esse jeden Tag bis zum Mittagessen nichts anderes als Obst.«

Sie beobachtet, wie ich von meinem Croissant abbeiße. Ich finde, sie guckt wie ein Vampir, der Blut gesehen hat. Fehlt nur noch, dass sie sich mit der Zunge über die Lippen leckt.

»Sag mal, willst du dich umbringen mit dem Zeug?«, fragt sie voller Verachtung und straft somit ihre Blicke Lügen. »Ich meine, wie viel Nutella kann ein Mensch essen, bis er stirbt?«

»Ziemlich viel«, antworte ich seufzend. »Vor allem, wenn er Kummer hat.«

Ich winke Jens heran, damit er mir ein paar Amaretti-Kekse für meinen Kaffee bringt. Wenn man die auf dem Löffel ein bisschen in Milchschaum einweicht … Das schmeckt himmlisch.

»Was ist los?«, fragt Vicki und schaut mich durchdringend an. »Du bist gestern ohne Erklärung hier herausgestürmt, mitten in der herrlichsten Party. Weder Basti – der übrigens ein Prachtkerl ist – noch ich noch die Jungs hatten irgendeine Ahnung, was mit dir los ist. Und jetzt sitzt du hier, zerzaust, unausgeschlafen und verheult, und versuchst dich mit Schokolade umzubringen!«

Ich lasse mein Essen auf den Teller sinken. Es ist Zeit. Ich muss reden. Sonst drehe ich durch. »Lila ...«, beginne ich stockend, »... und Rob, das ist mein Freund, ... gestern Abend auf dem Küchentisch ... Als ich nach Hause kam.« Die Tränen kommen von ganz allein und mit dem Satzbau hapert es noch, aber dass ich rede, tut trotzdem gut.

»Alles klar«, sagt Vicki. Sie greift nach meiner Hand. »Schon klar, du musst nicht weitererzählen.«

»Wieso nicht?«

»Als du ›Lila und Rob‹ gesagt hast, habe ich alles verstanden.«

»Was hast du verstanden?« Ich schaue Vicki verwundert an.

Sie guckt durch ihre Brille mitleidig zurück. »Na, Lila, deine wunderbare Lila«, sagt sie. »Sie ist eine bildschöne, intrigante, neidische Zicke.«

Warum gibt sie denn Lila die ganze Schuld? »Wie bitte?«, frage ich entsetzt und schnappe nach Luft.

»Das war mir klar, dass du es nicht gleich kapieren wirst«, seufzt Vicki. »Du brauchst etwas Nachhilfe. Also gut. Erstens: Wer hat jetzt den Job, den du eigentlich kriegen solltest?«

»Lila.«

»Gut. Zweitens: Wer vögelt mit deinem Freund auf dem Küchentisch?«

»Li…«

Also wirklich!

»Sie haben überhaupt gar nicht gevö… Oh mein Gott! Ich meine, sie waren nur halb nackt.«

Aber sie hätten es getan. Das ist doch sonnenklar.

»Oh Verzeihung«, ruft Vicki. Sie hält sich die Hand vor den Mund, als hätte sie etwas Falsches gesagt. Aber dann redet sie sich richtig in Rage. »Natürlich wollten sie nur Kartoffeln schälen und weil es so heiß war, haben sie sich ausgezogen. Rosa! Wach auf! Merkst du gar nicht, dass Lila sich gerade dein Leben unter den Nagel reißt?«

»Warum sollte sie das tun?«, jammere ich.

Vicki zuckt die Schultern. »Keine Ahnung«, sagt sie. »Weil ihres anscheinend zu langweilig ist?«

Auch wenn es mir schwer fällt, so glaube ich doch, dass Vicki nicht ganz unrecht hat. Die Tatsachen sprechen gegen Lila. *Davon abgesehen, dass ich an allem schuld bin.* »Sie hat die Stelle ja nur, weil ich das Kleid versaut habe und meinen Freund hat sie, weil ich mich nicht um ihn gekümmert habe und um sie auch nicht. Sie hatte so viel Kummer wegen der Lehrstelle, weil sie nur putzen musste, und ich durfte für Eva Andrees ein Kleid nähen. Aber mir war das egal. Ich habe nur an *mich* gedacht.«

Vicki hört mir geduldig zu. Aber ich sehe ihr an, dass meine Argumente sie kein bisschen überzeugen.

»Du solltest Anwältin werden«, sagt sie entspannt. »Die verteidigen auch die größten Ganoven. Also weiter: Hast du schon mal darüber nachgedacht, warum dein Filmnacht-Kleid gerissen ist?«

»Ja, was glaubst du denn?«, frage ich. »Ich konnte tagelang an nichts anderes denken, und das Schlimme ist, ich habe keine Ahnung.«

»Das dachte ich mir«, sagt Vicki. Sie schaut mich auf einmal mit einem ganz liebevollen Blick an. »Du bist so gutmütig, dass es wehtut. Erzähl mal. Wie lange bist du jetzt Schneiderin?«

»Na, drei Jahre Lehrling, Schneiderin erst ein paar Wochen.«

»Wie oft ist in dieser Zeit etwas kaputtgegangen, was du genäht hast?«

»Nie.« Darüber muss ich keine Sekunde nachdenken. Ich weiß es.

»Und?«

»Was – und?«

»Jens, ich brauch noch einen Kaffee!«, ruft Vicki quer durch das ›Schraders‹. Dann wendet sie sich wieder mir zu. »Mensch, Rosa, das ist Schwerstarbeit mit dir, weißt du das?«

Ganz allmählich wird mir klar, worauf Vicki hinauswill. Aber sie irrt sich. Dass sie Lila solcher Gemeinheiten verdächtigt, liegt daran, dass sie meine beste Freundin noch nie ausstehen konnte.

»Vicki, ich glaube, du bist sauer auf Lila und deshalb willst du sie schlechtmachen. Sie macht nichts kaputt, was andere genäht haben. Das … Das wäre gegen die Schneiderehre.« Ich sage es mit großem Pathos. Aber in mir meldet sich eine leise Stimme, die sagt, dass Vicki recht haben könnte. Ich weiß genau, wie sorgfältig ich das Kleid gearbeitet habe.

Irgendjemand muss die Naht eingeschnitten haben, sodass es zuerst noch hielt, aber nach und nach aufriss. Aber wer? Und vor allem – warum? Mir wird schwarz vor Augen.

»Du hast eine ziemlich einseitige Sicht auf die Dinge«, höre ich Vicki wie durch Nebel sagen. »Lila ist in deinem Kopf so eine Art Heilige, und das verbaut dir den Blick auf die Wahrheit.«

Äußerlich ruhig sitze ich auf meinem Lieblingssofa, in meinem Lieblingsrestaurant, esse schokoladenhaltige Nervennahrung, höre Vicki zu und ertränke Amaretti in meinem Kaffee. Aber innen drin fühlt es sich so an, als ob alles zusammenstürzt, an was ich bisher geglaubt habe. *Sollte Lila wirklich Schuld an meiner Misere haben?*

Ich sehe, dass Vicki mich beobachtet. Dann gießt sie noch etwas Öl ins Feuer. »Erinnerst du dich noch an Daniel?«, fragt sie mich.

Vor meinen Augen baut sich ein Bild auf: Ein nicht ganz schlanker 16-Jähriger mit blonden Locken und Aknepickeln, ein Possenreißer und außerdem der einzige Junge an der Schule, der sich mehr für Weltraumfernsehserien als für Mädchen begeisterte, was meines Erachtens aber daran lag, dass die Mädchen sich nicht für ihn begeisterten.

»Ja klar! Ihr zwei habt immer Spiderman-Comics getauscht.« Zum ersten Mal an diesem Morgen lache ich. Als ich Vickis Blick sehe, vergeht es mir jedoch. »In den warst du verliebt damals, oder?«

Sie nickt. »Aber nicht Spiderman«, sagt sie und verdreht die Augen. »Das waren MAD-Magazine. Du hast noch immer von nix eine Ahnung.«

Na, meinetwegen. Comics haben mich noch nie interessiert.

Jedenfalls sieht Vicki jetzt auch trübsinnig aus.

»Magst du mal abbeißen?«, frage ich. Ich halte ihr mein Croissant hin. Sie wehrt entsetzt ab.

Mir fällt plötzlich die ganze uralte Geschichte wieder ein.

Es passierte, als wir alle noch auf dem Gymnasium waren.

Lila, Vicki und ich waren zwar in einer Klasse und fuhren jeden Morgen mit dem Zug vom Dorf in die Stadt zur Schule, aber Vicki saß nie mit uns im Zugabteil, geschweige denn auf einer Bank. Sie gab sich distanziert. Stattdessen vergrub sie sich in ihre Bücher oder Comichefte und ging uns aus dem Weg, so gut sie konnte.

Auch in der Schule konnte sie kaum jemand leiden. Sie war Klassenbeste. Jeder wollte gern die Hausaufgaben bei ihr abschreiben. Aber niemand lud sie auf Partys ein oder wollte bei Klassenfahrten das Zimmer mit ihr teilen. Sie war ein dicklicher, kurzsichtiger, aber mit sich selbst zufrieden wirkender Bücherwurm, der keinen Deut darauf gab, was gerade ›in‹ oder ›out‹ war.

Lila spottete bei jeder Gelegenheit über sie. Sie war es auch, die damit anfing, sie ›Fick-toria‹ oder einfach ›Ficki‹ zu nennen. Irgendwann rief die ganze Schule sie so. Vicki tat, als wäre es ihr egal. Aber sie setzte nach und nach immer mehr ›Kummerspeck‹ an. Ein dicker Schwimmring wölbte sich über ihren Hosenbund und beim Dauerlauf schnaufte sie immer als Letzte ins Ziel.

In den Pausen saß sie meist allein auf einer Schulhofbank und las. Bis sich eines Tages Daniel zu ihr gesellte. Zuerst ging sie nicht auf ihn ein. Aber er gab nicht auf. Nach und nach begann sie, ihm zu vertrauen.

»Da hat sich ein hübsches Paar gefunden«, spottete Lila.

Ich weiß noch, dass Vicki mir meist egal war. Meine Noten waren gut. Ich hatte es nicht nötig von ihr abzuschreiben. Und ihre Freundschaft mit dem dicklichen Daniel fand ich irgendwie süß. Die meisten von uns waren damals viel auf Partys, probierten Alkohol, Küssen und Fummeln aus. Daniel und Vicki, die beiden Außenseiter, saßen auf der Schulbank, tauschten Bücher, teilten ihr Pausenbrot miteinander und lasen sich kichernd gegenseitig aus Comics vor.

»Guck dir das an«, schrie Lila eines Tages.

Sie fuchtelte wie wild mit dem Finger in der Luft herum. Wir waren gerade aus dem Zug gestiegen. Vor uns liefen Daniel und Vicki. Ich konnte nichts Ungewöhnliches daran entdecken, bis ich sah, dass die beiden sich an den Händen hielten.

»Die sind zusammen«, fauchte Lila. »Die dicke Vicki mit dem Pferdehintern hat einen Freund.«

»Ich finde, die passen zusammen«, sagte ich.

»Das passt mir nicht«, schimpfte Lila.

Ich lachte mich halb schief. »Wieso? Willst du Pickel-Dani etwa haben?«

»Du kapierst gar nichts«, wütete Lila weiter.

So langsam begriff ich, dass sie es wirklich ernst meinte.

»Ich meine, die hässliche Kuh hat einen Freund und wir nicht!«

»Na und?«, antwortete ich und zeigte Lila einen Vogel. »Dafür hat sie auch drei Meter dicke Brillengläser und ist ein riesengroßes Trampeltier. Ist doch schön, wenn sie jemanden gefunden hat.«

Lila schaute mich von der Seite an und sagte gar nichts mehr.

Ich dachte, die Sache wäre damit erledigt, bis wir mal wieder ›sturmfreie Bude‹ hatten.

Unsere Eltern waren mit Oma und Opa verreist. Lila und ich sollten die zahlreichen Haustiere hüten, was wir gern taten. Aber natürlich nutzten wir die Gelegenheit auch, um mal wieder ausgiebig und ohne Aufsicht zu feiern. Wir luden alle unsere gemeinsamen Freunde ein. Ich staunte allerdings nicht schlecht, als Lila sich in der großen Pause zu Daniel stellte.

»Hast du morgen schon was vor, Dani-Sahne?«

»Äh, wieso?«

»Rosa und ich schmeißen eine Party«, flötete sie. »Magst du vorbeikommen?«

Daniel schaute misstrauisch. »Sicher?«

»Klar!« Sie strahlte ihn mit ihrem verführerischsten Lächeln an. »Bringst du ein paar CDs mit?«

»Mach ich«, antwortete er und lächelte jetzt auch. »Vicki hat auch ein paar coole Scheiben.«

»Vicki?«

Jetzt kapierte ich, was Lila plante und zu meiner Schande muss ich gestehen, dass ich nicht eingriff.

»Na, Vicki kommt auch mit. Ich … Wir … sind doch zusammen.«

Es war rührend, wie er verlegen von ihrer Beziehung sprach.

»Entweder du bringst sie mit und brichst mein Herz«,

sagte Lila und zog einen Schmollmund, »… oder du kommst allein und es wird ein Abend, den du nie vergessen wirst.«

Jetzt lächelte sie wieder und griff tatsächlich nach Daniels Hand. Es war ein Weltklasseschauspiel. Einen Moment lang glaubte sogar ich, sie sei in ihn verliebt.

Er glaubte ihr nun anscheinend auch.

Und das war das Ende von Vicki und Daniels erster Liebe!

Nach der Party saß Vicki wieder allein auf dem Schulhof, aß tonnenweise Schokoriegel und nahm noch mehr zu. Daniel, der ziemlich schnell begriffen hatte, was Lila gespielt hatte, versuchte Vicki zurückzubekommen. Aber sie beachtete ihn nicht mehr.

Ich staunte doppelt. Über Vicki und ihren unbeugsamen Stolz und über Lila und wozu sie fähig war. Nach ein paar Wochen hatte ich die Geschichte jedoch vergessen. Es gab Wichtigeres in meinem Leben als ein großes, dickes Mädchen, das einsam auf dem Schulhof hockte.

Das ist zehn Jahre her, aber jetzt tut Victoria mir plötzlich leid. Ziemlich spät wird mir klar, wie sehr sie als Jugendliche gelitten haben muss. Ich schäme mich für meine Charakterlosigkeit – und kapiere, wie Lila tickt.

Aber warum macht sie das jetzt mit mir? Ich bin doch ihre beste Freundin! Ich stehe unter Schock.

»Weißt du, was aus Daniel geworden ist?«, frage ich, weil mir nichts anderes einfällt. Ich hoffe inständig, dass es nicht die falsche Frage war. Vielleicht liebt sie ihn ja immer noch. Oder er hat sich aus Kummer über seine verlorene erste Liebe in irgendeinen Fluss gestürzt?

»Er ist Innenarchitekt, hier in Berlin«, antwortet Vicki. Sie wirft noch immer begehrliche Blicke auf mein Schokocroissant. »Wir sehen uns regelmäßig.«

»Und? Hat er sich auch so verändert?«

»Du meinst, ob er noch so fett ist wie damals?«

Okay! Das war jetzt wirklich die falsche Frage. Ich bin ein Trampeltier. »Fett? Na ja, ich meine, er war gar nicht fett, nicht wirklich jedenfalls. Und du – äh – übrigens auch nicht.«

Ich grinse verlegen. Vicki lässt mich hilflos herumstottern und sagt keinen Ton. »Außerdem bist du ja jetzt schlank, geradezu dünn«, fahre ich fort. »Du … Du könntest Modell werden, bei deiner Größe.«

Ich sehe die grazile Vicki über einen Laufsteg gehen – mit einem weiten, wehenden Rosa-Redlich-Kleid. Sie sieht umwerfend aus. Wie ein Mensch sich so verändern kann!

Als ich meinen Blick von innen wieder nach außen richte, isst (und das ist sehr vornehm ausgedrückt) Vicki mein Schokocroissant auf – mitsamt Banane und bunten Streuseln.

»Großer Gott, ist das gut!«, seufzt sie mit vollem Mund und schickt verzückte Blicke gen Himmel. Ihre Lippen sind mit Schokocreme verschmiert wie bei einem Kleinkind. »Weißt du, wie viele Jahre ich keine Schokolade gegessen habe?«

Es müssen viele gewesen sein, denn nachdem sie mein Croissant heruntergeschlungen hat, bestellt sie sofort hungrig ein weiteres und mehrere Portionen Schokoaufstrich. Ihren Obstteller hat sie zu mir über den Tisch geschoben. Jens kommt lachend zu uns.

»Wenn ihr so weitermacht, muss ich auf den Großmarkt zum Nachschub holen«, sagt er. »Was ist denn los mit euch?«

Ich zeige auf Vicki. »Sie hat gerade die heilsame Wirkung von Schokolade wiederentdeckt.«

Vicki nickt begeistert. »Bringst du uns noch ein paar Glückskekse, Jens? Die sind lustig.«

»Na klar!«

»Nein!«, schreie ich. Ich habe gestern genug Pech gehabt und keine Lust auf einen Nachschlag.

»Keine Widerrede!«, bestimmt Vicki. Sie wischt sich ihren Schokoladenmund mit einer Serviette ab. »Ich habe eine tolle Idee. Pass mal auf.«

Als Jens mit den Keksen kommt, bricht sie ihren auf, liest den Spruch, füllt dann in den leeren Keks Schokolade hinein und setzt als ›Deckel‹ eine Bananenscheibe obendrauf. »Lecker!«

»Du weißt aber schon, dass das dick macht, oder?« Ich will nämlich nicht schuld daran sein, wenn sie wieder zunimmt.

»Scheiß drauf«, lacht sie. »Keine Angst, Rosa, die alten Zeiten kommen nicht zurück, bei dir nicht und bei mir auch nicht.« Sie schaut mich mit ihren grünbraunen Augen fröhlich an.

Katzenaugen.

Ich glaube, nein, ich bin sicher, dass ich Vicki mag.

»Und jetzt lies, was in deinem Keks steht!«, fordert sie mich auf.

»Zuerst du.«

»›Ein Einkauf wird sich als vernünftige Investition erweisen‹«, verkündet sie ausgelassen. »Das gefällt mir.«

Ich beneide sie. Den Spruch hätte ich mir auch gefallen lassen. Der klingt wirklich ungefährlich. Widerwillig breche ich mein Gebäck auf und hoffe, dass es nicht wieder etwas Arges wird.

Eine herausfordernde Überraschung wartet.

Ja, na klar! Es wäre auch zu schön gewesen, wenn mal ›Es wird ein ganz und gar langweiliger Tag‹ oder ›Alles easy‹ auf dem kleinen Zettel gestanden hätte. Ich will überhaupt keine Überraschung. Die gestrige hat durchaus gereicht. Mit einem Mal weiß ich, was ich tun muss, um die chaosbringenden Glückskekse aus meinem Leben zu verbannen. Ich werde es so machen, wie die Eltern von Dornröschen mit den Spindeln: verstecken, verbieten, vernichten und wegwerfen. Jawohl! Gleich heute Abend zu Hause fange ich an. Alle Päckchen aus der Vorratskammer (sorry, Oma!) werde ich in den Müll tragen. Dann werde ich allen erzählen, dass ich eine Glückskeksallergie habe und Oma bitten, keine mehr im Supermarkt für mich zu kaufen. Dann sollte eigentlich Ruhe sein.

Feierlich tue ich es Vicki gleich. Ich fülle den letzten Glückskeks meines Lebens mit Schokocreme, schiebe ihn zwischen meine Zähne und zerbeiße ihn genüsslich.

Adieu, Glückskekse! Ihr könnt mich alle mal.

Ich zwinkere Vicki zu. Sie lächelt mich an.

Als ich wieder hinüber zu Frau Sonnemann gehe,

sieht die Welt gar nicht mehr so schlimm aus. Die Sonne scheint und ein paar Spatzen balgen sich um Brotkrümel. Ob die auch Glückskekse mögen? Ich beschließe, ihnen lieber keine zu geben. Nachher bricht noch irgendeine neuartige Spatzenpest aus, und dann bin ich schuld am Untergang dieser niedlichen Knopfaugen. Eigentlich müsste man Glückskekse im Atommülllager Gorleben vergraben, damit sie keinen Schaden anrichten. Ich hoffe inständig, dass es eine normale Mülltonne auch tut.

Es muss an der Schokolade liegen, dass ich mich plötzlich so viel besser fühle. *Vielleicht kann mir Rob ja wirklich alles erklären heute am Abend.* Auf meinem Handy sind zehn Anrufe von ihm eingegangen und fünf von Lila, alle gestern Nacht, nachdem ich weggelaufen war. Es tut ihnen also leid, was sie getan haben.

Ich winke Vicki zu, die gerade in ihren Mini steigt und ziemlich sportlich davon düst. Es war, obwohl wir zeitweise traurig waren, ein richtig schöner Morgen mit ihr.

Am Schaufenster steht Frau Sonnemann und winkt mir zu. Ich winke zurück und freue mich auf ein paar Stunden in ihrer sonnenbestrahlten Werkstatt.

Heute Abend wird alles wieder gut.

Als ich in der U-Bahn sitze und nach Hause fahre, klopft mein Herz ein wenig schneller als sonst. Laut Glückskeks wartet jetzt eine Überraschung auf mich. Ich kann es selbst kaum glauben, aber ich freue mich darauf. Nach den Erfahrungen der letzten Wochen sollte ich eigentlich vorsichtiger sein. Aber ich kann nicht anders – meine Fantasie ist nicht fähig, sich irgendetwas Negatives auszudenken. Vielleicht habe ich ja ein genetisches Problem? So etwas wie debil optimistisch machende ›Translokation auf Chromosom 6‹? Gendefekte sind schwer in Mode im Moment. Darüber steht laufend etwas in der Zeitung. Also könnte ich das doch auch haben? Wo ich doch sonst kerngesund bin.

Ich stelle mir lächelnd vor, während die Bahn durch Berlins Unterwelt rattert, wie Rob sich gleich bei mir entschuldigen wird. Ich werde ihm verzeihen und Lila auch. Dann werden wir uns weinend, aber glücklich in den Armen liegen. Jeder kann mal Fehler machen. Und jeder hat eine zweite Chance verdient. Hach!

Ich mag meinen Gendefekt.

Vielleicht bin ich aber einfach nur naiv.

Mir zittern die Hände vor Aufregung, als ich zu Hause aufschließen will. Der Schlüssel will partout nicht ins Schloss passen. Schließlich muss ich klingeln. Als Lila die Tür aufmacht, bringe ich ein strahlendes Lächeln zustande.

»Da bist du ja, Rosa«, sagt sie streng. Zwischen ihren Augenbrauen bildet sich eine steile Falte. »Und sogar ausnahmsweise pünktlich.«

Das ist so ganz anders als eben in meinem Tagtraum. Da war *ich* diejenige, die huldvoll vergeben wollte. Jetzt fühlt es sich so an, als müsste *Lila* mir verzeihen.

Schlagartig sind alle meine Schuldgefühle wieder da. »Kann ich reinkommen?«, frage ich kleinlaut. *Hey Rosa, du musst nicht fragen, denn du wohnst auch hier.*

Lila lässt mich durch. Ich stelle meine Tasche auf die Bank im Flur. Als ich mir die Sandaletten von den Füßen streife, sehe ich es: drei dicke schwere Koffer.

»Willst du verreisen?«, frage ich Lila. Doch in diesem Moment erkenne ich, dass es *meine* Koffer sind.

Mit diesen alten schweren Dingern, in denen sich meine ganze Habe befand, bin ich vor ein paar Jahren bei ihr eingezogen.

Warum stehen meine Koffer hier?

»Sie sind gepackt«, beantwortet Lila meine unausgesprochene Frage. »Alle deine Sachen sind drin.«

»Du hast meine Sachen gepackt? Warum?« Ich komme mir vor wie in einem schlechten Film.

»Weil du nicht mehr hier wohnen kannst, Rosa. Wie du gesehen hast, bin *ich* jetzt mit Rob zusammen. Wie soll das deiner Meinung nach gehen?«

»Aber es ist auch meine Wohnung«, sage ich lahm. »Ich zahle die Hälfte der Miete.«

»Wann hast du das letzte Mal Miete gezahlt? Lass mich nachdenken.«

Sie hat recht. Es ist ziemlich lange her. Ich hatte so wenig Geld. *Aber darum geht es doch gar nicht!*

Plötzlich habe ich das Gefühl, dass mein Herz zerspringt. Was tut Lila denn da? Sie ist meine längste, beste, einzige Freundin (und meine Cousine!) und sie setzt mich einfach vor die Tür?

»Das … Das kannst du nicht machen«, sage ich mit zitternder Stimme und fange an zu weinen. »Was ist denn auf einmal los mit dir?«

»Jetzt heulst du wieder«, schimpft Lila. Sie verdreht

genervt die Augen. »Das ist typisch für dich. Es geht immer nur um dich. Die ganzen Jahre habe ich dich bekocht, dir Kaffee ans Bett gebracht, war immer für dich da … Jetzt habe ich keine Lust mehr.«

Hat sie recht? Geht es wirklich immer nur um mich? »Ich war doch auch für dich da«, sage ich kleinlaut.

»Ach ja?«

»Ich habe dir mit deinem Gesellenstück geholfen.«

»Das hätte ich auch allein gekonnt.«

»Und … als … Als Micha dich verlassen hat.«

»Ja, Micha, das war genau so einer, wie du es bist«, sagt sie und guckt mich böse an. »Der hat mich auch nur ausgenutzt.«

Alles, was ich für sie getan habe, ist scheinbar nichts mehr wert.

»Jetzt nehme *ich* mir mal, was mir zusteht«, trumpft Lila auf.

Ich erkenne meine Freundin seit Kindertagen kaum wieder. Vor mir steht eine fremde Frau. »Aber mein Freund, der steht dir nicht zu!«, schreie ich. Jetzt bin ich nicht mehr traurig, sondern wütend.

»Du kannst doch jeden haben«, brüllt sie zurück. »Du kriegst Zucker in den Po gepustet, seit du auf der Welt bist. Hast du dich schon jemals für irgendetwas oder irgendjemanden angestrengt? Du bist vom Glück verhätschelt wie die Prinzessin auf der Erbse.«

So ein Unsinn! Wem fliegt denn gerade sein ganzes Leben um die Ohren? »Du bist neidisch, ja?«, schreie ich. Vicki hatte wirklich recht.

»Die ganzen schönen Jahre mit uns und mehr als Eifersucht fällt dir dazu nicht ein?« Ich klinge kämpferischer, als ich mich fühle. In Wirklichkeit bin ich ratlos und verzweifelt, denn ich verstehe nicht, warum Lila so lange unzufrieden war und mir *nie* etwas gesagt hat. Ich dachte, wir wären die weltbesten Freundinnen. Dabei hat sie sich die ganze Zeit benachteiligt gefühlt.

Wäre ich ein Kind, würde ich mich jetzt vor Wut und Kummer auf den Boden werfen. Aber das war noch nicht der ganze Schrecken. Es wartet noch eine Überraschung auf mich.

Die Küchentür öffnet sich und Rob steht auf einmal im Flur. Er hat schon wieder kein T-Shirt an und als ich die festen Muskelstränge an seinem Oberkörper sehe, überkommt mich so eine Sehnsucht nach ihm. Er ist *mein* Freund! Wir waren immerhin drei Jahre zusammen.

»Lila, kommst du!«, sagt er und tut so, als wäre ich Luft. »Du musst die Schnitzel umdrehen. Sie brennen gleich an.«

»Ja, mein S c h a t z«, antwortet sie langsam und mit Betonung.

Sie hat sich wieder völlig im Griff, während mir Ströme von Rotz und Wasser über das Gesicht laufen.

»Wie lange geht das schon mit euch?«, frage ich. Ich starre die beiden, die so aussehen, als wären sie ein altes Ehepaar und sich genauso benehmen, fassungslos an.

Ich meine, gestern war er noch *mein* Freund und heute brät sie ihm schon Schnitzel? (Das habe ich die ganzen Jahre nicht für ihn gemacht. Ich koche eben nicht so gern.) Ich ahne Schlimmes und die Bestätigung lässt nicht auf sich warten.

»Seit der Filmnacht, richtig«, antwortet Lila. »Und schon mal ein bisschen davor.«

Sie wird knallrot. Einen Moment lang habe ich das Gefühl, dass sie sich für ihr Verhalten schämt. Wobei das auch kein Trost ist. Ich atme schwer. Genauso hat sich das heute Morgen in meinem Traum angefühlt. Ich glaube, ich falle in einen unendlichen Abgrund.

Rob steht da, ein cooler Typ mit einem Traumbody, sagt nichts und lächelt selbstgefällig. Ich habe den Eindruck, dass er die Situation sogar genießt. Er ist ein Mann, um den sich gerade zwei Frauen zanken – scheinbar fühlt sich das großartig an. Ich nehme all meinen Mut zusammen.

»Lila, ich glaube, Rob hat uns ausgenutzt«, sage ich. »Ihn musst du rausschmeißen, nicht mich.«

Sie lacht hysterisch. »Bemüh dich nicht, Rosa. Du hast verloren.«

So langsam realisiere ich, dass sie es wirklich ernst meint.

Seit ich Orakelsprüche lese, gibt es anscheinend keine Situation, aus der ich nicht als Verliererin hervorgehe. Das war sie nun also, meine ›Überraschung‹ à la Glückskeks. Nachdem ich schon meinen Job losgeworden bin, muss auch noch meine große Liebe dran glauben. Und eine Wohnung brauche ich dann auch nicht mehr. Wozu auch? Schließlich passt alles, was ich besitze, in drei lumpige Koffer.

So etwas nennt man wohl ›vor den Scherben seines Lebens stehen‹.

»Ich gehe dann mal«, sage ich und wende mich ab.

Ich hoffe immer noch, dass sie mich aufhalten, mich umarmen und mir sagen, dass alles nur ein Scherz war. Aber nichts geschieht. Ich öffne die Haustür und stelle meine Koffer nach draußen, einen nach dem anderen. Auf der Treppe höre ich Schritte und plötzlich steht Basti vor mir.

»Hallo, Rosa, willst du verreisen?«

Der hat mir gerade noch gefehlt.

»Wo soll ich dich hinbringen?«

»Egal!«

Wir sitzen in seinem klapprigen Renault. Basti hat mir geholfen, meine Koffer nach unten zu schleppen und als ich halb besinnungslos auf dem Bürgersteig stand, hat er mich kurzerhand samt Gepäck in sein Auto geschoben.

»Na, irgendwohin muss die Reise doch gehen.«

»Frag doch den Glückskeks!«

»Wie bitte?«

»Du sollst einen Glückskeks fragen. Die bestimmen neuerdings über mein Leben. Ich hab da nichts mitzureden.«

Er setzt den Blinker und fährt rechts ran. »Rosa, was ist denn los mit dir?«, will er wissen und seine Stimme klingt ehrlich besorgt. »Ich meine, wieso stehst du mit drei gepackten Koffern in der Tür, wenn du gar nicht weißt, wohin du willst?«

Ich zucke die Schultern.

Er nimmt es mit Humor. »Da bin ich ja mal wieder im rechten Moment gekommen«, sagt er und grinst frech wie immer. »Um dich zu retten sozusagen.«

Ich starre aus dem Fenster. »Ich habe dich nicht gebeten, mich zu retten.«

»Ist schon gut«, sagt er und lässt den Motor wieder an. »Ich mache es gern.«

Wohin er wohl fährt? Bei meinem Glück wird es wahrscheinlich ein finsteres Waldstück sein, wo er mich ermordet und verscharrt. Und morgen steht dann in der Zeitung:

›Frauenleiche gefunden. Drei Millionen Berliner befragt. Niemand vermisst die Person. Die Einsamkeit in unseren Städten wird immer größer.‹

Meine Tränen tropfen. Ich habe nicht mal die Kraft, sie wegzuwischen.

Irgendwann später sitze ich auf einer weichen Couch. Vor mir auf dem Tisch steht ein Glas Sprudelwasser und von irgendwoher duftet es nach gebratenem Speck.

»Du isst doch Spaghetti Carbonara, oder?«, fragt eine Stimme.

Ich zucke zusammen. Da steht Sebastian. Er hat eine Flasche Rotwein in der einen Hand und einen Korkenzieher in der anderen. Über seiner Schulter liegt ein weißes Küchenhandtuch.

Er hat mich also doch nicht umgebracht. Soll mich das freuen?

Von draußen dringt Kneipenlärm durch die geöffnete Balkontür. Ein paar Amseln singen im Kastanienbaum. Es ist warm. Die Abendsonne scheint über die Dächer und auf dem hellen Dielenboden der Wohnung streift eine weißbunte Katze herum.

»Wo bin ich?«

Basti setzt sich neben mich und schaut mich von der Seite an. »Weißt du, an wen du mich erinnerst?«

»Nö.«

»An eine Prinzessin aus dem Märchenland, die aus Versehen in unsere Welt gepurzelt ist. Da habe ich neulich diesen Disneyfilm im Kino gesehen. ›Verwünscht!‹ hieß der. Genau! A ha ha ha haa …« Jetzt singt er eine alberne Melodie.

»Du guckst dir Kinderfilme an?«

»Mit meiner Nichte. Warum nicht?«, fragt er lächelnd. »Die steht auf Prinzessinnen. Ich übrigens auch.«

Das war süß! Er ist irgendwie charmant. Ich kann nicht umhin zu lächeln. Meine Lebensgeister sind noch nicht alle tot, zumal Basti gerade ein Glas mit Rotwein füllt und mir unter die Nase hält.

»Warte einen Moment und dann probier ihn«, sagt er. »Ich koche derweil die Spaghetti für uns.« Er geht, vor sich hin summend, in die Küche zurück. Die Katze schnuppert an meinen Füßen.

Ich stehe auf und gehe auf den Balkon. Benommen gucke ich auf mir völlig unbekannte Straßen. Diese Gegend von Berlin habe ich noch nie gesehen. Ob das Prenzlauer Berg ist?

Es ist alles dermaßen absurd. Ich bin in einer fremden Wohnung irgendwo in Berlin, bei einem Mann, den ich erst dreimal gesehen habe und der immer dann auftaucht, wenn ich in Schwierigkeiten bin. Ich habe kein Zuhause mehr, meine beste Freundin hat mich verlassen und meinen Freund gleich mitgenommen, und ich habe keine Idee, wie es weitergehen soll.

Basti hat recht. Ich bin wirklich in eine völlig fremde Welt gepurzelt.

Nur dass ich keine Prinzessin bin, und er ist nicht der Märchenprinz.

Ich schnappe mir meine Handtasche, stürze den Rotwein in einem Zug herunter und schleiche mich aus dem Zimmer nach draußen. Durch den Türspalt sehe ich, wie er gerade die Nudeln abgießt. Er singt ›Somewhere over the rainbow‹ dazu. Ich kenne das Lied. Es ist aus dem ›Zauberer von Oz‹, einem meiner Lieblingsfilme, als ich noch ein Mädchen war.

Vielleicht ist er ja doch ein Prinz? Schließlich war er immer da, wenn ich Hilfe brauchte. Wie durch Zauberhand! Sollte ich mich nicht schutzsuchend in seine starken Arme stürzen?

Ich stehe am Türspalt und beobachte ihn. Seine Locken gefallen mir. Der Hauch von einem Dreitagebart auf seinem Kinn sieht lässig aus. Er hat schöne, gepflegte Hände. Aber starke Arme? Fehlanzeige. Basti ist zwar groß, aber, wie Oma sagen würde, nur ein ›halbes Hemd‹.

Ich reiße meinen Blick von ihm los. Er ist so ganz anders als Rob. Ich muss jetzt gehen.

Es ist besser, wenn ich niemandem mehr zur Last falle und mein Leben selbst in die Hand nehme. Auch wenn ich keine Ahnung habe, wie das gehen soll.

Ich bin kein Mädchen mehr.

Glückskeks 6

Eine neue Erfahrung wird zu einer wertvollen Erinnerung.

»Aufwachen, Rosa, du musst zur Arbeit!«

Ich trau mich nicht, die Augen aufzumachen, denn so im Halbschlaf bin ich noch desorientiert und weiß gerade mal wieder nicht, wo ich bin. Es klingt weder nach einem Brückenbogen, noch nach der Bahnhofsmission (da wird man bestimmt nicht so nett geweckt), sondern so, als wäre es Oma, die mich ruft. Außerdem riecht es nach Räucherstäbchen. Eigentlich bin ich fast sicher, dass ich bei meiner Großmutter auf der Couch liege. *Aber weiß man es?* Bei meinem neuerdings aus den Fugen geratenen Dasein scheint alles möglich. Im Moment traue ich meinen eigenen Wahrnehmungen nicht. Ich finde, dazu habe ich auch allen Grund. Immerhin ist in den letzten Wochen nichts, aber auch gar nichts so gelaufen, wie ich es geplant habe.

»Kindchen, deine neue Arbeitgeberin bekommt einen schlechten Eindruck, wenn du jetzt nicht aufstehst und dich fertig machst.«

Die Stimme gehört eindeutig meiner Oma. Ich öffne ein Auge. Tatsächlich, sie ist es. Erleichtert lächle ich sie an. »Kannst du mir Kaffee bringen?«

»Wie bitte?« Oma öffnet die Vorhänge und das Fenster. Frische Luft strömt ins Zimmer.

»… ob du mir bitte einen Kaffee mit drei Löffeln Zucker bringen kannst?«, sage ich etwas lauter.

Sie steht neben mir und schaut mich belustigt an. »Meine Ohren sind völlig in Ordnung. Ich habe verstanden, was du gesagt hast – rein akustisch jedenfalls.«

»Das ist schön«, sage ich und strecke mich.

»So und jetzt hopp«, sagt Oma und klatscht in die Hände. »Der Kaffee steht in der Küche. Die Zuckerdose auch.«

Jetzt verstehe ich. Sie *will* mir den Kaffee nicht bringen. Meine Laune verschlechtert sich rapide. »Lila hat mir meinen Kaffee immer ans Bett gebracht«, maule ich.

Oma lacht herzhaft. »Sie braucht immer jemanden zum Bemuttern, die Kleine«, sagt sie lächelnd. »Wenn ich mal gebrechlich werde, dann hole ich mir die Lila zu Hilfe. Eine fürsorglichere Pflege kann ich bestimmt nicht kriegen.«

Jetzt stemmt sie die Hände in die Hüften und guckt mich streng an. »Du aber bist jung und gesund und du willst mir erzählen, dass du dir jeden Morgen etwas zu trinken ans Bett bringen lässt?«

»Na ja«, druckse ich herum. »Lila hat das total gern gemacht.«

»Na, wenn das so ist, frage ich mich, warum du das luxuriöse ›Hotel Lila‹ verlassen und mitten in der Nacht bei mir angeklopft hast?«

Ich fühle einen heftigen Stich in meinem Herz. Nein, *ich* habe ›Hotel Lila‹ gar nicht verlassen. Ich wurde rausgeschmissen – wegen nicht bezahlter Rechnungen einerseits, wegen Eigenbedarfs und betrügerischer

Machenschaften andererseits. Mit einem Schlag wird mir wieder bewusst, dass es aus ist zwischen mir und meiner besten Freundin. Sie wird mir nie im Leben wieder irgendetwas ans Bett bringen. Meine Augen füllen sich mit Tränen.

»Du wirst doch jetzt nicht weinen, weil …«

»Nein, nein«, unterbreche ich Oma und ziehe die Nase hoch. »Es ist nicht wegen des blöden Kaffees. Ich weine, weil …, weil ich so furchtbar traurig bin, weil ich arm, ausgesetzt und verlassen bin.« Mein Selbstmitleid kennt keine Grenzen.

»So, jetzt aber raus mit der Sprache«, fordert Oma. »Ich will wissen, was passiert ist und zwar alles.«

Ein paar Minuten später weiß sie Bescheid und verspricht, mal ein ernstes Wort mit ihrer anderen Enkelin zu reden. (Sie ist die Mutter von Thorsten und Thomas, unseren Vätern.) Ich hoffe, sie wäscht ihr mal so richtig den Kopf. Das hat Lila nämlich verdient. Meine Trauer schlägt mal wieder um in Wut. Ich schwimme im Wechselbad der Gefühle.

Nach dem Duschen stelle ich entsetzt fest, dass ich keine frischen Sachen dabei habe. *Wo zur Hölle sind eigentlich meine Koffer geblieben?* Dann fällt es mir wieder ein. Mein ganzer Kram ist noch bei Sebastian Andrees, und ich Idiot habe keine Ahnung, wo er wohnt.

Ich bin, nachdem ich mich aus seiner Wohnung geschlichen habe, ins erstbeste Taxi gehüpft und habe mich hierher nach Lichterfelde bringen lassen. Es war eine ziemlich lange Fahrt quer durch Berlin und irgendwann sind wir auch am Alex vorbeigekommen. Der Fernsehturm ist nun wirklich nicht zu übersehen. Doch mehr weiß ich nicht … nur noch, dass ich mein letztes Geld für die Fahrt hinblättern musste.

Ich habe meinen gesamten Besitz bei einem fremden Mann stehen lassen. Auch wenn es nur mickrige drei Koffer sind. Es ist alles, was ich habe. Was ist bloß in mich gefahren? Ein so irres Verhalten ist nur mit meinem akuten Schock zu erklären.

Herzlichen Glückwunsch, Rosa! Du hast es geschafft. Dein Leben ist weg. Bis auf das, was du am Leibe trägst, ist dir nichts geblieben.

Plötzlich kann ich mir vorstellen, wie sich die Flüchtlinge am Ende des Krieges gefühlt haben. Oma ist aus Ostpreußen. Sie ist mit ihrer Mutter und nur einem Koffer damals durch halb Europa gelaufen. Natürlich weiß ich, dass der Vergleich idiotisch ist, aber irgendwie *heimatlos* fühle ich mich auch gerade.

Oma hat, während ich unter der Dusche war, Brötchen geholt und den Tisch gedeckt.

»Hast du nix zum Anziehen?«, fragt sie, als ich, in ein großes Handtuch gewickelt, zu ihr an den Tisch komme.

»Nein«, antworte ich wahrheitsgemäß.

Ich trage seit zwei Tagen Vickis indisches Kleid, das unterdessen schon ziemlich zerknittert ist. In der Werkstatt habe ich noch Jeans und T-Shirt zum Wechseln. Das würde für heute gehen. Aber nie im Leben ziehe ich eine Unterhose zweimal hintereinander an.

»Ich borg dir was«, sagt Oma. »Aber ich will's wiederhaben. Gewaschen! Ja?«

Sie guckt wieder so streng. Dann lacht sie. »Du bist

ein Chaot, meine Kleine. Das komplette Gegenteil von Lila. Man sollte nicht glauben, dass ihr Schwestern seid.«

»Sind wir ja auch nicht, Oma. Wir sind Cousinen, schon vergessen?«

»Was habe ich denn gesagt?«, fragt Oma und schneidet fahrig an ihrem Brötchen herum.

»Schwestern«, antworte ich lachend. »Du hast Schwestern gesagt.«

»Ich werde langsam alt«, sagt sie. Sie sieht auf einmal ganz unglücklich aus.

»Ach Omi«, lache ich und nehme ihre Hand. »Du doch nicht. Man kann sich doch mal versprechen.«

Sie springt auf und stürmt (ja wirklich!) in ihre kleine Vorratskammer. Als sie wieder zum Vorschein kommt, bin ich es, die erschüttert ist. Sie hat ein Paket Glückskekse in der Hand. »Lass uns ein bisschen Spaß haben, Kind!«

Was für einen Spaß denn bitte? Wenn ich jetzt einen Glückskeks öffne, ist heute Abend der Rest meines Lebens auch noch weg. Und da ich nur noch meine Anziehsachen habe, werde ich zwangsläufig *nackt* sein. »Oma, wenn ich so ein Ding esse, dann kriegst du deine Unterhose nicht wieder. Überleg es dir also.«

»Wie bitte?«, hakt sie verwundert nach, während sie mit einer Schere die noch verschlossene Packung öffnet. »Was hast du gesagt?«

Klar, dass sie mich nicht versteht. Ich verstehe es ja auch nicht! Wer hätte gedacht, dass diese Kekse so gemeingefährliche kleine Dinger sind. »Ach nichts. Ich … Ich vertrage nur keine Glückskekse mehr. Ich … ähm … Ich kriege Bauchschmerzen davon.«

»Unsinn, doch nicht von so einem kleinen Krümel«, sagt sie.

Dann wirft sie einen misstrauischen Blick auf mein Quark-Honig-Mandel-Rosinen-Vollkornbrötchen. Ich brauche meine Anti-Kummer-Süß-Dosis. Was kann ich dafür, dass sie keine Schokolade hat, sondern nur so gesundes Zeug?

»Rosa, du verputzt gerade meine sämtlichen Kuchenzutaten. Willst du vielleicht noch ein bisschen Backpulver obendrauf?«

Ich schüttle den Kopf und beobachte ängstlich, wie sie zwei Kekse aus der Packung nimmt. Sie reißt die kleine Plastikhülle des ersten auf und zerbricht das Gebäck. Dann nimmt sie ihre Lesebrille vom Küchenschrank und liest. »So, wollen wir mal gucken.«

Ich spüle ein paar Rosinen mit Milchkaffee herunter und schnappe mir noch ein frisches, knuspriges Brötchen. Ob ich mal Camembert mit Orangenmarmelade probieren soll? Das könnte schmecken.

»Eine neue Erfahrung wird zu einer wertvollen Erinnerung«, liest Oma laut.

»Das klingt doch gut, mein Kind. Im Moment machst du viele neue Erfahrungen. Das ist auch richtig so in deinem Alter.«

»Das war *mein* Spruch?«, schreie ich hysterisch. »Aber *du* hast ihn doch vorgelesen. Er ist für dich!«

»Ich habe ihn für dich aufgemacht«, antwortet Oma und ignoriert mein Geschrei. »Der nächste ist für mich.«

Es ist passiert. Alles kommt, wie es kommen muss.

Dornröschen hat sich trotz allem an der Spindel gestochen, und ich habe meinen nächsten Glückskeksspruch im Nacken. Nun ist es auch egal.

Mit hängenden Schultern latsche ich aus der U-Bahn zur Arbeit. (Na gut. Das ist übertrieben. Ich trage immer hochhackige Schuhe. Damit kann man nicht latschen. Aber die Schultern hängen. Das ist wahr! Und Omas Seidenunterhose fühlt sich ungewohnt an, wenn auch nicht mal schlecht.)

»So, heute geht es los«, begrüßt mich Frau Sonnemann strahlend und ignoriert meinen Hundeblick. »Ich habe einen Haufen Arbeit für dich.«

Das mit dem Haufen meint sie wörtlich. Neben meiner Nähmaschine, die am frisch verschönten Fenster steht, türmt sich ein Berg Hosen.

»Die musst du enger machen für den Karl Kasulke«, fügt sie noch hinzu. »Der ist so schmal geworden nach seiner Krebserkrankung. Ich habe ihm versprochen, dass du die Sachen nachher gleich vorbeibringst.«

»Mache ich. Klar doch.«

Wenn ich nähe, vergesse ich meine Sorgen. Das ist fast so gut wie Schokolade.

Mit den Hosen gebe ich mir viel Mühe. Ich muss immerzu an *meinen* Opa denken. Er ist vor acht Jahren an Krebs gestorben. Es war eine schwere Zeit für uns alle. Der Herr Kasulke soll richtig gute Hosen kriegen.

Die Passanten starren neugierig ins Ladeninnere. Ein paar Mal klopft es an die Scheibe und jemand drückt sich die Nase platt und winkt. Nach dem fünften Mal erschrecke ich nicht mehr, sondern winke zurück. Margret stürmt immer entzückt nach draußen und hält einen Schwatz mit dem Neugierigen.

»Rosi, die neue Scheibe ist fantastisch«, schwärmt sie, nachdem sie zum x-ten Mal an der frischen Luft war. »Das hätte ich schon viel eher machen sollen.«

Ich gönne ihr das Vergnügen. Schließlich hat sie mich ja eingestellt, damit sie ein wenig kürzer treten kann. Wenn sie nur nicht jedes Mal eine Zigarette rauchen würde, wenn sie raus geht! Mittags, als ich fast fertig bin, klopft es wieder. Mechanisch hebe ich meine Hand und winke. Frau Sonnemann steht auf und geht nach draußen. Aber als sie die Tür öffnet, ist ihr Blick ratlos.

»Guten Tag! Sie wünschen?«

Die Stimme, die freundlich zurückgrüßt, kenne ich. Es ist Oma. Ich springe freudig auf. So eine schöne Überraschung!

»Frau Sonnemann, das ist meine Großmutter, Luisa Redlich. Oma, das ist Margret Sonnemann, meine Meisterin.«

Die beiden schütteln sich die Hände. Wenn ich mich nicht sehr täusche, sind sie sich gleich sympathisch.

»Sonnemann und Redlich«, sagt meine Oma lachend zu Margret. »Das ist ein toller Firmenname. Wenn Sie einen Laden so nennen, können Sie *alles* verkaufen.«

Die beiden lachen. Ich zweifle zwar an Omas Theorie. Es sei denn der Laden hieße ›Sunnyman and Honest‹ oder so ähnlich. Englisch geht heutzutage einfach besser. Aber ich finde es gut, dass sie mich nicht brauchen, um miteinander ins Gespräch zu kommen.

Herrn Kasulkes Hosen warten. Während ich nähe,

schwatzen die beiden, als ob sie sich schon zehn Jahre kennen.

Ich bin beschäftigt, fange nur gelegentlich ein paar Wortfetzen auf. Taj Mahal, Freiheitsstatue, Krüger Nationalpark … Die beiden quasseln sich quer über den Erdball. Irgendwann kapiere ich, dass sie über die Bilder reden, die sorgsam gerahmt, an den Wänden der Werkstatt hängen. Aha! Jetzt höre ich doch etwas genauer hin. Dann wird mir klar, dass es nicht irgendwelche Bilder sind, sondern *Fotos* von Margrets Reisen, die sie an die entferntesten Plätze der Welt geführt haben.

Jetzt bin ich aber wirklich neugierig. Ich nehme mir einen Stuhl, steige hinauf und tatsächlich – auf dem Foto aus Indien ist meine Meisterin zu sehen, einige Jahre jünger zwar, aber eindeutig sie – mit Rucksack, Sonnenbrille und aufgekrempelten Jeans.

Wer hätte das gedacht? Margret Sonnemann ist eine waschechte Globetrotterin.

Ich weiß noch, wie ich bei unserer ersten Begegnung dachte, dass sie den Wedding bestimmt noch keinen Tag verlassen hat. Die großen, gerahmten Bilder habe ich für Seiten aus einem Kalender gehalten, die sie sich zu Dekorationszwecken an die Wand gepinnt hat.

Ich schäme mich ein bisschen, weil ich sie so völlig falsch eingeschätzt habe. Man sollte einen Menschen nicht nur nach dem beurteilen, was man sieht. Binsenweisheit eigentlich. Leider vergisst man sie viel zu oft. Ich nehme mir fest vor, ab sofort immer zweimal hinzugucken, bevor ich über jemanden urteile. Die Leute scheinen oft nicht das zu sein, was sie vorgeben. Das beste Beispiel ist Lila, mit ihrem verletzlichen Engelsgesicht, die mich eiskalt entsorgt hat. Wie Eddi, ihren

Kuschelhasen aus Kindertagen, den sie eines Tages plötzlich nicht mehr ausstehen konnte und der sein Ende in einer Mülltonne fand. Schnell verdränge ich den Gedanken an sie, denn ich habe sofort wieder einen dicken Kloß im Hals. Ich will jetzt vor Frau Sonnemann nicht heulen.

Ein Rundgang durch ihre Bilderwelt lenkt mich einigermaßen ab. Ich bin beeindruckt. *Ja, wer von uns beiden ist nun niemals herumgekommen? Meine Meisterin oder ich?*

Außer zirka 15 Wohnwagenurlauben in Limone am Gardasee (meine Eltern sind ziemliche Traditionalisten) habe ich erschreckend wenig von der Welt gesehen.

Margret Sonnemann jedenfalls scheint jedes Land der Erde besucht zu haben. Beim letzten Bild bleibe ich verwundert stehen. Es ist weiß. »Was ist das, Frau Sonnemann?«, frage ich. »Die Antarktis?«

Die beiden Damen stehen auch gerade vor dem leeren Rahmen.

»Na, was soll da noch rein?«, fragt Oma interessiert.

»Ach, nichts«, sagt Frau Sonnemann und wendet sich ab. »Der bleibt leer.«

»Bestimmt nicht«, sagen Oma und ich gleichzeitig.

Margret lächelt. Aber es sieht traurig aus. Irgendetwas bedrückt sie. Ob es wegen ihrer Krankheit ist?

»Jetzt spucken Sie's schon aus«, drängelt Oma.

Frau Sonnemann zuckt die Schultern. »Die Mauer«, sagt sie schlicht.

Na, da hat sie's ja nicht weit. Hier im Wedding steht noch ein Stück. Ich kann es ihr zeigen.

»Das ist unglaublich«, ruft Oma ganz außer sich. »Genau davon träume *ich* auch.«

Hä? Ich brauche noch einen Moment länger, bis ich kapiere, dass sie die *chinesische Mauer* meinen. Mann oh Mann, in Punkto geistige Beweglichkeit machen mir die beiden älteren Ladies locker etwas vor.

Und schon haben sie ihr nächstes Thema gefunden. Ich bin überflüssig, denn von Fernost habe ich nun mal einfach keine Ahnung. Nur kurz unterbreche ich die Unterhaltung, um zu fragen, wo Herr Kasulke wohnt. Ich habe seine Hosen fertig und will sie ihm, wie versprochen, gleich bringen. Er wohnt in der nächsten Querstraße. Ich verabschiede mich und sause los.

Als ich zurückkomme, ist der Laden leer. Ein Zettel liegt auf meinem Nähtisch:

›Sind bei den Jungs. Komm doch nach. Vicki ist auch da.

Sonnemann und Redlich‹

Vicki schon wieder? Zum ersten Mal frage ich mich, was sie eigentlich für eine Arbeit hat. Anscheinend hat sie immer und zu jeder Tageszeit Muße, ins ›Schraders‹ zu gehen. Vielleicht ist sie ja arbeitslos? Aber sie wirkt überhaupt kein bisschen unglücklich. Außerdem trägt sie Markenklamotten, eine Designerbrille und fährt einen nagelneuen Mini. Also arm ist sie definitiv nicht.

Ich habe keine Lust rüberzugehen. Da sind bestimmt haufenweise vergnügte Leute. Und die stören mich. Es ist schon mühsam genug, den Tag zu überstehen, ohne laufend in Tränen auszubrechen. Lieber werde ich Frau Sonnemann noch etwas Arbeit abnehmen. So wie die Sache aussieht, kommt sie dank der neugestalteten Fensterscheibe kaum noch zum Nähen.

Bei Herrn Kasulke war es richtig nett. Er bestand darauf, mir einen Tee aufzubrühen. Ich konnte nicht ablehnen, denn ich habe eine Schwäche für alte Menschen mit ihren runzligen Gesichtern und ihren weisen Augen, die schon so viel gesehen haben. Wir saßen eine Stunde beim grünen Tee, der mir gut geschmeckt hat, obwohl ich eigentlich eine Kaffeetante bin. Ich bewunderte die stattliche Büchersammlung des alten Herren. Seine zwei Siamkatzen schnurrten um meine Beine und ließen sich von mir kraulen. Nebenbei futterte ich eine Packung Schokoladenkekse leer (Endlich! Richtige Süßigkeiten!) und erfuhr, dass er lange in Kriegsgefangenschaft gewesen war und danach als Journalist und Dolmetscher die halbe Welt bereist hat.

Sag ich doch. Alte Leute sind so was von interessant.

Jetzt bin ich allein und niemand lenkt mich mit interessantem Geplauder von meinen Problemen ab. Sollte ich doch ins ›Schraders‹ gehen? Nein, das bringt mich nicht weiter. Ich muss vielmehr darüber nachdenken, was in Zukunft aus mir werden soll. Prompt fließen doch wieder ein paar Tränen.

Lieber Himmel! Heute ist ja gar nichts mehr, wie es gestern war! Gestern lebte ich noch mit Lila in einer süßen Zweizimmerwohnung mit Balkon im beschaulichen Mariendorf. Heute kann ich froh sein, dass ich wenigstens meine Oma hier habe, die mich auf ihrer Wohnzimmercouch schlafen lässt.

Gestern besaß ich einen Schrank voller Kleider und 20 Paar High Heels. Heute sind meine Sachen in drei Koffern verstaut und die stehen bei Sebastian Andrees. Der wird sie freudig in die Altkleidersammlung werfen. Ich kann es ihm nicht mal verdenken, denn ich habe ihn, obwohl er nett war, immer total mies behandelt. Rache ist süß.

Ich habe kein Geld. Okay, das hatte ich gestern allerdings auch nicht. Und morgen werde ich auch keines haben. Meinen ersten Lohn von Frau Sonnemann bekomme ich erst am Ende des Monats. Wovon soll ich Essen, Trinken, Kleidung kaufen?

Aber eine Freundin, die hatte ich gestern noch. Meine Lila, mit der ich aufgewachsen und durch dick und dünn gegangen bin. Mit wem soll ich reden, lachen, essen und Nägel lackieren?

Und nicht zuletzt: Mit wem soll ich ab sofort unter meiner XXL-Decke kuscheln? In meinem alten Leben war es Rob. Heute bin ich ganz allein. Wahrscheinlich habe ich nicht mal mehr die Decke, denn Lila hat sie bestimmt nicht in den Koffer gepackt. Sie war nämlich selbst scharf drauf. Und selbst wenn … Ich habe ja auch die Koffer nicht mehr … Womit sich der Kreis wieder schließt.

Wenn ich also nicht durchdrehen will, muss ich mir einen Plan machen und langsam wieder Ordnung in mein Leben bringen. Was ist am wichtigsten?

Da ist ganz klar die Sache mit der Wohnung. Da gibt es nur eine Lösung. Meine Großmutter muss mich aufnehmen – zumindest vorübergehend. Und ich bin sicher, sie wird es machen. Omas tun so etwas. Sie helfen, wo sie nur können.

Es pocht mal wieder an die Scheibe. Ich wische mir über die Augen und hoffe, dass ich nicht allzu verheult aussehe. Dann hebe ich mechanisch die Hand und winke. Es wird eine von Margrets Kundinnen sein. Es klopft noch einmal. Da braucht anscheinend jemand eine Extrabetreuung.

Ich löse hier gerade Probleme, ja?

Ärgerlich schiebe ich meinen Stuhl nach hinten und stehe auf, um anstelle von Margret die Dame persönlich zu begrüßen. Ach, hätte ich die Scheibe doch zu gelassen! Dann könnte ich wenigstens ungestört heulen. Die Kundin quetscht sich neugierig an die Scheibe. Sie hat eine Schweinenase … und braune Locken. *Oh mein Gott! Es ist ja Sebastian Andrees!!!*

Als ich seine plattgedrückte Nase an der Fensterscheibe sehe, muss ich lachen.

Neben Basti stehen meine drei Koffer. Es ist Wahnsinn! Ein Problem hat sich *von allein* gelöst. Ich habe wieder Schuhe und Unterhosen! Und das Beste ist, ich musste überhaupt nichts dafür tun! Glücklich laufe ich nach draußen. Ich habe große Lust, ihn zu umarmen.

»Hallo, Prinzessin!«, sagt er und grinst.

Sebastian Andrees – heute mal in Jeans und Lederjacke und die Sonnenbrille ins Haar geschoben – sieht einfach cool aus. Fehlt nur noch, dass er auf einem Strohhalm herumkaut, wie die Cowboys in alten Hollywood-Western. Was er hoffentlich nie tun würde!

»Na, du wolltest wohl auf Nummer sicher gehen?«

Den Spruch kapiere ich jetzt allerdings nicht. Er verunsichert mich. Misstrauisch bleibe ich einen Meter vor Basti stehen. Ich habe plötzlich keine Lust mehr auf eine Umarmung.

»Hi«, sage ich und gucke verlegen meine Füße an.

»Ein *Schuh* hätte gereicht«, sagt er lachend. »Drei Koffer sind eine arge Schlepperei.«

Was redet der da? »Ich verstehe nicht.«

Schade, ich hatte mich so gefreut ihn zu sehen.

»Hast du Aschenputtel nicht gelesen?«, fragt er lachend. »Ich dachte, sie wäre so eine Art Schwester von dir?«

So langsam dämmert es mir, was er meint. »Du glaubst also«, sage ich ärgerlich, »dass ich die Koffer bei dir gelassen habe, damit du einen Grund hast, noch einmal zu mir zu kommen?«

»Hier bin ich also«, erwidert er grinsend. »Wie gesagt. Ein Schuh hätte es auch getan.«

Er denkt tatsächlich, dass ich herumtrickse wie ein Schulmädchen, um ihn wiederzusehen. »Da hast du was falsch verstanden«, sage ich eisig. »Danke, dass du mir meine Sachen gebracht hast. Jetzt kannst du wieder gehen.«

»Äh«, sagt er und guckt nun nicht mehr ganz so selbstbewusst. »Du hast das Märchen wohl wirklich nicht gelesen, oder? Ich meine, weißt du nicht, wie es weitergeht, nachdem er ihr die Koffer gebracht hat? Dass sie dann zusammen sind und glücklich und … so weiter?«

Jetzt sieht er richtig unsicher aus.

»Ich weiß nur«, fauche ich beleidigt, »dass sich so ein paar Idiotinnen die Zehen für ihn abgehackt haben. Hier guck mal, meine sind noch dran. Kannst also auf dein hohes Ross steigen und weiterreiten.«

»Mensch, Rosa, das war doch ein Spaß«, sagt Basti und rauft sich die Haare.

Mensch, Rosa, hab' dich nicht so. Du weißt, dass es wirklich ein Spaß war.

Leider kann ich gar nicht lachen. Nun habe ich also auch noch meinen Humor verloren. Na und? Kräht irgendein Hahn danach? »Damit das klar ist. Ich bin überhaupt keine Scheißprinzessin«, wüte ich. »Ich bin eine junge Frau mit einem Haufen Problemen. Und es würde mir verdammt viel helfen, wenn du diesen Märchenquatsch lassen und mich endlich ernst nehmen würdest.«

Ein paar Tränen drängeln sich aus meinen Augen. Auch das noch!

»Baaaasti! Basti, Basti, Basti«, kreischt jemand.

Drüben am ›Schraders‹ winkt Vicki wie eine Verrückte. *Die* hat sich bestimmt den Zeh für ihn abgehauen, so wie sie schreit. Sie kommt quer über die Straße gesaust und fällt Sebastian um den Hals. Er lacht und drückt sie an sich. Ich gucke schnell weg. Der Mann hat ein so verdammt schönes Lachen. Warum kann er nicht hässlich sein? Wenigstens ein ganz kleines bisschen.

»Weißt du noch, unser lustiger Abend neulich?«, flirtet Vicki. »Du musst jetzt sofort zu uns rüberkommen und einen Kaffee mittrinken, ja?«

Nun stürzt sie sich begeistert auf mich.

Sieht sie nicht, dass ich heule und meine Ruhe haben will?

»Hey, Rosa«, sagt sie und schließt mich stürmisch in die Arme. »Du bist mit von der Partie, ja? Margret hat gesagt, dass ich dich holen soll. Du kannst schließen. Freitag nach eins macht jeder seins.«

»Ich kann nicht«, sage ich mit Grabesstimme. Ich fühle mich unbehaglich, weil die beiden mich anschauen – verheult und rotznäsig, wie ich bin. »Ich muss noch arbeiten«, schniefe ich.

»Musst du nicht«, insistiert Vicki.

»Doch, denn …« Ich suche fieberhaft nach einer sinnvollen Begründung und da kommt sie. Herr Kasulke steuert direkt auf uns zu. »Da! Der Mann bringt mir einen dringenden Auftrag.«

Vicki dreht sich um. »Herr Kasulke«, ruft sie. »Ist das schön, Sie mal wieder zu sehen. Geht es Ihnen so weit gut?«

Ich fasse es nicht. Gibt es irgendeinen Menschen, den diese verrückte Vicki nicht kennt?

»Ich habe noch eine Jacke zum Ändern, Kindchen«, sagt der alte Herr, nachdem er Vicki und Basti freundlich begrüßt hat.

Er reicht mir eine Tüte.

»Sie wollen sie doch nachher sofort zurück, *nicht wahr?*« Ich schaue ihn mit beschwörendem Blick an und hoffe, dass er meine Signale versteht und mitspielt. Er mustert uns – einen nach dem anderen. Dann lächelt er.

»Das hat Zeit bis nächste Woche, Kind!«

Ich habe verloren. War klar, oder?

»Also, kommst du jetzt mit, Rosa?«

Ich nicke schicksalsergeben. Wahrscheinlich ist es gar nicht schlecht, wenn ich mir jetzt einen extrastarken Caipirinha in den Kopf kippe. Alkohol ist mein Fallschirm und mein Rettungsboot. Während ich meine drei Koffer in die Werkstatt schleppe, überredet Vicki Sebastian und Herrn Kasulke auch mitzukommen. Basti will zuerst nicht so recht. Er schaut mich ein paar Mal unsicher an.

Da kannst du lange warten, dass ich dich bitte, mitzukommen!

Dann willigt er ein. Vicki freut sich.

Ein paar Minuten später sitzen wir mit Oma und Margret am Tisch. Oskar stellt noch ein paar Stühle dazu und nimmt unsere Bestellung auf. Die anderen trinken Kaffee und essen Kuchen. Ich mache meinen Vorsatz wahr und nehme einen Caipi mit doppeltem Schnaps. Na und?

»So, wer trinkt noch ein Glas Pflaumenwein?« Oma lässt die Flasche zum dritten Mal kreisen.

Ich bin schon ziemlich angetrunken, aber ich fühle mich leicht wie eine Feder dabei. Da kann ein weiteres Gläschen nicht schaden. Außerdem ist morgen Samstag, und ich kann auf Omas Couch so lange schlafen, wie ich will, während sie uns ein herrliches Frühstück bereitet.

»Rosa, du lieber nicht«, sagt Oma, als ich nach dem süßen Wein greife, der wirklich überhaupt kein bisschen nach Alkohol schmeckt.

»Wiiissschoo nicht?«, lalle ich und wundere mich, warum die anderen alle lachen.

Vor ungefähr drei Stunden hat meine Oma beschlossen, dass es doch schön wäre, wenn die ganze lustige Runde aus dem ›Schraders‹ mit zu ihr nach Hause kommen würde. Hatte ich schon erwähnt, dass meine Großmutter sehr gesellig ist? Alle – außer mir, denn ich wollte meinen nervigen Märchenprinzen endlich loswerden – schrien begeistert »Hurra«. Gesagt, getan. Wir – Oma, Margret, Vicki, Herr Kasulke, Basti und ich – verteilten uns auf die Autos von Vicki und Sebastian und düsten zusammen nach Lichterfelde. Ich saß in Vickis Mini. Meine Koffer fuhren bei Sebastian mit. Bei Oma würde ich meine Sachen morgen auspacken, denn ihre hübsche Zweizimmer-Wohnung wäre nun für eine Zeit lang auch mein Zuhause.

Gemeinsam schnippelten wir in ihrer Küche Gemüse und kochten Reis. Dann brieten wir ein paar Pfannkuchen und füllten sie mit Bananen, Kokosflocken, Limetten und Ahornsirup. Ich aß eine Riesenportion davon. Es war lecker, obwohl das Rezept von Basti war. Nebenbei leerten wir ein paar Flaschen Wein. Eigentlich wollte ich mich gar nicht amüsieren. Nachdem mein grenzenloser Optimismus mich fast in die Gosse getrieben hatte, beschloss ich, ab sofort lieber ein grimmiger Misanthrop zu sein.

Aber es war ein wunderbarer Abend!

Obwohl Basti dabei war, dem ich kein bisschen Aufmerksamkeit schenkte, genoss ich jede Minute. Ich wusste zwar, dass meine Probleme noch lange nicht gelöst waren. Es tat aber gut, nicht allein zu sein. Diese heiteren unbeschwerten Stunden in einem Kreis lieber Menschen werde ich, nachdem ich die letzten Jahre fast jeden Abend ausschließlich mit Lila oder Rob verbracht habe, bestimmt nie mehr vergessen.

»Ich nehme nichts mehr«, sagt Basti. »Ich muss noch fahren.«

»Du hast recht«, stimmt Vicki zu.

Mir fällt auf, dass sie alles nachquatscht, was er sagt. Ich glaube, sie steht auf ihn.

»Ach, ihr Lieben«, sagt Margret jetzt und unterdrückt ein Gähnen. »Kennt ihr den Spruch? Wenn es am schönsten ist, soll man aufhören. Ich für meinen Teil bin hundemüde. Vicki, meinst du, du kannst mich und Karl jetzt nach Hause bringen? Luisa, nichts für ungut.«

Im Laufe des Abends haben wir alle miteinander angestoßen. Nur Basti und ich nicht. Habe ich schon erwähnt, dass ich ihn total ignoriert habe? Jedenfalls sind jetzt alle per du, und ich darf meine Meisterin Margret nennen und den Herrn Kasulke Karl.

»Mache ich«, sagt Vicki und steht auf.

Margret sieht auf einmal ganz blass aus. Beim Aufstehen schwankt sie ein bisschen. Das ist bestimmt nicht vom Alkohol, denn sie hat fast nichts getrunken. Vicki stützt sie ganz leicht.

»Kann ich auch wen mitnehmen?«, fragt Basti überflüssigerweise.

Da ist ja wohl keiner mehr, Mister Märchenprinz, oder?

»Nimm doch die Rosa mit«, sagt Oma und mein Herz setzt einen Moment lang aus.

Was sagt sie da? Wohin soll er mich denn mitnehmen? »Oma? Hämmh«, räuspere ich mich.

»Was ist denn, Rosa?«

»Ich habe dir doch gesagt …« Ich schaue sie eindringlich an. Sie muss doch wissen …

»Ja?«

Soll ich jetzt vor allen diese blöde Sache mit Lila erzählen? Ich glaube, meine Großmutter ist betrunken. »Oma, ich muss bei *dir* wohnen«, schreie ich verzweifelt. »Lila hat mich doch rausgeschmissen. Hast du das schon vergessen?«

So, jetzt ist es raus. Und alle wissen Bescheid. Peinlich! Danke, liebe Oma!

Meine Großmutter setzt sich und schüttelt nachdenklich den Kopf. Alle anderen sind ganz still geworden. Vicki lehnt an der Anrichte. Basti fummelt unter dem Tisch an seinen Schuhen herum. Typische Verlegenheitsgeste.

Habe ich dir nicht gesagt, dass ich Probleme habe, du Doofmann?

»Ach Kind«, sagt Oma und schaut mich gerade an. »Das tut mir wirklich leid.«

Ich atme auf. Endlich verhält sie sich wieder wie eine richtige Großmutter.

»In ein paar Monaten habe ich sicher eine eigene Wohnung«, sage ich aufmunternd.

»Rosa, meine Kleine. Du kannst nicht bei mir wohnen«, sagt Oma leise, aber bestimmt.

Mir fällt die Kinnlade herunter. Im Raum kann man eine Stecknadel fallen hören. Alle starren mich an. *Wie bitte?*

»Aber ich muss«, sage ich. »Wo soll ich denn sonst hin?«

»Eine Woche kannst du hierbleiben, Kind, aber länger nicht. Es ist viel zu eng hier und ich … Ich kann nicht mehr so lange mit jemandem so eng beieinander leben. Ich bin einfach zu alt für eine WG.«

So ein Unsinn! Wenn das eigene Enkelkind in Not ist, kann man doch wohl mit ihm zusammenwohnen, oder?

»Und außerdem«, fügt sie noch hinzu, »habe ich 25 Jahre bei deinen verrückten Eltern gelebt. Das reicht für den Rest meines Daseins. Das verstehst du doch sicher, oder? Jetzt bin ich einfach gern allein und unabhängig.«

Und ich bin erschüttert.

Sie will mich nicht haben? Mich, ihr eigen Fleisch und Blut? Gibt es nicht irgendein ›Handbuch für gute Großmütter‹, welches ich ihr unter die Nase halten kann und in dem steht, dass Omas ihre Enkelinnen jederzeit aufnehmen *müssen*?

Basti sitzt kerzengerade auf der Couch und spitzt die Ohren.

Er wird doch nicht …? Ich werfe ihm einen Wage-ja-nicht-zu-fragen-was-an-meinen-Eltern-verrückt-ist-Blick zu, aber zwecklos.

»Was ist denn mit Rosas Eltern?«, fragt er und traut sich sogar noch, mich anzulächeln.

»Nichts weiter«, antwortet Oma ausweichend und wirft mir einen sorgenvollen Blick zu. »Ich … Ich hätte das nicht sagen sollen. Rosas Eltern sind sehr … sehr bemüht.«

Okay, jetzt hat sie es noch ein bisschen schlimmer gemacht. Was ist denn heute mit meiner Großmutter los?

»Es gibt hier ein Problem und wir müssen eine Lösung finden.«

Das war der erste vernünftige Satz zu dem Thema, und er kam von Vicki. Wieder einmal staune ich, was für eine patente Frau sie ist. »Wir müssen uns was überlegen. Dazu sind Freunde schließlich da.«

Alle nicken. In meinem Bauch ist plötzlich ein warmes Gefühl. Das muss vom Pflaumenwein sein.

Wie auf Kommando reden alle durcheinander. Ich verstehe kein Wort und schon gar nicht bin ich fähig, ein selbiges beizusteuern. Ich bin vollkommen überfordert. Und außerdem fühle ich mich wie auf einem Sklavenmarkt. Die anderen sind die Händler und schachern darum, an wen ich verkauft werde. Fehlt nur noch, dass sie mir in den Mund gucken, um zu sehen, ob meine Zähne gesund sind. Oder macht man das nur bei Pferden?

Keine Ahnung, wie lange das babylonische Sprachgewirr anhält …

Unvermittelt steht Vicki vor mir. »Rosa? Hallo?«

Ich erwache aus meiner Versenkung und grinse sie blöde an. »Vicki?«

»Also, wir haben beschlossen, dass du bei mir wohnst«, verkündet sie. »Ich … ähm … Ich habe ein bisschen mehr Platz als deine Oma und du kannst bleiben, bis du eine neue Wohnung hast.«

»Okay«, sage ich willenlos. Ich kann nichts für meinen desolaten Zustand. Lila hat mich rausgeschmissen. Oma will mich nicht haben. Alkohol wabert durch mein Gehirn.

»Also gut«, sagt sie energisch, als sie bemerkt, dass ich nicht vorhabe, noch etwas Konstruktives beizusteuern. »Wir machen das jetzt so. Ich fahre Karl und Margret nach Hause. Basti bringt derweil dich samt deiner Koffer zu mir. Die sind ja sowieso noch in seinem Auto und er …«

»Stopp«, schreie ich. Jetzt bin ich schlagartig wieder Herrin meiner Sinne. »Ich fahre nicht mit Sebastian. Ich fahre mit *dir*.«

»Schatz, hör mal«, sagt Victoria ruhig. Sie senkt die Stimme und schaut mich mit Hypnoseblick an, als spräche sie mit einer Verrückten. »Mein Auto ist ein

Mini. Wie der Name schon sagt, ist es sehr klein. Da passt du samt deiner Koffer und außerdem Karl und Margret nicht rein. Also, bitte! Stell dich nicht so an.«

»Dann fahre ich eben mit der U-Bahn. So!«

»An allem bin ich schuld«, jammert Oma plötzlich, ganz gegen ihre Gewohnheit.

Margret, die noch blasser geworden ist, bekommt auf einmal einen starken Hustenanfall. »Ich muss heim«, bringt sie schwer atmend hervor. »Tut mir leid, Rosa.«

»Ich habe meine Tasche im Auto«, sagt Sebastian und fasst nach ihrer Hand, um ihren Puls zu fühlen.

Oho, jetzt lässt er den Herrn Doktor raushängen.

»Es geht schon«, sagt Margret.

Ich sehe ihr an, wie sehr sie sich zusammenreißt. Wie ich sie kenne, ist sie überhaupt nicht scharf darauf, dass um sie so ein Wirbel gemacht wird.

»Danke, Sebastian«, sagt sie mühsam lächelnd.

Ja, bin ich denn von allen guten Geistern verlassen? Jetzt schäme ich mich auf einmal. Alle können sich zusammenreißen und ihre Probleme im Stillen lösen. Nur ich anscheinend nicht. Kein Wunder, dass sie mich wie eine Irre behandeln. Sie haben ja so recht. Ich bin eine 27-jährige Frau, die sich benimmt wie ein Kleinkind.

Alle haben sich um mich bemüht, den ganzen Abend, die ganzen Tage. Ich bin immer nur herumgestolpert und habe geheult und ihnen vorgejammert, wie schlecht es mir geht. Habe ich mich eigentlich auch einmal bei jemandem für seine Hilfe bedankt?

»Okay, Basti«, sage ich. »Wir können fahren.«

Ein Seufzer der kollektiven Erleichterung geht durch

das Zimmer. Oma bekreuzigt sich sogar. Und das, obwohl sie nicht mal katholisch ist.

Bin ich wirklich eine solche Nervensäge?

Wieder sitze ich in Bastis Renault. Er fährt. Ich starre aus dem Fenster.

Ich weiß nicht, wo er mich hinbringt. Natürlich hat *er* Vicki nach ihrer Adresse gefragt und sich ihren Schlüssel geben lassen, weil wir sehr wahrscheinlich eher da sein werden als sie. Ich habe nicht dran gedacht. Kleinkind eben.

Wir schweigen uns an. Er räuspert sich.

»Rosa?«

»Mmh?« Ich bin froh, dass er beschlossen hat, das Schweigen zu brechen.

»Es … Es tut mir leid«, sagt er mit fester Stimme. »Es war blöd von mir, dass ich dich nicht ernst genommen habe. Du …«

»Mir tut es auch leid«, sage ich schnell, bevor mich der Mut verlässt. »Ich habe irgendwie alles falsch gemacht in letzter Zeit. Du kannst gar nichts dafür. Ich habe noch nicht viel auf die Reihe gekriegt in meinem Leben, weißt du? Kein Wunder, dass mich keiner ernst nimmt.«

»Du hast einfach viel Pech gehabt in den letzten Wochen«, sagt er. »Aber das heißt doch nicht, dass du eine Versagerin bist.«

Ich zucke die Schultern. »Ich fühle mich aber so.«

»Ich würde gern mehr mit dir zusammen sein, wenn du Lust hast.«

Hat er das jetzt wirklich gesagt? »Aber, ich war doch …«

»Fangen wir von vorn an?«

Da ist kein bisschen Ironie in der Stimme. Oder vielleicht doch? Ich versuche, seine Gedanken zu lesen. Er schweigt jetzt und wartet.

Ich schaue ihn von der Seite an. Er lächelt sein hübsches Lächeln.

Oh Mann, ich bin sicher, er kann wahnsinnig gut küssen! Mein Herz klopft zum Zerspringen. In meinem Bauch kribbelt es. Soll ich?

Er ist Doktor, hat eine tolle Wohnung, eine Katze … Er kann Spaghetti Carbonara kochen und gefüllte Pfannkuchen machen. Seine Mutter ist eine superberühmte Schauspielerin, und er ist garantiert der Typ Arzt, um den sich die Krankenschwestern und Patientinnen reißen.

Dieser Mann will mich wiedersehen, mich, das konfuseste Weibsbild in ganz Berlin? Ich kriege keine Antwort über die Lippen.

Ein Neuanfang? Sollte ich nicht lieber mein altes Leben reparieren? Ich weiß es nicht.

Um mich abzulenken, lese ich die Straßenschilder. Den Stadtteil, durch den wir jetzt fahren, kenne ich. Schöneberg, Bayrisches Viertel. Schick! Vor einem Stuckaltbau mit riesigen Fenstern halten wir.

Hier wohnt Vicki? Okay, Rosa, stürz dich in die Spree. Sogar der einstige Schulunderdog Vicki hat es zu was gebracht.

Alle kriegen ihr Leben auf die Reihe, nur ich nicht. Basti wird schnell enttäuscht sein, wenn er merkt, dass ich außer meinem süßen Puppengesicht nichts zu bieten habe. Schade!

Das Glücksgefühl, das ich vorhin in Omas Wohnzimmer kurz hatte, verschwindet endgültig. Schon verblasst es, nur eine Erinnerung noch. Ja klar, genau das stand in meinem Glückskeks.

Eine neue Erfahrung wird zu einer wertvollen Erinnerung.

Ja, es war eine gute Erfahrung, dass ich auch ohne Lila und Rob nicht allein sein muss. Aber wie immer ist es nur die halbe Wahrheit. Es war ein schöner Abend. Aber jetzt ist er vorbei, und ich weiß nicht, was ich tun soll.

Sebastian holt jetzt meine Sachen aus seinem Kofferraum und gibt mir Vickis Schlüssel. »Soll ich noch mit hochkommen?«, fragt er und ergänzt, als er meinen Blick sieht, »… die Koffer. Die sind schwer.«

Ich schüttele den Kopf. Heute habe ich endgültig begriffen, dass ich kein verwöhntes Kleinkind mehr bin. Da werde ich wohl ein paar lumpige Gepäckstücke allein die Treppe herauf kriegen.

»Ich schaffe es allein«, sage ich. »Mach's gut und danke für alles.«

Und *das* ist die Antwort auf seine Frage.

»Na, dann …«

In seinen schönen braunen Augen lese ich seine Gefühle für mich. *Was für Gefühle? Habe ich mich nicht immer, immer, immer getäuscht in den letzten Wochen? Basti denkt, dass ich eine beknackte Prinzessin bin, die er leicht herumkriegen kann. Weiter nichts!*

Ich knete wie verrückt an meiner sowieso schon brüchigen Kunstledertasche herum.

Er steigt in sein Auto steigt und fährt los.

Es ist besser so. Das weiß ich.

Warum habe ich dann das Gefühl, dass er ein Stück von meinem Herzen einfach mitnimmt?

Glückskeks 7

Ein unerwartetes Geschenk wird dich erfreuen!

Breites Treppenhaus, weißgrauer Marmorboden mit rotem, sauberem Teppich bespannt.

Auf jeder Etage zwei große, reich verzierte Holztüren, die zu den einzelnen Wohnungen führen. Also Vicki residiert wirklich nobel. Das muss man ihr lassen.

Meine Koffer werde ich einen Moment unten stehen lassen. Jetzt gucke ich zuerst einmal, in welcher Etage sie wohnt. Bestimmt haust sie unter dem Dach, in einem klitzekleinen Stübchen, wo es im Herbst reinregnet und im Winter die Eisblumen am Fenster blühen. Ich schalte das Flurlicht ein, laufe die Treppen hoch und lese auf jedem Stockwerk die Klingelschilder. Die sind überaus geheimnisvoll.

L. H. und S. T., M. H.?

Können die hier keine ganzen Namen an die Türen schreiben? Oder sind das römische Zahlen? Nein, das ergibt ja noch weniger Sinn.

H. v. L. kommt dem, was ich suche, noch am nächsten. Da stimmt wenigstens *ein* Buchstabe. Aber was soll das für ein kleines V sein. Doch nicht etwa ein ›von‹, wie bei der Namensschwindlerin Frau Senner, oder? Nein, das passt nicht zu Vicki. Außerdem heißt sie Viktoria und nicht Hictoria.

Ich traue mich nicht, den Schlüssel auszuprobieren.

Nachher bin ich an der falschen Tür, und die Bewohner holen gleich die Polizei, weil sie einen Einbrecher vermuten. Wer nicht mal seinen Namen ans Klingelschild schreibt, reagiert bestimmt total hysterisch, wenn irgendetwas an der Tür rappelt.

Ich muss also warten. Aber das ist nicht schlimm, denn Vicki wird jeden Augenblick da sein. Als ich meine Koffer in die erste Etage mit dem H. v. L.-Namensschild geschleppt habe, ist sie noch immer nicht angekommen. Ich bin müde und geschafft. Jetzt rächt es sich, dass ich schon am Nachmittag Alkohol getrunken und außer Pfannkuchen nichts gegessen habe.

Gähnend setze ich mich auf die Treppenstufen und lehne meinen Kopf gegen die Wand. Ich bin traurig und fühle mich einsam. Vielleicht hätte ich Basti doch nicht wegschicken sollen. Was wohl Lila jetzt macht? Und Rob? Ob die überhaupt noch an mich denken? Bevor der Katzenjammer endgültig von mir Besitz ergreift, zwinge ich mich (ja, neuerdings muss ich mich dazu zwingen!) an etwas Schönes zu denken.

Lila und ich haben so viel Lustiges zusammen erlebt.

Ich krame meinen iPod aus der Handtasche und suche so lange, bis ich den ›Earth Song‹ von Michael Jackson gefunden habe. Das ist mein absolutes Lieblingstagtraumlied. Seufzend schließe ich die Augen und gebe mich der Musik hin.

Alles wird gut, oder?

»Rosa?«

Jemand packt mich an der Schulter und rüttelt mich. »Rosa!«

»Was?« Ich schrecke hoch. »Was ist denn los?«

Gerade bin ich mit Lila und unserem Hund Benny über die Felder getollt. Wir sind wieder sechs Jahre alt und haben einen Riesenspaß …

»Warum bist du nicht reingegangen?«

Ich reibe mir verwundert die Augen und starre in Vickis blasses Gesicht. Sie sieht müde aus. Ihre Katzenaugen hinter der schwarz gerahmten Brille sind dunkel gerändert, ihr rotbraunes Haar ist zerwühlt und nicht wie sonst sorgsam glatt gekämmt.

Ich schaue auf meine Armbanduhr. Es ist drei Uhr nachts. Moment mal! Wir sind vor *vier* Stunden bei meiner Großmutter losgefahren. Berlin ist groß, aber so groß nun auch wieder nicht. Wo hat Vicki so lange gesteckt?

»Ich muss eingeschlafen sein«, sage ich und stehe auf, so schnell ich kann. Mein Kopf tut weh.

»Zwei Schritte weiter und du hättest ein Bett dafür benutzen können«, sagt Vicki und grinst. »Dass du bei mir wohnen kannst, war durchaus ernst gemeint.«

»Ja, aber ich wusste nicht, welche Tür!«, verteidige ich meinen Treppenhausaufenthalt. »Da stehen lauter so komische Kürzel dran. Und außerdem ahnte ich ja nicht, dass du ewig nicht kommst.«

»Oh Mann, Rosa«, stöhnt Vicki und unterdrückt ein Gähnen. »Ich wusste ja nicht, dass du dich nicht traust, einen Schlüssel auszuprobieren. Sonst wäre ich selbstverständlich eher gekommen.«

Der Spott in ihrer Stimme ist nicht zu überhören.

»Wo warst du überhaupt so lange?«

Sie guckt mich belustigt an. »Das hat mich das letzte Mal jemand gefragt, als ich 15 war«, antwortet sie. » … und das war meine Mutter.«

Aha! Sie will es mir nicht sagen.

Vicki öffnet nun genau die Tür, vor der ich die ganze Zeit gesessen habe. Jetzt komme ich mir blöde vor.

An meinem verzagten Zustand sind die Glückskekse schuld. Wie soll man experimentierfreudig sein, wenn alles, was man anfasst, neuerdings zu Schrott wird?

Wenn ich mich ein bisschen eingelebt habe, werde ich Vicki davon erzählen. Damit sie versteht, warum ich mich nicht in ihre Wohnung getraut habe. Außerdem werde ich sie fragen, seit wann sie ein kleines V und ein großes H im Namen hat.

»Komm rein, Rosa!« Sie schnappt sich einen meiner Koffer.

Ich stehe auf und nehme die beiden anderen Gepäckstücke in die Hand. Ob ich sie wirklich hier auspacken werde? Bei Victoria Liesen? Wenn mir das einer vor zehn Jahren (oder vor drei Tagen) erzählt hätte …

Vicki tritt jetzt zur Seite und macht eine einladende Handbewegung. »Herzlich willkommen in deinem neuen Zuhause, Rosa!«

Vor mir liegt der längste Flur, den ich in meinem ganzen Leben gesehen habe.

»… und seitdem geht alles, was ich anpacke, schief.«

Vicki und ich sitzen gerade bei unserem ersten

gemeinsamen Frühstück. Ich habe meinen Vorsatz wahr gemacht und ihr alles berichtet, was mir passiert ist, seit ich den Glückskeks gegessen habe, der Eva Andrees' Kleid zum Platzen gebracht hat.

Sie reißt ihr Croissant in kleine Stückchen, tunkt die in ihren Latte macchiato und sieht sehr nachdenklich aus. Lächelnd habe ich festgestellt, dass sie seit unserem Schokoexzess im ›Schraders‹ auch Kohlenhydrate zum Frühstück isst – natürlich *zusätzlich* zu ihrem heiß geliebten Obstteller.

»Rosa«, sagt sie eindringlich. »Das sind doch alles Zufälle.«

»Psst, sei still«, flüstere ich. »Das habe ich auch immer behauptet. Aber seitdem passiert mir ein irres Ding nach dem nächsten.«

»Soll ich jetzt leise sein?«, schreit Vicki. »Damit mich kein Glückskeks hört und auf mich losgeht? Huhu, Keksilein. Hier bin ich! Siehst du?«

Sie schaut mich herausfordernd an. »Es! Passiert! Nichts!«

Gequält halte ich mir die Ohren zu.

In Vickis Augen blitzt Heiterkeit auf. »Rosa! Das meinst du doch alles nicht ernst, oder?«

»Doch«, antworte ich und finde selbst, dass es ein bisschen schräg klingt. »Aber wenn du erlebt hättest, was ich erlebt habe, dann wärst du auch nicht mehr so sicher, dass alles im Leben Zufall ist.«

»So habe ich das auch nicht gemeint«, sagt Vicki plötzlich ernst. Sie denkt einen Moment nach. »Bestimmt ist nicht *alles* Zufall, was dir passiert ist«, sagt sie dann. »Aber du machst es dir zu leicht. Ich verstehe schon, es ist einfacher, irgendwelchen Keksen die Schuld zu geben, aber wenn du mal nachdenkst, dann musst du zugeben, dass du jetzt ein paar Veränderungen durchmachst, die einfach *fällig* waren. Manchmal … da muss sich etwas ändern, ob es uns gefällt oder nicht.«

Das klingt weise, aber ich hätte auf einen Großteil der Änderungen trotzdem verzichten können. Es ergibt einfach keinen Sinn, seine allerbeste Freundin zu verlieren. Oder?

Wir beenden unser Frühstück nachdenklich.

Ich habe Lust, nach dem Essen noch ein bisschen zu schlafen und teile das Vicki mit.

»Warum nicht?«, sagt sie. »Ist ein gutes Mittel gegen den Kater. Aber erst räumen wir zusammen auf.«

Aufräumen? Ich?

Vicki kann Gedanken lesen und setzt zu einer längeren Predigt an, nach deren Ende ich darüber informiert bin, wie unser Zusammenleben hier aussehen wird.

1. Wer kocht, muss nicht aufräumen und abwaschen. Das macht die, die nicht das Essen zubereitet hat.
2. Einmal in der Woche kommt eine Haushaltshilfe zum Saubermachen und Bügeln. In der Zwischenzeit halten wir die Wohnung selbst sauber.
3. Jeder ist mal dran mit Wäsche waschen, Einkaufen und Müll runtertragen.
4. Klebriges Geschirr, leer gegessene Schokoladenpapiere, benutzte Schlüpfer usw. kommen in die dafür vorgesehenen Behälter und bleiben nicht auf dem Fußboden liegen.
5. Wir sind gleichberechtigte Partner und teilen uns die anfallenden Arbeiten gerecht.
6. … habe ich vergessen, ebenso Punkt 7 bis 2000.

Außer an die (in unserem Fall ja auch sinnlose) Mahnung, nicht im Stehen zu pinkeln, hat Vicki alles geregelt.

Rob hat mir mal erzählt, wie es bei der Bundeswehr ist. So ähnlich komme ich mir auch gerade vor. Ich soll wirklich nach der Arbeit noch aufräumen, einkaufen und sauber machen? Bestimmt drückt mir Vicki gleich eine Zahnbürste in die Hand, damit ich die Fugen zwischen den Badkacheln sauber kratzen kann. Mein Herz sehnt sich nach Lila und der Couch, auf der ich lag, wenn sie in der Küche das Essen gemacht hat.

Erst jetzt weiß ich, dass das eigentlich nicht in Ordnung war. Sie muss sich manchmal wie meine Dienerin gefühlt haben. Trotzdem frage ich mich, warum sie eigentlich nie mit mir über ihre Probleme geredet hat? Wir sind (Entschuldigung – waren!) beste Freundinnen. Die sollten doch miteinander sprechen.

»Alles klar, Vicki«, sage ich eilig.

Ich will denselben Fehler nicht zweimal machen. Um zu beweisen, dass es mir ernst ist, beginne ich, den Tisch abzuräumen. Vicki hat schließlich Brötchen geholt, Frühstück gemacht und Kaffee gekocht. Sie hat eine total schicke Kaffeemaschine, glänzend metallicrot und mit Mahlwerk. War bestimmt sündteuer. Überhaupt die ganze Wohnung! Verrückt!

Vicki geht duschen.

Während ich herumwirtschafte und mich mit der Küche vertraut mache, beginne ich langsam zu begreifen, dass ich jetzt für eine Weile in einem 200-Quadratmeter-Palast leben werde. So eine riesige Wohnung habe ich noch nie gesehen!

Ich bin auf dem Land in einer Doppelhaushälfte mit großem Garten aufgewachsen. Obwohl die Grundfläche auch nicht gerade bescheiden ist, wirkt bei meinen Eltern alles klein und verwinkelt, mit tiefen Decken, kleinen Fenstern – mit Kaffeehausgardinen dran und Alpenveilchen drin – und jeder Menge schrägen Wänden mit Holzverkleidung – typisch 70er-Jahre eben. Mit Lila teilte ich mir eine Wohnung in einem 50er-Jahre-Bau – nicht gerade groß, aber dafür im vierten Stock und schön hell.

Gestern Abend war ich atemlos vor Staunen. Niemals vorher hatte ich so einen prächtigen Gründerzeitbau betreten, wie Vicki ihn bewohnt. Ich hatte keine Ahnung, dass man sich wie in einem Schloss fühlt, wenn die Decken 3,80 Meter hoch sind und prächtige, verschnörkelte Stuckornamente daran kleben. Der dunkle Parkettboden knarzte so aristokratisch, dass ich mich automatisch nach diesen großen Museumsüberziehschlappen umschaute, um mit meinen spitzen Absätzen ja keine Kratzer auf dem edlen Holz zu hinterlassen.

Vicki bewohnt ihre Sechszimmerwohnung ganz allein.

Jeder einzelne Raum ist geschmackvoll und gemütlich eingerichtet.

Ich darf in ihrem Gästezimmer wohnen. Obwohl kein einziges Möbelstück mir gehört, fühle ich mich dort schon wie zu Hause. Was sicherlich an dem breiten Himmelbett liegt, das mitten im Raum thront – aus schwarzem Metall und mit strahlend weißer Wäsche bezogen. Ein schöner heller Kleiderschrank steht an der Wand. Es gibt einen altertümlichen Schminktisch mit geschwungenen Beinen und einem samtbezogenem Hocker davor, der genau solche Schnörkelfüße hat. Ein moderner Sessel mit Fußschemel und eine große geschwungene Leselampe bilden einen spannenden Kontrast dazu. Am gardinenlosen Fenster steht ein stattlicher Benjamin im Tontopf und auf dem Fußboden sorgt ein dicker roter Teppich für warme Füße. Das Zimmer ist so groß wie Lilas ganze Wohnung. Ich fürchte, dass ich aus diesem Paradies gar nicht mehr ausziehen möchte.

Wenn ich das große Fenster öffne, gucke ich auf einen Kastanienbaum, in dem die Vögel zwitschern.

Wie bei Basti.

Aber Sebastian Andrees ist Geschichte. Ich habe es ja so gewollt.

Meine Sachen sortiere ich ordentlich in den Schrank und trage dann meine Koffer in die Abstellkammer. Danach bin ich erschöpft. Schließlich habe ich auch schon die Küche nach dem Frühstück aufgeräumt. Mein Körper verlangt nach einem Schläfchen im weichen Himmelbett.

Ich erwache, als es leise an die Tür klopft. »Herein«, rufe ich und merke, dass ich mich jetzt ganz erfrischt fühle.

Vicki, die einen schwarzen Haus-Samtoverall trägt und ihr schweres Haar mal hochgesteckt hat, setzt sich zu mir ans Bett.

»Na, Schlafmütze«, sagt sie und grinst. »Wollen wir was unternehmen?«

»Ja, gern«, antworte ich. »Wie wäre es mit einer Führung durch dein Schloss inklusive einer ausführlichen Berichterstattung über die Person, die es bewohnt.«

»Komische Unternehmung.« Vicki runzelt die Stirn.

»Mal ohne Quatsch jetzt«, sage ich. »Wie kommst du zu so einem Palast, Vicki?«

»Das ist eine lange Geschichte und nicht leicht zu erzählen ... Äh... Um es kurz zu machen: Ich habe sie geerbt, von meinem Onkel, der vor ein paar Jahren gestorben ist, nicht ganz arm war und keine Kinder hatte.«

»Cool!«

Etwas zögerlich lässt Vicki sich auf meine Bitte ein und präsentiert mir ausführlich jedes einzelne Zimmer. Bis auf die Bibliothek (Es ist wahr. Sie hat wirklich eine eigene *Bibliothek!*), die so finster aussieht wie in einem Harry-Potter-Film (zum Glück fliegen keine Eulen herum), ist die Wohnung mit einem frischen Mix aus alten und neuen Möbeln bestückt. Die Küche ist supermodern eingerichtet, dafür ist eines der zwei Bäder noch im Originalzustand mit wunderschönen alten Fliesen und einer Badewanne auf Löwenfüßen. Ich beschließe, darin mal ein richtiges Schaumbad zu nehmen.

Plötzlich wird mir heiß vor Schreck. »Vicki?«

Sie zeigt mir gerade die Porträts ihrer Vorfahren im Flur. Die gucken alle so was von grimmig auf mich herab, dass mir angst und bange wird. Bestimmt sind die sauer auf mich, weil ich Vicki früher so oft geärgert habe. Durch diesen Flur werde ich niemals im Dunkeln gehen! Wer weiß, sonst steigt noch eine weiße Frau aus einem der Bilder und hält mich am Arm fest, um mir ein paar Takte zu erzählen. Aber nicht die Geister von Vickis Vorfahren machen mir die größte Angst, sondern ein sehr diesseitiges Problem.

»Was ist los?«, fragt Vicki. »Hat dir meine Ur-Urgroßtante Augusta einen Schrecken eingejagt? Man erzählt sich übrigens, dass die Gute aus Versehen lebendig begraben wurde. Als man Jahre später ihre Gruft öffnete, lag ihr Skelett vor der Tür und aus den Ziegelsteinen war der Mörtel herausgekratzt.«

An Vickis Grinsen sehe ich, dass sie mich auf den Arm nimmt. Allerdings hat sie ja wohl eine ziemlich ausufernde Fantasie. Es scheint, dass wir gut zusammenpassen.

»Die Miete«, bringe ich mühsam hervor. »Ich kann doch gar nicht so viel Miete bezahlen.«

Kaum bin ich angekommen, steht mir schon wieder der Rausschmiss bevor. Mein Luxus-Zimmer muss ja Unsummen kosten.

»Wir teilen uns die Kosten für das Essen. Das reicht«, sagt Vicki schlicht. Sie wendet sich einem großen Foto zu, das einen bärtigen Mittvierziger im Safarilook zeigt, der auf einem reich geschmückten Elefanten reitet. »Hier, das ist mein Onkel Heiner. Von dem habe ich die Wohnung. Sie gehört mir. Ich muss keine Miete zahlen, du also auch nicht.«

H. v. L.!

Ich verstehe. Aber noch nicht so ganz. Jetzt kann ich nicht mehr länger an mich halten. »Wie kommst du zu so einer stinkreichen Verwandtschaft?«, platze ich heraus. »Ich meine, ich kriege von meinen Leuten manchmal *50 Euro* zugesteckt. Dein Onkel vererbt dir einen halben Palast. Und überhaupt – warum steht auf allen Bildern ›sowieso von Liesen‹? Du heißt doch gar nicht *von* Liesen!«

»Doch, irgendwie schon«, sagt Vicki.

»Irgendwie?«, staune ich. »Entweder man heißt so oder nicht!«

»Kannst du dich noch an meine Eltern erinnern?«

Oh ja, das kann ich.

Die Liesens hießen bei uns im Dorf nur ›die Spinner‹, weil sie als einzige der damals noch ziemlich unpopulären Ökologiebewegung anhingen. Vickis Vater hatte eine seltsame, futuristisch aussehende Regenwasseraufbereitungsanlage an ihrem Haus angebracht. Wenn man an ihrem Grundstück vorbeilief, roch es nach ihrem ökologisch korrekten Humusklo und auf ihrem Dach wuchsen Gräser und Blumen. Vickis Mutter hatte ein Herz für Tiere und das Geld, das sie als Theaterschauspielerin verdiente, steckte sie komplett in ihren Tiergnadenhof, der bei den Bauern für viel Gelächter sorgte. Kein Mensch konnte einsehen, warum fußlahme Esel und 20 Jahre alte Pferde, samt einäugiger Hasen und zahnloser Hunde nicht eingeschläfert werden sollten, sondern nutzlos auf der Wiese stehen durften, um sich von der Sonne bescheinen zu lassen.

Ja, die Liesens waren wirklich eigenartig.

»Mein Vater hatte nix am Hut mit seiner Herkunft und hat das ›von‹ aus unserem Namen streichen lassen. Für ihn war das bourgeoiser, reaktionärer Schwachsinn, weiter nichts.«

»Und du? Nennst dich jetzt wieder so?«

»Na ja, eigentlich nicht«, sagt sie und kratzt sich am

Kopf. »Also, ich renne jetzt nicht herum und sage allen, dass ich Victoria von Liesen heiße, aber meine Agentin war der Meinung, das mache sich besser.«

»Deine Agentin?«, sage ich und kichere albern. »Ist das so eine Art 007, die dich vor einem internationalen Komplott beschützt?«

»Du hast wohl zu viel James Bond geguckt?«, lacht Vicki. »Ich rede von meiner *Literaturagentin*.«

»Und was ist das jetzt?«

Ich lese ja viel, aber davon habe ich noch nichts gehört. Zwei Minuten später bin ich aufgeklärt, aber mein Staunen ist nicht kleiner geworden.

Vicki ist Schriftstellerin.

Ihr erster Roman ist vor ein paar Tagen bei einem großen Publikumsverlag erschienen. Die Agentin hat ihr geholfen, den Verlag zu finden, und kümmert sich um den ganzen geschäftlichen Teil der Veröffentlichung. Da habe ich mal wieder dazugelernt.

»Liest du mir mal vor, was du so schreibst?«, frage ich und fächele mir aufgeregt Luft zu.

Ich wohne bei einer echten Autorin. Das ist ja ein Hammer!

Mein Leben steckt neuerdings voller Überraschungen. Schon wieder ist mir ein Mensch begegnet, der überhaupt kein großes Aufheben um sich macht und ganz im Stillen eine richtig spannende Person ist. Man weiß nie, wen man so trifft. Ich lerne gerade, die Augen offenzuhalten und nicht zu schnelle Urteile über andere Leute zu fällen. Vielleicht ist der Mann, der vor dem Supermarkt die Obdachlosenzeitung verkauft, in Wirklichkeit ein Millionär, der mal was Neues erleben will!

»Gern«, antwortet Vicki und ihr schiefes Lächeln

kann ich jetzt gar nicht deuten. »Können wir demnächst mal machen. Aber erst einmal gehen wir ein bisschen raus in die Sonne, abgemacht?«

»Einen Becher Linsen waschen und ca. 20 Minuten kochen.«

Ich stehe in der Küche, um für Vicki und mich ein leckeres orientalisches Essen zu kochen.

Okay, das kriege ich hin. Heute habe ich zum ersten Mal in meinem Leben rote Linsen gekauft und, was noch viel erstaunlicher, ist: Bulgur, ein krümeliges Zeug, von dessen Existenz ich bis dato noch gar nichts wusste.

Es ist Donnerstagabend. Ich bin, mit meinem Einkauf bepackt, gerade von der Arbeit gekommen und habe mir mein gemütliches XXL-Hauskleid angezogen. Ich habe es selbst genäht, als Ballonschnitte noch schwer in Mode waren. Zwar sehe ich damit aus wie im neunten Monat schwanger, aber Bequemlichkeit ist zu Hause nun mal Trumpf. Dazu einen Pferdeschwanz und meine heiß geliebten Winnie-Pooh-Schlappen. Perfektes Feierabendoutfit.

Vor ein paar Tagen stand Achmed bei uns im Geschäft. Das ist der türkische Schneider aus Reinickendorf, der mir damals von der freien Stelle bei Margret erzählt hatte. Er kam sie besuchen und freute sich aufrichtig, mich wiederzusehen. Nachdem er ein bisschen mit ihr geschwatzt hatte, beschlossen die beiden, dass wir zum Mittagessen in ein kleines Dönerrestaurant gehen sollten. Ich wollte eigentlich gar nicht, aber ich wurde nicht wirklich gefragt, sondern einfach gepackt und mitgeschleppt. Das Essen durfte ich mir auch nicht allein aussuchen. Ich wollte mir einen Döner bestellen, aber da hatte ich die Rechnung ohne den Kellner und Achmed gemacht. Statt fleischgefülltem Brot und Cola standen plötzlich ein riesiger Vorspeisenteller, Wasser und Tee vor mir. Misstrauisch machte ich mich daran, ein paar Bissen der verschiedenen Gemüse, Pasten, Salate und Röllchen auszuprobieren. Doch dann aß ich mit wachsender Begeisterung. Es war ein köstliches Erlebnis für meinen Gaumen, und ich fragte mich, warum ich die türkische Küche bisher nie richtig ausprobiert hatte. Am meisten hatten es mir die kleinen würzigen, leicht scharfen Linsenröllchen angetan, die appetitlich mit Salatblättern und Zitronenachtelchen angerichtet waren. Zur Freude von Achmed, Margret und dem Kellner aß ich alles auf, musste nichts bezahlen und wurde gebeten, recht bald wieder vorbeizuschauen. Was ich gern versprach.

Heute koche ich die Linsenröllchen nach. Das Rezept habe ich mit etwas Nachhilfe von Google im Internet gefunden. Vicki hat noch irgendein Treffen wegen ihres Buches und kommt erst später nach Hause. Dann will ich sie mit einer großen Schale türkischem Essen und frischem, starkem Tee überraschen.

Ich öffne das Küchenfenster, um die herrliche Sommerluft hereinzulassen, und mache mich singend und pfeifend ans Werk.

Während die Linsen kochen und dabei ziemlich schnell zu Mus zerfallen, schäle ich ein paar Zwiebeln und hacke sie. Mann, sind die ätzend. Ehe ich mich versehe, kommen mir die Tränen.

Ausgerechnet da klingelt es. Halb blind und mit brennenden Augen tappe ich durch den Flur. Da klingelt es schon wieder.

»Ich komme ja schon«, rufe ich ärgerlich. *Was kann ich dafür, dass der Flur einen Kilometer lang ist?*

Vor der Tür steht ein wunderschöner rosa Rosenstrauß mit Beinen dran.

»Ja, bitte?«, schniefe ich.

Ich frage mich, warum mein Herz so einen Salto macht, als ich erkenne, dass die Beine so aussehen, als könnten sie zu Basti gehören (Bluejeans mit kleinem Riss am Knie).

»Du weinst ja«, sagt der Rosenstrauß.

»Das ist, weil mich eine böse Hexe in ihrem Zauberschloss gefangen hält.« Ich finde, das war ein richtig guter Konter für den Märchenonkel.

»Wollten wir nicht aufhören mit dem Quatsch?«, sagt Sebastian und taucht endlich hinter den Blumen auf.

»Wollten wir nicht, dass du nicht wieder herkommst?«

»Das wolltest *du*. Ich nicht.«

»Komm rein«, beende ich den seltsamen Dialog und nehme ihm die Blumen ab. »Danke! Die sind total schön.«

»Die sind für Vicki«, sagt er. »Ich habe heute ihr Buch im Laden gesehen und wollte ihr gratulieren. Victoria von Liesen – ›Mittsommernacht‹. Das ist großartig!«

Rums! Das sitzt.

Rosa, du bist ein gigantisches Schaf. Zuerst sagst du ihm, dass du allein klarkommen willst, aber dann denkst du, dass er angelaufen kommt und dir Blumen schenkt. So toll findet er dich nun auch wieder nicht. Vielleicht ist er ja in Vicki verknallt? Die ist nämlich viel unkomplizierter als du.

»Halt's Maul«, sage ich wütend zu der kleinen fiesen Stimme in meinem Kopf.

»Rosa?« Sebastian guckt mich erschrocken an.

Habe ich das etwa laut gesagt?

»Sorry, ich … Äh… Ich habe nicht dich gemeint«, stottere ich und werde knallrot vor Scham.

»Ist sonst noch jemand hier?«, fragt er und schaut sich suchend um.

»Entschuldige«, sage ich hastig und gebe ihm die Blumen zurück. Ich will jetzt ganz schnell zurück zu meinen Zwiebeln. Ein bisschen weiterheulen, könnte ganz guttun.

»Vicki ist noch nicht da. Ich … Ich bin in der Küche«, stottere ich. »Du … Du kannst im Wohnzimmer auf sie warten.« Jetzt komme ich mir vor wie ein Hausmädchen. ›Die gnädige Frau ist noch nicht zu Hause. Bitte warten Sie im Salon auf sie.‹

Ich lasse ihn absichtlich vorgehen, um zu gucken, ob er weiß, wo das Wohnzimmer ist. Er weiß es. Schöne Pleite! Er kennt sich aus, er schenkt ihr Blumen … Sind Basti und Vicki jetzt ein Paar?

Na und, wen stört es? Mich? Niemals.

Ohne ein weiteres Wort gehe ich zurück in die Küche und beschäftige mich mit den wichtigen Dingen des Lebens. Sebastian Andrees kann warten, bis er schwarz wird. Ich werde ihm bestimmt keine Gesellschaft leisten.

Die Zwiebeln brutzeln in der Pfanne. Zum Linsenmus

habe ich jetzt den Bulgur getan. Ich warte darauf, dass alles weich wird. Unterdessen hacke ich Petersilie und eine weitere Zwiebel (heul), anschließend presse ich eine Zitrone aus. Kochen macht Spaß.

Die Zwiebeln und Gewürze rühre ich in den Linsenbrei und gebe noch ein paar Löffel Ajvar dazu, auch so ein Zeug, von dem ich bisher noch nie etwas gehört habe. Die Masse ist schön rot und sieht genauso aus wie im Restaurant. Wenn alles kalt ist, werde ich kleine Röllchen daraus formen und sie in Salatblätter wickeln. Vicki wird staunen, wenn sie nach Hause kommt. Noch weiß sie nicht, was sie sich für eine Haushaltsperle angelacht hat. Aber nachher wird sie es wissen und sehr froh darüber sein. Ich beginne wieder zu singen, während ich den Salat wasche und schleudere.

»Mmh, das riecht lecker!« Sebastian steht in der Tür und lächelt mich an.

»Ja.« Ich gebe mich einsilbig, damit ich nicht wieder irgendetwas Falsches sage.

Irgendwie bin ich total unsicher und wünschte, ich hätte vorhin einfach die Tür nicht aufgemacht. Erst jetzt wird mir klar, dass ich mit Pferdeschwanz und meinem Riesenkleid aussehe wie ein Osterei mit Schleife dran. Ganz zu schweigen von den unsäglichen Latschen.

Na und? Sebastian ist mir doch vollkommen gleichgültig.

Bevor es noch peinlicher wird, dreht sich der Schlüssel im Schloss und Vicki kommt heim.

Basti eilt, um sie zu begrüßen und plötzlich ist ein lautes Stimmengewirr im Flur. Vicki ist nicht allein gekommen. Jetzt muss ich mich aber wirklich umziehen. Dalli! Doch es ist zu spät. Bevor ich in mein Zimmer flüchten kann, stehen auf einmal vier Leute in der Küche.

»Hey, Rosa!«, sagt Vicki strahlend und drückt mich. »Ich habe ein bisschen Besuch mitgebracht.«

Ich lächle unsicher, denn ich hätte die Gäste lieber anders empfangen – in irgendeinem schicken Kleidchen aus meiner Rosa-Werkstatt, mit gestylten Haaren und frischen Rouge auf den Wangen.

»Darf ich vorstellen«, sagt Vicki. »Das ist meine Freundin und Mitbewohnerin Rosa.«

Ich lächle so ungezwungen, wie es einem nach Zwiebeln riechenden Osterei mit Schleife möglich ist.

»Rosa, das ist Anne, meine Agentin, und Daniel, den kennst du ja!«

Zögernd reiche ich Anne, einer schlanken Dunkelhaarigen mit dramatischem, tiefschwarzem Augen-Make-up, die einschüchternd intellektuell aussieht, meine Zwiebelhand. Dann wende ich mich Daniel zu. Vicki hatte ja gesagt, dass sie ihn gelegentlich trifft. Ich freue mich aufrichtig, ihn wohlbehalten und gesund wiederzusehen. Er hat noch immer seine blonden Locken. Aber die Pickel sind weg und auch er ist kein Moppelchen mehr.

Vier Leute stehen jetzt um mich herum, lächeln und gucken auf mich herab. Ich weiß auch nicht, warum ich mir blöde vorkomme. Eigentlich stört es mich nicht, dass ich so klein bin. Aber gerade jetzt fühle ich mich wie ein Kalb zwischen lauter Bullen, die im Leben nichts als Wachstumshormone gefressen haben. Ich will meine High Heels. Sofort!

»Ich… Ähm… Ich habe schon Essen gemacht«, sage ich.

Das macht es irgendwie auch nicht besser. Gleich werden sie sich alle auf den Boden werfen und sich über mich totlachen.

»Das passt gut, Rosa«, sagt Anne mit rauchiger Stimme und lächelt total nett. »Ich habe ein paar Flaschen Champagner dabei. Es gibt schließlich was zu feiern.«

»Mein Buch ist sensationell gestartet«, jubelt Vicki. »Es verkauft sich wie …«

»… warme Semmeln«, ergänzt Basti. Er freut sich sichtlich.

»Ich habe auch eins geholt. Signierst du es mir?«

»Ich signier dir alles«, jauchzt Vicki und fällt ihm um den Hals.

Wusste ich es doch! Eilig wende ich mich ab. Ich will es nicht sehen, wenn sie sich küssen. Außerdem muss ich noch die Röllchen kneten.

Die vier ziehen ab ins Wohnzimmer. Vicki kommt noch mal zurück. »Rosa, das ist so süß, dass du gekocht hast«, sagt sie strahlend.

Ich nicke. Gleich wird sie mir klar machen, dass es aber nicht nötig ist und dass sie sich lieber was Feines vom Italiener bestellen. Sie schwimmt in Geld. Sie braucht meine doofen Röllchen nicht.

»Los!«, sagt sie fröhlich und bindet sich eine Schürze um. »Ich helfe dir beim Anrichten und dann machen wir uns alle einen herrlichen Abend.«

Jetzt bin ich es, die Vicki glücklich umarmt. »Aber ich muss mich noch umziehen«, sage ich.

»Musst du nicht. Du siehst absolut hinreißend aus.«

»Aaah!« und »Oooh!« machen alle, als Vicki und ich mit der großen Schüssel voller Linsenröllchen und einem Tablett voller Geschirr und Besteck in das Wohnzimmer kommen. Die Gäste haben sich rund um einen kleinen Couchtisch auf Sessel und Sofas verteilt. Das wird ein ungezwungener Abend.

»Mann, habe ich einen Hunger«, ruft Daniel.

Ich bin heilfroh, dass das Rezept für sechs Personen war. Es sind wirklich Unmengen Röllchen geworden. Basti lässt den ersten Champagnerkorken knallen und schenkt allen ein. Vicki verteilt das Geschirr auf dem Couchtisch, und ich lasse mich zufrieden auf der Armlehne eines alten Ohrensessels nieder. Nachdem ich mir in meinem Zimmer hastig eine Jeans und ein selbst entworfenes Top mit Wasserfallausschnitt übergeworfen habe, fühle ich mich schon viel selbstsicherer.

»Hübsches Teil«, sagt Anne prompt und mustert mich. »Wo kann man das kaufen?«

»Es ist unbezahlbar«, sagt Vicki, die uns gerade Champagnergläser bringt, und zwinkert mir zu. »Genau wie seine Trägerin.«

Ich werde ein bisschen rot. Also Vicki ist wirklich lieb.

»Es ist selbst genäht«, antworte ich schnell.

»Unglaublich«, sagt Anne und befühlt neugierig den weichen Stoff. »Das ist ein tolles Teil.«

Seit dem Vorfall mit Eva Andrees' Kleid ist mir Lob irgendwie peinlich. Ich bin froh, dass ich im Moment nur Änderungen und Reparaturen mache. Damit fühle ich mich sicher.

»Sie ist gut, nicht wahr?«, fragt Basti. Er hat sich von

hinten angeschlichen und klimpert ganz vorsichtig sein Glas an meins.

Zum Glück bin ich schon rot.

»Auf Vicki«, ruft Daniel mit lauter Bassstimme und bringt damit alle Gespräche zum Verstummen. »Unsere Bestsellerautorin!«

»Auf Vicki«, stimmen alle begeistert ein und heben ihre Gläser.

Jetzt ist es Vicki, die die Farbe wechselt. »Hey, danke«, sagt sie und guckt schüchtern in ihr Glas. »Ohne euch wäre ich nichts.«

Ich weiß nicht, wie sie das macht, aber sie trifft *immer* den richtigen Ton. Alle lächeln verzückt, gehen nacheinander zu ihr hin und umarmen sie.

Nachdem ich das erste Glas geleert habe, setze ich mich an den Tisch und nehme mir etwas von meinem Essen. Ich will nicht denselben Fehler machen wie neulich, als ich zu viel getrunken und zu wenig gegessen habe. Außerdem habe ich auch wirklich Hunger und bin neugierig, wie mein erster Versuch mit der türkischen Küche gelungen ist.

»Gute Idee«, sagt Daniel.

Er setzt sich neben mich und packt sich einen großen Haufen Röllchen auf seinen Teller.

Alle anderen folgen unserem Beispiel und nach einem kollektiven »Guten Appetit!« beißen wir herzhaft in die appetitlichen, kleinen, gefüllten Salatschiffchen.

»Mmh, das ist lecker«, sagt Daniel, der mir immer noch ein leidenschaftlicher Esser zu sein scheint.

Ich kaue zufrieden auf dem Linsenteig herum, der sich in der knackigen Salathülle wirklich gut macht. Anne sitzt mir gegenüber und hat ihren Teller auf den Knien.

Plötzlich reißt sie entsetzt die Augen auf. Zwei Sekunden später begreife ich warum, denn nach den ersten Bissen breitet sich eine höllische Schärfe in meinem Mund aus.

Oh! Mein! Gott! Das hat aber im Döner-Restaurant völlig anders geschmeckt.

Es ist auf einmal totenstill im Raum. Alle kauen konzentriert.

»Holladi«, sagt Daniel. »Es brennt.«

Er greift nach seinem Glas und stürzt den edlen Champagner herunter wie Wasser.

»Rosa, das ist aber wirklich mal was anderes«, zischelt Vicki mit schwimmenden Augen und zieht die Nase hoch.

Anne wischt sich mit dem Jackenärmel die Tränen aus dem Gesicht.

»Was ist das für ein Rezept?«, fragt Basti. Er holt hektisch ein Päckchen Taschentücher aus seiner Hosentasche.

»Türkische Linsenröllchen«, hauche ich mit ersterbender Stimme. »Will irgendwer Wasser?«

Alle nicken. Ich stürze, gefolgt von Vicki, in die Küche.

»Brot«, ruft Daniel uns hinterher. »Wasser nützt nichts. Ihr müsst Weißbrot bringen.«

Es klingt wie ein SOS.

»Was hast du denn da dran gemacht?«, fragt Vicki und hält ihren Mund direkt unter den Wasserhahn. »Einen Acker voller Chilischoten?«

»Ich habe keine Ahnung, warum das so scharf ist«, sage ich ratlos, gieße mir ein großes Glas Sprudelwasser ein und trinke es in einem Zug aus. »Der Teig war am Anfang sogar ziemlich fade.«

»Aber irgendwie musst du ihn scharf gemacht haben«, beharrt Vicki.

Muss ich wohl. Aber wann?

»Ich habe kurz vor dem Servieren noch was drübergestreut«, denke ich laut. »Aber das kann es doch nicht gewesen sein.«

»Aha?«, sagt Vicki und runzelt die Stirn. »Was denn?«

»Ach, nur das hier.« Ich halte ihr eine altertümliche Gewürzdose aus Metall vor die Nase. »Rosenpaprika.«

Vicki fängt an zu lachen.

»Warum, meinst du, war es das nicht?«, fragt sie und antwortet gleich selbst. »Weil es so lieblich Rosenpaprika heißt, stimmt's?«

»Ähm … ja?« Welcher Spaßvogel hat sich so einen schönen Namen für dieses Killergewürz ausgedacht? Es war ein Sadist, ganz klar.

»Du bist süß«, lacht Vicki.

»Ich wollte nur ein bisschen kreativ sein«, antworte ich zerknirscht.

Das war mein erster und letzter Ausflug in die Kochkunst. Ich schwöre, außer Tiefkühlpizza und Rahmspinat werde ich nie wieder etwas zubereiten!

Als wir mit Wasser und Brot zurückkommen, sitzen Daniel und Basti auf der Couch und lachen. Sebastian hat jetzt auch Tränen in den Augen.

»Das ist köstlich«, ruft er und schlägt sich auf die Schenkel. »Los … Wer am meisten von den Feuerklumpen schafft!«

»Ich bin dabei«, schreit Daniel begeistert. »Das ist echt ein abgefahrenes Essen.«

»Wenn die morgen hinten wieder rauskommen …«, sagt Vicki trocken und löst damit eine riesige Lachsalve bei den beiden Männern aus.

Anne sitzt so kerzengerade da, als hätte sie einen Stock verschluckt, und wischt sich schon wieder die Augen. Ihr Make-up ist verschmiert. Sie sieht überhaupt nicht mehr wie eine Furcht einflößende Intellektuelle aus, sondern ähnelt – mit ihren schwarzen Schminkresten um die Augen – eher einem Pandabären.

»Ich mache mit«, haucht sie und kichert plötzlich albern.

Ich bin noch unsicher, ob ich lachen, heulen oder sterben soll. »Ich führe die Strichliste«, rutscht mir heraus.

»Das ist gut«, ruft Daniel. »Schreib auf. Ich habe schon drei.«

»Aber du musst mitessen«, fordert Anne.

Ich nicke lachend. Strafe muss sein.

Nach dem dritten Röllchen gebe ich auf. Es fühlt sich an, als ob Feuer durch meine Adern fließt. Meine Augen tränen und meine Haut brennt.

»Das Zeug regt den Stoffwechsel an«, doziert Basti und schiebt das achte Teilchen ein.

Anne ist nach dem fünften ausgestiegen und öffnet lechzend die nächste Champagnerflasche. Vicki hält noch mit.

»Wir haben ja einen Arzt hier«, sagt sie lachend und legt Basti die Hand aufs Knie. »Nur für den Fall …«

Komisch, als ich später in mein Zimmer ging, war mir das missglückte Essen überhaupt nicht peinlich. Im

Gegenteil, ich habe selten so viel Spaß gehabt wie an diesem Abend.

Als Anne gehen musste, drückte sie mich zum Abschied. »Das war göttlich«, sagte sie lachend und schaute mich mit ihren Pandabärenaugen fröhlich an. »Kochen kannst du nicht, aber über dein Top sprechen wir noch.«

Ich räumte die Teller ab und verabschiedete mich dann in mein Zimmer. Basti, Daniel und Vicki beschlossen, noch die letzte Flasche zu leeren.

»Gute Nacht, Rosa«, sagte Basti.

Das war sicher Quatsch, aber ich hatte das Gefühl, er wollte, dass ich noch länger bleibe.

Sollte ich ihn fragen, ob er noch mit zu mir kommen würde? Die scharfen Röllchen hatten mein Blut ganz schön in Wallung gebracht. Aber dann beantwortete ich meine Frage mit einem entschiedenen Nein. Zwar hatte sich mein Verdacht nicht erhärtet. Vicki und Basti waren an dem Abend nicht anders als freundschaftlich miteinander umgegangen. Aber trotzdem: Nein!

»Hey! Rosa! Fang!«, rief Vicki in dem Moment.

Ohne nachzudenken, schnappte ich nach dem Etwas, das auf mich zugeflogen kam. Es war ein Glückskeks. Ich verdrehte die Augen!

»Los, mach ihn auf!«, forderte Vicki und zwinkerte mir zu. »Es ist 23.58 Uhr. Heute kann nichts mehr schiefgehen. Also los. Trau dich!«

Basti und Daniel musterten uns mit fragenden Blicken. Sie hatten ja keine Ahnung, dass sich vor ihren Augen ein wahres Drama abspielte. Nachdem ich die geballte Capsaicin-Attacke überlebt hatte, konnte eigentlich nichts mehr wirklich schiefgehen. Also wickelte ich den Keks aus, brach ihn auf und las:

Ein unerwartetes Geschenk wird dich erfreuen!

Augenblicklich entspannte ich mich. Na also! Ob Glückskekse vielleicht doch Quatsch sind? Kein Geschenk weit und breit.

Ich winkte ein letztes Mal in die kleine Runde und ging in mein Zimmer. Als ich das Licht einschaltete, traute ich meinen Augen nicht. Auf dem Schminktisch stand Bastis schöner Rosenstrauß, davor ein Zettel mit ein paar hektisch gekritzelten Zeilen.

›Rosa, natürlich waren die Blumen für dich. Aber als ich vor dir stand, da hat mich auf einmal der Mut verlassen. Also nimm sie bitte! Dein Sebastian.‹

Beim Einschlafen grinse ich zufrieden. Meine Lippen brennen so, als hätte ich stundenlang geknutscht. In meinem Magen glüht ein Feuerball. Der Rosenstrauß steht ganz dicht an meinem Bett.

Glückskeks 8

Benutze deine Talente weise und sie werden erweitert.

Ich wälze mich schwitzend im meinem Himmelbett herum. Aus dem Wohnzimmer höre ich die gedämpften Stimmen von Vicki, Daniel und Basti. Eigentlich wäre es schön, noch bei ihnen zu sein. Aber es geht nicht, denn erstens bin ich müde und zweitens muss ich morgen früh raus zu einem extralangen Arbeitstag. Margret will sich nämlich mit Oma einen schönen Tag machen. Seitdem die beiden ihre gemeinsame Leidenschaft für China entdeckt haben, treffen sie sich öfter. Ich bin sicher, dass meine Großmutter Margret überreden wird, mit ihr zusammen die große Reise anzutreten – damit der letzte Bilderrahmen in Margrets Werkstatt nicht länger leer bleibt. Manchmal stehen sie zusammen, reden und mustern mich aufmerksam, während ich nähe. Margret guckt meist sorgenvoll und schüttelt den Kopf. Vermutlich traut sie mir nicht zu, dass ich ihr Geschäft ein paar Wochen allein führen kann, ohne dass irgendwelche mittleren bis großen Katastrophen passieren. Recht hat sie! Im Moment geht einfach so viel schief in meinem Leben. So lange Margret nicht fragt, werde ich bestimmt nicht anbieten, ihre (und meine!) Existenzgrundlage zu hüten. Auch wenn ich ihr und Oma die Reise von Herzen gönne.

Langsam fallen mir die Augen zu. Ich bin so müde …

Plötzlich bin ich mit Oma und Margret auf der chinesischen Mauer. Komisch, ich habe sie mir eigentlich anders vorgestellt, freundlich und einladend, mit einem schönen Fußweg obendrauf. Aber die Mauer, auf der ich gerade bin, ist hoch und ganz schmal. Ich muss die Arme ausbreiten und balancieren, damit ich nicht hinunter in den nebelverhangenen Abgrund stürze. Ich habe riesige Angst, aber Oma und Margret drängen mich. Sie haben überhaupt keine Probleme mit der Höhe. Schwitzend taste ich mich vorwärts, während die beiden Ladies mich schubsen und mit spitzen Fingern in den Rücken pieken. Ganz weit hinten sehe ich, dass die Mauer immer breiter und breiter wird. Da scheint die Sonne und ein kunterbunter Jahrmarkt ist im Gange. Wenn mir doch nur nicht so heiß wäre! Da kommt mir eine hübsche Chinesin entgegen. Ich bekomme noch mehr Angst. Gleich müssen wir aneinander vorbei. Die junge Frau hat eine wunderschöne knallrote Bluse an. Sie trägt einen Korb in der Hand, der voller Glückskekse ist. Als wir einander gegenüberstehen, lächelt sie.

»Du musst einen Glückskeks essen«, sagt sie.

Ich schüttele den Kopf und versuche an ihr vorbeizukommen. Doch sie lässt mich nicht durch.

»Erst einen Glückskeks essen!«

Oma und Margret versperren den Rückweg. So muss ich wohl oder übel einen Keks nehmen. Alle drei lachen und nicken zufrieden, als ich ihn mit zitternden Händen aufbreche und die Prophezeiung lese:

Benutze deine Talente weise und sie werden erweitert.

Als ich gelesen habe, gibt mir die zarte Chinesin einen Schubs, und ich falle die Mauer hinunter. Ich brülle laut vor Angst. Doch dann fällt mir ein, dass ich den Glückskekszettel als Fallschirm benutzen kann. Ich falte ihn auf und plötzlich ist er riesengroß. Beinahe rutscht er mir aus den Händen …

Ich erwache in Panik. Schweißgebadet. Basti hat recht. Dieser Paprika kurbelt wirklich den Stoffwechsel an. So sehr wie heute habe ich noch nie im Leben geschwitzt. Außerdem sorgt das Zeug für wüste Träume. Jetzt fantasiere ich sogar schon Glückskeksorakel.

Aha, demnächst werden also meine Talente erweitert.

Was für Talente eigentlich? Ach ja: in Fettnäpfchen treten, Essen verderben, Wände kaputtmachen, Freunde verärgern … Da kommt schon einiges zusammen. Allerdings würde ich das lieber nicht erweitern.

Die kleine Traumchinesin hatte eine edle Bluse an. Den Schnitt werde ich mir merken und morgen gleich aufzeichnen. So hat der dumme Traum wenigstens *einen* Sinn.

Ich habe einen Höllendurst. Es ist drei Uhr nachts. Wenn ich nicht das Blumenwasser austrinken will, muss ich jetzt – ganz gegen meine Gewohnheit – aufstehen und mir aus dem Kühlschrank eine Flasche Mineralwasser holen. Ich spitze die Ohren. Aus dem Wohnzimmer ist nichts mehr zu hören. Anscheinend sind die beiden Männer jetzt auch gegangen. Ich habe keine Lust, aus dem Bett aufzustehen. Aber es geht nicht anders. Ich verdurste sonst. Nie wieder werde ich irgendein Essen mit Rosenpaprika würzen. Das ist ja ein tödliches Zeug. Da fallen mir unsere entsetzten Gesichter, die Tränen und Schweißausbrüche wieder ein. Dann muss ich lachen. Es war ein herrlicher Abend!

Leise vor mich hin kichernd tappe ich durch den düsteren Flur. Ich spüre, dass Vickis Tante Augusta mir böse hinterherguckt. Aber ich habe keine Angst. Mit meinem Feueratem schlage ich garantiert jeden in die Flucht – inklusive Geister. Doch dann höre ich ein Geräusch. Es klingt wie ein leises Lachen. Meine Nackenhaare sträuben sich. Die Tante wird doch nicht wirklich aus dem Bilderrahmen steigen? Wo ist noch mal der Lichtschalter? Geister haben Angst vor Helligkeit. Das weiß ich. Während ich halb blind herumtaste, wird das Geräusch lauter. Es klingt wie ein Stöhnen. Wie angewurzelt bleibe ich stehen und lausche entsetzt. Wie ging noch mal dieses Gebet?

»Vater unser… äh, der du, der du …« Ich habe keine Ahnung. Ach, hätte ich im Konfirmationsunterricht doch lieber dem Pfarrer zugehört und nicht immer nur Matti aus dem Nachbardorf schöne Augen gemacht!

Mein Atem geht stoßweise. Nackte Panik macht sich breit. Das Geräusch wird lauter. Tante Augusta steigt aus ihrer Gruft, Mörtel unter den Fingernägeln. Hilfe!

»Mach das noch mal«, keucht sie. »Oh, das ist wahnsinnig gut.«

Die Stimme kommt mir irgendwie bekannt vor.

»Hey … Wow…«

Das Flüstern geht in ein Seufzen über. Heftiges Atmen!

Endlich kapiere ich, was ich hier höre. Es ist nicht der Geist von Augusta! Es ist Vicki. Ich bin sicher, sie wird nicht von einem Gespenst belästigt. Aber sie ist auch nicht allein.

Es ist Basti!!!

Wer sonst sollte jetzt bei ihr sein? Vicki macht ihm schöne Augen, seit sie ihn kennengelernt hat. Sebastian hier und Basti da. Küsschen und Hand aufs Knie. Jetzt hat sie es geschafft! Er ist bei ihr, und sie schlafen miteinander. Wie man hört, macht es ihnen gewaltigen Spaß.

Das ist tausendmal schrecklicher als der Geist von Tante Augusta!

Ich renne in die Küche, schnappe mir eine Wasserflasche und knalle die Kühlschranktür wieder zu. Dann stürze ich zurück in mein Zimmer und schmeiße mich heulend auf mein Bett.

Warum müssen eigentlich alle meine Freundinnen Sex mit meinen Männern haben? Soll das jetzt eine Serie werden?

Bei Rob fing es an. Zwar hatten wir uns wochenlang nicht gesehen und ergo auch keinen Sex gehabt. Aber wir hatten auch nicht Schluss gemacht. Er war mein Mann, als Lila mit ihm auf dem Küchentisch rumgemacht hat!

Und Basti? Na gut! Ich gebe zu, dass er nicht mein Freund ist. Aber er könnte es sein! Er hat mir Blumen geschenkt und mich gefragt, ob ich mehr Zeit mit ihm verbringen will. Ich blöde Kuh habe es abgelehnt und ihn behandelt, als würde er mir nichts bedeuten.

»Er bedeutet mir aber was«, greine ich und haue verzweifelt auf mein Kopfkissen.

Warum bin ich vorhin nicht noch einmal mal zu ihm gegangen und habe mich für die Blumen bedankt? Bestimmt hat er darauf gewartet. Als ich nicht kam, hat er sich verzweifelt in Vickis Arme geworfen. Und jetzt hat sie ihn in ihrer Gewalt. Meine Freundinnen sind Schlangen. Alle beide! Mein Selbstmitleid ist groß wie ein Ozean.

»Ich glaube, ich liebe ihn«, schluchze ich in mein Kissen. Jetzt wo es zu spät ist, kann ich ruhig ein bisschen dick auftragen. »Er ist ein so toller Typ.«

Geh schlafen, Rosa. Schmollen macht keinen Sinn. Du hast es nicht gepeilt, als er dich wollte. Jetzt ist es zu spät. C'est la vie.

Schniefend ziehe ich mir meine Decke über den Kopf. Vorher stelle ich meinen Wecker auf fünf Uhr. Ich will weg sein, wenn die beiden aufstehen. Mit Vicki und Basti am Küchentisch den Morgenkaffee trinken? Nachdem was sie heute Nacht lautstark miteinander getrieben haben? Undenkbar! Das hält die stärkste Rosa nicht aus. Rob und Lila auf dem Tisch sind nichts dagegen. Na dann gute Nacht!

»Morgen, Rosa«, sagt Jens.

Er balanciert ein Tablett mit Kaffee, Obst und Schokocroissant durch die Tür.

»Hi, Jens«, sage ich und winke matt.

»Na, du hast dir ja was vorgenommen«, sagt er und bestaunt den Berg Klamotten, den ich neben mir aufgetürmt habe.

»Margret hat heute frei.« Ich schnappe mir gierig meinen Kaffee vom Tablett, noch bevor Jens Gelegenheit hat, es abzustellen. »Ich brauche Koffein«, sage ich entschuldigend. »Mir fallen fast die Augen zu, aber ich will was wegschaffen.«

Er setzt sich zu mir und nimmt sich den zweiten

Becher. »Ich habe auch noch nicht gefrühstückt«, sagt er.

Wir prosten uns mit Milchkaffee zu.

»Hast du so lange gefeiert gestern?«, fragt Jens.

Ich schüttele den Kopf. »Vicki hatte Besuch.«

Und was für einen!

»Weißt du, Margret blüht richtig auf, seit du hier bist«, sagt Jens unvermittelt.

»Wirklich?«, frage ich.

Jens nickt. »Du bist wie Licht und Sonnenschein«, sagt er lächelnd. »In deiner Nähe muss man sich einfach wohlfühlen.«

Oh mein Gott! War das aber lieb von ihm! »Danke«, hauche ich.

Doch plötzlich mache ich mir Sorgen um meine Chefin. »Wie krank ist sie wirklich?«, frage ich Jens. »Weißt du, ob sie regelmäßig zum Arzt geht?«

Ich kenne die ältere Generation. Die haben eine angeborene Panik vor Medizinern. Meine Oma schleppt sich auch erst hin, wenn sie mehr tot als lebendig ist.

Er zuckt die Schultern. »Sie redet nicht drüber. Kennst sie doch.«

Ich nicke. Er mustert mich.

»Bei dir alles okay? Du siehst blass aus.«

»Klar doch! Nur müde, wie gesagt.«

Was soll ich ihm erzählen? Dass ich mal wieder nicht gleich wusste, was ich wollte. Und als ich es wusste, da wollte ich nicht gleich. Und dann war es zu spät.

Nein, ich kann nicht zugeben, dass ich eine dumme Gans bin. Schon gar nicht gegenüber dem einzigen Menschen auf der Welt, der mich für Licht und Sonnenschein hält.

Als Jens weg ist, stürze ich mich in die Arbeit. Durch die neu gestaltete Fensterscheibe ist unser Geschäft endlich als Schneiderei erkennbar. Wir bekommen viel mehr Aufträge. Margret und Oma schneien kurz herein. Sie tragen Rucksäcke, dazu Jeans und feste Schuhe. Fehlen nur noch die Wanderstäbe.

»Wir fahren in den Harz«, sagt Oma. »Heute Abend sind wir zurück.«

»Toll!«, antworte ich. Ich finde es schön, wie die beiden um die Wette strahlen. Margret sieht gar nicht so blass aus wie sonst.

Kein Wunder! Schließlich arbeitet sie direkt neben dem Sonnenschein. Ich muss kichern.

»Du machst um eins zu«, ordnet die Chefin an. Sie sieht, wie viel Arbeit ich mir neben meinen Platz gelegt habe und schüttelt den Kopf. »Wie immer am Freitag«, befiehlt sie. »Morgen kannst du ausschlafen. Geh dich also schön amüsieren heute.«

Ich lächle so natürlich wie möglich. Die Vorstellung, wieder irgendwelchen Sexgeräuschen von Vicki und Basti zu lauschen, finde ich eher nicht amüsant.

Dann sind Margret und Oma weg.

Ich werde bestimmt nicht am Mittag schließen. Die Arbeit ist das Einzige, was mir im Moment keine Sorgen macht und mir richtig gut von der Hand geht. Ich kürze also ein paar Röcke, mache eine Hose enger, nähe ausgerissenes Futter in einem Mantel wieder fest … Irgendwann gegen zwei Uhr muss ich Pause machen, weil ich Hunger habe.

Heute Morgen bin ich so schnell wie möglich aus der Wohnung gestürmt, um Sebastian nicht zu begegnen. Das

Croissant und den Obstteller von Jens habe ich stehen gelassen. Ich wollte nähen, weiter nichts. Nähen beruhigt und Nähen tut auch nicht weh. Schwierige Fragen wirbelten durch meinen Kopf. Warum hat Basti mir eigentlich die Blumen geschenkt, wenn er dann doch mit Vicki …? Warum hat Rob mir gesagt, dass er mich liebt, wenn er dann doch mit Lila …? Verstehe die Männer, wer kann.

Das Obst sieht nicht mehr besonders appetitlich aus. Ich esse ein wenig davon. Lustlos zerrupfe ich das Croissant. Mir fehlt ein Kaffee dazu. Ich könnte jetzt ins ›Schraders‹ gehen. Aber da treffe ich eine Menge Menschen, und das will ich nicht. Denn Menschen sind einfach enttäuschend. Vielleicht sitzt mir gegenüber ja ein knutschendes Paar. Der Typ flüstert der Frau süße Liebesschwüre ins Ohr und nebenbei flirtet er mit einer Tussi am Nachbartisch. Ich würde aufstehen und ihm eine reinhauen. Das wäre zwar richtig, aber auch ziemlich peinlich. Jens und Oskar würden mir Hausverbot erteilen. Das kann ich nicht riskieren. Also ist es besser, wenn ich im Laden bleibe und mein Croissant mit lauwarmem Sprudelwasser herunterspüle.

Die Türglocke geht und Karl Kasulke tritt ein. »Ich habe dich beim Vorbeigehen gesehen«, sagt er. »Ich komme gerade vom Einkaufen.«

In seinem Netz liegen zwei Bananen und ein Päckchen Quark.

»Du hast ja noch auf«, sagt er verwundert. »Lässt Margret dich etwa Überstunden machen?«

»I wo«, sage ich. Ich freue mich aufrichtig, den alten Herren zu sehen. »Wir haben so viel zu tun im Moment. Ich mache es freiwillig.«

»Ich denke, wenn ich schon mal hier bin, könnte ich dich auf ein Stückchen Kuchen einladen«, schlägt Karl vor. »Was meinst du?«

Karl kann ich nichts abschlagen. Ich habe ja gesehen, dass er ganz allein lebt. Soweit ich weiß, hat er keine Familie. Also nicke ich. Zwei Minuten später sitzen wir im Sonnenschein. Oskar schiebt Karl ein weiches Kissen in den Rücken. Die leckere Erdbeertorte mit extra Schlagsahne tut mir gut. Auch Karl schafft beinahe ein ganzes Stück. Zum Glück. Er ist so erschreckend mager.

»Zu zweit schmeckt es besser«, sagt er lächelnd. »Wenn ich allein essen muss, kriege ich fast nichts runter.«

»Hast du eigentlich Kinder?«

Sein Blick wird dunkel. Ich bereue augenblicklich, dass ich mal wieder so neugierig war. Doch dann holt Karl seine Brieftasche hervor und zeigt mir ein Foto.

»Das ist Angelika, meine Tochter.«

Hübsches Mädchen. Das Foto ist, der Bildqualität nach zu urteilen, aus den 70er-Jahren. Die alten Aufnahmen von meinen Eltern sehen genauso aus. Ich würde gern wissen, warum er kein neueres Bild hat.

»Was ... Was ist mit ihr?«, frage ich vorsichtig. Ich habe das Gefühl, dass Karl zwar gern reden will, aber sich nicht sicher ist, ob ich mich für seine Geschichte überhaupt interessiere.

»Wir haben uns vor 20 Jahren am Grab meiner Frau zum letzten Mal gesehen«, sagt er jetzt leise. »Sie gab mir die Schuld am Tod ihrer Mutter, und sie sagte, dass sie nie wieder etwas mit mir zu tun haben will.«

»Wo lebt sie denn?«

»In Berlin, gar nicht weit von hier«, antwortet er. »Sie wahrt die Form und schickt mir mal ab und zu eine Karte, wenn es etwas Neues gibt.« Sein Lächeln ist jetzt bitter. »Aber sie hat ihren Schwur wahr gemacht und mich nie wieder besucht. Ich will sie nicht bedrängen. Sie weiß nicht einmal, dass ich lange im Krankenhaus war.«

Ich schlucke schwer. Das ist wirklich hart. Was auch immer Karl getan hat, dass sie so böse auf ihn ist – so lange muss sie ihn nicht leiden lassen. Und er leidet sehr. Das sieht man ihm an.

»Sie hat zwei Söhne.«

Und die kennen ihren Opa nicht. Ich könnte heulen, so sehr tut Karl mir leid. »Hast du denn mal versucht, sie wiederzutreffen?«, frage ich.

Er nickt. Dann zuckt er die Schultern. »Vor ein paar Jahren, nach der Geburt ihres Ältesten. Aber es lief nicht gut. Sie ist ziemlich stur. Das hat sie von mir. Ich habe auch immer darauf beharrt, so zu leben, wie ich es für richtig halte. Ich fürchte, ich war kein guter Vater für sie.«

»Das kann ich mir nicht vorstellen. Du … Du bist doch so ein lieber Mensch.«

»Sie hatte alles, was das Herz begehrt«, sagt Karl nachdenklich. »Doch *ich* war nie da. Es sah in ihren Augen so aus, als sei meine Arbeit und nicht meine Frau und meine Tochter mir das Wichtigste auf der Welt. Oft war ich monatelang auf Reisen.«

Ich muss an meine Eltern denken. Die beiden waren immer um mich herum. Sie haben mir jeden Wunsch von den Augen abgelesen, mich wie eine kleine Prinzessin behandelt. Ich musste nur mit dem Fuß aufstampfen und ein Schmollmündchen ziehen, schon bekam ich, was ich wollte. Welchen Wunsch ich auch hatte, sie ließen alles stehen und liegen und erfüllten ihn mir. Tante Susanne fand das manchmal gar nicht gut.

»Ihr verwöhnt die Rosa nach Strich und Faden«, sagte sie eines Tages entrüstet zu Mama.

Meine Eltern hatten, wie gewohnt, nach kurzer Quengelei nachgegeben.

»Die wird ein Biest, wenn ihr nicht aufpasst.«

Aber nichts dergleichen geschah. Im Gegenteil, ich war meistens ein wahrer Sonnenschein. Warum hätte ich ein Biest werden sollen? Es ging mir doch fantastisch.

Lila musste zu Hause im Haushalt helfen, die Kaninchen ausmisten und als sie in die Lehre ging, sogar Kostgeld abgeben. Als Kind war sie unkompliziert, aber in der Pubertät änderte sich das. Da ihre Eltern so streng waren, fing sie an, ihren Willen mit Tricks und Kniffen durchzusetzen. Tante Susanne und Onkel Thorsten hatten keine Ahnung, was ihre süße Lila für ein Lügenengel sein konnte. Hat sie damals gelernt, was ich nun so heftig zu spüren bekommen habe? War sie da auch schon neidisch auf mich? Weil ich auf der Hängematte lag und glaubte, dass mein Leben ein großer Selbstbedienungssupermarkt ist?

Jetzt ist mir klar, warum ich so ein Sonnenschein geworden bin. Man geht so durchs Leben, wie man es gelernt hat. Und ich hatte grenzenlose Liebe und Vertrauen gelernt!

Allerdings kann ich nicht behaupten, dass ich sehr gut auf das Erwachsensein vorbereitet war. Nachdem ich bei meinen Eltern ausgezogen war, hatte ich überhaupt keine Ahnung, wie ich allein klarkommen sollte. Ich lief ziellos herum wie Gretel durch den Wald. Leider ohne Kieselsteine. Als nichts mehr ging, flüchtete ich zu Lila und ließ mich wieder von vorn bis hinten bedienen. Ich kannte es einfach nicht anders. Zum Glück fand ich dann endlich einen Beruf.

Ja, unselbstständige Prinzessinnen sind zwar lieb, aber auch ziemlich anstrengend für ihre Umwelt. Klar, dass manche Leute genervt von mir sind. Doch soll ich meinen Eltern die Schuld dafür geben? Niemals. Sie haben getan, was sie für richtig hielten, auch wenn es vielleicht nicht immer richtig war – und ich bin sicher, sie haben es aus Liebe getan.

»Ich glaube, deine Tochter liebt dich trotzdem«, sage ich leise zu Karl. Ich hoffe sehr, dass er mir glaubt. Er sieht so verloren aus.

»Was liest du da, Kindchen?«, fragt er.

Er zeigt auf mein Skizzenbuch, dessen Einband aus meiner Handtasche guckt. Ich sehe, wie viel Kraft ihn das Reden gekostet hat und kann ihn verstehen. Wer bittet schon gern jemanden um Verzeihung? Da ist immer die Angst, abgewiesen zu werden. Andererseits – jeder macht doch Fehler. Das gilt für Väter *und* für Töchter.

»Es ist kein Buch zum Lesen«, sage ich. Ich zeige es ihm. »Es ist mein Malbuch. Ich habe manchmal Ideen, was ich gern nähen würde und das zeichne ich dann.«

Karl beginnt zu blättern. »Das gefällt mir sehr«, sagt er lächelnd. »Margret hat recht. Du bist ein Naturtalent.«

Das hat Margret über mich gesagt? »Danke!«, sage ich und werde knallrot. »Ich muss dann auch mal wieder an die Arbeit.«

Schon das zweite große Lob heute. Das tut gut. Als ich die Werkstatt betrete, habe ich zum ersten Mal seit Tagen Lust, ein neues Kleidungsstück für mich zu nähen.

Mein Handy klingelt. Es ist bereits dunkel draußen. Die knallrote, chinesisch inspirierte Seidenbluse ist fast fertig. Sie ist schlicht und dabei doch elegant. Eine dunkelhaarige Frau könnte sie gut tragen. Vielleicht Anne mit ihrem rabenschwarzen Drama-Make-up?

»Ja?«

»Rosa, hier ist Vicki. Wo bleibst du denn?«

»Äh …«

Was meint sie, wo ich bleibe? Ach so! Ich wohne ja bei ihr.

Seit ich mich von Karl Kasulke nach dem Kaffee verabschiedet habe, bin ich abgetaucht in meine kleine Welt aus Schnitten, Stoffen und Garnen und habe alles um mich herum vergessen.

»Rosa? Wir wollen mit dir ausgehen«, sagt Vicki. »Soll ich dich irgendwo abholen?«

Bloß nicht! Ich will nicht ausgehen. Lieber noch meine Bluse fertigmachen. »Heute nicht, Vicki«, sage ich. Ich setze eine möglichst leidende Stimme auf.

Warum sage ich ihr eigentlich nicht die Wahrheit? Ich mag heute nicht. Fertig. Na ja, vielleicht ist sie dann sauer. Und das will ich nicht. »Ich … Ich habe Kopfschmerzen.«

»Ach, du Arme. Bist du bei deiner Oma? Soll ich dich noch schnell nach Hause fahren?«

»Nein, ich bin auf der Arbeit«, sage ich wahrheitsgemäß. Dann beiße ich mir auf die Zunge. Ich bin zu doof zum logischen Schwindeln.

»Rosa«, ruft Vicki prompt. »Es ist Freitag 22 Uhr. Was bitte machst du jetzt noch in der Werkstatt? Und das, obwohl du Kopfschmerzen hast?«

»Ich habe so viel zu tun.«

»So etwas nennt man einen Workaholic«, sagt Vicki kichernd. »Versprich mir, dass du jetzt Feierabend machst, eine Tablette nimmst und dich zu Hause ins Bett legst, ja?«

Die Sache mit den Kopfschmerzen hat sie mir wohl abgenommen. »Mache ich«, sage ich erleichtert. »Und? Mit wem gehst du aus?« *Mann, bin ich blöde.*

»Mit Anne und Daniel. Also mach's gut. Bis morgen früh.«

Sie legt auf. Ich bin zufrieden. Sebastian ist nicht dabei. Aber das muss wiederum gar nichts heißen. Irgendwann muss er ja auch mal arbeiten.

Es ist fast Mitternacht, als ich die Tür von Margrets Salon abschließe. Meine neue Bluse habe ich in einer Tüte dabei. Während der U-Bahnfahrt zeichne ich wie verrückt. Ich habe einen richtigen Kreativitätsschub.

Als ich aussteige, trifft mich beinahe der Schlag. Ich bin gar nicht zu Vicki nach Schöneberg gefahren, sondern zu *Lila* nach Mariendorf. Aus alter Gewohnheit? Oder hat mich mein schlechtes Gewissen hierher getrieben? Ist es, weil ich fühle, dass es ein paar Sachen gibt, für die ich mich bei meiner alten Freundin entschuldigen müsste?

Ich sehe sie vor mir. Sie steht in der Küche und macht Kartoffelbrei mit Fischstäbchen und Gurkensalat für uns. Es war eine so schöne Zeit bei ihr. Aber dann kommt ein anderes Bild hoch – sie und Rob ganz intim – während ich keine Ahnung habe.

Nein, ich bin noch nicht so weit.

Und außerdem. Ich bin nicht die Einzige, die sich entschuldigen muss.

Rasch drehe ich mich auf dem Absatz um und fahre mit der U-Bahn zurück.

Am Samstagmorgen sitze ich ganz allein am Frühstückstisch. Von Vicki keine Spur. Die Tür zu ihrem Zimmer steht offen und ihr Bett ist sorgsam glatt gezogen. Anscheinend feiert sie durch.

Schade, denn ich habe uns, bevor ich merkte, dass sie nicht zu Hause ist, einen extraschönen Frühstückstisch gemacht – mit Ei und Orangensaft, frischen Brötchen und Käse aus dem italienischen Laden gleich um die Ecke. Ich habe bisher am liebsten Gouda gegessen. Aber neuerdings schmecken mir auch Fontina, Taleggio und Provolone nicht übel.

Während ich esse, blättere ich in meinem Büchlein und bekomme augenblicklich wieder Lust zu nähen. Gibt es bei Vicki eigentlich eine Nähmaschine? Bei unserem Rundgang ist mir keine aufgefallen.

Ich räume den Küchentisch ab, stelle mein Geschirr in die Spülmaschine und beschließe, die riesige Abstellkammer zu durchsuchen. Da könnte sich etwas finden – vielleicht irgendein altes Vehikel von Tante Augusta, egal, Hauptsache etwas, das näht.

Mitten auf dem Fußboden steht ein aufgerissenes

Postpaket. Ich schiebe es ein Stück zur Seite. Es ist schwer. Beim Blick ins Innere sehe ich, dass mehrere Exemplare von Vickis Buch darin liegen. Neugierig nehme ich eins heraus und betrachte es.

Victoria von Liesen – Mittsommernacht

Der Einband zeigt eine Frau, die ihre Arme nach der untergehenden Sonne ausstreckt. Es ist düster. Die rote, riesige Sonnenscheibe leuchtet beinahe unheimlich. Die Frau ist von hinten zu sehen. Sie ist nackt, trägt nur ein durchsichtiges Tuch quer über den Körper gelegt und hat lange, locker geflochtene Haare.

Ich weiß nicht, ob ich das Bild gruselig oder erotisch finden soll. Wahrscheinlich beides.

Im Klappentext steht, dass es die Geschichte einer Frau ist, die von ihrem Mann verlassen wird und eine Reise nach Nordschweden macht, dahin, wo kaum noch Menschen leben. Dort trifft sie einen Einsiedler, der ebenfalls vor den Menschen geflohen ist. Er ist ein attraktiver Mann, aber auch ein seltsamer Kauz, der sich keinem anderen wirklich öffnen kann.

Aha, eine Mischung aus Dr. House und Almöhi. Klingt interessant.

Die Frau verletzt sich. Er findet sie und nimmt sie bei sich auf. Nach und nach kommen die beiden sich näher.

Vielleicht sollte ich auch zum Polarkreis abdüsen, wenn da so coole Typen wohnen.

›Ein Debüt der besonderen Art‹, wird eine große Frauenzeitschrift zitiert.

›Prickelnde Leidenschaft‹, schreibt die nächste. ›Nicht verpassen.‹

Der Klappentext und die Kritiken machen mich

neugierig. Das Cover ist klasse. Nur Vickis Foto gefällt mir nicht. Warum hat ihr niemand gesagt, dass dieser beige Rollkragenpullover einfach spießig an ihr aussieht?

Am liebsten würde ich mich jetzt auf mein Bett legen und lesen. Aber dann habe ich eine bessere Idee. Ich will, dass Vicki mir ihr Buch *vorliest*. Eine Autorenlesung nur für mich. Außerdem suche ich eigentlich eine Nähmaschine. Leider finde ich keine. Aber irgendetwas Kreatives *muss* ich machen.

Also gehe ich wieder runter. Ich kaufe mir Pinsel, Farben und einen riesigen Zeichenblock und fange an zu malen. Vicki in meiner Rosa-Mode – eine kleine Kollektion für eine langbeinige, gertenschlanke Rothaarige, die gerade einen Bestseller geschrieben hat und jetzt durch die Talkshows tingelt, um zu erzählen, was und wer sie zu diesem Roman inspiriert hat.

Nach ein paar Stunden ist der Fußboden in meinem Zimmer übersät von Zeichnungen. Ich bin von Kopf bis Fuß mit Farbe beschmiert, aber glücklich. Vicki ist noch immer nicht zu Hause. Vielleicht ist das auch gut so. Ich bin mir nicht sicher, was sie von meinen Entwürfen halten wird. Sie trägt ja *immer* Jeans und T-Shirt. Ich habe sie noch nie in Kleidern oder Röcken gesehen. Dabei würde ihr das so gut stehen – vor allem ganz lange Kleider, die für große Frauen einfach wie geschaffen sind.

Dann ist es Zeit für ein Schaumbad in der Löwenwanne.

Mein Kopf ist leer wie eine ausgetrunkene Kokosnuss. Ich habe den ganzen Tag weder an Lila oder Rob, geschweige denn an Basti gedacht. Statt Schokocroissants habe ich ein Käsebrot gegessen und statt herumzuheulen, habe ich Kleider entworfen.

Was ist denn mit mir los?

Es wird ein einmaliger Ausrutscher sein. Wenn Vicki erst mit Basti knutschend und fummelnd in der Küche steht, ist es mit der Zufriedenheit gleich wieder vorbei. Ich verdränge die blöden Gedanken, bevor sie sich einnisten. Heute werde ich mir von nichts und niemandem die Laune verderben lassen. Nicht mal von mir selbst.

Während das Wasser einläuft, krame ich meinen MP3-Player aus der Handtasche, lege mir ein weiches Handtuch hin und eine duftende Bodylotion für hinterher. Dann versinke ich in Schaumbergen und gröle ABBA-Lieder mit. So schön kann das Leben sein!

»Rosa! Alles klar?«

Ich erschrecke fürchterlich, denn ich habe Vicki gar nicht kommen hören. Kein Wunder. Schließlich läuft gerade ›Fernando‹ – mein Lieblingslied von ABBA. Ich bin gerade gen Schweden unterwegs, meinem dreitagebärtigen Traummann entgegen.

»Da bist du ja«, sage ich.

Ich ziehe die Kopfhörerstöpsel aus meinen Ohren. Dann warte ich darauf, dass ich wütend auf Vicki werde. Immerhin hat *sie* mit Basti geschlafen, während ich mit seinem piekenden Rosenstrauß in meinem Zimmer lag und von ihm träumte.

Aber ich bin nicht sauer auf sie. Wenn ich ehrlich bin – warum sollte ich auch? Sebastian Andrees ist nicht *mein* Freund. Vicki kann nicht wissen, dass ich ihn toll finde. Er weiß es übrigens auch nicht. Und ich selbst? Na ja, ich weiß es irgendwie auch erst seit ein paar Tagen. Also bei so viel allgemeiner Unwissenheit bringt es nichts, mich aufzuregen oder irgendjemandem den schwarzen Peter zuzuschieben.

»Mach ein bisschen Platz«, sagt Vicki.

Sie zieht sich ihr T-Shirt über den Kopf. Belustigt schaue ich ihr zu. Will sie jetzt wirklich zu mir in die Wanne? Mein letztes Mal Zusammenbaden, das war mit Lila. Ich glaube, da waren wir sechs.

Vicki ist so schlank, dass man die Rippen zählen kann, aber ihr Busen ist überraschend voll. Kein Wunder, dass Basti …

Schluss jetzt!

Lieber stelle ich mir meine Kleider-Entwürfe an ihr vor. Ob sie mir zuliebe ihre ewigen Jeans ablegt und ein Kleid anzieht? Mich sticht der Ehrgeiz. An so einer Frau wie Vicki sind Jeans und Shirt die reinste Verschwendung. Als sie zu mir ins Wasser steigt, läuft beinahe die Wanne über. Sie taucht unter und kommt prustend wieder hoch.

»Ist das herrlich«, sagt sie.

Sie streicht sich die Wassertropfen aus dem Gesicht. Auf ihrem Haar sitzt eine Schaumkrone.

»Was hörst du da?«

»There was something in the air that night …«

»The stars were bright, Fernando«, johlt Vicki ohne zu zögern mit.

Aha, sie mag ABBA auch.

Ich biete ihr meinen zweiten Kopfhörer an. Wir rücken ein Stück zusammen.

Nach einer halben Stunde steigen wir heiser aus

der Wanne und cremen uns mit schrumpeligen Fingern gegenseitig den Rücken ein. Mit Vicki ist alles so unkompliziert.

Nie wieder will ich eine blöde Prinzessin sein, die mies zu ihrer besten Freundin ist.

»Du, Vicki«, sage ich. »Ich hatte gestern überhaupt keine Kopfschmerzen.«

»War mir klar«, antwortet sie grinsend. »Und jetzt ab ins Bett. Lesestunde.«

Ich ziehe mir rasch ein Nachthemd über den Kopf und laufe in die Küche. Zu einer Lesung gehören ein gutes Glas Wein und ein paar Kerzen. Während ich für schönes Licht sorge, schlägt Vicki ihr Bett auf und setzt sich mit dem Buch ans Fußende. Ich stelle ein Tablett mit dem Wein in unsere Mitte. Dann kuschele ich mich unter ihre Decke. Ich bin total gespannt. Als Vicki mit ihrer dunklen Stimme zu lesen beginnt, tauche ich sofort in eine andere Welt ein. Sie kann zaubern mit ihren Worten. Als sie die Gefühle der verlassenen Frau beschreibt, kullern ein paar Tränen bei mir. Es ist, als würde sie mich kennen. Mich und alle Menschen, die sich einsam fühlen und nach Liebe sehnen. Und plötzlich verstehe ich, warum sie so gut schreiben kann.

Vicki hat das alles selbst erlebt. Sie war so einsam. Ihr tat das Herz so weh. Sie hat beschlossen, nicht aufzugeben und weiter zu kämpfen, damit das Leben nicht so beschissen bleibt, wie es einmal war.

Vicki ist ein Menschenfreund. Sie geht offen auf jeden zu und hadert nicht mit dem, was einst gewesen ist.

Auch wenn es schlimm war. Für sie beginnt das Leben jeden Tag neu.

In diesem Moment bewundere ich meine Freundin. Sie ist eine ganz große Persönlichkeit, ohne Wenn und Aber.

Zwei Stunden später – es wird langsam dunkel draußen und Vicki immer heiserer – klappt sie das Buch zu und holt mich zurück in die Wirklichkeit.

»Schluss jetzt. Ich kann nicht mehr.«

»Noch ein bisschen«, bettele ich. »Es ist gerade so spannend.«

»Es ist eine gute Stelle, um aufzuhören. Glaube mir.«

Das tue ich ganz bestimmt nicht.

Simon ist gerade mit Lisa ins Auto gestiegen, um sie zum Bahnhof zu bringen. Ihr verletztes Bein ist so weit in Ordnung, dass sie reisen kann. Aber sie will eigentlich nicht. Und er auch nicht.

Und ich auch nicht! Sie soll gefälligst bei ihm bleiben, denn er liebt sie und sie ihn. Aber sie sind so doof und können es sich nicht sagen. *Kommt mir irgendwie bekannt vor.*

Vicki hat erst 50 Seiten gelesen. Das Buch hat mindestens noch 300 weitere.

Lisa wird also bei Simon bleiben. Aber wie kriegen sie das hin? Ich muss es wissen. Jetzt!

»Bitte, Vicki, nur noch ein paar klitzekleine Seiten.«

Sie grinst. »Also gut.«

»Danke!«

Mit kratziger Stimme trägt Vicki weiter vor.

Lisa und Simon fahren durch die üppige schwedische Wildnis.

Ich schließe die Augen und sehe sie vor mir. Lisa sieht aus wie ich und Simon wie Basti. Ich verscheuche die Bilder nicht. Es ist so schön. Ich will ihn, den Mann, der da an meiner Seite sitzt und schweigsam das Auto lenkt.

»… legt sie ihre Hand auf sein Bein. Simon starrt scheinbar ungerührt geradeaus, nur die steile Falte auf seiner Stirn wird ein wenig tiefer. Lisa schaut ihn von der Seite an.

Jetzt oder nie. Wenn ich ihn jetzt gehen lasse, ist es für immer vorbei.«

Los, Lisa, rede mit ihm! Sag ihm endlich, dass du ihn liebst! Ich halte es kaum noch aus. Vicki macht eine Kunstpause. Ich lasse die Augen geschlossen und warte darauf, dass sie weiterliest.

»Lisa schaut aus dem Fenster. Sie schweigt und legt wie nebenbei ihre Hand auf sein Bein. Während er fährt, öffnet sie die Knöpfe seiner Jeans und beginnt …«

»Was?« Ich reiße die Augen auf und starre Vicki ungläubig an. Sie klappt das Buch zu.

»Was ist denn *das* für eine Wendung?«, frage ich atemlos.

»Ich habe dir doch gesagt, dass wir erst mal aufhören sollen«, sagt Vicki. »Mir war schon fast klar, dass du den Gang der Dinge nicht verkraftest.«

»Was heißt hier, nicht verkraften? Ich bin kein Kleinkind mehr. Aber, was die da machen, das … Das ist doch total …«

Ja, was eigentlich?

Ich suche fieberhaft nach einem Wort, das mein Unbehagen treffend wiedergibt. »Gefährlich!«, kommt es lahm aus mir heraus.

»So, so, gefährlich«, sagt Vicki. Sie guckt über ihre Brillengläser wie ein Psychiater. »Rosa, das ist kein Lehrbuch für Fahrschüler, sondern ein erotischer Liebesroman. Hast du gedacht, sie setzen sich jetzt auf eine rosenbekränzte Schaukel und lesen sich Gedichte vor?«

Ja schon. So ähnlich jedenfalls. Das wäre doch wunderschön. Bin ich mal wieder naiv?

Ich weiß doch, letztlich läuft es immer auf Sex hinaus, wenn zwei sich toll finden.

»Nein«, sage ich deshalb laut. »Natürlich nicht, aber …«

Es ist doch total natürlich und so.

Okay! Jetzt wird Lisa es Simon also im Auto besorgen.

»Und? Was kommt danach?«, frage ich. »Ich meine, wenn sie fertig ist mit ihrer Hand in seiner Hose?«

Vicki guckt mich mit gequältem Gesichtsausdruck an. »Rosa, das Buch ist, wie es ist.«

»Und wie ist es?«, frage ich, so lässig ich kann. Ich habe da schon so eine Ahnung.

»Sie nimmt ihren Mund«, sagt Vicki nach kurzem Zögern entschlossen. »… und von da an haben die beiden eine Menge Spaß miteinander.«

»D… Den Mund? Du meinst … zum … *Reden*, ja?« Ich schlucke.

Sie schüttelt den Kopf.

»Ist das dein Ernst? Du hast einen Sex-Roman geschrieben?«

Dieses Mal nickt sie. »Ja.«

Es ist nicht gerade erwachsen, aber ich kann nicht anders. Ich renne aus dem Zimmer und knalle die Tür hinter mir zu. So ein Zeug schreibt Vicki also?

»Ich will nicht mehr weiterlesen«, rufe ich wütend.

So ein Scheißbuch! Zuerst war es so romantisch, so überirdisch, so besonders. Und jetzt? Jetzt ist es ein blödes Sex-Machwerk, bei dem der Mund nicht mehr zum Sprechen benutzt wird! Vicki ist so ein Freak! Und die Leute, die das kaufen, die sind auch Freaks. Und überhaupt, wie konnte ich Vicki nur mögen und bewundern. Sie ist ja noch genauso irre wie früher. Wieder mal stürze ich mich auf mein Bett und ziehe mir die Decke über den Kopf.

Kurz darauf klopft an meiner Zimmertür. »Rosa?«

»Nein!«

»Was ist denn los mit dir?«

Ich spüre, dass Vicki sich auf mein Bett setzt.

»Es tut mir leid, wenn dich das Buch enttäuscht. Du hast dir etwas anderes vorgestellt, weil du so romantisch bist. Aber hör mal, die beiden lieben sich doch und das …, das drücken sie auch aus.«

Ich schiebe die Bettdecke ein Stück zur Seite. »Du denkst, ich bin prüde, stimmt's?«

»Ist nicht wichtig, was ich denke«, sagt sie ernst. »Wichtig ist, was du fühlst. Wenn du das Buch nicht magst, dann ist das völlig in Ordnung.«

»Ich …« Jetzt weiß ich, was mich am meisten stört. »… hatte einfach eine ganz andere Vorstellung von Simons und Lisas Liebe.«

»Eine, wie bei Dornröschen, stimmt's? Er küsst sie und dann ist alles gut.«

Warum bemühen eigentlich alle Leute Märchenfiguren, wenn sie mit mir reden? »Hast du mal ein paar der Grimms Märchen gelesen?«, frage ich Vicki mit schriller Stimme.

»Ja, na klar.«

»Na danke, dass du mich für irre hältst.«

»Tue ich doch gar nicht.«

»Schleppe ich vielleicht einen gläsernen Sarg mit mir herum, in dem ein Prinz liegt, der an einem Apfelstück erstickt ist? Küsse ich jemanden, der schon 100 Jahre schläft? Igitt! Hänge ich meine Haare aus dem Fenster, damit jemand dran hochklettert oder stecke alte Frauen in den Backofen?«

»Nein, nein, so meine ich das doch gar nicht«, sagt Vicki lachend. »Du bist prima, nur ein bisschen sehr verträumt.«

Ich nenne das romantisch, und ich weiß nicht, was daran falsch sein soll!

»Zurück zum Buch«, sagt Vicki jetzt. »Ich glaube, die Leute kaufen es, weil ihnen gefällt, dass zwei Menschen sich so ineinander verlieren …, so ohne Tabus, sorglos, ohne zu überlegen, was morgen sein könnte oder was falsch und richtig ist.«

Oder sie wollen über Sex lesen, weil sie selbst keinen haben.

Ob ich will oder nicht, meine Fantasie macht sich auf die Reise.

Basti und ich in seinem Renault …

Da habe ich zum ersten Mal gemerkt, wie sehr ich ihn mag. Ich hätte ihn küssen sollen. Und dann? Ich schiebe meine Fantasien mit Macht beiseite, bevor sie mehr Platz in meinem Kopf einnehmen, als sich gehört. Aber eins habe ich gerade kapiert: Es gibt Menschen, die holen sich, was sie wollen. Und es gibt welche, die träumen davon. Ich gehöre eindeutig zur zweiten Gruppe. Mist! *Hätte ich ihn geküsst und nicht nur fantasiert, es zu tun, dann würde ich heute Nacht nicht allein in meinem Bett liegen.*

»Vielleicht lesen wir ein anderes Mal weiter«, sage ich.

»Schon okay«, sagt Vicki. Als es unter ihren Füßen raschelt, knipst sie das Licht an. »Was hast *du* denn hier gemacht?«

Ich bin sehr erleichtert, dass wir das unliebsame Thema jetzt abgehakt haben. Wenn ich allein bin, kann ich weiter darüber nachdenken. Vicki lacht, als sie sieht, dass mein ganzer Fußboden voller Bilder ist.

»Das sieht gut aus«, ruft sie. Ich merke, dass sie mich aufheitern will.

»Das bist du«, erwidere ich, noch leicht schmollend. Diese blöde Autoszene drängelt sich schon wieder in meinen Kopf.

»Wie bitte?« Jetzt kniet sie sich auf den Boden und betrachtet die Bilder. Vicki in langen Kleidern, weichen Wickelblusen und Ausschnitten, die ihre üppige Oberweite betonen.

»Das bin ich nicht. Solche Sachen habe ich noch niemals angezogen.«

Sie hat jetzt lauter Falten auf der Stirn. Ich gebe mein Schmollen auf und krieche aus dem Bett zu ihr auf den Fußboden.

»Solltest du aber!«, rufe ich enthusiastisch. »Wenn du das trägst, das würde herrlich aussehen. Schau, hier das ist ein Wickelkleid. Ich würde es aus Baumwolltrikot nähen. Das schmiegt sich wunderschön um den Körper …«

Ich bin ganz in meiner Welt, vergessen sind Lisa und Simon. Vicki schaut sich ein Bild nach dem nächsten an. Sie sagt keinen Ton mehr.

»Wenn du eine Lesung machst, dann kannst du nicht immer in Jeans gehen, dann musst du …«

»Was muss ich?«, unterbricht sie mich. »Mich verkleiden, damit ich dir gefalle?«

Mein Redestrom versiegt. »Wieso mir?«

»Na, wem denn sonst? Wer hat mir denn diese tausend Fummel auf den Leib gemalt?«

»Bist du sauer?« Habe ich etwas falsch gemacht?

»Du hast keine Ahnung, nicht wahr?«

Ich würde gern etwas sagen, aber ich habe wirklich keine Ahnung, vor allem nicht davon, was ich jetzt sagen soll. Was ist denn plötzlich mit Vicki los?

»*Du* weißt nicht, wie das ist, wenn du wegen deines Äußeren nicht gemocht wirst. Entweder bist du zu dick oder zu dünn, zu kurzsichtig oder trägst nicht die richtigen Klamotten. Irgendwann weißt du gar nicht mehr, wer du selber bist, weil du nur versuchst, den anderen zu gefallen. Eine Marionette …« Eine Träne tropft unter ihrer Brille hervor. Sie wischt sie weg. Dann springt sie auf. »Mein ganzes Leben … Ach verdammt.« Jetzt ist sie es, die wütend aus dem Zimmer stürmt. »Und ich habe gedacht, dass du mich endlich magst!«

Sie klingt wie ein kleines, verletztes Kind, nicht wie die toughe Schriftstellerin, die mit einem 300-Seiten-Sex-Roman die Bestsellerlisten stürmt.

Ich bleibe erschüttert und wie angewurzelt auf dem Fußboden sitzen.

Natürlich mag ich sie! Und wie ich sie mag! Ich liebe sie sogar. Aber mit meiner ureigenen Dummheit habe ich wieder mal alles falsch gemacht. Vorhin im Bad, da waren wir uns so nah. Und jetzt, nur ein paar Stunden später, haben wir uns Lichtjahre voneinander entfernt. Zuerst habe ich an ihrem Buch herumgemäkelt, anstatt stolz auf sie zu sein. Dann habe ich durch die Blume (oder war es der Holzhammer?) zu verstehen gegeben, dass sie dringend etwas an ihrem Kleidungsstil ändern sollte. Das war wirklich nicht gerade freundschaftlich.

Jetzt ist mal Schluss!

Talent hin, Talent her, ich werde keine Klamotten mehr entwerfen und nähen. Immer, wenn ich das tue, geht irgendetwas schief.

Eilig sammle ich die Zeichnungen ein und stopfe sie in meinen Papierkorb – die Tüte mit der roten Seidenbluse gleich hinterher. Ich fühle mich mies. Morgen muss ich mich bei Vicki entschuldigen. Heute will ich nur noch schlafen.

Jetzt weiß ich, warum sich Vickis Leser so begeistert zum Sex in der schwedischen Mittsommernacht entführen lassen!

Das echte Leben ist einfach viel zu kompliziert!!!

Glückskeks 9

Auf Widerstände diplomatisch reagieren. Gute Argumente bringen Sie weiter.

Vicki ist viel stiller seit jenem Abend.

Ich habe sie nicht noch einmal gebeten, mir vorzulesen. Und bisher hatte ich noch nicht die Gelegenheit, mich zu entschuldigen. Wir sehen uns nämlich kaum. Sie ist nur tagsüber zu Hause. Da bin ich in der Werkstatt. Vicki arbeitet, nachdem sie ausgeschlafen hat, an ihrem nächsten Buch. Wenn ich abends heim komme, ist sie schon weg und kommt oft erst nachts oder gar nicht nach Hause. Ich vermute, sie schläft bei Basti. Sie scheinen einander viel zu bedeuten (… oder viel Spaß im Bett zu haben! Oder beides?). Na ja, es geht mich eigentlich nichts an. Zum Glück sind die beiden nie gemeinsam in Vickis Wohnung. Weil ich sie nicht zusammen sehe, gelingt es mir, meine Emotionen auf Sparflamme zu halten. Ich hätte nie gedacht, dass ich das kann. Trotzdem muss ich, mehr als mir lieb ist, an Sebastian denken.

In einem großen Buchladen habe ich Vickis ›Mittsommernacht‹ gesehen. Es liegt auf einem Extratisch mit dem Vermerk ›Bestseller‹.

Margret hat sich das Buch gekauft. Wenn wir in der Pause manchmal zu den Jungs rübergehen, redet sie nur noch das Nötigste. Lieber liest sie. Das heißt, falls sie überhaupt mal da ist. Sie verbringt jetzt immer mehr Zeit außerhalb der Werkstatt. Ich arbeite und esse allein. Ob meine Großmutter Vickis Werk eigentlich auch besitzt? Keine Ahnung. Ich bin auch nicht sicher, ob ich es wirklich wissen will.

Vicki hält in ein paar Tagen im ›Schraders‹ eine Lesung. Ein großes Plakat am Eingang weist darauf hin. Aus *diesem* Buch liest sie völlig Fremden etwas vor? Die traut sich was!

Im Moment rennen die Kunden uns den Laden ein. Ich habe alle Hände voll zu tun. Heute schließe ich die Schneiderei erst um 19 Uhr – nach elf Stunden Arbeit. Meine Schultern spüre ich schon gar nicht mehr.

Oskar winkt vom ›Schraders‹ rüber und fragt, ob ich Lust auf ein Abendessen habe.

Das ist total nett, aber ich lehne trotzdem ab. Ich bin zu müde, will lieber nach Hause und die Beine hochlegen. Vielleicht noch ein wenig in den Fernseher schauen.

Im türkischen Supermarkt hole ich mir Salat, Schafskäse und arabisches Brot, das man so schön füllen kann, mit allem drin, was der Kühlschrank so hergibt. Das macht nicht viel Arbeit und ist einfach lecker. Und man kann auch nicht viel falsch machen.

Der Mann im Zeitungsladen am Eck ruft mich und winkt mit der neusten ›Gala‹, als er mich vorbeigehen sieht.

»Hey, Rosa, dein Lesestoff, noch druckfrisch.«

Seit ich nicht mehr zeichne und mir rosafarbene Tagträume ausdenke, lese ich nämlich in der U-Bahn Illustrierte. Das ist lustig, was die Stars so alles erleben. Scheidung hier, Geburt da, Fremdgehen dort. Ist schon spannend. Echt! Auf Seite fünf lacht mir heute

Eva Andrees entgegen. Mein Herz pocht gleich ein bisschen schneller. Warum, weiß ich auch nicht.

Ich denke einen Moment an mein Kleid und wie schön sie aussah, als sie es getragen hat. Aber das war vor langer Zeit, als ich noch eine ganz andere Rosa war. Vorbei! Das interessiert mich nicht mehr.

Heute bin ich eine bienenfleißige Änderungsschneiderin, die gelernt hat, dass Träume nichts als Schäume sind.

Eva Andrees stellt in der Illustrierten ihr Ferienhaus auf Sardinien vor. Hier hat sie sich mit ihrem Mann ein kleines Paradies geschaffen, in dem sie ihre zwei erwachsenen Söhne sehr gern besuchen kommen. Außerdem hat sie mit ihrem eigenen Geld ein Tierheim aufgebaut. Dort kümmert sie sich, wenn sie Zeit hat, um Straßenhunde und heimatlose Katzen.

Na, da passt Vicki ja hervorragend in die Familie. Ihre Mutter war auch so eine Tiernärrin. Bestimmt ist Eva Andrees superstolz auf ihre erfolgreiche Fast-Schwiegertochter. Eine Bestsellerautorin! Das passt viel besser in die Familie als eine unscheinbare Schneiderin.

Als ich nach Hause komme, ist Vicki ausnahmsweise auch mal da. Ich rechne kurz nach. Wir haben uns zehn Tage nicht gesehen. Wir laufen immer aneinander vorbei. Ich frage mich, ob sie das so will?

Ich will es nicht.

»Hi«, sage ich. Ich freue mich riesig, sie zu sehen. Sie hat mir wirklich gefehlt. »Isst du mit mir? Ich habe was Türkisches.«

Sie grinst frech. »Okay, ich stelle schon mal ein paar Liter Wasser zum Löschen hin«, sagt sie dann.

»Musst du nicht«, antworte ich lachend. »Es ist nur Brot mit Schafskäse.«

Ich bin froh. Vicki wirkt entspannt. Vielleicht ist sie mir ja nicht mehr böse? Aber wir sollten trotzdem reden. Es ist mir wichtig, dass sie weiß, wie schön ich sie finde – egal, was sie trägt.

Ich hole tief Luft. Es fällt mir nicht gerade leicht. Aber es muss sein. »Vicki?«

»Mmh?«

»Ich … Ich habe all die doofen Bilder weggeschmissen. Es tut mir leid. Ich wollte … Ich dachte einfach, du würdest sie mögen.«

»Ist schon gut«, sagt sie lächelnd. »Ich habe viel zu heftig reagiert. Das ist wegen früher. Manchmal denke ich daran, wie ätzend das gewesen ist. Und dann bin ich auf einmal total empfindlich. Das hat gar nichts mit dir und deinen Bildern zu tun.«

»Glaube ich dir«, antworte ich.

Ich habe richtig große Lust, mit Vicki etwas zu unternehmen. »Wollen wir uns einen schönen Abend machen, heute oder demnächst?«, frage ich.

»Tut mir leid«, sagt Vicki. »Ich gehe nachher noch weg und morgen auch und übermorgen ist die Lesung.«

»Ach so«, rufe ich, bemüht locker zu klingen.

Aber es gelingt nur mittelmäßig, denn *das* tut *mir* jetzt weh. Ich bin – bis auf die vielen Kunden im Laden – richtig einsam im Moment. Die lustigen Abende mit Vicki und Basti und Anne und Oma und den anderen fehlen mir. Ich möchte sie wiederhaben. Aber ich habe das Gefühl, dass mir *alle* aus dem Weg gehen. Nicht mal Karl ist vorbeigekommen, um mich mal wieder auf ein Kuchenstückchen einzuladen.

Also gut, dann muss ich den ersten Schritt machen. Bei Vicki fange ich an. »Weißt du was«, sage ich. »Ich komme auch zu deiner Lesung!«

»Ehrlich?« Sie lächelt glücklich und ihre Katzenaugen strahlen. »Keine Probleme mehr mit Sex hinterm Lenkrad?«

»Willst du *das* etwa laut vorlesen?«, frage ich mit gespieltem Entsetzen.

»Na, wenn ich es leise lese, hört es ja keiner!«

Wir lachen und plaudern und als Vicki nach dem Abendessen die Wohnung verlässt, sind wir uns wieder ein kleines Stückchen nähergekommen. Das Einzige, was ich noch nicht mit ihr besprechen kann, ist ihre Beziehung zu Basti. Das packe ich nicht. Ich werde mich schon daran gewöhnen, dass die beiden zusammen sind. Irgendwann. Und derweil will ich ihr nichts vorheucheln. Das Ganze ist schon verzwickt genug.

Ich rufe Oma an und frage, ob ich sie noch besuchen soll. Sie ist mit Margret verabredet. Im Kino läuft ein toller Film, den sie unbedingt sehen wollen. Also gut, dann gucke ich mal, was das Spätprogramm im Fernsehen so hergibt.

Am Freitag nach der Lesung wird alles anders. Vicki wird endgültig versöhnt sein. Die Jungs werden Cocktails spendieren. Oma und Margret werden da sein und bestimmt auch Basti, Anne und Daniel. Alle werden sehen, dass ich keine Prinzessin mehr bin, und von da an ist alles wieder gut.

Ich schließe den Laden am Nachmittag zu. Heute ist Vickis Lesung.

Jetzt werde ich noch eine Weile ungestört nähen und mich dann für den Abend zurechtmachen. Ich bin neugierig, wie es mit Simon und Lisa weitergeht. Aber noch mehr freue ich mich darauf, alle meine neuen Freunde wiederzusehen.

Als ich fertig bin und aufräume, finde ich einen schwarzen Anzug von Karl Kasulke.

Nanu, er hat ihn ja gar nicht abgeholt? Dabei hatte er mich vor zwei Wochen gebeten, ihn *schnell* zu ändern, weil er damit auf eine Beerdigung gehen will. Ein Bekannter aus dem Krankenhaus sei gestorben. Sie hätten viele Wochen gemeinsam in einem Zimmer gelegen.

Ein Blick auf die Uhr sagt mir, dass noch Zeit ist, um rasch zu ihm zu laufen. Wir können zusammen ins ›Schraders‹ gehen, falls er Lust auf einen geselligen Abend hat.

Ich tupfe mir rasch ein wenig Rouge auf die Wangen und lege mir Karls Anzug über den Arm. Jetzt aber los! Ein Blick über die Straße sagt mir, dass es mächtig voll wird bei den Jungs.

Im Laufschritt sause ich die Treppen hoch und klingele an Karls Wohnungstür.

Einmal … Warten. Zweimal!

»Karl? Hier ist die Rosi. Ich bringe deinen Anzug.« Ich klopfe energisch. Vielleicht hört er ja Musik und die Klingel fällt ihm nicht auf. Keine Reaktion. Wahrscheinlich wird er schon drüben sein. Alte Leute gehen doch immer ganz zeitig los, nicht so wie wir Jungen auf die letzte Minute.

Apropos! Ich muss sausen. Dann eben mit Anzug über dem Arm zur Lesung. Als ich zum Sprint ansetze, öffnet sich die Tür neben Karls Wohnung.

»Der macht nich uff«, sagt eine alte Frau. Sie mustert mich argwöhnisch.

»Habe ich schon gemerkt. Danke!«, sage ich höflich. »Einen schönen Abend noch.«

»Ick meene, der macht wirklich nie mehr uff.«

»Wie bitte?« Mein Herzschlag setzt aus.

»Den hamse abjeholt, letzte Woche.«

Tausend Gedanken stürzen auf mich ein. »Ist er tot?«, schreie ich.

Oh, mein Gott, bitte nicht.

»So jut wie«, sagt die Alte ungerührt. »Is im Krankenhaus, mal wieder. Sein Krebs …«

»In welchem?«, frage ich halb erleichtert. Karl ist nicht tot. Und er wird auch nicht sterben. Das geht überhaupt nicht.

»Virchow, vermute ick. Er hat nüscht jesacht …«

Sie redet noch weiter, aber ich will nichts mehr hören. Ich drücke ihr Karls Anzug in die Hand und bin schon unterwegs. Das Virchow-Klinikum ist nicht weit von hier. Ich muss *sofort* hin. Keiner von uns hat gewusst, dass er im Krankenhaus ist. Er ist ganz allein. Der arme Karl, wie verlassen muss er sich fühlen.

In der Klinik herrscht noch reges Besuchstreiben, obwohl es schon recht spät ist. Es ist nicht schwer herauszufinden, wo der alte Herr liegt. Warum hat er nur keinem Bescheid gesagt?

Ich ahne es. Er wollte uns nicht zur Last fallen. Wieder einmal stelle ich fest, dass die ältere Generation so ganz anders ›tickt‹ als wir Jungen. Würde *ich* ins Krankenhaus müssen, hätte ich alle verrückt gemacht, damit auch ja Tag und Nacht jemand neben mir sitzt und mein Händchen hält.

Obwohl … Die ›alte‹ Rosa hätte das getan. Die neue ist anders. In letzter Zeit bin ich viel allein. Und das geht auch. Ich komme klar. An Lila denke ich fast gar nicht mehr. Außerdem habe ich so unglaublich viel Arbeit. Das lenkt ab.

Die onkologische Station finde ich schnell. Ich bin die ganze Zeit gerannt. Jetzt stehe ich nach Luft schnappend vor Karls Zimmertür und hoffe, dass er sich überhaupt freut, mich zu sehen.

War ich mal wieder zu voreilig? Ich klopfe vorsichtig an und trete ein.

Es stehen zwei Betten im Raum. Eins ist leer. Im anderen liegt er – schmal und schrecklich blass. Ein Pfleger ist bei ihm und räumt gerade das Tablett mit dem Abendessen ab. Karl hat mal wieder fast nichts zu sich genommen. Aber als er mich sieht, lächelt er.

»Rosa, meine Kleine«, sagt er. »Ich konnte mir denken, dass du kommst.«

Ich bin so erleichtert.

Seine Wangen sind eingefallen. Ich bin sicher, dass er in den paar Tagen noch mehr abgenommen hat. Aber er lächelt und spricht mit mir. Mein optimistischer Teil glaubt sofort, dass es bestimmt nicht so schlimm um ihn steht, wie die Nachbarin behauptet hat.

Der Pfleger mustert mich neugierig.

Ich nicke ihm kurz zu. »Kann ich das Tablett noch mal haben?«

»Ja?« Er guckt mich erstaunt an.

»Wenn ich dabei bin, schmeckt dem Herrn Kasulke das Essen besser«, erkläre ich ihm.

»Ich werde mir zumindest Mühe geben«, bestätigt Karl.

»In Ordnung«, sagt der Pfleger zufrieden. Er gibt mir das Essen zurück und geht aus dem Zimmer.

»Ich muss jetzt die Wahrheit wissen«, sage ich. Ich wundere mich selbst, woher ich die Bestimmtheit nehme. »Was ist mit dir? Deine Nachbarin hat mir einen Höllenschrecken eingejagt.«

»Mach dir keine Gedanken, Prinzesschen. Es geht schon.«

Nicht doch, jetzt fängt Karl auch noch mit der Aschenputtel-Tour an. »Was immer es ist, ich verkrafte es schon«, sage ich ernst. »Ich bin doch erwachsen, Karl.«

Er nickt. »Entschuldige!«, sagt er ohne Umschweife. »Es ist der Krebs. Er ist zurück, mit Metastasen überall.«

Okay, da habe ich sie, die Wahrheit. Und sie tut weh. Erwachsensein ist Scheiße. Am liebsten würde ich heulen, aber das bringt uns auch nicht weiter, also reiße ich mich zusammen.

Ich bestreiche ein Brot mit Butter und lege Käse-, Salami-, Gurken- und Tomatenscheiben drauf. Dann schneide ich es in Stückchen.

»Soll ich die Pyramide da etwa essen?«

»Sollst du«, sage ich. »Bitte.«

Wir essen schließlich zusammen. Ein Häppchen für Rosa. Ein Häppchen für Karl. Dazu zwei Tassen Pfefferminztee. Er isst langsam, schweigend, so, als ob er sich ganz auf jeden einzelnen Bissen konzentriert. Ich hänge meinen Gedanken nach.

»Karl, was kann ich für dich tun, solange du hier bist?« Ich räume Teller und Tassen zusammen. Hoffentlich gibt er mir viele Aufträge. Das schaffe ich auch noch. Er soll sich bloß nicht aufgeben.

»Ein paar Bücher für's Erste«, antwortet er. »Hier in der Schublade ist mein Hausschlüssel. Den zweiten hat die Nachbarin. Die kümmert sich immer um die Katzen, wenn ich weg bin. Und dann, später … Du weißt schon, was ich meine. Sorg dafür, dass die beiden in gute Hände kommen.«

Ich nicke.

Ganz plötzlich ist mir sonnenklar, was ich *noch* tun kann, ja geradezu tun *muss*. Karl würde mich niemals darum bitten und das soll er auch nicht.

Als ich mich verabschiede, fühle ich mich wichtig wie James Bond. Ich habe jetzt eine Mission.

Im gleichen Tempo, wie ich zum Krankenhaus gelaufen bin, verlasse ich es auch wieder.

Ich komme mir vor, als trainierte ich für den Marathon – allerdings auf Stöckelschuhen trippelnd (sorry, aber ich hasse Turnschuhe) und im hautengen Polyester-Glitzertop. Die Stimmung an der Straße ist jedenfalls eventverdächtig. Ich werde laufend bejubelt und angefeuert, vornehmlich von dunkelhaarigen, jungen Männern.

Verschwitzt und schnaufend erreiche ich schließlich das ›Schraders‹. Die Lesung hat natürlich längst angefangen. Vicki denkt bestimmt, dass ich einen Rückzieher gemacht habe.

Ich lege meine Hand an die Tür, will gerade öffnen

und möglichst unauffällig hineinschlüpfen, als von drinnen Gelächter ertönt. Immerhin ist es kein kollektiver Orgasmus, was angesichts von Vickis detailverliebten Schilderungen durchaus möglich wäre. Aber scheinbar hat sich das literaturbeflissene Lesungspublikum diesbezüglich im Griff.

Das Lachen ebbt ab. Ich höre Vickis klare dunkle Stimme. Sie macht ihre Sache sehr gut, was ich auch gar nicht anders von ihr erwartet habe.

Gern wäre ich jetzt dort. Den ganzen Tag habe ich mich darauf gefreut. Aber jetzt kann ich auf einmal nicht. Der Anblick von Karl geht mir nicht aus dem Kopf und vermischt sich mit Bildern von meinem Opa. Ich kann jetzt nicht unter Leute gehen, lachen und Cocktails trinken. Morgen wieder. Aber heute will ich allein sein.

Ich bin mir sicher, dass Vicki das verstehen kann.

Drei Tage später. Frohnau im Norden von Berlin. Hübsche Gegend hier. Lauter Einfamilienhäuser, mit gepflegten Gärten und großen Familienautos vor der Tür. Also, wenn ich mal Kinder habe, möchte ich auch in so einem Teil von Berlin wohnen. Oder wieder auf dem Land.

Lila und ich hatten eine herrliche Kindheit zwischen Wäldern und Feldern. Es wurde erst langweilig, als wir den Kinderschuhen entwachsen waren und uns mehr für Discos und Shoppen interessierten als Reiten und Pilze suchen.

Na ja, für solcherart Überlegungen habe ich noch Zeit. Im Moment habe ich ja nicht mal einen Freund.

Freitagabend, nachdem ich die Lesung sausen lassen habe, bin ich noch in Karls Wohnung gegangen, habe der Nachbarin Bescheid gesagt, dass ich jetzt auch einen Schlüssel habe und mich dann auf die Suche nach Karls Adressbüchlein gemacht. Zum Glück musste ich nicht die ganze Wohnung durchwühlen, denn das wäre mir unangenehm gewesen. Neben dem Telefon stand ein kleiner Karteikasten mit Unmengen Adressen und Telefonnummern, die nach einem System geordnet waren, das wahrscheinlich nur Karl verstand, alphabetisch war es jedenfalls nicht.

Geduldig blätterte ich darin herum, bis ich ein Kärtchen mit dem Namen Angelika fand, darauf zwei Adressen (die eine durchgestrichen) und zwei Telefonnummern (eine ebenfalls ausgestrichen). Auch ihren neuen Nachnamen hatte Karl notiert. Aus Angelika Kasulke war Angelika Hermann geworden. Ich hatte sie also gefunden.

Jetzt kam der weitaus schwierigere Teil. Wie sollte ich mich bei der Frau melden, die ich noch nie im Leben gesehen hatte? Wie bringt man einer verärgerten 45-Jährigen bei, dass es Unsinn ist, 20 Jahre zu schmollen? Das machen ja nicht mal Kleinkinder und die können bocken. Oh Mann. Ich weiß noch, wie ich damals war.

Nein, nicht mal ich könnte so lange sauer sein – egal, was geschehen ist.

Sollte ich mich einfach als Karls Ärztin ausgeben? Das ist gar kein so schlechter Trick. Ärzte versprühen eine gewaltige Autorität. Müssen sie auch, schließlich legen sie sich jeden Tag mit Krankheit und Tod an, da sollte eine vergnatzte, ältliche Tochter doch eigentlich kein Problem sein. Aber ich bin kein Arzt. Autorität? Fehlanzeige. Wer hat schon Respekt vor Aschenputtel?

Unsicher spielte ich mit dem Telefon herum und wurde dabei immer nervöser. Ich wollte keinen Fehler machen. Karl zuliebe durfte ich es dieses Mal nicht versauen.

Und genau deshalb bin ich heute hier. Ich habe ein paar Stunden im Laden gewerkelt und mich dann auf den Weg gemacht. Noch die Straße runter, dann bin ich da. Keine Ahnung, wie Karls Tochter reagiert, wenn sie mich sieht. Hoffentlich ist sie kein Drachen und wirft mich achtkantig aus ihrem schicken Einfamilienhaus.

Ich krame in meiner Handtasche nach einem Spiegel. Ein kurzer Blick sagt mir, dass meine Haare ordentlich liegen, der Lippenstift nicht verschmiert ist und die Ringe unter den Augen durch eine doppelte Schicht Make-up nicht zu sehen sind. Okay! So kann man einer gut situierten Vorstadtlady schon entgegentreten. Als ich den Spiegel wieder einstecke, raschelt etwas in meiner Tasche. Schokolade? Etwas Nervennahrung wäre jetzt nicht schlecht. Ich bin ziemlich nervös. Meine Enttäuschung ist groß, als ich stattdessen einen Glückskeks in der Hand halte. Puh, was soll ich denn jetzt damit machen?

Misstrauisch beäuge ich das kleine, harmlos aussehende Ding. Seinesgleichen haben mir so viel Kummer eingebracht in den letzten Wochen. Andererseits – es ist doch nur ein Keks!!!

Kann es denn sein, dass ich mich vor ein bisschen Fett und Mehl fürchte? Na gut, da ist ja noch der Zettel mit dem Spruch. Von dem geht die Gefahr aus.

Du bist echt albern, Rosa.

»Bin ich das?«

»Wie bitte?«, fragt die Frau, die gerade an mir vorübergeht und guckt mich erstaunt an.

Nicht zu fassen! Ich habe schon wieder laut mit mir selbst gesprochen. Kann man mit 27 schon so gaga sein?

Noch bevor ich mich auf einen weiteren Dialog mit mir selbst einlassen kann, reiße ich die Folie auf und stopfe mir den knackigen Keks komplett in den Mund. Wer isst, der redet nicht.

Man kann Papier doch essen, oder? Ist doch bloß ein bisschen Zellulose.

Igitt, ist das ist abartig und eklig!

Ich spucke den zerbissenen Keks unauffällig zurück in meine Hand und entsorge ihn in den nächsten Mülleimer, allerdings nicht, ohne vorher den Spruch angeschaut zu haben. Ich meine, ich wollte ihn gerade *essen*. Da kann ich ihn getrost auch lesen.

Auf Widerstände diplomatisch reagieren. Gute Argumente bringen Sie weiter.

Schon klar, worauf das gemünzt ist. Angelika wird mir Ärger machen. Vielleicht sollte ich direkt wieder umkehren. Ich kann Widerstände nämlich nicht ausstehen. Aber dann sehe ich Karl vor mir, allein in seinem Krankenhauszimmer, mit diesem tiefen, stummen Schmerz in den Augen. Ich kann jetzt nicht kneifen. Ich muss seine Tochter bitten, sich mit ihm zu versöhnen.

Ein paar Schritte später klingle ich an der Tür einer hübschen Landhausvilla. Zuerst tut sich nichts, aber dann öffnet sie sich einen Spalt und ein etwa fünfjähriger Junge schaut mich mit großen Augen an.

»Wer bist du?«

»Ich bin die Rosa. Ist deine Mama zu Hause?«

»Du sollst doch die Tür nicht aufmachen«, höre ich eine weitere Kinderstimme aus dem Hintergrund. Dann gesellt sich ein zweiter Junge dazu, nicht viel älter, aber mit ernstem Blick und gerunzelter Stirn. Das also sind Karls Enkel. Süß sind sie, mit ihren rötlichen Strubbelhaaren und unzähligen, kleinen Sommersprossen im Gesicht. Noch einmal wird mir klar, wie wichtig es ist, dass Karl die beiden kennenlernt. Ich darf das jetzt hier nicht vermasseln.

»Unsere Mutter ist nicht da«, sagt das größere Kind. »Nur die Elisa.«

»Wer ist denn die Elisa?«

»Unsere Nanny«, sagt der Jüngere. »Sie hört gerade Musik.«

Aha, ich dachte eigentlich, dass Kindermädchen mit dem Nachwuchs, auf den sie aufpassen sollen, spielen.

»Aber erzähl ihr nicht, dass ich es dir gesagt habe«, fährt er fort. »Sonst schimpft sie mich aus.«

»Mache ich nicht. Ehrenwort.« Ich zwinkere den beiden verschwörerisch zu. »Wann kommt eure Mama zurück?«, frage ich. »Ich würde gern mit ihr sprechen.«

»Müsste gleich da sein«, sagt der Große. »Kannst du Mathe?«

Puh! Heikle Frage. In Mathe bin ich nie die Leuchte gewesen. »Welche Klasse bist du denn?«

»Zweite.«

»Na, das wird gehen.«

»Ein Glück«, sagt der Junge und lächelt mich an. »Elisa hat nämlich gesagt, dass sie keinen Bock auf Rechnen hat.«

Ich bin mir nicht mehr sicher, ob ich der Nanny nicht doch mal ein paar Takte erzählen soll.

»Komm rein!«

Jetzt öffnen sie die Tür ganz und lassen mich eintreten. Was, wenn ich ein Böser wäre? Warum kommt ihr Kindermädchen nicht und guckt, wer da ist? Meine Frage wird umgehend beantwortet. Als sich die Tür hinter mir schließt, stehe ich in einem riesigen Wohnzimmer mit offener Küche (wahnsinnig schick!). Auf der XXL-Couch lümmelt ein vielleicht 16-jähriges Mädchen. Sie hat Kopfhörer auf den Ohren, ihre Beine baumeln über der Lehne und auf ihrem Bauch steht ein Schälchen mit Chips, die sie sich einwirft und geräuschvoll zerkaut. Okay, ich verstehe schon, dass sie dabei ungern gestört wird. Es ist auch zu gemütlich. Aber Relaxen ist nicht ihre Aufgabe. Sie bekommt Geld dafür, dass sie auf die Kinder aufpasst.

Ich baue mich neben ihr auf und tippe sie auf die Schulter.

»Mann, was geht denn hier ab?«, schreit sie erschrocken. Sie reißt sich die Kopfhörer von den Ohren. Ihr Schock. Mein Vorteil!

»Du sollst dich doch um die Jungen kümmern«, sage ich entrüstet. Ich widerstehe dem Drang, ihr die zahlreichen, fettigen Chipsbröckchen vom T-Shirt zu putzen.

»Und, was geht Sie das an?«, antwortet sie cool. Sie mustert mich einigermaßen unbeeindruckt. Die Jungs beobachten uns.

»Ich bin vom Jugendamt«, sage ich mit strenger Stimme. »Wir führen unsere jährliche Überprüfung der Kinderbetreuungsmodalitäten in Privathaushalten durch.«

Oh, ich kann ja doch ziemlich gut schwindeln!

Zwar weiß ich nicht, ob ich damit mehr als einen Lachanfall bei Elisa erzeuge. Aber ich finde, es klingt amtlich! Und da ich gerade so schön in Fahrt bin, setze ich noch einen drauf. »Bei sichtbaren Unregelmäßigkeiten wird den betreuenden Personen die Erlaubnis entzogen und ein Vermerk im Strafregister des Amtes … äh … vermerkt.«

Ob ich jetzt auffliege? Oh Mann, habe ich einen Mist geredet.

»Nein, bitte kein Eintrag.«

Elisa ist blass geworden. Fast tut sie mir leid.

»Ich will doch Erzieherin werden. Mit einem Eintrag kriege ich bestimmt den Ausbildungsplatz nicht.«

Guck mal an! Mein soeben erfundenes Strafregister versetzt sie in Angst und Schrecken. »Wenn du zu deinem Fehlverhalten Stellung nimmst, kann unter Umständen auf einen Eintrag verzichtet werden.«

»Wirklich?«

Ich nicke.

»Jungs, geht doch mal kurz raus und bastelt an der Angel weiter, ja. Ich komme gleich nach.«

Jetzt klingt sie sehr nett. Die beiden Blondschöpfe gehorchen und trollen sich durch die Terrassentür nach draußen.

»Das ist so«, sagt Elisa und rauft sich die Haare. »Frau Hermann hat mich angeheuert für zwei Tage die Woche jeweils zwei Stunden. Ich habe gesagt, das mache ich. Am Anfang lief es ganz gut. Aber dann rief sie irgendwann an, dass es später wird ... und dann wieder. Immer später. Jetzt bin ich fünf Tage hier und fast immer fünf Stunden. Manchmal kann ich eben nicht mehr. Ich muss ja abends noch für die Schule lernen.«

»Und warum machst du das?«, frage ich erstaunt.

Das ist ja ein Vollzeitjob! Als Teenie will man doch mal was anderes machen, als die Kinder fremder Menschen hüten.

»Na ja«, druckst sie herum. »Sie zahlt 15 Euro die Stunde.«

Das sind 75 Euro am Tag, sind 375 Euro in der Woche, sind 1.500 Euro im Monat.

Das Mädchen verdient mehr als ich – und das ohne Steuerabzug.

Ich habe ja von solchen Sachen keine Ahnung, aber wenn mich nicht alles täuscht, nennt man das hier Schwarzarbeit. Na ja, ich komme ja nicht wirklich vom Amt. Soll Karls Tochter doch mit ihrem Geld machen, was sie will.

Aber die Kinder!

Hat Karl nicht gesagt, dass sie wütend auf ihn ist, weil er nie da war?

»Kriege ich jetzt den Eintrag?«, fragt Elisa und schaut mich mit großen Augen an.

»Nein«, sage ich. Meine Gedanken fahren Achterbahn. »Ich werde darauf verzichten«, antworte ich. »Aber du solltest ab sofort darauf bestehen, dass du nicht mehr als die vereinbarte Zeit hier arbeitest.«

»In Ordnung, danke sehr«, sagt sie.

Es fehlt gerade noch, dass sie einen Knicks macht.

»Ähm, ich ... Sonst bin ich nicht so«, sagt sie entschuldigend. »Wir haben viel Spaß, die Jungs und ich. Ihre Mutter, die hat wirklich nie Zeit und der Vater, der kommt noch später. Die Kleinen können einem fast ein bisschen leidtun.«

»Für heute kannst du gehen«, sage ich. »Ich werde warten und aufpassen, bis die Eltern zu Hause sind.«

Nach vier Stunden Angel basteln, Mathematikaufgaben lösen und Fangenspielen, sind die Eltern von Leon (der Große) und Luca (der Kleine) noch immer nicht zu Hause. Die Kinder haben Hunger. Ich brauche eine halbe Stunde, um in dieser Riesenküche durchzublicken und den Herd anzukriegen, der überhaupt keine Knöpfe zum Drehen hat. Zum Glück finde ich Mirácoli im Schrank. Das kann jeder kochen, und ich muss die Kinder nicht mit meinen zweifelhaften Kochkünsten beglücken. Die beiden essen mit Appetit. Ich schaue ihnen zu und überlege dabei, ob ich nicht die Polizei rufen sollte. Elisa hatte zwar gesagt, dass die Eltern spät kommen. Aber so spät? Inzwischen ist es fast 20 Uhr. Sie haben nicht mal angerufen. Die beiden Jungen nehmen es lockerer als ich. Anscheinend kennen sie es wirklich nicht anders.

Von Leon und Luca habe ich erfahren, dass ihre Eltern Anwälte sind. (»Wenn Leute sich sehr streiten, dann helfen Mama und Papa, damit sie sich wieder vertragen und dass sie nicht ins Gefängnis müssen. Dafür bekommen sie dann viel Geld.«)

Luca reibt sich die Augen und kuschelt sich auf meinen Schoß, während Leon den überdimensionalen Fernseher einschaltet. Er will sich einen Vorabendkrimi anschauen, aber ich bestehe darauf, dass er zum Kinderprogramm weiterzappt. Da läuft ›Wickie‹. Das habe ich als Mädchen selbst gesehen und kann es als kindergerecht absegnen. Eigentlich macht Babysitten Spaß, vor allem, wenn man zwei so süße Kerlchen wie die Enkel von Karl hütet.

Irgendwann, als ich auf der weichen Samtcouch schon fast einnicke, dreht sich endlich der Schlüssel im Schloss. Die Frau, die eintritt, trägt ein graues maßgeschneidertes Kostüm und eine weiße Seidenbluse. Ihre hellblonden Haare sind kurz geschnitten. Ein Paar todschicke Perlenohrringe blitzt darunter hervor. Eine Krokodilleder-Aktentasche und ein schwarzer Trenchcoat ergänzen den edlen Look. Angelika Hermann, geborene Kasulke, ist – obwohl nicht mehr ganz jung – eine wirklich attraktive Frau.

Als sie mich sieht, stutzt sie. »Wo ist Elisa?«

Vorsichtig bette ich den schlafenden Luca von meinem Schoß auf das Sofa und erhebe mich. Leon winkt seiner Mutter lässig zu und schaut dann weiter seine Serie. Meine Jugendamtsmaskerade kann ich jetzt unmöglich weiterführen. Wenn ich nur wüsste, was richtig ist. Ehrlichkeit oder ein bisschen Flunkern? Ich entscheide mich spontan für Ersteres. Lügen sind wie Irrgärten. Man verläuft sich gern drin – besonders ich.

»Ich bin Rosa Redlich«, sage ich und reiche ihr die Hand. »Ich bin eine gute Bekannte von Ihrem Vater. Er ist krank, genauer gesagt, liegt er im Sterben …« Ich muss eine kurze Pause machen. Das ist unglaublich hart, was ich ihr für Nachrichten bringe. Als ich weiterrede, bin ich so bewegt, dass ich mal wieder mit den Tränen kämpfe.

»Ich hoffe, dass ich Sie überreden kann, ihn zu besuchen.« Jetzt ist es raus. Aber war ich wirklich diplomatisch, wie mein Glückskeks mir angeraten hat? Wohl eher nicht.

Angelika ist ein wenig blass geworden. Scheinbar gefasst stellt sie ihre Aktentasche ab und hängt den Trenchcoat auf einen Bügel. Ich sehe an ihrem verkniffenen Mund, dass sie die Zähne aufeinanderpresst. Sie ist aufgeregt. Ihr ist nicht gleichgültig, was ich gerade gesagt habe. Ihre grauen Augen mustern mich kalt, als sie sich mir zuwendet.

»Hat er Sie geschickt?« Ihre Stimme klingt beherrscht, beinahe emotionslos.

Ich schüttele den Kopf. »Ich bin von allein gekommen.«

»Dann sollten Sie auch von allein gehen«, antwortete sie. »Wenn Sie nicht sofort verschwinden, rufe ich die Polizei.«

»Wie bitte?« Ich starre sie fassungslos an. Das ist weit mehr Widerstand, als ich erwartet habe. Sie geht an den Eingang und reißt die Tür auf.

»Jetzt!«

Wie mechanisch gehorche ich. Schon schließt sie hinter mir. Nein! So schnell darf ich nicht aufgeben. Das hier ist meine einzige Chance! Mit dem Mut der Verzweiflung stelle ich meinen Fuß in den Türrahmen.

»Also, das gibt es doch nicht …«

»Hören Sie mir zu«, sage ich. »Nur einen Moment, dann kann ich immer noch gehen. Ihr Vater ist todkrank. Er hat mir erzählt, dass Sie böse auf ihn sind. Aber er liebt Sie! Er trägt immer ein Foto von Ihnen in seiner Brieftasche und wenn er von früher redet, dann sieht man, wie leid ihm tut, dass er sich nicht um Sie gekümmert hat.«

»Das wissen Sie alles?« Angelika schaut mich verwundert an und öffnet die Tür wieder einen Spalt.

»Ich bin seine Schneiderin. Ich habe alle seine Sachen enger gemacht, weil er so abgenommen hat durch die Krankheit. Wir trinken manchmal eine Tasse Tee zusammen.«

Sie verengt ihre Augen zu Schlitzen und mustert mich von Kopf bis Fuß. »Als Schneiderin verdient man nicht so viel, oder?«

Sie unterhält sich mit mir! Ich bin so erleichtert. Hoffentlich wird sie mich wieder hereinbitten. Dann kann ich ihr alles über Karl erzählen. Ich lächle sie freundlich an. »Nein, das nicht. Aber ich will später noch Meisterin werden«, erkläre ich. »Und dann möchte ich meine eigene Änderungsschneiderei …«

»*Sie* werden bestimmt nichts erben. Dafür sorge ich.«

Wie bitte? Was hat sie gerade gesagt?

Als ich begreife, schießen mir die Tränen aus meinen Augen. Diese Frau denkt tatsächlich, ich kümmere mich um ihren Vater, weil ich etwas *erben* will?

»Ich bin Anwältin«, sagt sie jetzt. »Ich habe schon in *alle* menschlichen Abgründe gesehen. Mich wundert gar nichts mehr.«

Mich schon. Langsam ziehe ich den Fuß aus der Tür. Es ist zwecklos. Diese Frau ist kalt wie Eis. Ich kriege prompt eine Gänsehaut. Lieber bleibe ich ein naives Dummchen, als dass ich jemals so böse über die Menschen denke wie sie. Vielleicht ist es sogar besser, wenn Karl sie nicht mehr wiedersieht.

»Er ist ganz allein«, sage ich. Ich wende mich langsam ab, während ein paar Tränen über mein Gesicht laufen. Dann sehe ich ihr doch noch einmal in die Augen. »Kapieren Sie das nicht? Niemand will so sterben wie er«, platzt es aus mir heraus. »Ohne eine Familie, ohne die eigenen Enkelkinder zu kennen. *Sie* machen aber denselben Fehler wie er damals. Da drin sind Ihre beiden kleinen Jungs – den ganzen Tag ohne Eltern. Wollen Sie, dass die beiden, wenn Sie groß sind, auch nicht mehr mit Ihnen reden? Oder sollen Leon und Luca stolz sein, dass ihre Eltern einen tollen Beruf haben und ihnen all das hier bieten können? Für wen arbeiten Sie, wenn nicht für die Familie, für Ihre Kinder? Und für wen hat Ihr Vater es getan?«

Angelikas strenge Gesichtszüge lösen sich auf. Sie sieht auf einmal zehn Jahre älter aus. Aber sie tut mir nicht leid. Sie starrt mich tonlos an.

Ich wende mich ab und gehe. Bloß weg hier. So tief getroffen wie heute war ich lange nicht.

»Ja, Kind, wo bleiben Sie denn?«

Langsam schließen die Läden im Kiez. Im ›Schraders‹ versammeln sich die ersten Cocktailgäste. Ein warmer Spätsommerabend, der zum Müßiggang einlädt, beginnt.

Und vor Margrets Werkstatt steht eine Kundin und wartet auf mich!

Hat die Chefin ohne mein Wissen die Öffnungszeit auf 24 Stunden pro Tag geändert?

»Guten Abend, Frau Müller«, sage ich überrascht. »Ich mache nicht auf. Ich wollte eigentlich nur ein paar Sachen holen. Wir haben schon geschlossen.«

»Aber ich brauche das hier ganz dringend«, sagt sie und zerrt etwas aus ihrem Beutel. »Morgen heiratet doch meine Tochter, und ich habe nur das eine Kleid für festliche Gelegenheiten. Beim Anprobieren habe ich gesehen, dass es mir viel zu groß geworden ist.«

Und das fällt ihr *einen* Tag vorher ein?

»Wissen Sie, ich …«

Da klingeln bei mir ein paar Glocken. Sachen zu groß geworden. Total abgenommen?

Oh Gott, Frau Müller hat auch Krebs! Sie will die Hochzeit ihrer Tochter in einem schönen Kleid erleben, bevor sie stirbt.

»Kommen Sie rein«, sage ich und schließe die Werkstatt auf. »Ich mache es gleich.«

Während ich Maß nehme, wird mir auf einmal

schwarz vor Augen. Wann habe ich das letzte Mal etwas gegessen? Ich weiß es nicht. Es fühlt sich an wie vorgestern, aber das ist natürlich Quatsch.

Ich fühle mich leer. Die Begegnung mit Karls Tochter hat mir zugesetzt. Vicki habe ich das ganze Wochenende nicht gesehen. Ob sie böse ist, dass ich nicht zu ihrer Lesung gekommen bin? Wäre ich doch lieber hingegangen!

Ich habe auf einmal große Angst davor, dass ich schon wieder alles falsch gemacht habe. Hört das denn niemals auf?

Eilig trenne ich die Seitennähte des Kleides auf. Frau Schmidt saust rüber zu den Jungs und holt mir ein Sandwich. Dann sitzt sie die ganze Zeit neben mir und bewundert meine Fingerfertigkeit. Mit ihrem Geplauder lenkt sie mich von meinen schwermütigen Gedanken einigermaßen ab.

Zum Glück habe ich Karl nichts von meinem geplanten Besuch bei seiner Tochter erzählt. Was wäre das für eine Enttäuschung für ihn!

Frau Müller bedankt sich überschwänglich und gibt mir ein Trinkgeld, als sie geht.

»Alles Gute«, sage ich. »Und viel Spaß morgen. Sind Sie denn jetzt wieder richtig gesund?«

Sie schaut mich verwundert an. »Wieso gesund? Ich war doch gar nicht krank.«

»Ach so? Ich dachte … Ich meine …«, stottere ich. »… weil Sie doch so abgenommen haben!«

»Ach das!«, ruft sie lachend. »Kindchen, ich gehe doch zu den ›Weight Watchers‹. 20 Kilo leichter in zwölf Wochen. Ich fühl mich fit, wie ein junges Mädchen.«

Sie mustert mich von Kopf bis Fuß. »Du hast es zum Glück nicht nötig«, sagt sie lächelnd. »Also dann. Tschüs!«

Ich könnte mich kaputtlachen. Oder heulen? Kopfschüttelnd schließe ich die Tür ab.

Was für ein Tag!

Es ist jetzt dunkel draußen – eine schöne warme Mittsommernacht mit sanftem Vollmondlicht.

Ich bin naiv! Na und?

Seit ich Karls Tochter kennengelernt habe, finde ich das gut!

Glückskeks 10

Ihre Argumente zünden jetzt und bescheren Erfolg.

»Lasse ich dich eigentlich zu viel allein arbeiten in letzter Zeit?«

Margret hat mich erwischt. Als sie in die Werkstatt kommt, liege ich mit dem Kopf auf meinem Nähtisch und schlafe. Es können höchstens drei Minuten gewesen sein. Dennoch ist es peinlich.

Was soll ich antworten? Für einen amüsierwilligen Nachtschwärmer geht so ein Arbeitspensum gar nicht. Aber ich hab ja nichts anderes als meinen Job im Moment. Schon wieder ist eine Woche vergangen, die aus nichts anderem als Nähen bestand. Ich kann und will die Kunden nicht so lange auf ihre Sachen warten lassen. Manchmal hängt ein ganzes Familienglück daran, ob ein Kleidungsstück passt oder nicht, ob es kaputt ist oder heil. ›Kleider machen Leute‹, sagt man. Und das stimmt. Ich würde allerdings noch weiter gehen. Kleider machen nämlich Liebe!

Und ich will nicht schuld sein, wenn meine Kunden keine Liebe bekommen. Es reicht doch wohl, wenn ich *meine* Beziehungen gründlich vermassele.

Na gut, ich übertreibe gerade ein bisschen. Aber ich habe einen guten Beweis für meine Theorie: Neulich kam die 15-jährige Nelly Winkler von gegenüber zu mir in den Laden. Sie hatte ihren Konfirmationsrock dabei. Der Saum war aufgerissen, und ich sollte ihn annähen. Kein

Problem, auch wenn ich fand, dass das kesse Persönchen in dem Rock wie ein Walfisch im neunten Monat schwanger aussah. Ich machte mich an die Arbeit. Nelly erzählte fröhlich, dass sie mit dem Ding auf eine Party gehen würde. Da wollte sie den Jungen anbaggern, für den sie schon seit Wochen schwärmte. Mir stockte der Atem, denn in dem wallenden Konfa-Sack konnte sie allenfalls einen gottesfürchtigen Mönch dazu bringen, sie anzuschauen. Ich bot ihr an, ein wenig mehr zu ändern und erklärte ihr, wie das ihre Vorzüge herausstellen würde. Sie war einverstanden. Ein paar beherzte Schnitte meinerseits, neue Nähte und zack! Aus dem Stoffungetüm war ein schnuckliges Kleidchen geworden.

Ein paar Tage später lief Nelly strahlend wie die Sonne am Laden vorbei. Sie klopfte an die Scheibe und winkte, an ihrer Hand ein schlaksiger 16-Jähriger …

Na bitte. Es hat geklappt. Nun hat die pubertierende Nelly mehr zum Thema Liebe zu erzählen als ich. Immerhin habe ich Freunde und Familie um mich herum. Oder?

Leider Fehlanzeige. Alle sind total beschäftigt und haben keine Zeit für mich. So langsam richte ich mich in meiner Rolle als einsamer Steppenwolf gemütlich ein. Ausgerechnet da muss Margret in den Laden kommen und mich bei meinem Nickerchen erwischen.

»Mir geht es gut, Margret, wirklich«, beteuere ich.

Ich verrenke mir fast den Kiefer bei dem Versuch, ein Gähnen zu unterdrücken.

Es hat allerdings noch einen anderen Grund, warum ich heute so müde bin.

Ich habe gestern bis nachts in Vickis Buch gelesen, um schläfrig zu werden. Nach der Lektüre konnte ich jedoch erst recht nicht schlafen. Ich sah immerzu Lisa und Simon vor mir, die laufend göttergleichen Sex in einem schwedischen See hatten – in der längsten Nacht des Jahres, dann, wenn die Sonne dort gar nicht untergeht. Oder waren es Basti und ich?

Jedenfalls ist Vicki doch ziemlich romantisch. Romantisch und detailliert.

Und ich habe seit Ewigkeiten keinen Sex gehabt!

An dieser Misere soll sich Margret nun allerdings nicht schuldig fühlen.

Klar habe ich zu viel Arbeit. (Zu viel Arbeit. Zu wenig Sex. Andersrum wäre mir lieber.)

Ein geregelter Feierabend wäre schon toll. Aber ich will Margret nicht bitten, sich weniger mit Oma zu treffen. Das tut den beiden so gut.

»Ich gehe Karl besuchen«, sagt Margret jetzt. »Du machst gleich zu und ruhst dich mal richtig aus. Ich werde an diesem Wochenende einiges aufarbeiten. Und du wagst es ja nicht, dich hier blicken zu lassen.«

»In Ordnung.« Na gut, dann werde ich es mir mit einem Stapel Illustrierter im Bett bequem machen.

Und mal bei Karl vorbeischauen. Seit ich allen Bescheid gesagt habe, dass er im Krankenhaus liegt, ist er nicht mehr so viel allein. Seine Nachbarn besuchen ihn und natürlich Margret, die Jungs, Oma, Vicki und ich. Nur seine Tochter hat sich nicht blicken lassen. Ich hatte scheinbar nicht die richtigen Argumente, um sie von ihrer Hartherzigkeit abzubringen.

Ich habe Vicki die ganze Sache erzählt. Schließlich

wollte ich klarstellen, warum ich nicht zu ihrer Lesung gekommen bin. Wie ich geahnt hatte, waren alle da – sogar meine Oma – und hinterher haben sie bis in die Nacht Cocktails getrunken, geredet und gelacht. Vicki war mir nicht böse. Im Gegenteil.

»Du warst mutig«, sagte sie aufmunternd. »Wer hätte gedacht, dass Karls Tochter so ein Ungeheuer ist?«

Ich schwor mir, egal was geschehen würde, niemals so mit meinen Eltern umzugehen. Fehler hin, Fehler her. Auch an Lila dachte ich wieder häufiger. Benutzte ich meine Arbeit vielleicht nur, um mich vor einem Wiedersehen und der Auseinandersetzung mit ihr zu drücken?

Mir wurde klar, dass sie und ich uns aussprechen sollten und zwar nicht erst auf Omas Geburtstagsfeier.

Da rückt Jahr für Jahr die ganze Familie an. Sie würden garantiert alle aus den Wolken fallen, wenn sie hören müssten, dass Lila und ich seit Wochen nicht mehr miteinander reden. Wir Redlichs sind eine sehr harmoniesüchtige Sippe und Weltmeister im ›Probleme-unter-den-Teppich-kehren‹.

Bisher haben unsere Eltern nichts mitbekommen. Ich habe nämlich nichts erzählt. Und Lila erst recht nicht. Sie scheut den offenen Konflikt noch viel mehr als ich.

Vor mir liegt ein entspanntes, aber wahrscheinlich etwas zu ruhiges Wochenende.

Vicki wird bestimmt bei Basti sein. Zum Trost habe ich immerhin ihr Buch.

Es geht wirklich nicht die ganze Zeit um Sex, aber ziemlich viel. Lisa und Simon reden nur das Nötigste.

Manchmal kann ich gar nicht glauben, dass wirklich Vicki das alles geschrieben hat. Ich meine, die Autoszene ist nur der Anfang. Auf den nächsten Seiten werden sehr detailverliebt noch ganz andere Sachen erzählt. Jetzt, wo ich mich daran gewöhnt habe, finde ich es sogar prickelnd. Ich bin nämlich gar nicht so naiv, jedenfalls nicht immer. Ich habe vorher nur noch nie einen erotischen Roman gelesen. Solche Lektüre regt die Fantasie an und raubt den Schlaf. Wahrscheinlich ist in den Betten von Vickis Leserschaft jetzt richtig Hochbetrieb. Nur leider habe ich niemanden, mit dem ich zum Beispiel Kapitel sieben – im Wald beim Beerenpflücken – ausprobieren kann.

Manchmal muss ich an Rob denken. Er ist immerhin der letzte Mann, mit dem ich geschlafen habe. Aber nein, nein … Der wäre es jetzt nicht mehr. Der soll mir keine Himbeeren vom nackten Körper lecken, während ich mich auf einem Bett aus weichem Moos räkele und die Lust bis in die kleinste Pore spüre. Aber wer dann? Basti? Schon besser, aber der ist vergeben. Und andere Männer treffe ich nicht. Dafür habe ich nicht den richtigen Arbeitsplatz. Änderungsschneidereien werden fast ausschließlich von Frauen aufgesucht.

Mein Fazit: Erstens, man sollte keine Bücher über Sex lesen, wenn man gerade keinen Partner hat. Zweitens, mein Nonnenleben ist ein bisschen belastend, vor allem, weil ich nicht weiß, wann es endet.

Bevor wieder irgendwem einfällt, dass er für das Wochenende noch ein Hochzeitskleid braucht, schließe ich, nachdem Margret gegangen ist. Ich trinke noch einen Milchkaffee bei den Jungs und fahre nach Hause.

»Nanu, du kommst ja schon?«, begrüßt mich Vicki. Sie umarmt mich.

Ich gähne ausgiebig. Gern würde ich sie fragen, ob wir uns nicht einen herrlichen Weiberabend auf der Couch machen sollen. Mit Essen und Wein und einem schönen Film. Aber ich trau mich nicht. Bestimmt hat sie wieder etwas vor. Also stelle ich mich darauf ein, den Abend wie immer allein zu verbringen.

»Wie wäre es mit einem gemütlichen Abend? Nur wir zwei? Ich koche uns was und wir machen Wein auf. Ich habe schon angefangen, allerdings mit Caipirinha.«

Nein. Das habe nicht ich gesagt.

Das war wirklich Vicki, und dazu kichert sie vergnügt und lässt das Eis in ihrem Glas klimpern. Ich glaube, sie hat schon mehr als einen Caipi getrunken. Und das am hellen Nachmittag? Aber egal. Vielleicht brauchen Schriftsteller das, zu ihrer Inspiration oder so.

Ich nicke, begeistert vor Freude über ihren Vorschlag. Dann gehe ich schnell ins Bad, damit sie nicht merkt, dass ich mal wieder ein paar Tränen in den Augen habe. Da sieht man es mal – Steppenwölfe haben auch Gefühle!

Als ich wieder ins Wohnzimmer komme, hat Vicki noch eine Überraschung für mich. Auf dem Tisch liegen fein säuberlich meine Zeichnungen von ihr.

»Ich habe sie aus deinem Papierkorb gefischt und gebügelt«, sagt sie und schaut mich lächelnd an. »Sie sind wirklich wunderschön.«

»Warum hast du das gemacht?«, frage ich verwundert. »Du warst so sauer damals.«

»Ich habe dir das doch schon erklärt«, antwortet

Vicki. Sie nimmt einen Schluck von ihrem Drink. »Das bin gar nicht ich, die so sauer war.«

Aha? Wer denn dann?

»Das ist so ein Etwas in mir drin. Das sagt ›Rosa hat dich nur gemalt, weil sie dich noch immer hässlich findet. Genau wie früher.‹ Na ja und dann war ich eben sauer, weil ich dachte, wir sind Freundinnen und du magst mich, wie ich bin, was du ja auch tust, nicht wahr?«

Ich nicke. »Und wie«, sage ich ohne Umschweife. »So 'n Ding habe ich übrigens auch.«

»Was für ein Ding?«

»Na, so eine komische Stimme, die laufend dazwischenquatscht, wenn ich sowieso schon nicht weiß, was los ist. Die mich ganz unsicher macht …«

»Nervig, oder?«

»Was wollen wir dagegen tun?«

»Wir ersäufen unsere Zweifel in Caipirinha«, schlägt Vicki vor.

Gesagt, getan.

Nach meinem ersten Glas und Vickis x-tem breitet sich eine wohlige Wärme in mir aus. Ich bin total entspannt und lümmele auf der Couch. Mein Kopf liegt auf Vickis Schoß. Sie betrachtet ausgiebig meine Zeichnungen.

»Das ist schick«, sagt sie. Sie hält mir ein Bild vor die Nase, auf dem sie einen silberbeigen Overall trägt – schulterfrei, im Nacken gebunden, weit geschnitten und mit einem breiten, weißen Gürtel, der ihre schmale Taille betont. Dazu braune Stiefeletten.

»Mmh.« Ich wage gar nicht zu atmen, geschweige denn, etwas zu sagen. Will sie wirklich, dass ich ihr dieses Teil nähe? Meine Leidenschaft für Mode, die ich in den letzten Wochen ziemlich unterdrückt habe, ist sofort wieder geweckt.

»Ich habe demnächst einen Termin. Der ist ziemlich wichtig«, sagt Vicki. Sie dreht und wendet das Bild, als hoffte sie, der Overall würde gleich herausfallen. »Bist du sicher, dass mir das steht?«

»Und wie!«, rufe ich. Ich springe auf. Nichts hält mich mehr. Ich würde am liebsten sofort anfangen. »Und siehst du. Es ist ja sogar eine Hose. Ich meine, weil du doch keine Röcke magst. Gleich morgen gehen wir Stoff kaufen, ja? Wie festlich ist denn der Anlass?«

»Ziemlich festlich«, sagt sie ernst. »Es ist sozusagen meine Verlobung.«

»Sozusagen ... deine ... Verlobung?«, bringe ich mühsam hervor und starre sie ungläubig an.

»Na ja, ich habe gestern einen Heiratsantrag gekriegt!«, ruft sie aufgewühlt und lacht hysterisch. »Demnächst gibt es ein Essen mit meinen zukünftigen Schwiegereltern, die bei der Gelegenheit erfahren sollen, dass ich ihre Schwiegertochter bin. Na, die werden sich bedanken!« Sie nimmt noch einen tiefen Zug aus ihrem Glas.

Ich dachte eigentlich, dass glückliche Bräute ein bisschen entspannter sind.

»Sag selber, Rosa«, fährt sie aufgeregt fort. »Ich, Viktoria Liesen, das fleischgewordene Aschenputtel, kriege einen Antrag. Ist das zu fassen?«

Nein! Davon abgesehen, das Aschenputtel bin immer noch ich. Ich kriege eine gewaltige Krise.

Basti hat Vicki einen Antrag gemacht? Haben die ein Tempo drauf! Kein Wunder, dass Vicki schon nachmittags besoffen ist. Wenigstens schwanger scheint sie noch nicht zu sein.

Sie wird seinen Eltern vorgestellt, kommt garantiert mit Foto in irgendein Klatschmagazin (Schlagzeile BILD: ›Sexgöttin heiratet Schönheitschirurg‹) und ich – welche Ironie – nähe das Outfit dazu. Hätte ich gewusst, wo mich das hinführt … Niemals hätte ich angefangen, Sachen für Vicki zu entwerfen! Man springt doch auch nicht ins Wasser, wenn man gar nicht baden will, oder? Jetzt ist es zu spät. Ich muss den Overall nähen, denn ich habe es versprochen. Ich werde die Nähte tackern, damit nicht wieder was aufreißt.

»Was ist denn mit dir los?«, fragt Vicki. »Du bist ja käsebleich geworden.«

»Ich brauche noch einen Drink«, sage ich, um sie abzulenken. Ich kann ihr unmöglich sagen, dass ich scharf auf ihren Bräutigam bin und dass sie sich ihr Verlobungsoutfit gefälligst in irgendeiner Boutique kaufen soll.

»Ist schon eine Überraschung«, sagt Vicki ruhiger. »Ich kann es selber kaum glauben, dass ich ja gesagt habe.« Sie steht auf und nimmt unsere Gläser, um einen weiteren Cocktail zu mixen. Wahrscheinlich steht mir das Wort ›Scheiße‹ auf der Stirn geschrieben – in Großbuchstaben. Ich hoffe, sie sieht es nicht.

»Vielleicht solltest du doch ein Designerkleid anziehen«, sage ich bemüht beiläufig. »Ich meine, das sind ja nun nicht irgendwelche Schwiegereltern. Da musst du top aussehen.«

Ich weiß gar nicht, woher ich die Kraft dazu nehme, ein Wort an das nächste zu fügen. Es ist ja nicht so, dass ich Vicki ihr Glück nicht gönne. Sie ist meine Freundin.

Ohne sie würde ich unter einer Brücke leben und wäre schrecklich einsam. Aber muss sie deshalb gleich den Mann kriegen, den *ich* gut finde? Ich fühle mich wie in einem Hollywoodfilm. Da kriegen die Guten und Lieben auch immer so viel auf die Mütze (bis dann endlich das Happyend kommt).

Vicki steht mit dem gefüllten Glas vor mir und sieht mich zweifelnd an. »Rosa, du kennst sie doch auch ein bisschen«, sagt sie. »Die sind gar nicht so kompliziert.«

»Kompliziert vielleicht nicht, aber ganz sicher sehr anspruchsvoll.«

»Jetzt hör' auf damit. Du machst mir Angst«, sagt Vicki. Sie schlürft geräuschvoll ihren Caipi. »Ich frage mich sowieso, ob das alles überhaupt richtig ist. Ich meine, wir haben Sex. Wir können die Finger nicht voneinander lassen, sobald wir uns sehen und er ist … ein wunderbarer Mann. Aber soll ich ihn wirklich *heiraten*?«

Nein, sollst du nicht. Ich will ihn nämlich.

Ich schütte mir einen großen Schluck vom Cocktail und fast alle Eisbröckchen in den Mund, damit bloß keiner meiner Gedanken laut nach außen dringt. Vicki soll nicht wissen, dass statt der lieben Rosa eine falsche Schlange in ihrer Wohnung haust. Doch es nützt nichts. Meine Gefühle gehen mit mir durch. Vicki wird heiraten, Oma wird monatelang verreisen, Lila mich für immer hassen und Karl vielleicht bald sterben.

Und ich? Was wird dann aus mir?

»Ach Vicki«, schluchze ich und falle ihr um den Hals. »Es ist ja alles so schrecklich.«

»Weißt du was? Ich … werde ihn nicht heiraten.«

Gute Idee!

»Wa… Warum denn nicht«, stottere ich. Ich merke, dass der zweite Drink, den ich mir so stürmisch in den Hals gegossen habe, zu wirken beginnt. Meine Wangen glühen.

»Weil es dich unglücklich macht«, antwortet Vicki. Sie guckt mich durch ihre Brille treuherzig an. »Wahrscheinlich spürst du, dass ich … unglücklisch werden würde und das … Das macht dich … unglücklisch. Irgendwie. Außerdem ist Heiraten total … sch…pieschig.«

Wie jetzt?

Ich glaube, Vicki hat unterdessen wirklich einen Drink zu viel. Ihrer Logik kann ich jedenfalls kaum noch folgen. Ihrer Aussprache auch nicht. Ich muss dem Spuk ein Ende machen.

»Du heiratest und basta!«, sage ich entschlossen. Ich will nämlich gar keine Giftschlange sein. Die sind kalt und schleimig und jeder hat Angst vor ihnen. »Es ist doch toll, zu so einer außergewöhnlichen Familie zu gehören.«

Vicki guckt mich verblüfft an und lässt sich in einen Sessel plumpsen. Sie krümmt sich und hält sich den Bauch vor Lachen.

Himmel, ist die blau.

»Außergewöhnlich?« Sie japst nach Luft und wischt sich ein paar Lachtränen ab. »Hast du meine Schwiegermutter noch nie in Gummistiefeln und Latzhosen in den Stall gehen sehen? Ich meine, die hat den halben Tag eine Mistgabel in der Hand und schmeißt mit Kuhfladen um sich. Rosa, du hast echt einen Spleen.«

Hat Eva Andrees in Sardinien auch Kühe? In der

Zeitschrift stand, dass sie sich um Straßenkatzen kümmert! Vicki will mich mal wieder verkohlen. Ha! Ha!

»Soll ich dir ein paar Eier braten?«, frage ich. »Du bist besoffen.«

»Keine Eier. Noch einen Drink!«, johlt Vicki und steht schwankend auf. »Ich heirate in eine stinkvornehme Kuhbauernfamilie.«

Es ist bizarr.

»Okay«, gebe ich nach.

Dann eben Alkohol. Ich habe jetzt eigentlich auch Lust, mich so richtig zu betrinken. Bei Vicki ist sowieso alles zu spät. Die Familie Andrees als Kuhbauernsippe zu bezeichnen …

Also wirklich, auf so eine Idee kann nur jemand mit einem adligen Namen, einer lebendig begrabenen Urahnin und einem millionenschweren Erb-Onkel kommen.

»Ich trinke mir Mut an und dann … rufe isch Daniel an«, sagt Vicki. Sie hickst und haut dabei entschlossen mit der flachen Hand auf den Tisch.

»Wieso willst du denn Daniel anrufen?«, frage ich verblüfft.

»Na, um ihm zu sagen, dass isch ihn … nisch heirate.«

Mooooment mal!

Langsam, ganz langsam geht mir ein Licht auf.

Redet sie etwa die ganze Zeit von Daniel? Dem Daniel, der ihre erste große (verpatzte!) Liebe war und der jetzt ein gut aussehender und erfolgreicher Innenarchitekt ist? Seine Eltern haben nämlich wirklich einen Kuhstall. Genau wie fast alle Bauern in unserer alten Heimat, abgesehen von denen, die Schweine haben.

»Du ... äh«, stammele ich. »Du willst *Daniel* heiraten?«

»Jetzt nischt mehr«, säuselt Vicki. »Weil es disch unglücklich macht.«

»Hör mal, Vicki«, sage ich. Ich glaube, gleich platze ich vor Freude. »Das macht mich gar nicht unglücklich. Da hast du was falsch verstanden. Heiraten ist doch herrlich«, jubele ich. »Ich nähe dir das schönste Brautkleid der ganzen Stadt. Wirklich!«

Vicki ist nicht mit Basti zusammen!!!

»Du bist launisch!«, mault Vicki. »Eben hast du gesagt, dass es schrecklich ist, wenn ich heirate.«

Okay, dafür, dass sie betrunken ist, kriegt sie noch eine ganze Menge mit.

»So meinte ich das nicht«, sage ich. »Ich meinte, es ist schrecklich *schön.*«

Klingt scheinbar nicht sehr überzeugend, denn Vicki kippt den Rest von ihrem Drink und schwankt zum Telefon.

»Wir hatten Sch...ex«, lallt sie. »Herrlichen, unglaublichen Sch...ex. Da müssen wir doch nicht gleisch heiraten ...«

Ich versuche, Ordnung in meine wirren Gedanken zu bringen.

Wie es scheint, habe ich mich wochenlang umsonst gegrämt. Das Paar beim Liebesspiel, das waren Vicki und Daniel. Bei ihm ist sie seit Wochen jede Nacht.

Und ich blöde Kuh dachte, sie ist mit Basti zusammen. Ich habe mich nicht mal für die Rosen bei ihm bedankt, weil ich geglaubt habe, dass er mir Blumen schenkt und am gleichen Abend noch mit Vicki ins Bett geht. Mensch, bin ich …

Leider kann ich nicht weiterdenken, denn meine durchgedrehte Freundin greift tatsächlich nach dem Telefon. Mit einem Hechtsprung bin ich bei ihr und reiße ihr den Hörer aus der Hand.

»Lass das, Vicki«, sage ich. Ich starre sie so eindringlich an, wie es geht. Ihre Augen rollen.

»Du *musst* ihn heiraten«, flehe ich. »Ihr gehört zusammen. Schon immer. Schon seit ihr miteinander auf dem Schulhof eure Leberwurstbrote geteilt und Spiderman gelesen habt.«

»MAD-Magazine«, sagt sie und tippt sich an die Stirn. »Und Leber…wurscht kann ich nicht ausstehen.«

»Ist doch egal. Ihr … Ihr seid es einfach.« Meine romantische Ader geht wieder mit mir durch. Aber was soll's? Es ist doch wahr. Hier haben sich endlich zwei gefunden, die schon immer zusammengehört haben und die das Schicksal – in Gestalt von Lila – beinahe getrennt hätte.

»Ihr … Ihr seid füreinander bestimmt.«

»Escht?«, fragt Vicki.

Sie sieht aus, als ob sie gleich losheulen will.

»Escht«, sage ich. Dann nehme ich sie ganz, ganz fest in die Arme.

»Basti?«

Leider geht nur seine Mailbox ran. Ich hatte mir eine oberschöne Rede ausgedacht, aber die blöde, blecherne Automatenstimme hat mich völlig aus dem Takt gebracht.

»Der Teilnehmer ist nicht erreichbar.«

Eventuell ist auch der Restalkohol schuld. Vicki und ich haben zusammen in meinem Bett geschlafen. Mein Zimmer stinkt heute Morgen wie eine ranzige Kneipe.

»Hier … Hier ist Rosa. Ich … Ich meine … Wow, danke für die Rosen. Ruf doch mal an, ja?« Hastig lege ich auf.

Vicki steht grinsend in der Tür. Ich werde feuerrot.

»Das wird ja Zeit.«

»Was meinst du?«

»Du weißt schon, was ich meine.«

Ein paar Minuten später sitzen wir am Küchentisch – beide im Bademantel und mit zerknautschten Gesichtern. Wir trinken gierig starken Kaffee und eiskaltes Sprudelwasser, in der Hoffnung, dass es gegen den Kater hilft.

»Hast du Kekse?«, fragt Vicki.

»Was für Kekse?«

»Na, die mit dem Spruch drin. Glückskekse!«

»Und wenn«, sage ich. »Die kriegst du nicht. Du weißt doch, was die für Schaden anrichten. Dann kannst du deine Hochzeit vergessen.«

»Also hast du sie, stimmt's?«, folgert Vicki messerscharf. »Komm, wir holen uns welche. Wie es scheint, können wir beide ein bisschen Glück gebrauchen in den nächsten Tagen. Ich meine, ich will *heiraten*. Wann soll ich einen Glückskeks essen, wenn nicht jetzt? Sei nicht albern!«

Ich verkneife mir die Frage, wer von uns beiden eigentlich gerade albern ist.

In einem meiner Koffer befindet sich tatsächlich noch ein Päckchen Glückskekse. Lila hat sie – korrekt wie sie ist – eingepackt, als sie mich rausgeschmissen hat. Komisch, warum schenkt Oma diese Dinger eigentlich nur *mir*? Lila kriegt von ihr immer eine Tafel Schokolade. Ich muss meiner Großmutter sagen, dass ich auch Schokolade will!

»Nun los«, nervt Vicki.

Also gut. »Aber ich nehme keinen«, sage ich. Ich gehe in die Kammer, um das Päckchen zu holen.

»Doch, machst du«, nervt Vicki weiter, als ich zurückkomme. »Mir zuliebe.«

Ich gebe seufzend nach. Hoffentlich versauen die Dinger meiner Freundin nicht die Hochzeit!

»›Alles bekommt eine neue Bedeutung, wenn man es mit den Augen der Liebe betrachtet‹«, liest Vicki.

Ich schmelze fast dahin.

»Der ist schön«, schwärme ich. »Du hast wirklich Glück. So einen tollen Spruch hatte ich noch nie. Mir sind immer diese gruseligen Schicksalsdinger vorbehalten.«

Ihre Argumente zünden jetzt und bescheren Erfolg.

»Na bitte«, sagt Vicki, als ich vorgelesen habe. »Da kannst du dich nicht beklagen. Es wirkt sogar schon. Immerhin hast du es bereits geschafft, mich aus meinen geliebten Jeans herauszuquatschen.«

Das stimmt allerdings. Vielleicht sollte ich Basti schnell ein paar Argumente auf seine Mailbox sprechen. Es gibt wirklich eine Menge Gründe, warum er mich jetzt anrufen muss. Mein Handy liegt neben mir. Ich starre es erwartungsvoll an. Er könnte doch jetzt langsam zurückrufen. Mein Anruf ist schließlich schon fünf Minuten her. Aber nichts tut sich. Auch nicht in den nächsten Stunden, in denen ich mit Vicki durch die Stadt bummele und Stoff aussuche, dazu einen Gürtel, Schuhe, neue Schminke und Creme.

In der Parfümerie wird sie von ein paar Damen erkannt. Die haben gerade ihr Buch gekauft, umringen Vicki und stellen ein paar neugierige Fragen. Meine Freundin muss ihr Werk signieren und für ein Foto posieren. Sie macht das alles sehr professionell und freundlich. Ich bin unglaublich stolz auf sie. Danach lädt sie mich auf einen Eisbecher ein.

»Weißt du was?«, frage ich. Ich schiebe mir genüsslich eine Erdbeere mit Vanilleeis und Sahneklecks in den Mund. »Ich habe gedacht, du bist mit Basti zusammen.«

Vicki verschluckt sich an ihrem Zitronensorbet. »Wie bitte?«, japst sie, während ich ihr auf den Rücken klopfe. »Der ist doch bis über beide Ohren in *dich* verknallt.«

»Ist nicht wahr, oder?«

»Doch!«

Ich wusste gar nicht, dass Eiscreme einen so warmen Bauch macht.

Heute geht es mir richtig gut. Schwungvoll nehme ich Oskar meinen Kaffeebecher ab, schließe die Werkstatt auf und staune, welche Berge von Aufträgen Margret am

Wochenende weggearbeitet hat. Noch mehr wundere ich mich, dass sie schon kurz nach mir auftaucht und sich an ihren Arbeitsplatz setzt.

Ich singe vor mich hin und genieße die Vorfreude auf einen ganz besonderen Termin.

Margret schaut manchmal lächelnd zu mir rüber. Vermutlich steht mal wieder was auf meiner Stirn, ›Frisch verliebt‹ oder so. Im Inneren keine Zweifel. Wahrscheinlich sind sie wirklich im Caipirinha ertrunken. Ich bin so ausgeglichen wie ein Yogi nach der Meditation.

Am Samstag, nach dem ausgiebigen Shoppingbummel mit Vicki, hat mich irgendwann abends Basti angerufen. Plötzlich war alles ganz einfach zwischen uns. Keine Missverständnisse, keine Empfindlichkeiten mehr. Allerdings habe ich ihm verschwiegen, warum ich mich nicht eher gemeldet habe. Er hat zum Glück auch nicht gefragt. Nachdem wir eine Stunde geredet hatten, verabredeten wir uns zum Essen.

Ich freue mich so darauf. Die Zeit kann gar nicht schnell genug vergehen.

Morgen ist es so weit. Ich werde Basti sehen. Wenn alles so bleibt, wie es ist, werde ich weder Fieber haben noch arbeits- und wohnungslos sein. Das heißt, einem schönen Treffen steht eigentlich nichts im Weg.

Als ich die Scheffleras im Schaufenster gieße, bleibt jemand vor der Scheibe stehen. Da wir keine besonders aufregende Auslage haben, wundere ich mich. Unsere Kundinnen und guten Freunde kommen rein oder klopfen an und winken. Als ich den Kopf hebe, um zu gucken, wer da ist, verschwindet die Frau.

Ich gehe an meine Arbeit. Aber ich werde das Gefühl nicht los, dass mich jemand beobachtet. Margret ist beschäftigt und scheint nichts zu merken. Normalerweise würde ich damit rechnen, dass Vickis Tante Augusta hinter mir her ist. Vielleicht will sie mir etwas mitteilen, weil Vicki jetzt heiratet. Irgendein altes Familiengeheimnis oder eine Schatzkarte mit dem Versteck der verschollenen Familienjuwelen. Aber nach allem, was man über Geister so hört, laufen sie nicht am Tag durch die Straßen und tragen No-Name-Turnschuhe. Sie lieben den großen Auftritt bei Mondschein in einem weißen Gewand. Außerdem kann Augusta mich ja einfach zu Hause in unserem langen Flur ansprechen.

Da steht schon wieder jemand. Es prickelt auf meinem Rücken. Ich fühle mich beobachtet. Nun reicht es mir. Ich springe auf und renne auf die Straße. Margret schaut mir verwundert hinterher. Tatsächlich biegt eine Frau eilig um die Ecke, als ich aus der Tür komme. Ich nehme beherzt die Verfolgung auf. Und wen erwische ich? Meine alte Kollegin, die sich an die Hauswand gedrückt hat und ganz blass aussieht.

»Jola?«, staune ich. »Was machst du denn hier?«

»Liege ich auf die Lauer nach dir.«

Okay, das eine Rätsel ist gelöst. Es war wirklich nicht Augusta, die mich beobachtet hat. Aber ein weiteres tut sich auf.

»Warum lauerst du mir auf?«, staune ich. »Warum kommst du nicht einfach rein und sagst Hallo?«

»Willst du mich nicht sehen, glaube ich.«

»Natürlich will ich dich sehen«, antworte ich. Ich nehme ihre Hand in meine. »Wie kommst du denn darauf?«

Jola war, neben Lila, meine Lieblingskollegin. Außerdem ist sie eine richtig gute Schneiderin. Mir ist schon fast klar, was sie gleich antworten wird.

Als Helena Senner mich damals rausgeschmissen hat, war Jola für ein paar Tage in Polen. Wer weiß, was die Chefin ihr danach über mich erzählt hat. Etwas Gutes wird es schon nicht gewesen sein.

Ich seufze, denn der Gedanke an meinen alten Arbeitsplatz trübt meine sonnige Stimmung um einiges.

»Muss ich wieder gehen jetzt«, sagt Jola und dreht sich weg.

»Du bist doch gerade erst gekommen«, rufe ich. Entschlossen halte sie am Arm fest. Ich will wissen, warum sie wirklich hier ist. »Ich habe jetzt Pause, und wir können zusammen einen Kaffee trinken.«

Ein paar Minuten später sitzen wir im ›Schraders‹ und studieren die umfangreiche Speisekarte. Als Jens, der immer auf der Suche nach neuen ausgefallenen Rezepten ist, erfährt, dass Jola Polin ist, setzt er sich einen Moment zu uns.

»Ich liebe die polnische Küche«, schwärmt er.

Während sie sich über Gurkensuppe, Piroggen und Heringssalat austauschen, entspannt sich Jola ein wenig. Sie verspricht Jens, ihm das Rezept für die ostpolnischen Kartoffelbratwürste nach Art ihrer Großmutter zu vermachen. Er nimmt zufrieden unsere Bestellung auf und geht wieder an die Arbeit.

»Was ist los, Jola?«, frage ich.

Ihr flatternder Blick und ihr Seufzen lassen mich nichts Gutes ahnen.

Ein paar Minuten später weiß ich alles.

Jola ist arbeitslos. Sie hat herausgefunden, dass die Senner ihr von allen Näherinnen am wenigsten bezahlt. Und das, obwohl sie am längsten zum Betrieb gehört und die meisten Stunden arbeitet. Nun wird man als Schneiderin sowieso nicht reich. Aber die Senner ging anscheinend davon aus, dass polnische Näherinnen überhaupt kein Geld zum Leben brauchen. Dabei gönnt sich Jola kaum etwas. Sie lebt bescheiden und ernährt von ihrem Lohn fast ihre gesamte Familie, die noch in Polen lebt. Nachdem Jola die Senner mutig auf die Ungerechtigkeit angesprochen hatte, wurde ihr sofort gekündigt. Lila erzählte ihr, wo ich jetzt arbeite. Nun ist sie gekommen, um herauszufinden, ob es hier vielleicht auch Arbeit für sie gibt.

Die gibt es bei uns genug. Aber ich habe keine Ahnung, ob Margret noch eine Schneiderin einstellen würde.

»Hat Helena mir erzählt, dass du mich nicht kannst leiden«, sagt Jola. »Aber habe ich ihr nicht geglaubt.«

»Das ist auch überhaupt nicht wahr«, bestätige ich. Ich stehe auf und drücke Jola ganz fest. »Die Senner hat mich doch auch rausgeschmissen. Sie hasst jeden, der besser ist als sie. Und du bist besser.«

Ich verstehe mal wieder nicht, wie eine erwachsene Frau sich so kindisch benehmen kann. Fast tut mir Lila ein bisschen leid – jeden Tag allein mit Annemarie, Nora und der Senner. Das reinste Schlangennest.

Aber vielleicht fühlt sich Lila ja wohl unter Schlangen, weil sie selbst eine ist?

Egal, ob Natter oder nicht. Mir fällt ein, dass ich mein Problem mit Lila lösen muss. Omas Geburtstag rückt näher. Ich darf ihr nicht die Feier verderben.

Vielleicht sollte ich Lila einfach anrufen.

Zuerst aber nehme ich Jola mit rüber zu Margret und erzähle ihr die ganze Geschichte. Meine Meisterin schüttelt nur den Kopf und fällt in Windeseile ihre Entscheidung.

»Sie können gleich anfangen«, beschließt sie. »Arbeit haben wir weiß Gott genug und wenn Sie mir so viel Glück bringen wie die kleine Rosi hier, dann soll mich der Teufel holen, wenn ich Sie nicht einstelle, Jola.«

Ich kenne Margrets unkonventionelle Art der Mitarbeitereinstellung aus eigener Erfahrung. Aber damit hätte ich trotzdem nicht gerechnet. Vor Freude falle ich ihr um den Hals, was sie mit einem verlegenen »Nun übertreib mal nicht gleich, Rosi« quittiert.

Endlich wieder die Aussicht auf einen Acht-Stunden-Tag. Jola, die nichts so schnell aus der Fassung bringt, kann ihr Glück kaum fassen. Sie sieht ganz gerührt aus.

»Danke«, sagt sie.

Unauffällig bekreuzigt sie sich. Wahrscheinlich wegen der Sache mit dem Teufel. Sie kann ja noch nicht wissen, dass der Gehörnte, wenn er Margret denn holen würde, sie auch ganz schnell zurückbringen würde.

Jola bleibt gleich da. Den Rest des Tages verbringen wir mit dem Umräumen der Werkstatt. Es wird ein bisschen eng werden. Aber es passt und ist sogar richtig gemütlich.

Trotzdem – ihre anderen Mitarbeiterinnen kann Frau Senner gern behalten.

Am selben Abend will ich noch bei Karl vorbeischauen. Ich kaufe im türkischen Gemüseladen ein Schälchen mit geschnittenem Obst, weil er das so gern isst.

Vor dem Krankenhaus wartet Vicki, mit der ich anschließend zusammen nach Hause fahren will. Wir umarmen uns und machen uns auf den Weg in Karls Zimmer.

Die Ärzte haben angedeutet, dass sie ihn bald entlassen können. Er will nach Hause für seine letzten Wochen. Das ist sein größter Wunsch. Wir unterstützen seinen Willen und werden alle abwechselnd rund um die Uhr für ihn da sein. Jens und Oskar sorgen für sein Essen und ein Pflegedienst wird nach ihm sehen. Das haben wir bereits organisiert.

»Hallo, Karl«, sage ich und öffne die Tür. »Ich habe dir Papaya und Pfirsiche mitgebracht. Die isst …«

Mitten im Satz unterbreche ich, denn der Kranke ist heute nicht allein. An seinem Bett sitzt jemand – eine blonde Frau mit kurz geschnittenen Haaren und Perlenohrringen. Mir bleibt der Mund offen stehen.

»Frau Hermann«, hauche ich ungläubig.

Langsam dreht sie sich um. Oh Gott! Ich hoffe, dass sie jetzt keine Szene macht. In ihren Augen bin ich schließlich eine widerliche Erbschleicherin.

»Ist das …«, flüstert Vicki hinter mir.

Ich nicke unmerklich. Karl winkt uns freudig heran.

»Rosa! Victoria! Kommt her, ich möchte euch meine Tochter Angelika vorstellen.«

Er sieht so glücklich aus. Ich kämpfe mit den Tränen, und ich stehe da wie festgeklebt.

Vicki stupst mich an. »Nun mach schon!«

Langsam gehe ich auf Karls Tochter zu. Sie schaut mich an. Ich erwidere ihren Blick und kann vor Aufregung kaum atmen. Mein Puls beschleunigt sich, als würde ich sprinten. Da hält Angelika mir die Hand hin.

»Guten Tag, Rosa«, sagt sie schlicht. »Ich habe viel von Ihnen gehört. Schön, Sie kennenzulernen.«

Ich starre. Atme wieder. Lächle. Und dann danke ich meinem Glückskeks.

Ihre Argumente zünden jetzt und bescheren Erfolg.

Endlich, endlich, endlich hat sich einmal alles zum Guten gewendet!

Glückskeks 11

Eine endlose Diskussion beweist, dass beide Seiten unrecht haben.

Heute ist es so weit. Ich werde endlich Sebastian wiedersehen.

Vorher wartet wie immer ein Berg Arbeit auf mich. Jola erscheint, fast zeitgleich mit mir und Margret, zu ihrem ersten Arbeitstag bei uns. Wir haben uns gestern eine hübsche Essecke am Fenster eingerichtet – mit Korbstühlen und einem kleinen Bistrotisch, den Jens und Oskar im ›Schraders‹ entbehren konnten. Da sitzen wir jetzt, plaudern, trinken Kaffee und essen belegte Brötchen und Obst, bevor wir uns an die Arbeit machen.

Jola hat mir erzählt, dass Eva Andrees, nach anfänglicher Euphorie, jetzt keine Sachen mehr bei Helena Senner nähen lässt. Eine gewisse Genugtuung kann ich nicht unterdrücken. Ich bin schließlich keine Heilige. Ein bisschen Häme reinigt die Seele. Und außerdem wird meine alte Chefin deswegen ja nicht gleich an den Bettelstab kommen. Trotz allem ist sie eine sehr gute Schneiderin.

Am Nachmittag verlassen Jola und Margret die Werkstatt vor mir. Ich will noch aufräumen und dann nach Hause fahren, um mich für Basti ein bisschen hübsch zu machen. Wir haben uns ganz in der Nähe von Vickis Zuhause, am Victoria-Luise-Platz, in einem edlen Weinrestaurant verabredet.

Als ich die Faden- und Stoffreste zusammenkehre, klingelt die Türglocke.

»Ach, hier arbeitest du also«, redet jemand schon drauf los, noch bevor ich mich umdrehen kann, um Hallo zu sagen. Die Stimme jagt mir eine Gänsehaut über den Rücken. »So übel ist es doch gar nicht.«

In der Tür steht Lila. Sie hat sich die Haare ein Stück abgeschnitten und sieht, ohne ihre geflochtenen Zöpfe, noch ein bisschen mehr aus wie ich.

Ich starre sie an wie eine Erscheinung. Wir beide tragen Jeans und weiße Tops. Wäre unsere letzte Begegnung nicht so überaus furchtbar gewesen, würde ich jetzt über diesen Zufall lachen und ihr glücklich um den Hals fallen. Stattdessen tut mein Herz weh. Ich kann gar nichts sagen. Wir stehen einander gegenüber und schauen uns an.

»Willst du mir nicht wenigstens Guten Tag sagen?«, ruft Lila. Als hätte jemand den Wasserhahn aufgedreht, tropfen Tränen aus ihren Augen. Lila weint.

Lila weint?

Das kommt bei ihr ungefähr so oft vor wie ein Monsunregen in der Wüste. In 27 gemeinsamen Jahren habe ich sie ganze dreimal Tränen vergießen sehen. Einmal, als unser Opa starb. Das war schlimm, denn wir haben ihn alle sehr geliebt. Sie weinte auch, als Micha sie verlassen hatte, und sie endlich begriff, dass er nie zu ihr zurückkehren würde. Und einmal, da heulte sie Rotz und Wasser, als wir noch klein waren, und ich zum Kinderfasching ein schöneres und teureres Prinzessinnenkleid bekam als sie.

Etwas Schlimmes muss also passiert sein.

»Ist was mit Oma?« Ich lasse meinen Besen fallen und eile zu ihr.

»Nein«, schluchzt sie. »Wie kommst du denn da drauf?«

»Schon gut«, seufze ich erleichtert. Jetzt kann nichts wirklich Arges mehr kommen.

»Es … Es ist wegen Rob«, sagt sie und putzt sich die Nase.

Sag ich doch – nichts Dramatisches. »Was ist mit ihm?« Die Frage kommt automatisch aus mir heraus. Eigentlich will ich gar nicht wissen, was los ist.

Erwartet Lila ernsthaft von mir, dass ich sie seinetwegen tröste?

Ich stehe jetzt ganz dicht vor ihr, kann ihr Parfüm riechen und die Tränen sehen, die ihre Wimperntusche zum Verlaufen bringen. Sie sieht ganz verloren aus. Aber in den Arm nehmen kann ich sie nicht. Noch nicht. Obwohl mir ihr Weinen mehr ans Herz geht, als mir lieb ist.

»Er hat mich verlassen«, heult Lila.

Ach nee?

Ich weiß, es ehrt mich nicht. Aber bereits zum zweiten Mal an diesem Tag finde ich, dass es manchmal doch so etwas wie ausgleichende Gerechtigkeit gibt. Darauf werde ich nachher feierlich einen Glückskeks verspeisen. Aber was soll ich jetzt mit Lila machen? Sie wieder dahin schicken, wo sie hergekommen ist? Ich ahne schon, dass ich das nicht kann.

Lass dich ja nicht einwickeln. Sie hat dich vor die Tür gesetzt, ohne mit der Wimper zu zucken. Das kannst du jetzt auch machen.

»Wollen wir uns hinsetzen?« *Rosa, du bist gigantisch blöd!*

Es fällt mir nicht gerade leicht, meine Zweifel zu ignorieren. »Drüben ist ein schönes Café.«

Lila schüttelt den Kopf. »Ich muss wieder gehen!«

Supi!

»So ein Quatsch«, sage ich eilig.

Lila soll nicht gehen! Auf gar keinen Fall. Sie ist doch gerade erst wiedergekommen. Zurück zu mir. Es muss sie viel Überwindung gekostet haben. Das schmeichelt mir.

Sie benutzt dich doch nur.

»Jetzt erzählst du mir erst einmal alles.« Sorry, aber ich kann kein solcher Fiesling sein. Nicht mal, wenn ich Grund dazu habe. Das Gen für Tücke, Miesigkeit und Rachegelüste ist bei mir nicht eingebaut. Wer weint, ist schon am Boden. Der braucht keinen Nachtritt.

»Er hatte noch eine zweite Freundin«, sprudelt Lila plötzlich los. »Nicht nur mich. Als ich das herausgefunden und ihm gesagt habe, er soll das mit der anderen sofort beenden, hat er seine Sachen gepackt und ist ausgezogen – zu ihr, so als ob ich ihm überhaupt nichts bedeute.«

Das ist allerdings wirklich hart. Rob scheint auf Doppelspielchen zu stehen. »Sei froh, dass du ihn los bist«, sage ich offenherzig.

»Ich wusste, dass du so reagieren würdest!«, schreit Lila. »Wäre ich doch bloß nicht hergekommen.«

»Was hast du denn erwartet?«, brülle ich zurück. »Ausgerechnet ich soll dich trösten? Du warst doch auch mal die andere und zwar als *ich* mit ihm zusammen war. Das hat dir aber nicht halb so viel Kummer bereitet.«

»Und wie mich das gequält hat«, gibt Lila unumwunden zu. Aber nur, um dann wieder in schrilles Schreien zu verfallen. »Aber du hast ja nicht gemerkt, wie oft ich mit dir darüber reden wollte. Ich habe vor Kummer meine Fingernägel gefressen. Du hast nur an dich und deine bescheuerten Kleider gedacht. Obwohl du genau gesehen hast, dass mich etwas bedrückt. Wie immer ging es nur um dich. So musstest du es eben auf die harte Tour erfahren.«

Noch heute wird mir ganz flau im Magen, wenn ich daran denke, wie ich nichts ahnend in die Küche kam. Aber es stimmt auch, was Lila sagt. Ich war wirklich egoistisch. Davon abgesehen gibt ihr das noch lange nicht das Recht, sich meinen Freund zu krallen.

Aber wir hätten reden sollen!

Aufgewühlt, die Hände in die Hüften gestemmt, steht Lila vor mir. Nun spricht sie endlich Klartext mit mir. Aber jetzt ist es zu spät.

»Es tut mir leid, dass du Kummer hast«, sage ich ruhiger. »Aber glaube mir, das geht vorbei. Rob ist deine Tränen nicht wert. Freu dich, dass du nach so kurzer Zeit schon merkst, was für ein Idiot er ist.«

»Es war so wunderschön mit ihm«, schluchzt sie kläglich und schnieft wieder in ihr Taschentuch. »Ich dachte, zwischen uns ist es die große Liebe.«

Okay, die Freude kommt bei ihr erst später. Ist alles noch zu frisch.

Dass sie so glücklich mit ihm war, will ich allerdings nicht noch zehn Mal von ihr hören. Schließlich fällt ein Teil ihrer Beziehung in die Zeit, in der auch ich Robs

Freundin war – völlig ahnungslos, dass meine zwei liebsten Menschen mich eiskalt hintergingen.

»Lass ihn uns einfach vergessen«, sage ich versöhnlich. »Er hat uns scheinbar nicht genug geliebt. Dich nicht und mich auch nicht!«

Lila steht vor mir wie ein Häufchen Elend. Ihre schmalen Schultern zucken. Sie zerknüllt ihr Taschentuch in den Händen. Ich kann nicht anders. Ich muss sie in den Arm nehmen.

»Es tut mir leid, was ich dir angetan habe«, jammert sie an meiner Schulter. »Ich bin so mie…hies.«

»Mir tut es auch leid.«

Wenn das nicht eine perfekte Versöhnung ist! Vor Rührung kommen mir beinahe auch die Tränen.

»Es ist schön, dass du zu mir gekommen bist«, sage ich. Auf einmal bin ich unglaublich froh. »Und jetzt gehen wir rüber, trinken einen leckeren Kaffee und reden in Ruhe über das, was wir falsch gemacht haben«, schlage ich vor. »Damit wir es beim nächsten Mal besser machen.«

Lila ist wieder da!

Trotz allem, was gewesen ist, habe ich auf einmal das Gefühl, dass wir unsere Freundschaft mit etwas gutem Willen wieder in Ordnung bringen können. Ich brenne darauf, mich richtig mit ihr auszusprechen. Nachdem sie sich in unserem Bad ein bisschen frisch gemacht hat, gehen wir über die Straße ins ›Schraders‹.

»Ich wusste gar nicht, dass du eine Zwillingsschwester hast«, sagt Jens zur Begrüßung.

Wir lachen.

»Wir sind Cousinen«, sagt Lila. Sie lächelt ihn kokett

an und wirft die Haare in den Nacken. Na bitte, ein bisschen Flirten geht doch schon wieder.

»Das glaub ich nicht.« Jens lässt nicht locker.

»So eine Ähnlichkeit habe ich ja noch nie gesehen«, bekräftigt er. »Was wollt ihr haben? Einen Twin-Eisbecher mit zwei Löffeln?«

Wir nicken beide. Jens hat den Nagel auf den Kopf getroffen. Wir haben nämlich genau den gleichen Eisgeschmack. (Und nicht nur den!)

»Mit Erdbeeren und Schlagsahne«, sagen wir unisono.

»Faszinierend. Wie zwei Eier aus der Legefabrik.« Jens geht lachend und kopfschüttelnd davon.

Lila streckt ihre Hand über den Tisch. »Schön, wieder bei dir zu sein«, sagt sie.

Ich frage mich ernsthaft, wie ich es so viele Wochen ohne ihr süßes Sommersprossengesicht aushalten konnte. Nach dem Eisbecher lassen wir uns noch Kaffee bringen.

»Ich habe manchmal das Gefühl«, beginne ich zaghaft, »… dass wir beide …«

»Rob ist übrigens gar nicht so schlecht, wie du denkst«, unterbricht mich Lila unvermittelt. Sie wühlt in ihrer großen, sackartigen Handtasche.

Muss sie wirklich schon wieder von ihm anfangen?

»Guck mal hier«, sagt sie. »Erinnerst du dich noch daran?« Sie fördert ein in Geschenkpapier eingewickeltes Päckchen zutage, das mir irgendwie bekannt vorkommt. Ach ja! Es ist das Geschenk, das Rob mir am Abend der Filmnacht gegeben hat. Aufgrund der nachfolgenden, schwerwiegenden Ereignisse habe ich es nie aufgemacht, beziehungsweise seine Existenz völlig vergessen.

»Er war sehr betroffen, dass du es nicht einmal ausgepackt hast.«

Innerlich seufze ich. Das kann noch dauern, bis sie Rob von seinem Sockel schmeißt. Sie ist kein bisschen wütend auf ihn.

»Und du musstest ihn trösten, oder?« Das war spitz. Ich wollte das eigentlich gar nicht sagen. Aber verkneifen konnte ich es mir auch nicht. Der Filmnachtabend löst eine ganze Kaskade von schlechten Erinnerungen in mir aus. Plötzlich bin ich wieder unsicher, ob ich mich wirklich mit Lila versöhnen kann.

»Willst du es nicht jetzt wenigstens auspacken?«

Lila starrt das Geschenk so verlangend an, als würde Rob höchstpersönlich darin sitzen. Nicht mal meine kleine Gemeinheit hat sie richtig mitbekommen. Will ich das jetzt auspacken?

»Vielleicht später«, beschließe ich. Ich stopfe das Päckchen in meine Handtasche, damit Lila es nicht mehr sieht und endlich anfängt, mit mir *über uns* zu reden. Es ist dringend, zumindest in meinen Augen.

Wir löffeln zusammen Eis, als wäre nichts gewesen und alle Probleme werden unter den Teppich gekehrt. Typisch Familie Redlich. Ein bisschen Blitz, ein kleiner Donner und dann ist alles wieder gut. Ich habe einen Kloß im Hals.

»Hör mal, Lila …« Ich setze zum nächsten Versuch an. Zwecklos. Sie lässt mich nicht ausreden.

»Auch wenn Rob mich bestimmt bald wiederhaben will …«, sagt sie und schaut mich treuherzig an. »Ich möchte aber, dass *du* wieder bei mir einziehst. Es tut mir leid, was geschehen ist, und es soll alles wieder so sein wie früher.«

Ganz Familie Redlich. Sag ich es doch!

Lila macht mich echt sprachlos. Drehen wir die Zeit zurück und fertig?

Klar, ein Teil von mir freut sich, denn die vielen Jahre mit Lila als Freundin und Vertrauter lassen sich nicht einfach so weglöschen. Aber ein anderer Teil in mir schlägt Alarm.

Will Lila mich nur wiederhaben, weil sie sonst niemanden hat – genau wie ich vor ein paar Wochen? Bis ich endlich neue Freunde getroffen habe.

Vicki! Wie sollte ich ihr erklären, dass ich zurück zu Lila gehe? ›Ach übrigens, Lila hat es sich anders überlegt. Ich darf wieder bei ihr einziehen. Goodbye, Vicki! Bis irgendwann dann mal.‹

Sie würde mir auf coole Vicki-Art einen Vogel zeigen und damit hätte sie sogar recht. Mir wird klar, dass ich mein Leben, wie es vor Kurzem war, gar nicht wiederhaben will. Ich habe mich verändert. Und ein paar Lehren gezogen aus dem, was geschehen ist. Zum Beispiel, dass Lila nicht ganz die ehrliche Freundin ist, für die ich sie immer gehalten habe.

Jetzt erst fällt mir auf, dass sie mich nicht einmal gefragt hat, wo ich wohne. Oder wie es mir ergangen ist, nachdem sie mir damals die Koffer vor die Füße gestellt hat.

Ob sie es von Oma weiß? Ihr nächster Satz beantwortet meine Frage. Sie hat keine Ahnung und anscheinend will sie es auch gar nicht wissen.

»Weißt du schon das Neuste?« Lila kramt ein weiteres Mal in ihrem Handtaschensack. Ich bin gespannt, was sie noch daraus hervorholt. Vielleicht ein ›Ich-liebe-Rob-auch-wenn-er-ein-Blödmann-ist-Poesiealbum‹?

Da habe ich mich getäuscht. Es kommt härter.

»Kennst *du* die bescheuerte Kuh noch?« Sie hält mir Vickis Buch vor die Nase. Ich halte die Luft an. »Jetzt hat die dicke Ficki doch glatt so einen ekligen Porno-Schinken geschrieben«, wettert Lila. »Was sagst du dazu? Passt, oder?«

Sag ihr sofort, dass Vicki deine Freundin ist. »Na ja!«, druckse ich mutlos herum.

»Und jetzt rate, wer sich den gekauft hat?«

»Wetten, es ist ein Name mit drei Buchstaben«, scherze ich schlapp. Das ganze Treffen entwickelt sich langsam zur Posse größeren Ausmaßes.

»Genau!«, kreischt Lila. »Und er wollte, dass wir alles, was da drin steht, nachmachen. Ich sollte beim Autofahren seinen Penis anfassen und ihm ...« Sie bremst sich mitten im Satz und guckt sich erschrocken um. »... und ... so... weiter.«

Die drei Damen am Nachbartisch, die uns schon eine ganze Weile auffällig unauffällig beobachten, lassen von ihren Salattellern ab und gucken erwartungsvoll zu uns rüber.

Ich kann nur mit ganz viel Körperbeherrschung verhindern, dass ich vor Lachen meinen Milchkaffee über den Tisch pruste.

»Wollte er dir zum Dank dafür auch eine Himbeere aus der ...«, frage ich unter Lachtränen, nachdem ich mühsam heruntergeschluckt habe.

»Hör sofort auf, Rosa!«, schreit Lila. Sie ist knallrot geworden und hält sich entsetzt eine Hand vor den Mund.

»Liest du diesen scheußlichen Mist etwa auch?« Jetzt ist der Moment da. Der Moment, in dem ich Klartext reden sollte.

Ja!!! Und Vicki ist außerdem meine neue beste Freundin, und ich komme nicht zu dir zurück, jedenfalls nicht gleich heute. Daran bist du selbst schuld.

Ich kann nicht. Damit würde ich alle Türen zu Lila zuklappen. Das will ich aber nicht. Was soll ich nur tun?

Hallo? Gibt es hier so etwas einen Mittelweg?

Ich fühle mich hilflos. Sogar ein dämlicher Glückskeksspruch wäre mir lieber als die gähnende Leere in meinem Kopf.

»Ähm ... Entschuldigung!« Eine der drei an den Schläfen schon leicht angegrauten Damen tritt an unseren Tisch.

»Ja?«

»Darf ich fragen ...« Sie beugt sich verschwörerisch flüsternd zu uns herunter. »Was ist das für ein Buch, das Sie da gerade lesen?«

Eine Stunde später sind Lila und ich noch keinen Schritt weiter.

Vom Nachbartisch ertönen unterdrückte Freudenlaute. Oskar bringt den Ladies, nach ›Orgasmus‹ und ›Latin Lover‹, bereits die dritte Runde Cocktails. Dieses Mal ist es ›Sex on the beach‹. Wenn es noch mehr sexy Drinks auf der Karte gibt, liegen die drei bald unter dem Tisch. Die Damen wissen jedenfalls, wie man richtig Party macht. Nachdem Lila ihnen Vickis Buch geschenkt hat, steigt die Stimmung bei ihnen mit jeder Minute kräftig an.

Bei uns sinkt sie rapide. Wir sitzen uns schweigend gegenüber und gucken betreten in unsere Kaffeetassen.

»Bitte, komm wieder«, sagt Lila plötzlich noch einmal. Sie greift nach meiner Hand. »Es wird alles so schön wie früher. Ich lass dich mit in den Mietvertrag eintragen, wenn du willst … als zweite Mieterin. Dann kann uns nichts mehr auseinanderbringen.«

Ein Mietvertrag als Freundschaftspfand. Das ist ja mal was Neues. Denkt Lila wirklich, ich bin so leicht zu kriegen? Andererseits rührt mich ihr Vorschlag. Lila könnte einen Stein zum Leben erwecken mit ihrer Schmeichelei.

Ich sollte ihr Angebot zumindest in Erwägung ziehen, und das aus einem ganz einfachen Grund. In ein paar Monaten wird Vicki verheiratet sein. Sie wird mit ihrem Daniel zusammenleben wollen. Dann bin ich das dritte Rad am Wagen und muss sowieso gehen. Warum also nicht gleich? Lila ist schließlich genauso allein wie ich. Und sie wird es vorerst auch bleiben. Im Gegensatz zu ihr ist mir völlig klar, dass Rob nicht zu ihr zurückkommen wird.

Wir waren doch all die Jahre so happy miteinander.

»Ich überlege es mir«, antworte ich.

Ich hoffe, dass in den nächsten Tagen die Wüste Gobi in meinem Kopf zu einer blühenden Landschaft wird. Auf jeden Fall werde ich mit Vicki über alles sprechen. Oder besser mit Margret, denn Vicki ist nicht neutral. Sie konnte Lila noch nie leiden.

»Komm, wir trinken einen Sekt auf unsere gemeinsame Wohnung«, schlägt Lila vor.

Sie will es aber auch wirklich wissen.

»Ich habe doch noch gar nicht ja gesagt«, protestiere ich matt. Ich will keinen Sekt. Ich will, dass Lila jetzt geht, damit ich in Ruhe überlegen kann. Mein Blick fällt auf ihre große, bunte Armbanduhr.

In Ruhe?

Ich erschrecke so heftig, als stünde Tante Augusta leibhaftig vor mir. Ich habe Sebastian vergessen! Den Mann meiner Träume! Das ist eine Katastrophe von ganz großem Ausmaß. Etwas, was mir niemals passieren dürfte. Seit über einer Stunde wartet er auf mich!

Ich sitze gemütlich labernd im ›Schraders‹ und in mir klingelt nicht das allerkleinste Alarmsignal? So ist es mit den inneren Stimmen. Wenn man sie mal ernsthaft braucht, dann sind sie nicht da. Danke schön! Schuld an allem ist sowieso Lila und ihr Gesülze vom gemeinsamen Mietvertrag. Das kann doch alles nicht wahr sein!

Als ich aufspringe, kracht mein Stuhl nach hinten. Alle anderen Gäste starren mich an. Nur die drei Damen vom Nachbartisch nicht, denn die sind schwer beschäftigt.

»Was ist denn mit dir los?« Lila guckt wie ein erschrockenes Reh.

Mit irrem Blick starre ich sie an. »Ich muss los!«, schreie ich. »Ich bin verabredet und deinetwegen habe ich es vergessen, weil du mir mit deinem Gejammer das Gehirn vernebelst.«

Das ist mies. Weiß ich. Und es ist ungerecht. Ich muss selbst an meine Termine denken.

Doch für wohlüberlegte Formulierungen habe ich jetzt weder Zeit noch Nerven. Mein verzweifelter Blick bleibt an Lilas blauen Augen hängen, als würde dort eine Lösung für mein Problem stehen.

Sie grinst jetzt. »Mit diesem Promidoktor?« Ihr Lächeln sieht irgendwie zufrieden aus, wie bei einer Katze, die gerade heimlich den Sahnetopf ausgeleckt hat. Das gibt mir den Rest. Ich brauche ein Ventil für meine Verzweiflung.

»*Diesen* Mann gönnst du mir auch nicht! Stimmt's?«, fahre ich sie an. »Deshalb hast du ihm damals die Adresse von meiner neuen Werkstatt gegeben. Damit er sieht, in was für einer stinkigen Bude ich arbeite und mich nie wiedersehen will.«

»So ein Quatsch. Das war nett gemeint«, verteidigt sich Lila. »Außerdem hast du gesagt, ich soll sie ihm geben, als du aus der Wohnung gestürmt bist.«

»Das war *ironisch* gemeint«, fauche ich. »… falls du weißt, was das ist!«

Ich habe keine Lust, mich erneut von ihr einwickeln zu lassen. Meine ganze Verzweiflung bricht sich Bahn. »Glaubst du, ich hätte nicht gemerkt, dass du neidisch auf mich bist? Und deshalb machst du *alles* kaputt, was ich mir aufbaue. Alles!«

Der reine Bluff! Natürlich habe ich niemals etwas von ihrer Missgunst bemerkt. Erst Vicki hat mich auf diese Fährte gebracht. Anscheinend habe ich aber ins Schwarze getroffen. Lila steht jetzt auch auf.

»Was hast du denn für ein Problem?« Unsicher schaut sie mich an. So einen Auftritt habe ich ihr gegenüber noch nie hingelegt.

»Du zerstörst mein Leben«, wüte ich. Völlig übertrieben. Klar! Aber kann man *untertrieben* wüten? Ich glaube nicht. »… und das mit voller Absicht.«

Unter einer gelungenen Aussprache stellt man sich landläufig etwas anderes vor. Aber das ist mir jetzt egal. Es ist wie bei einem Vulkanausbruch. Alles kommt hoch.

»Du spinnst doch«, verteidigt sich Lila. »Ich bin deine *Freundin.*«

Was sie sagt, klingt gut. Aber sie guckt auf den Boden dabei, nicht in meine Augen. Sie lügt!

»Dass ich nicht lache.«

»Rosa, bitte! Ich beweise es dir.«

»Na gut. Dann sag mir jetzt die Wahrheit!« *Will ich die wirklich wissen?*

Ich pokere hoch. Doch das mache ich jetzt bewusst. Gewinnen oder verlieren.

Nein, ich will die Antwort wirklich nicht wissen. Aber ich muss!

»Hast du mein Kleid für Eva Andrees kaputt gemacht?«

Zuerst schaut sie mich verdutzt an. Ich hoffe immer noch, dass es nicht Lila, sondern die Senner selbst war. Doch dann zeigt Lila mit dem Finger auf mich und fängt an zu kichern. Auweia! Ich habe sie so unter Druck gesetzt, dass sie verrückt geworden ist.

»Das war peinlich, nicht wahr?«, lacht sie. »Stell dir vor, Rosa, was passiert wäre, wenn ich es nicht getan hätte. Dann wärst du jetzt noch eingebildeter. Du kriegst alles auf dem Silbertablett serviert, seit du auf der Welt bist. Und *ich* muss für alles kämpfen. Du solltest auch mal sehen, wie es ist, wenn man das Glück verliert.«

So einfach ist das für sie. Für alles, was in ihrem Leben schiefgegangen ist, wollte sie mich büßen lassen. Und wenn ich mich nicht täusche, hat sie es auch geschafft, zumindest ein paar Wochen lang. Aber das wird nie wieder geschehen!

Plötzlich regnet es in der Wüste Gobi. Mir ist alles klar. Ich habe mir ein neues Leben aufgebaut und darin hat Lila keinen Platz mehr. Sie hat sich selbst hinausgeworfen.

Dazu gibt es nichts mehr zu sagen.

»Ich muss jetzt gehen«, sage ich eisig und wende mich entschlossen von ihr ab. »Mach's gut, Lila!«

Nur ein paar Schritte bin ich von ihr entfernt, da ist sie schon hinter mir.

»Es tut mir leid, Rosa«, sagt sie flehend. »Ich habe die Naht ein bisschen eingeschnitten. Ich dachte, das Kleid reißt schon auf, wenn sie es zu Hause anprobiert und dann zieht sie einfach ein anderes an und fertig! Woher sollte ich denn wissen, dass es erst auf der Feier kaputtgeht? Ich habe mich hinterher so sehr geschämt. Ich will es doch wieder gutmachen. Bitte! Deshalb bin ich gekommen. Kannst du mich nicht auch einmal verstehen?«

Am Straßenrand hält ein Taxi. Ich stürze mich regelrecht hinein. Weg von Lila! Aber dalli.

»Zum Victoria-Luise-Platz. Bitte so schnell es geht!« Ich hoffe, dieses Mal komme ich nicht erst, wenn alles zu spät ist.

Als das Taxi losbraust, drehe ich mich kurz um. Lila steht da, heulend, mit hängenden Schultern. Ich könnte sie zum Mond schießen, und dennoch tut sie mir unglaublich leid. Aber je weiter das Taxi sich entfernt, umso gleichgültiger wird sie mir.

Eilig hole ich mein Handy aus der Tasche und hoffe, dass Basti gleich abnimmt. Tut er nicht. Nur die Mailbox ist dran. Mist! Mein Herz klopft wild. Hoffentlich habe ich nicht wieder alles verbockt. Wenn ich mein altes Leben schon nicht retten konnte … mit dem neuen muss es besser laufen.

Vor dem schönen Weinlokal sitzen ein paar Leute in der Abendsonne – gefüllte Gläser vor sich und Teller mit Weißbrot, Oliven und Käse.

Basti ist nicht dabei.

Er ist weg! Warum hat er mich denn nicht angerufen? Ich wäre doch sofort gekommen.

Vielleicht sitzt er drinnen! Schon ein kurzer Blick zeigt mir, dass außer dem Personal niemand im Restaurant ist. Alle hocken selig auf der Terrasse. Es ist einfach zu schönes Wetter. Vielleicht ist Basti nur kurz auf dem Klo. Soll ich wirklich ins Männerklo …? Ja, soll ich. Die Umstände erfordern es.

»Basti?«, rufe ich kläglich in den kalten, gekachelten Raum hinein. Ich weiß doch längst, dass er schon weg ist.

»Bist du Rosa?« Hinter mir steht eine Kellnerin und schaut mich neugierig an. Ich nicke.

»Das soll ich dir geben.«

Auf einem Pappuntersetzer hat Basti eine Nachricht hinterlassen. ›Habe mein Handy im Krankenhaus vergessen‹, schreibt er. ›Ausgerechnet heute. Wahrscheinlich hattest du Gründe, nicht zu kommen. Ich muss jetzt weg. Melde dich, wenn du Zeit hast.‹

Okay, das klingt nicht euphorisch, aber besser als ›Du kannst mich mal, blöde Kuh.‹

Ich habe jetzt Zeit, jede Menge. Also hänge ich mich gleich wieder ans Telefon. Nach einem Mal Klingeln geht wieder die Mailbox an. »Der Teilnehmer ist nicht erreichbar.«

Offensichtlich hat er sein Handy noch nicht aus dem Krankenhaus abgeholt. Und ohne das erreiche ich ihn nicht. Es ist dasselbe, als wäre er auf dem Mond. Ich habe ja nicht einmal seine Adresse.

»Bitte ruf mich an«, spreche ich nervös auf seine Mailbox. »Ich habe Zeit. Ich … Ich war nur zu spät. Es tut mir leid.«

Er wird sich melden. Ich weiß es und deshalb lege ich das Handy gar nicht erst aus der Hand.

In diesem Moment beginnen die längsten zwei Tage meines Lebens.

»Warum nimmst du so viele Telefone mit auf's Klo?«, fragt Vicki.

Sie schließt gerade die Wohnungstür auf, als ich das Bad verlasse, mit meinem Handy und unserem Zuhause-Hörer in den Händen.

Ja warum? Weil ich sie auch mit ins Bett, in die Küche, in den Keller und sonst wohin nehme.

Warum soll ich sie ausgerechnet herumliegen lassen, wenn ich zur Toilette gehe?

Meine Seele befindet sich im Ausnahmezustand. Ich bin seit fünf Stunden zu Hause und Sebastian hat noch nicht angerufen. Vielleicht kann Vicki mich retten?

»Weißt du, wo Basti wohnt?«

Vicki gähnt ausführlich.

Sie sieht wunderschön aus, mit zerzausten Haaren und geröteten Wangen. Ihre Augen strahlen. Genauso gut könnte sie ein Schild um den Hals tragen: ›Ich hatte gerade Sex und der war ziemlich fantastisch.‹

Neid ist nicht mein Ding. Zum Glück!

»Nö«, sagt sie. »Wir haben uns eigentlich nur im ›Schraders‹ oder bei mir getroffen.«

Sie ist so entspannt, dass sie überhaupt nicht schnallt, dass ich mit meinen Nerven am Ende bin. Ihre nächste Frage bestätigt das.

»Gibt es was Neues bei dir?«

Alles geht schief. Aber das ist ja nicht wirklich eine Neuigkeit. Werde ich jemals aus diesem privaten Schlamassel herauskommen? »Alles easy«, sage ich und hebe den Daumen.

»Das glaube ich dir nicht«, antwortet Vicki.

Ah! Anscheinend kriegt sie doch etwas mit. Sie mustert mich kritisch, die Hände in die Hüften gestemmt. Auch das Gen für Verstellungskunst gehört scheinbar nicht zu meiner Grundausstattung. Ich bin eine richtige Sparversion. Zum Glück fragt Vicki nicht weiter nach.

»Ich habe etwas für uns. Das hilft.«

»Caipi?«

»Nein, was Besseres.« Sie geht in den Flur und kommt kurz darauf mit einer blau-gelben Discounter-Plastiktüte zurück. Mir ist alles klar, noch bevor sie auspackt.

»Es ist Asien-Woche, stimmt's?«

Vicki nickt begeistert und holt insgesamt zehn Päckchen Glückskekse aus dem Beutel. »Ich habe deiner Oma die Einkäufe gefahren«, sagt sie strahlend. »Die hat sie mir mitgegeben. Für uns beide.«

Anscheinend hat sie keine Oma mehr, die ihr etwas zusteckt. Anders ist nicht zu erklären, warum sie sich über die zehn hässlichen Pappkästchen so freut wie ein Schneekönig. Ich verstehe wirklich nicht, was sie neuerdings an den kleinen Pechkeksen toll findet. Vor ein paar Wochen hat sie mich noch dafür ausgelacht. Seit sie und Daniel beschlossen haben zu heiraten, ist sie süchtig nach diesem Zeug.

Ich finde, sie sollte sich lieber auf ihre Hochzeitsvorbereitungen konzentrieren. Wie besprochen nähe ich ihr den Overall für die Verlobungsfeier mit den Eltern. Er wird wirklich wunderschön. Es macht mich glücklich, dass ich endlich einmal wieder ein *ganzes* Kleidungsstück anfertigen darf. Aber Vicki ist bei den Anproben immer verdächtig still. Es kann nicht an meiner Arbeit liegen. Sie hat selbst gesagt, dass ihr gefällt, was ich da schneidere.

Doch je mehr ich darüber nachdenke, umso mehr kann ich ihr plötzliches Glückskeksfieber verstehen. Vicki wird bald heiraten. Das ist ein riesengroßer Schritt im Leben. Sie weiß nicht, ob sie das Richtige tut und weil sie unsicher ist, holt sie sich Rat – sehr zweifelhaften allerdings! Alle Menschen machen das. Einige gehen in die Kirche und beten, andere lesen Horoskope oder Kaffeesatz. Wieder andere setzen sich auf einen Pfahl in der Wüste und warten, was passiert. Vicki und ich haben uns auf Glückskekse spezialisiert.

Eigentlich ist Orakeln ein Spiel, weiter nichts und überhaupt nicht weiter dramatisch, wenn man nicht – wie ich – anfängt, dem Ganzen eine übergroße Bedeutung zuzuschreiben. Niemand kann in die Zukunft gucken. Das ist auch gut so. Aber zurücksehen kann man. Und dabei wird so manches klar – so wie heute Nachmittag, als Lila mich besucht hat.

Nun weiß ich endlich, warum Eva Andrees' Kleid gerissen ist. Vicki hatte von Anfang an richtig vermutet. Lila, meine allerbeste Freundin, hat meine Arbeit aus Neid und Eifersucht zerstört. Kein Keks der Welt (oder was auch immer!) kann bewirken, dass jemand so etwas Fieses tut. Das kriegen wir Menschlein ganz allein hin.

Eigentlich ist egal, was Vicki jetzt in ihrem Glückskeks liest.

Ich bin sicher, sie wird deswegen nicht ihre Hochzeit absagen. Und wenn doch, dann kriegt sie es mit mir zu tun. Ich wage jetzt auch mal einen Blick in die Zukunft. Wäre ich ein Glückskeks, dann könnte Vicki Folgendes in mir lesen: ›Der Schritt, den Sie jetzt gehen, wird Sie sehr, sehr glücklich machen. Jawohl!‹

Schade, dass ich für meine eigene Zukunft nicht halb so klar sehe. Ich brauche doch noch Glückskeksnachhilfe.

Basti scheint auf den Mond geflogen zu sein. Sonst könnte er doch endlich mal anrufen.

»Also gut, genehmigen wir uns einen«, schlage ich vor.

»Keine Angst?«, fragt Vicki und zwinkert mir zu.

»Ich doch nicht.«

Eine endlose Diskussion beweist, dass beide Seiten unrecht haben.

Glückskekse bestimmen die Zukunft nicht. So viel habe ich unterdessen kapiert. Was aber nicht heißt, dass sie nicht gelegentlich mal einen Denkanstoß liefern können.

Dieses Mal geht es um Lila und mich. Einen Moment lang im Taxi hatte ich das Gefühl, sie nie wiedersehen zu wollen. Jetzt weiß ich, dass das gar nicht geht.

Klar haben wir beide unrecht. Lila und ich. Jeder einen Teil.

Habe ich für diese Erkenntnis den Glückskeks gebraucht? Wahrscheinlich nicht. Aber geschadet hat er irgendwie auch nicht. Allerdings wäre mir ein Liebesorakel heute weitaus lieber gewesen. So eines, wie Vicki es mal wieder zieht.

»Können wir tauschen?«, frage ich.

Ich halte ihr mein Sprüchlein hin. Sie schüttelt den Kopf und steckt ihren Zettel zufrieden lächelnd in eine schöne, alte Teebüchse, die sie bestimmt von ihrem elefantenreitenden Onkel hat.

»Meine Schatzkiste«, sagt sie grinsend.

Sie ist so entzückend. Wie konnte ich auch nur eine Zehntelsekunde überlegen, sie wegen Lila im Stich zu lassen?

»Ich geh dann mal schlafen«, verabschiedet sich Vicki. Dann bleibt sie doch neben mir stehen und legt mir eine Hand auf die Schulter. »Was ist los mit dir?«

»Nichts.« Ich kann Vicki jetzt nicht erzählen, dass ich erstens: wegen Lila die Verabredung mit Basti verpasst habe, zweitens: unsere Freundschaft vor Lila verheimlicht und drittens: ihren ›Porno-Schinken‹ nicht als lesenswert verteidigt habe. Zusammenfassung: Wie immer habe ich nichts ausgelassen, um mein privates Chaos noch ein bisschen zu vergrößern. Vicki soll also lieber ins Bett gehen.

Ich werde warten, bis Basti anruft. Und wenn ich *nie wieder* schlafe, die nächste Möglichkeit mit ihm zu sprechen, werde ich bestimmt nicht verpassen.

Ich werfe Vicki eine Kusshand zu, als sie geht. »Schlaf schön.«

Dann brühe ich mir einen Tee auf, zünde eine Kerze an und platziere mein Handy direkt neben meiner neusten Illustrierten. Vorher muss ich allerdings die gesammelten Glückskeksverpackungen zur Seite räumen. Das geöffnete Päckchen fällt vom Tisch und acht Kekse verteilen sich auf dem Boden.

Ich überlege. Es ist fast Mitternacht. Eigentlich könnte ich schon mal einen Spruch für morgen vertragen. Oder? Ich will zwar nicht heiraten, verunsichert bin ich aber trotzdem.

Irgendwann gegen drei Uhr nachts taumele ich in mein Zimmer. Ich kann nicht mehr. Mir fallen pausenlos die Augen zu. Ich lege mein Handy auf das Kopfkissen und kaum liege ich daneben, bin ich auch schon eingeschlafen.

Ein Schrei weckt mich.

»Was ist denn hier passiert?« Ich springe aus dem Bett und renne in die Küche, aus der ich Vicki rufen höre.

»Ich fasse es nicht«, sagt sie perplex.

Ich auch nicht. In der Nacht muss das Krümelmonster dagewesen sein. Der ganze Fußboden ist mit Glückskeksbrocken übersät. Dazwischen liegen die kleinen Plastikhüllen und, auf dem Tisch, fein säuberlich die Zettel mit den Sprüchen. Vicki steht barfuß im

Chaos und schaut mich an, als ob ich dringend zum Psychiater müsste.

»Das ist nicht dein Ernst, oder?«

»Entschuldige«, sage ich reumütig. »Jetzt habe ich dir den ganzen Spaß verdorben.«

»Du hast *alle* Kekse aufgemacht …«

Vicki guckt wie ein Kleinkind, dem man gerade sein Lieblingsspielzeug weggenommen hat. Oh je, hoffentlich fängt sie jetzt nicht an zu weinen. Ich wollte sie eigentlich gar nicht alle aufmachen. Nur einen für den nächsten Tag. Aber dann hat Basti nicht angerufen und in der Illustrierten war mein Horoskop so blöd und irgendwie war es lustig, alle 98 Glückskekse auszuwickeln, die Kekshülle über die Schulter zu werfen und genüsslich den Spruch zu lesen.

Ich habe keine Angst mehr vor Glückskeksen! Denn ich habe sie durchschaut.

»Vicki, stell dir mal vor«, sage ich hastig. »Manche Sprüche kommen laufend vor. Hier! Fünfmal der Satz mit dem besonderen Geschenk … und da …«

Plötzlich hält sich Vicki den Bauch, krümmt sich und gibt einen unterdrückten Laut von sich. Jetzt kriegt sie meinetwegen Koliken. Was habe ich nur angerichtet!

»Vicki, oh mein Gott.« Ich stürze zu ihr hin und nehme sie in den Arm. Ihr ganzer Körper bebt. Mir steigen schon wieder die Tränen in die Augen, bis ich merke, dass sie lacht. Vicki schüttelt sich und kriegt vor lauter Lachkrämpfen kaum Luft.

»Rosa«, japst sie. Sie zeigt auf das Chaos. »Du bist irre, und ich liebe dich.«

»Ach ja?« Ich bin noch nicht sicher, wie ich mich jetzt fühle. Den Spaß habe ich ihr zum Glück doch nicht verdorben. Als ein Keks geräuschvoll unter Vickis Fuß zerbricht und die Krümel zwischen ihren Zehen kleben, fange ich auch an zu lachen.

Vicki kniet sich hin und wirft mit Keksbrocken nach mir. Ich schnappe mir die Zettel vom Tisch und lasse sie über ihren Kopf rieseln. Einen Spruch zweige ich allerdings unauffällig in meine Nachthemdtasche ab – für später als Tagesmotto.

Und dann, mitten im größten Chaos, klingelt endlich mein Handy.

Glückskeks 12

Setzen Sie sich ein Ziel! Selbstvertrauen zeigt Ihnen den Weg.

Ich glaube, ich bin ein guter Mensch! Aber manchmal passt mir das nicht. Mal ehrlich, wer will heute noch *gut* sein? Das ist doch völlig aus der Mode gekommen. Schneller, größer, hübscher, reicher ... das ja. Aber gut, vielleicht sogar besser als andere? Nein, wirklich nicht.

Ich bin da eigentlich auch nur so reingerutscht. Wie Evan Allmächtig in diesem Hollywoodfilm, der, weil Gott es so wollte, sein altes Leben aufgeben und eine Arche bauen musste. Der arme Mann hat mir manchmal ziemlich leid getan. Er hatte nämlich gar keine Lust, sein Leben zu ändern, und deshalb musste Gott laufend den Holzhammer nehmen.

Mir geht es fast genauso. Mein altes Leben ist irgendwie weggeschwommen. Ich mache jede Menge Sachen, die vor Kurzem überhaupt noch nicht auf dem Plan standen. Zum Glück wächst mir wenigstens kein langer, weißer Bart.

Wenn ich ehrlich bin, muss ich feststellen, dass ich auch eine Menge gewonnen habe. Ein paar wunderbare neue Freunde nämlich. Deshalb fühlt sich das Gut-Sein, auch wenn es anstrengend ist, irgendwie gut an.

Früher – also bis vor ein paar Wochen – war ich ziemlich egoistisch und faul, nur fixiert auf mich und meine Mode. Ich habe mich bedienen lassen und keinen Handschlag mehr als nötig gemacht. Wenn jemand in meiner Nähe unglücklich war, habe ich das überhaupt nicht mitgekriegt. Vielleicht sollte ich das jetzt nicht sagen, aber es lebte sich ganz bequem so.

Heute darf ich mich Arbeitsbiene, Haushaltsperle und Beziehungsratgeberin nennen. So schnell kann sich das Leben ändern. Vicki würde, was geschehen ist, notwendige Veränderungen oder fällige Zufälle nennen.

Ich nenne es einen verrückten Glückskekssommer!

Seit ich vor ein paar Wochen den ersten Orakelzettel in der Hand gehalten habe, hat sich mein Leben um 180 Grad gewandelt. Und das ist auch gut so. Eigentlich.

Allerdings ist mir das Ratgeben in Beziehungsfragen noch ein wenig suspekt. Ich will nämlich nicht zu den Menschen gehören, die anderen weiterhelfen, aber in eigenen Liebesangelegenheiten komplett versagen. Aber auch die Rolle habe ich mir nicht selbst ausgesucht. Es kam über mich und zwar so:

Gestern mitten in der schönsten Glückskeksschlacht mit Vicki klingelte endlich mein Handy. Ich hätte es beinahe nicht gehört, weil die Kekskrümel unter unseren Füßen so knackten. Mit vollem Körpereinsatz stürmte ich ins Schlafzimmer. Ich warf mich auf mein Bett, um das Handy noch vor Abbruch des Klingelns zu kriegen. Sebastian! Endlich!

Ich hätte auf mein Display gucken sollen. Dann hätte mich die Stimme, die ich plötzlich hörte, nicht so umgehauen. Besser gesagt, ich hätte sie gar nicht gehört, weil ich nämlich nicht abgenommen hätte. So kam, was kommen musste.

»Ja?«

»Rosa? Äh, hier ist Robert. Ich wollte dich mal sprechen, irgendwie.«

Mein Gehirn war plötzlich leer und kalt wie eine Eiswüste. Wer war da verdammt noch mal am anderen Ende der Leitung? Ich musste mich verhört haben.

»Bist du noch sauer auf mich?«

Ich hatte mich nicht verhört. »Rob? Bist du das wirklich?«

Mein Verstand erreichte langsam wieder Betriebstemperatur, war aber noch eingeschränkt gebrauchsfähig.

Das ist Rob. Das ist Rob. Das ist Rob.

›Frag ihn, was er will‹, befahl ich mir selbst. »Was willst du?«

»Ich kann auflegen, wenn du willst«, sagte er. »Ich hätte wohl gar nicht anrufen sollen.«

Richtig! Das hätte er nicht tun sollen. Aber, wo er schon mal dran war …

Meine grauen Zellen liefen sich jetzt richtig warm und produzierten einen großen Schwall Neugier.

»Was ist los, Rob?«, fragte ich mit Wort-zum-Sonntag-Stimme. »Du kannst mir alles sagen.«

Schweigen. Da hatte ich wohl eine Spur zu dick aufgetragen.

»Nun, raus mit der Sprache, Mann«, drängelte ich. Mein Vorrat an Gutmenschentum ist nicht unbegrenzt. Der Fernsehpfarrer redet schließlich auch nur fünf Minuten.

»Es ist wegen Lila«, antwortete Rob zögerlich. »Ich … Ich habe einen großen Fehler gemacht und jetzt weiß ich nicht, wie ich es wieder gutmachen soll.«

Und deshalb rufe ich mal die doofe Rosa an, die ja

zu nichts weiter nütze ist, als die Beziehungen anderer Menschen zu kitten, ergänzte ich innerlich. Zuerst kommt sich Lila bei mir ausheulen und nun auch noch Rob. Habe ich ein Schild am Kopf? Eheberaterin oder so? Ich widerstand dem Drang, mein Handy aus dem Fenster zu werfen, nur mit Mühe.

Aber halt, bevor ich Rob verbal den Kopf waschen konnte, fiel mir ein, dass er ja gar nicht wissen konnte, dass ich seit ein paar Wochen zur gutmenschelnden Seelsorgerin mutiert war. So gesehen war sein Schritt mutig. Die alte Rosa hätte nämlich einen handfesten hysterischen Anfall gekriegt und ihm ziemlich heimgeleuchtet. Er musste ja mächtig verzweifelt sein, um ausgerechnet mich um Rat zu fragen!

»Du kannst deine Fehler nur allein wieder gutmachen«, säuselte ich. Ich meinte es aber ernst.

»Aber du kannst bei Lila …«

»Ich kann und will dir nicht helfen«, sagte ich ehrlich. »Aber wenn es dich tröstet, dann verrate ich dir, dass deine Chancen bei Lila gar nicht so schlecht stehen.« Sie wartete ja darauf, dass er zurückkäme. Und anscheinend hatte sie dieses Mal recht.

Aber das wollte ich ihm nicht sagen. Er sollte es nicht zu leicht haben. Wenn er Lila zurückhaben wollte, dann musste er sich gefälligst mal ein wenig anstrengen.

»Ich liebe sie nämlich. Irgendwie.«

»Das, Rob, solltest du ihr sagen und nicht mir. Alles Gute!«

Damit legten wir auf.

Ich saß auf meinem Bett und hoffte, dass der liebe Gott auf seinem Wolkenthron das gerade mit angesehen hatte. Nach der Aktion hatte ich auf dem Gute-Taten-

Konto auf jeden Fall ein paar Gutschriften gesammelt. Und etwas Spielraum auf der Sündenseite. Nicht, dass ich ihn nutzen wollte, aber schaden konnte der jedenfalls auch nicht – nur so für den Fall aller Fälle. Außerdem könnte Gott jetzt zum Dank mal Basti erscheinen (vielleicht in Gestalt eines Telekom-Mitarbeiters) und ihm verklickern, dass er gefälligst zum Handy greifen und mich anrufen soll.

Gott hat nicht zugesehen. Vielleicht war es gerade bewölkt oder seine Augen sind nach all den Jahren nicht mehr so gut. Oder er hat das Menschenkind Rosa einfach vergessen.

Sebastian hat jedenfalls nicht angerufen. Zur Strafe für den alten Herrn da oben werde ich jetzt eben weiter an Glückskekssprüche glauben. Tja, weggegangen. Platz vergangen. Scheint sich's ja leisten zu können, der liebe Gott.

Zu Hause in meinem Nachthemdtäschchen steckt der Orakelzettel, den ich gestern abgezweigt habe. Die anderen sind, samt Kekskrümeln und Verpackungen, im Mülleimer gelandet. Am liebsten würde ich jetzt Feierabend machen und sofort nachlesen. Aber ich bin erst eine Stunde auf der Arbeit. Also heißt es warten und durchhalten.

Margret und Jola wundern sich, dass ich heute so schweigsam bin. Verbissen konzentriere ich mich auf meine Arbeit, nur um ja nicht nachdenken zu müssen. Aber das klappt nicht. Tausend Fragen wirbeln durch meinen Kopf und auf keine einzige fällt mir eine sinnvolle Antwort ein. Da kann wirklich nur noch ein Glückskeks helfen.

Setzen Sie sich ein Ziel! Selbstvertrauen zeigt Ihnen den Weg.

Seufzend sitze ich auf meinem Bett und frage mich, ob ich mit diesem Tipp wirklich etwas anfangen kann. In einem sind sich alle meine Sprüche jedenfalls einig. Ich bekomme von ihnen nichts geschenkt. Wenn ich jemals wieder mit Lila rede, dann reibe ich ihr das auf jeden Fall unter die Nase. Von wegen, mir wird alles auf dem Silbertablett serviert. Haha. Ich habe in den letzten Wochen hart gearbeitet und damit meine ich nicht in der Werkstatt (das auch, ja!), sondern an mir.

Leider ist mir immer noch wichtig, was Lila über mich denkt. Sie soll wissen, dass ich meinen Kaffee jetzt selbst koche und dass ich neben Dosenravioli nun auch türkische Röllchen zubereiten kann.

Ist *das* mein Ziel? Lila sagen, dass ich mich verändert habe? Ergibt keinen Sinn mehr, nach all dem, was ich ihr beim letzten Treffen um die Ohren gehauen habe. Oder?

Ich wüsste etwas, was mir noch wichtiger wäre – nämlich Basti.

Er ruft nicht an. Sein Handy ist immer noch ausgeschaltet. Unterdessen habe ich ihn gefühlte tausend Mal angerufen. Und jetzt werde ich es wieder tun. Irgendwann muss er doch mal rangehen.

Ich hole mein Handy aus der Handtasche und fische gleich noch Robs Geschenk mit heraus. Lächelnd betrachte ich es. Eigentlich war es süß, dass er hier angerufen hat, damit ich ein gutes Wort bei Lila für ihn einlege. Ich habe zwar keine Ahnung, was er sich davon versprochen hat. Aber nach den Erfahrungen der letzten Wochen würde ich auch nicht mehr behaupten, dass Männer besonders logisch sind. Sie sind rätselhaft und unberechenbar und … einfach unwiderstehlich.

Nun bin ich neugierig, was in dem Päckchen ist. Ich reiße die Verpackung auf.

Das kann Lila nicht ausstehen. Sie schnippelt den Tesafilm vorsichtig auf und verwendet das Papier noch einmal.

Mann oh Mann. Bei jedem Handschlag muss ich an Lila denken.

Das Geschenk ist zusätzlich noch in Pappe gewickelt. Als ich die abstreife, bin ich ganz gerührt. Rob hat mir meinen Namen geschenkt.

Rosa – aus einem harten, dünnen Metallstab gebogen, mit schöner altertümlicher Patina und in einer ganz groben und doch irgendwie weichen Schrift. Das A ist eine stilisierte Rose mit einem klitzekleinen Stängel dran. Das Namensschild hat zwei kleine Ketten, an denen man es aufhängen kann. Ich finde, das hat er unglaublich schön gemacht. Woran er dabei wohl gedacht hat? An mich, na klar. Aber ich finde, es ist nicht nur ein simples Schild zum irgendwohin baumeln. Für mich ist es mehr.

Ich habe plötzlich eine Vision: Wenn ich jemals eine eigene Schneiderwerkstatt habe, dann kommt dieses kleine Kunstwerk in mein Schaufenster. Rechts und links davon werden schwarze Schneiderpuppen stehen, die von mir entworfene Kleidung tragen. Der Name mit der kleinen Rose drin wird mein Logo. In jedes Kleidungsstück werde ich es einnähen – schwarzer Grund, dunkelrote Schrift und rosa Rose. ›Einfach Rosa‹. Das wird der Name meines Salons. Meine Mode wird so wie ich – weiblich, freundlich und unkompliziert. Na gut, an Letzterem muss ich noch ein wenig arbeiten, aber das wird schon.

Auf einmal bin ich ganz selig. Rob hat mich mit seinem Geschenk richtig glücklich gemacht. Der Glückskeks kann auch zufrieden mit mir sein, denn so ganz nebenbei habe ich mir ein Ziel gesetzt. Das tut gut! In den letzten Wochen hatte ich immer das Gefühl, dass ich überhaupt nichts bestimmen kann, sondern nur vom Schicksal herumgestoßen werde wie ein Gummiball. Ich merke, dass Ziele setzen mir inneren Frieden schenkt. Die Zeiten, in denen ich ein Spielball war, müssen jetzt vorbei sein. Warum sollte ich dann nicht gleich mehrere gute Vorsätze haben?

Im Moment ist mir das Wichtigste, dass ich langsam finanziell auf die Beine komme. Ich habe so viele Ideen im Kopf. Später möchte ich damit erfolgreich sein und meine eigene Mode herstellen.

Mein zweites Ziel scheint im Moment weit weg und unlogisch zu sein. Aber irgendwann will ich mich mit Lila versöhnen und ein entspanntes Verhältnis zu ihr haben.

Ja und dann Basti. Ich verstehe einfach nicht, warum wir nicht so richtig zusammenkommen, obwohl wir (fast) vom ersten Moment an ineinander verliebt waren. Es liegt wohl an mir. *Ich* muss ihm endlich zeigen, dass er mir wichtig ist! Sonst wird das nie etwas mit uns.

Nicht zuletzt sind da meine neuen Freundschaften. Ich werde sie hegen und pflegen und nie mehr vergessen, wie wichtig sie sind. Genau wie meine Familie.

Ich finde, das sind erst einmal ausreichend gute Vorsätze.

Zur Erinnerung an die vergangene Stunde, in der ich mich so zufrieden und glücklich gefühlt habe wie lange nicht, klebe ich mir den Glückskekszettel in mein Mode-Kritzel-Buch.

Ich bin glücklich. Und das, obwohl Basti noch immer nicht angerufen hat. Alles wird gut!

Als mein Handy klingelt, gehe ich entspannt und mit seligem Lächeln ran.

Fünf Minuten später haste ich mit Sieben-Meilen-Schritten zur U-Bahn.

Warum fährt die blöde Bahn heute so langsam? Quälend und endlos lang ziehen sich die Stationen hin. Ich halte meine Sandalen mit den spitzen 15-Zentimeter-Absätzen in der einen Hand und reibe mir mit der anderen meinen schmerzenden Knöchel.

Die dicke Frau mir gegenüber grinst hämisch. Ich kann hören, was sie denkt.

›Mussde so wat nich anziehn, wenn de nich drin loofen kannst.‹

›Wees ick, aber dat jeht dir nüscht an.‹

Ja, ich kann auch berlinern. Aber das tue ich nur im Notfall. Da die Frau mich nur mit Blicken verhöhnt, habe ich keinen Grund, meine Sprachkenntnisse laut anzuwenden. Außerdem gibt es weitaus Wichtigeres im Leben als schnippische Berlinerinnen und anschwellende Knöchel.

Karls Tochter hat angerufen. Das Telefonat hat mich bewogen, noch einmal aus dem Haus zu gehen. Eigentlich wollte ich es mir gerade mit einem Tee und meinem Malbuch und Stiften im Bett bequem machen. Aber dann hatte ich eine – für ihre Verhältnisse völlig aufgelöste – Angelika an der Strippe. Schluchzend bat sie mich, so schnell wie möglich ins Krankenhaus zu kommen. Außer dass Karl nicht gestorben war, konnte ich nichts aus ihr herausbringen. Da ich seine Tochter als eher nicht überschäumenden Charakter kennengelernt hatte, musste es also wirklich etwas Wichtiges sein. Ich sprang in Jeans und Pumps und stürmte die Treppen herunter. Auf einem Treppenabsatz kam mir der Nachbar mit seinem stämmigen Labrador entgegen. Da ich weder Mann noch Hund treten und auch nicht über die Leine stolpern wollte, musste ich einen Sprung zur Seite machen. Leider landete ich unsanft und knickte mit dem rechten Bein heftig um. Ich jaulte vor Schmerz. Der Hund stimmte ein, aber wohl eher aus Mitleid, denn ich hatte ihn bestimmt nicht getreten. Ich humpelte weiter zur U-Bahn. Da beschloss ich, die hohen Schuhe einfach auszuziehen. Nun hinkte ich barfuß. Aber das sah wenigstens nicht so ungeschickt aus.

Vor Karls Station steht Angelika und guckt unruhig auf ihre funkelnde Cartier-Uhr.

»Da bin ich«, sage ich. »Was ist denn los?«

»Ein Glück, dass du da bist«, ruft sie.

Karls Tochter kommt ein Stück auf mich zu, als wollte sie mir um den Hals fallen. Aber dann bremst sie sich, was ich auch in Ordnung finde.

»Mein Vater ist verrückt geworden«, sagt sie verzweifelt. »Er will seine Medikamente nicht mehr nehmen, sondern nach Hause, um zu sterben. Ich weiß einfach nicht, was ich machen soll.«

Sie tut mir richtig leid, wie sie da steht – völlig aufgelöst, mit wirrem Haar und entsetztem Blick. Und sie ist mir auf einmal sehr sympathisch, zeigt ihre Reaktion doch, dass sie ein Mensch ist und nicht nur die coole Anwältin, die nichts aus der Fassung bringen kann.

Ich weiß schon länger, dass dies Karls Wunsch ist. Er hat sich mit seinem Tod abgefunden, seit er wieder ins Krankenhaus musste. Und dass er zu Hause sterben will, bei seinen geliebten Katzen und zwischen all seinen Büchern und Bildern, das kann ich nur zu gut verstehen. Die Ärzte haben grünes Licht für seine Entlassung gegeben. Nur Angelika scheint noch nichts davon zu wissen oder nichts wissen zu wollen. Ich bin unsicher, wie ich jetzt reagieren soll. Sie ist seine Tochter und sollte seine Entscheidung wenn möglich verstehen.

»Wollen wir in die Cafeteria?«, frage ich. »Ein bisschen reden?«

Sie nickt.

Im Café lasse ich mich erleichtert auf einen Stuhl plumpsen. Angelika holt die Getränke.

»Ich habe ihn doch gerade erst zurückbekommen«, sagt sie.

Das ist ihr erster Satz, seit wir gemeinsam am Tisch sitzen. Unablässig rührt sie in ihrer Teetasse, obwohl sich der Zucker schon vor fünf Minuten aufgelöst hat.

Ich würde am liebsten meinen schmerzenden Fuß in den Eistee tauchen, der vor mir steht. Leider ist das überaus unschicklich. Also trinke ich in kleinen Schlucken und überlege dabei, was jetzt zu tun ist. Angelika hat sich nach Jahren mit ihrem Vater versöhnt. Jetzt wird sie ihn schon bald wieder verlieren. Ich kann verstehen, dass sie verzweifelt ist.

»Sie sollten seinen Wunsch unterstützen«, sage ich schließlich. »Er hat ein wunderschönes Zuhause. Außerdem ist viel besser, wenn Leon und Luca ihren Opa dort besuchen, als hier im Krankenhaus.«

»Aber er kann doch gesund werden«, sagt sie flehend. »Es gibt gute Medikamente. Man hat schon oft gehört, dass Krebs sich ganz plötzlich wieder zurückbildet.«

»Das wäre wunderbar«, sage ich. Ich wünschte nichts mehr, als dass ein Wunder geschehen würde. »Aber wenn wir ihn zwingen, im Krankenhaus zu bleiben, wird er schneller sterben. Da bin ich sicher.«

»Vielleicht hast du recht«, sagt Angelika seufzend. »Er hat sich noch nie zu etwas zwingen lassen.«

Ich möchte Karls Tochter so gern etwas Tröstliches sagen. »Ich glaube, das Unbeugsame haben Sie von ihm geerbt«, beginne ich. Ich hoffe, dass meine Offenheit kein Fehler ist. Endlich lässt sie von ihrem Tee ab und schaut mich prüfend an. »Sonst wären Sie keine so gute Anwältin«, füge ich noch hinzu.

Ich habe mit Vicki im Internet recherchiert. Angelikas Kanzlei am Kudamm ist hoch angesehen und wird mit richtig prominenten Fällen betraut.

›Und außerdem wären Sie nicht 20 Jahre zerstritten gewesen‹, ergänze ich.

Aber nicht laut, denn das führt uns nicht weiter. Ich glaube, dass Angelika es selbst ahnt. Wo Licht ist, ist auch Schatten und jede Charaktereigenschaft kann Segen und Fluch sein. Das weiß ich nur zu gut.

Ich betaste unter dem Tisch unauffällig meinen Fuß. Er ist dick angeschwollen.

»Wir bringen ihn nach Hause, sobald es geht«, sagt Angelika.

Ich sehe, dass es sie viel Kraft kostet, ihren festen Glauben an die Machbarkeit aller Dinge in diesem Moment aufzugeben. Lächelnd drücke ich ihr die Hand. »Ich denke, das haben Sie richtig entschieden.«

»Das war ich gar nicht. Das war er«, antwortet sie ruhig. »Und es ist sein gutes Recht.«

Ich nicke.

»Ich würde mich freuen, wenn du Angelika zu mir sagst.«

»Einverstanden.«

Wir schauen uns in die Augen.

»Es tut mir leid, was ich zu dir gesagt habe«, sagt sie noch. »Ich meine, an dem Tag, als du bei uns zu Hause warst. Du hast mich vielleicht überrumpelt!«

»Es war so wichtig – für deinen Vater.«

»Von deiner Sorte ein paar mehr auf der Welt … Das könnte nicht schaden.«

Na, da bin ich mir nicht so sicher. Aber dennoch ist es schön, so liebe Worte von ihr zu hören.

In meinem Knöchel toben die Schmerzen. Doch meine Seele ist friedvoll wie ein schwedischer See im Mondlicht. Nachdem Angelika gegangen ist, schaue ich noch ein Stündchen bei Karl vorbei. Dann schickt Tim, der Pfleger, mich wegen der Nachtruhe heim. Misstrauisch beäugt er, wie ich mit meinem Elefantenbein über den Flur hatsche.

»Was ist damit?«, fragt er.

»Ach nichts«, wiegele ich ab. »Ich bin nur ein bisschen umgeknickt.«

»Mit so einer Schwellung musst du zum Arzt, aber dalli.«

»War ich schon«, lüge ich. Ich will nach Hause in mein Bett. Das Letzte, was ich jetzt sehen will, ist ein Doktor. Einen mal ausgenommen, aber der scheint noch immer auf dem Mond zu weilen.

»Was hat der Arzt gesagt?«, bohrt Tim neugierig nach. »Ist es ein Supinationstrauma oder eine Maisonneuve-Fraktur?«

Hä?

Ich würde gern wegrennen, denn meine Schwindelei ist mir schon wieder peinlich. Ich presse meine Lippen aufeinander und bewege mich, so schnell es geht, Richtung Stationsausgang.

Er lässt nicht locker. »Also, was?«

»Das Supi-Dingsda!«, antworte ich zögerlich und hoffe, dass es nicht irgendetwas Unanständiges ist.

»Du warst gar nicht beim Arzt«, überführt mich Tim. »Kein Doc der Welt lässt dich damit barfuß durch die Gegend latschen. Das Bein gehört hochgelagert.«

»Ich will ja auch gar nicht herumlatschen. Ich will nach Hause ins Bett.«

»Vorher zum Notdienst hier im Krankenhaus«, ordnet er an. »Versprochen?«

»Versprochen«, sage ich.

Hinter meinem Rücken mache ich das Schwurgebrochen-Zeichen.

»Erdgeschoss im Hauptgebäude, links.«

Oh Mann, der hat ein Helfersyndrom. Wenigstens besteht er nicht darauf, mich höchstpersönlich dorthin zu schleppen. Ich fliehe, so schnell ich kann. Da ich recht schnell einsehen muss, dass ich es bis zur U-Bahn nicht packe, nehme ich mir ein Taxi. 20 Minuten später bin ich zu Hause. Ich hole mir Eiswürfel, stopfe sie in einen Strumpf und lege das Päckchen auf meinen Fuß. Schon fühlt es sich besser an. Na bitte.

Meine Entspannung hält an, bis es an der Tür klingelt. Vicki hat mal wieder ihren Schlüssel vergessen. Hat die ein Glück, dass ich zu Hause bin. Gedankenlos springe ich auf. Das hätte ich nicht tun sollen. Der Schmerz schießt wie ein Blitz von meinem Fuß bis ins Gehirn. Augenblicklich treten mir die Tränen in die Augen. Es klingelt noch einmal.

»Moment«, schreie ich.

Ich krieche auf allen vieren zur Tür, weil Gehen überhaupt nicht mehr geht.

»Vicki«, stöhne ich.

Ich erreiche die Tür und öffne sie mühsam. »Du musst mich zum Arzt …«

Vor mir steht der Nachbar und guckt auf mich herunter – zuerst in meine Augen und dann mitten in meinen Ausschnitt, der, weil ich knie, meinen neuen rosa Spitzen-BH samt Inhalt nur unwesentlich verbirgt. Neben ihm steht sein Hund, der bei meinem Anblick prompt wieder anfängt zu jaulen. Mir reicht es. Ich setze mich auf den Boden und heule mit.

»Ich wollte mal nach dir sehen«, sagt der Nachbar.

Er ist, wenn man sich die Segelohren und zehn Jahre seines Alters wegdenkt, echt attraktiv.

»Du bist ziemlich gestolpert vorhin. Und jetzt hockst du auf dem Boden und weinst. Was ist los?«

»Ich habe ein Supitrauma«, jammere ich.

»Was immer das ist – daran bin wohl ich schuld«, sagt er.

Ja, genau. Und wie! Das kostet Schmerzensgeld.

»Nein, nein«, sage ich laut und winke ab. »Niemand ist schuld.«

»Ich fahre dich zum Arzt«, beschließt er.

Er reicht mir ein Taschentuch. Alle Leute, die ich kenne, tragen immer ein Tempo griffbereit. Und die ich nicht kenne, scheinbar auch.

»Dein Knöchel sieht kriminell aus«, sagt er und verzieht das Gesicht. »Ich bin übrigens Leo. Wohne im Dachgeschoss.«

Ich sehe es ein. Ich kann mich keine Minute länger um einen Arztbesuch drücken. Also los! »Danke«, schniefe ich jämmerlich. »Allerdings weiß ich nicht, wie ich die Treppe herunterkommen soll. Es tut so weh.«

»Ich stütze dich«, bietet Leo an. »Mein Auto steht direkt vor der Haustür. Zieh dir Schuhe an und los geht es.«

Zum ersten Mal in meinem Leben macht mich der Anblick meiner 20 Paar High Heels ganz verzweifelt. Die kann ich nicht anziehen. Ansonsten habe ich nur meine Hauspantoffeln, die mit dem riesigen Winnie-the-Pooh-Kopf vorn dran. Die hat mir Lila mal geschenkt.

Mühsam verbirgt Leo sein Grinsen, als ich mit meinen albernen XXL-Latschen vor ihm stehe. *Also bitte, immerhin stehe ich jetzt, ja?*

Er muss mich nicht mal die Treppen heruntertragen. Jedenfalls nicht ganz.

Unten angekommen, laufen mir Schweiß und Tränen. Mir ist, als müsste ich mich gleich auf den Bürgersteig erbrechen.

»Warte einen Moment«, bitte ich.

Wir bleiben vor der Haustür stehen. Mir ist ganz schwarz vor Augen. Ich hätte nie gedacht, dass ein mickriger Größe-36-Fuß so viel Ärger machen kann. Zum Glück hält mich Leo mit beiden Armen fest. Ich lege kurz den Kopf an seine Schulter und atme tief ein und aus. Als ich klein war, hat mich meine Mutter so gehalten. Es hat immer geholfen.

Leo und ich sehen aus wie ein Liebespaar. Er wird hoffentlich nicht falsch verstehen, dass ich so an seinem Hals hänge. Tut er auch nicht. Er ist ganz väterlich zu mir. Vorsichtig hievt er mich in sein Auto. Als wir losfahren, sehe ich zwei Parklücken vor uns einen alten Renault stehen, so einen, wie Basti ihn hat. Mein Herz macht sofort einen Salto, beruhigt sich aber wieder. Wäre es Basti, dann hätte er doch bei mir geklingelt. Oder vorher angerufen. Sicherheitshalber checke ich mein Handy. Keine Nachricht, kein entgangener Anruf. Schade!

Menschen haben hinten keine Augen. Blöd eigentlich. Manchmal könnten sie von Vorteil sein.

»Na, du arme Maus.«

Vicki steht an meinem Bett und schaut mitleidig auf meinen dick eingewickelten Fuß.

Zu meinem Glück war kein Knochen gebrochen

und kein Band gerissen. Ich musste nicht im Krankenhaus bleiben. Nachdem Leo mich wieder nach Hause gebracht hatte, war ich in mein Bett geplumpst und in einen tiefen, traumlosen Schlaf gesunken.

»Wie spät ist es?«

»Zehn.«

»Ach du Schreck! Ich muss doch arbeiten«, schreie ich.

»Du bleibst liegen«, befiehlt Vicki. »Ich bringe dir Frühstück und du ruhst dich aus. Margret weiß Bescheid.«

»Danke«, sage ich erleichtert.

Die Vorstellung, einen ganzen Tag faul im Bett zu verbringen, hat etwas sehr Verlockendes für mich. Das habe ich ja ewig nicht mehr gemacht. Vicki geht. Ich höre sie in der Küche wirtschaften. Es riecht nach Kaffee und gebratenen Eiern.

Ich spiele mit meinem Handy herum. Noch immer keine Nachricht von Sebastian. Langsam mache ich mir große Sorgen. Ob er vielleicht doch sauer ist? Nach dem Frühstück plaudere ich mit Vicki, telefoniere mit Oma, Margret und meinen Eltern. Alle bedauern mich.

»Aber zu Omas Geburtstag kommst du doch?«, fordert meine Mutter.

Ach ja, Omas Ehrentag. Nie und nimmer würde ich den verpassen. Ich freue mich nach einem Fest schon auf das nächste. Meine Großmutter versteht es zu feiern. Sie lädt jedes Mal Freunde, Verwandte und Nachbarn ein. Wir essen, quatschen und tanzen bis in die Nacht. In ihrem Garten wird ein weißes Zelt aufgebaut. Es gibt Speisen vom Büfett und reichlich Bowle, Sekt und Wein. Vor ein paar Jahren hat sie damit angefangen, für jedes Lebensjahr einen Gast dazu zu bitten. Dieses Mal müssen es also 79 sein. Aber ich glaube, ein paar mehr oder weniger machen für sie keinen großen Unterschied. Als sie gehört hat, dass mich mein Nachbar Leo zum Arzt gefahren hat, ordnet sie sofort an, dass er zum Dank zur Feier eingeladen wird. Natürlich kommen auch meine Eltern, meine Tante und mein Onkel und Lila. Na klar. Meinen Vorsatz, mich mit ihr zu versöhnen, habe ich noch nicht in die Tat umgesetzt. Aber ich werde nett zu ihr sein. Wer an einem solchen Tag Streit sucht, ist selbst schuld und verdirbt den anderen die Feier.

Nachdem ich ein paar ›Einfach-Rosa‹-Kleider gezeichnet und mir Gedanken über Vickis Hochzeitskleid gemacht habe, nehme ich mal wieder mein Handy in die Hand. Auf einen Versuch mehr, Basti zu erreichen, kommt es jetzt wirklich nicht an. Also los. Als das sonore Klingeln ertönt, erwarte ich, gleich wieder seinen Anrufbeantworter zu hören. Aber nein, dieses Mal geht er selbst ran. Mir fällt die Kinnlade herunter.

»Andrees«, meldet er sich.

»Basti«, kreische ich aufgeregt. »Du bist ja da.«

»Ja.«

»Wo warst du denn?« Ich freue mich halb kaputt. Endlich! »Ich habe so oft versucht, dich zu erreichen. Es tut mir so leid, dass ich zu spät kam. Es war wegen Lila … Nein, das ist Quatsch. Ich war selber schuld, aber ich kann dir alles erklären. Es ist nämlich …«

Am anderen Ende der Leitung ist es verdächtig still. Kein Wunder! Ich rede ja auch wie ein Wasserfall. »Bist du noch dran?«

»Ja.«

Erst jetzt realisiere ich, dass er nicht gerade wie ein verliebter junger Mann klingt. Eher wie jemand, der gerade einen Termin beim Zahnarzt macht.

»Ist … Ist alles okay?«, frage ich. »Wie gesagt. Es tut mir leid wegen neulich.«

»Mir tut es auch leid«, antwortet er. »Ich musste eilig zum Flughafen. Mein Bruder hat mich mit einem Überraschungstrip zu meiner Mutter nach Sardinien überfallen. Sie hatte Geburtstag. Mein Handy … Na, das weißt du ja.«

»Das muss dir nicht leid tun.«

Obwohl er total sachlich und kühl klingt, freue ich mich. Endlich weiß ich, warum er nicht angerufen hat. Ohne Handy ist man heute gar kein vollständiger Mensch mehr, zumindest aber außerstande, seine Kommunikation am Laufen zu halten.

»Es tut mir aber leid, denn in zwei Tagen kann viel passieren«, sagt er jetzt und fügt rätselhaft hinzu: »Das müsstest du doch wissen.«

Da gebe ich ihm auf jeden Fall recht. Aber es erklärt kein bisschen, warum er so kühl ist.

Hat er etwa im Flugzeug eine Traumfrau kennengelernt und jetzt bin ich abgemeldet?

»Rosa, ich muss arbeiten«, sagt er.

Mir wird plötzlich ganz elend beim Klang seiner Stimme.

»Mach's gut.«

»Mach's gut«, antworte ich. Mechanisch lege ich auf. Dann breche in Tränen aus.

Es ist so ungerecht. Zwei Tage haben wir uns nicht gesehen. Und schon hat er eine Superfrau. Und ich? Ein

Supertrauma. Oder wie das Dingsbums heißt. Jedenfalls nichts, was wirklich super ist.

Ich füge noch ein neues Ziel für meine Zukunft hinzu.

Nie wieder einen Termin verschwitzen!!! Nicht mal um eine klitzekleine Stunde (oder zwei!). Männer werfen sich nämlich direkt und ohne Zögern in die Arme einer anderen Frau, wenn man nicht pünktlich ist.

Ich muss auch irgendwas werfen. Wie wäre es mit meinem Handy?

Vicki kommt gerade nichts ahnend in mein Zimmer.

»Was ist denn mit dir los?«, schreit sie entsetzt und duckt sich.

»Basti hat eine andere kennengelernt«, jammere ich.

»Ehrlich? Hat er dir das gerade gesagt?«

»Ja!«

»Direkt ins Gesicht? Das ist hart.«

»Er hat es gar nicht gesagt.«

»Wie jetzt? Hat er oder hat er nicht?«

»Jetzt frag mich doch nicht so komplizierte Sachen!«

Vicki fängt an zu lachen. Nachdem ich ihr das Telefonat in Kurzform geschildert habe, zeigt sie mir einen Vogel.

»Was erwartest du eigentlich?«, sagt sie kopfschüttelnd. »Er umwirbt dich seit Wochen und du stellst dich an wie die Prinzessin auf der Erbse und Dornröschen gleichzeitig.«

Zimperlich und verpennt – tolle Kombi. Überhaupt, den Vergleich mit irgendwelchen Märchentanten hatte ich lange nicht. Scheint wieder schlimmer zu werden mit mir.

»Was soll ich denn jetzt machen?«, frage ich ratlos.

»Du musst ihm endlich verklickern, dass *du* ihn auch willst«, fordert Vicki. »Sonst wird das nichts. Reiß ihn aus den Armen der Superfrau, aber schnell.«

»Und wie soll ich das machen?«

Vicki seufzt nur. »Keine Ahnung.«

Als sie weg ist, bleibe ich mit meinen Gedanken allein.

Los Rosa! Denk an deine Vorsätze. Zeig ihm endlich, dass du ihn auch willst!

Es dauert nicht allzu lange, dann habe ich tatsächlich eine Idee.

Mit meinen Winnie-Pooh-Schuhen und der Jogginghose sehe ich aus wie ein waschechter Krankenhauspatient.

Ich habe gezogen und gezerrt, aber über meinen Fußverband passte keine Jeans. Aber ein Kleid sah zu den Schuhen noch bescheuerter aus als die Jogginghose, die wenigstens von Adidas ist.

Es gibt verführerischere Outfits. Wahrlich. Aber ehrlich – war ich schon ein einziges Mal, wenn ich Basti getroffen habe, wirklich verführerisch? Ich meine so, wie Marlene mit dem sinnlichen Augenaufschlag oder Marilyn mit ihren geschürzten Lippen und dem atemberaubenden Dekolleté? Ich glaube nicht. Trotzdem hat er irgendetwas in mir gesehen und sich bemüht, mich näher kennenzulernen.

Also kann ich wohl auch in Jogginghosen und Hausschuhen vor ihn treten. Oder?

Ich weiß auch nicht, ob meine Einstellung selbstbewusst oder einfach nur wahnsinnig ist. Oder von beidem ein bisschen. Aber eines weiß ich genau. Zum Nachdenken, Stylen oder Taktieren habe ich keine Zeit mehr, wenn ich Basti aus den Armen der Superfrau reißen will.

Ich habe beschlossen, einfach auf seiner Arbeit aufzukreuzen!

Und da bin ich nun. Kleines katholisches Krankenhaus, lange, blitzsaubere Flure, ein Gewusel von Patienten, Besuchern und Personal. Es ist nicht schwer, die HNO-Station zu finden. Ich unterscheide mich tatsächlich nicht von den Patienten hier im Haus. Allerdings von den Menschen draußen umso mehr. Meine Hausschuhe waren *die* Sensation in der U-Bahn (ausgerechnet heute hatte ich für ein Taxi kein Geld mehr). Ich hätte sie zehnmal an die Mütter quengelnder Kleinkinder, die auch so tolle Schuhe haben wollten wie die ›Tante‹, verkaufen können.

Es fällt nicht weiter auf, dass ich mich ein wenig auf der HNO-Station umsehe. Zwischendurch muss ich allerdings Pause auf einer Bank machen. Mein Fuß ist keineswegs gesund und zeigt sich erbost, dass ich sein Liege- und Ausruhgebot gebrochen habe.

Sorry. Es gibt Wichtigeres als Füße. Herzen zum Beispiel.

»Der Nächste bitte.« Eine freundlich lächelnde

Krankenschwester hält mir eine Tür auf. Ich gucke sie fragend an.

»Sie Ärmste, da hat es Sie ja doppelt erwischt«, sagt sie mit Blick auf mein bandagiertes Bein.

Na klasse, ich habe ausgerechnet vor dem Arztsprechzimmer eine Pause eingelegt. *Intelligent, Rosa. Wirklich.*

Jetzt muss ich schnell eine Ohrenkrankheit erfinden, um die nette Schwester nicht zu enttäuschen. »Äh, ich … wollte, ich meine … Ich …« *Was zum Teufel mache ich hier eigentlich?*

»Jetzt kommen Sie bitte«, sagt die Schwester schon etwas resoluter. »Der Doktor muss nach der Sprechstunde gleich noch einmal in den OP.«

Ich denke fieberhaft nach. Was soll ich dem Arzt denn erzählen?

Die Schwester lässt ein gereiztes »Hämmh« ertönen. Ehe sie mich noch an den Haaren ins Sprechzimmer schleift, rücke ich lieber mit der Wahrheit heraus.

»Ich wollte mich hier nur kurz ausruhen. Bin schon wieder weg. Entschuldigung.«

»Das heißt, Sie haben gar keinen Termin bei Dr. Andrees?«

»Haben …« Mir rutscht ein irres Kichern heraus. »Haben Sie Dr. Andrees gesagt?«

»Ja. Er hat jetzt Sprechstunde.« Der Blick, mit dem die Schwester mich bedenkt, ist eindeutig. (»So jung und schon so einen Sprung in der Schüssel.«)

»Ich habe nämlich *doch* einen Termin bei ihm«, sage ich und werde knallrot. »Jetzt erinnere ich mich.«

»Dann kommen Sie doch bitte umgehend herein«,

sagt sie honigsüß. »Haben Sie sich denn unten in der Patientenaufnahme angemeldet?«

»Ähm … ja?« Ich würde mich nicht wundern, wenn sie gleich eine Spritze mit Psychopharmaka aufzieht.

Im Schwindeln bin ich so grottenschlecht. Die Schwester scheint mir dennoch zu glauben und geht aus dem Zimmer. Vielleicht holt sie ja auch den Sicherheitsdienst.

Ich sehe mich ein wenig um. Mein letzter Besuch in einer HNO-Praxis ist 20 Jahre her. So furchterregend hatte ich das nicht in Erinnerung. Ein großer, erhöhter Stuhl steht im Raum und auf dem blanken Metalltisch liegen geschätzte 100 verschiedene Metallinstrumente. Da würde ich nicht durchblicken. Meine Bewunderung für Basti steigt.

Die Schwester schaut noch einmal herein. »Der Doktor kommt gleich«, sagt sie säuerlich und verzieht sich wieder.

Zum Glück. Wenn sie sehen würde, weshalb ich wirklich hier bin, würde sie mich endgültig für wahnsinnig erklären.

Da kommt Basti endlich herein.

Schlagartig weiß ich, warum Ärzte sich für unwiderstehlich halten. Sie sind es!

Basti sieht in seiner weißen Kluft einfach umwerfend aus. Ein paar Instrumente lugen aus seiner Tasche und am Kittel hat er ein Namensschild. Heute trägt er mal eine Brille. Er liest in einer Patientenakte und telefoniert gleichzeitig mit seinem Handy.

»Ein kongenitales Cholesteatom in dieser Größe sollten wir in absehbarer Zeit operieren. Eile scheint mir aber nicht geboten. Da können Sie ganz beruhigt sein. Lassen Sie sich einen Termin für nächsten Monat geben.«

Lieber Himmel! Ist der Mann sexy.

Von ihm würde ich mich sofort operieren oder mit diesen tausend verschiedenen Pinzetten kneifen lassen. Kein Problem. Aber noch lieber würde ich jetzt aufspringen (Okay! Vorsichtig aufstehen und zu ihm humpeln.) und ihn küssen. Aber vor das Vergnügen hat der liebe Gott die Arbeit gesetzt und die kommt jetzt.

»Sie sind Frau …«, sagt er, legt endlich auf und guckt auf die nächste Akte.

»Redlich«, sage ich. Meine Stimme zittert. »Rosa Redlich.«

Endlich schaut er von seinem Papierkram weg zu mir. »Rosa?«

Ich schlucke schwer. »Ja.«

Er lächelt. Schief und unsicher, aber er lächelt. »Was führt dich hierher?«

»Du.«

Er schluckt. Dann entdeckt er meine Schuhe. »Hast du dich hübsch gemacht für mich?«

»Ich habe mir den Fuß verknackst«, sage ich hilflos. »Ich habe sonst nur Zehn-Zentimeter-Absätze.«

»Und du bist *so* durch die ganze Stadt gefahren?« Er lächelt schon viel mehr.

»Ja.« Ich will ihn küssen.

»Warst du schon beim Arzt deswegen?«

»Gestern Abend. Der Nachbar hat mich gefahren.«

»Der Nachbar?«

Ich will ihn immer noch küssen, und er fragt nach dem Nachbarn? Meine Geduld wird auf eine harte Probe gestellt.

»Es hat so wehgetan. Der Ärmste musste mich halb tragen.«

»Und dann hast du den Kopf an seine Schulter gelegt?«

Habe ich das? Kann sein. Ist das jetzt wichtig?

»Äh?« Ich habe das Gefühl, dass wir uns vom eigentlichen Thema entfernen.

»Das war also der Nachbar?«

Himmel! Für einen Arzt scheint er mir gerade etwas begriffsstutzig. Im Fernsehen sind die Typen jedenfalls schneller. Sie rammen ihre Spritzen oder Messer immer blitzschnell und ohne nachzudenken in ihre halb toten Patienten.

Oder halt! Es dämmert. Bin *ich* vielleicht diejenige, die begriffsstutzig ist?

»Warst du …«, frage ich unsicher. »Warst du gestern Abend bei mir zu Hause?«

»Mit Rotwein, Baguette und französischem Käse.«

»Und da hast du mich gesehen, als ich mit Leo aus der Haustür kam?«

»Ihr saht ziemlich innig aus.«

»Ich hätte ihm beinahe auf die Schuhe gekotzt.«

Wir stehen uns gegenüber.

Es ist wie in einem Film – in einem weltklasse, oscarprämierten Liebesfilm, in dem sich endlich mal die Richtigen kriegen! Wir schauen uns an und alles um uns herum wird nebensächlich. Es gibt nur noch ihn und mich.

»Rosa!«

»Basti!«

Endlich, endlich nehmen wir uns in die Arme und alles ist gut. Ich hab's geahnt. Nein, besser, ich habe es die ganze Zeit gewusst, dass dieser Mann verdammt gut küssen kann.

Ich liebe meine Ziele. Sie sind alle so was von großartig.

Ich liebe Glückskekse. Sie sind einfach unglaublich schlau und führen einen genau dahin, wo man hin will – Umwege inklusive.

Und … ich liebe Basti!

Glückskeks 13

Rüge deine Familie im Verborgenen und lobe sie in der Öffentlichkeit!

»Halt das hier kurz fest«, sagt Basti.

Er reicht Vicki das Seil, mit dem er gerade Omas Festpavillon spannt. Es wackelt heftig, weil noch nicht alle Heringe in den Boden geschlagen sind.

»Haaalten! Bitte.«

Sebastian klingt beunruhigt. Seit Vicki die Strippe in der Hand hat, kommt das Zelt in bedrohliche Schieflage. Sie quiekt aufgeregt und gibt sichtlich ihr Bestes. Jedoch ohne nennenswerten Erfolg. Ich stehe auf, um ihnen zu helfen.

»Du bleibst sitzen!«, rufen sie wie aus einem Mund.

Pah, dann eben nicht. Soll ihr blödes Zelt doch einstürzen.

Ich sitze seit zwei Stunden wie die Königin von Saba auf Omas Hollywoodschaukel und schaue den anderen beim Arbeiten zu. Das passt mir überhaupt nicht. Sogar meine Großmutter, die heute 79 wird, wuselt schwer beschäftigt durch den Garten.

»Kann ich nicht wenigstens schon die Servietten falten? Ich habe Langeweile«, nörgele ich.

»Später, Kind«, antwortet Oma. Sie schleppt gerade einen Stapel weißer Leinentischdecken nach draußen. »Jetzt bleibst du erst einmal sitzen. Ich bringe dir Kaffee und einen Glückskeks.«

Na gut, dann vertreibe ich mir eben die Zeit mit ein wenig Hellseherei. Ist ja auch so eine Art Beschäftigung. Ich habe schon gesehen, dass meine Großmutter ein paar Schachteln Glückskekse gekauft hat. Das wird ein Hit nachher auf der Feier.

Vielleicht sollte ich mich als Hellseherin verkleiden und die Kekse unter die Leute bringen? Das wäre doch ein schöner Spaß.

Ich hoffe, dass ich heute endlich mein großes Liebesorakel bekomme. So wie Vicki, die schon einen ganzen Stapel davon in ihrer Teebüchse hat. Ich habe keinen einzigen. Als Oma mir Kaffee und Keks an meinen Platz bringt, schaue ich sofort nach. Enttäuschend …

Rüge deine Familie im Verborgenen und lobe sie in der Öffentlichkeit!

… wobei auch durchaus passend, schließlich sind sie alle im Anmarsch, um mit meiner Großmutter zu feiern. Andererseits hatte ich nicht vor sie zu rügen. Warum sollte ich? Ich stecke den Zettel in meine Hosentasche. Wie ich meine lieben Glückskekse so kenne, werde ich am Ende des Tages schlauer sein.

Omas Idee mit dem Kaffee war gut. Ich kann eine Tasse vertragen. Herumsitzen und anderen beim Arbeiten zuschauen macht müde. Eigentlich könnte ich gleich den Kaffee für die ganze Gästeschar aufbrühen und in die großen Thermokannen füllen. Das ist nun wirklich nicht anstrengend. Kaum setze ich zum Aufstehen an, ist Oma da und protestiert.

»Du bleibst sitzen«, ordnet sie an. »Hast du nicht gehört, was Sebastian gesagt hat?«

Ich habe so die Nase voll vom Ausruhen. Seit ich mir den Fuß verknackst habe, tue ich nichts anderes. Basti, der neuerdings nicht nur mein Freund, sondern auch gleich mein Leibarzt ist, hat vorhin einen langen Vortrag darüber gehalten, was passiert, wenn ich meinen verletzten Fuß nicht schone. Seitdem behandeln mich alle wie ein rohes Ei.

Der Pavillon schwankt nicht mehr ganz so bedrohlich. Aber Basti atmet erst auf, als Daniel im Garten auftaucht und ihm zur Hand geht. Vicki holt sich von Oma Anweisungen, was als Nächstes zu tun ist. Vorher hat sie allerdings ausgiebig und sehr zärtlich ihren Verlobten begrüßt. Sie sind ein schönes Paar. Ich finde es wunderbar und geradezu märchenhaft, dass die beiden sich nach all den Jahren wiedergefunden haben.

Mal gucken, was Lila sagt, wenn sie Vicki und Daniel nachher hier trifft. Sie hat ja noch keine Ahnung, dass sie heute Omas Geburtstag mit einer waschechten, von ihr nach Kräften verachteten ›Porno-Schinken‹-Autorin feiern muss. Außerdem bin ich sehr gespannt, ob sie Rob mitbringt. Mein Ex-Freund als ihr neuer Freund – komisch, wie das Leben manchmal so spielt. Unsere Mütter können sich jedenfalls freuen. Sie wollen doch immer, dass Lila und ich alles teilen.

Wie wird unsere Begegnung wohl dieses Mal verlaufen?

Ich werde Lila jedenfalls nicht wieder anschreien. Schlimmstenfalls gehen wir uns einfach aus dem Weg. Wie gerufen ertönt jetzt vor dem Gartengrundstück ein gewaltiges Hupkonzert. Wobei *Hupen* nicht das richtige Wort ist. Es trötet nicht, wie bei normalen Autos, sondern *muht*. Langanhaltend und brüllend laut. Das ist kein Viehtransporter. Das sind Simone und Thomas, Susanne und Thorsten Redlich, unsere Eltern. Sie werden wieder einmal von Pinkie und Purple Redlich begleitet – ihren Jack-Russell-Terrier-Zwillingen –, zwei niedliche Biester, die leider nervig und verzogen sind. Die sechs Redlichs sind in ihrem Lieblingsauto – einem offenen, zitronengelben BMW-Cabrio – angereist, ein Wagen, der schon ein paar Jahre mehr auf dem Buckel hat als ich. Thomas und Thorsten lieben ihn abgöttisch. Ich finde das Auto scheußlich. Sie nennen es ein Kultobjekt. Seit ich denken kann, basteln die beiden Männer in jeder freien Minute an ihrem spritschluckenden Monstrum herum. Im Zuge dessen haben sie auch die unsägliche Kuh-Hupe eingebaut. Und wenn es das letzte Gefährt der Welt wäre … Ich würde da nicht einsteigen. Vielleicht hat Oma doch recht, und unsere Eltern sind ein ganz klein wenig verrückt.

Da sind sie nun. Mein Vater und Onkel Thorsten sitzen vorn, meine Mutter und Tante Susanne hinten. Die Frauen tragen breitkrempige Hüte und Sonnenbrillen. Sie haken sich unter, als sie aussteigen, um zu uns in den Garten zu kommen. Die beiden sind wie siamesische Zwillinge. Sie hängen aneinander wie zusammengewachsen, allerdings freiwillig. Ich seufze leise bei ihrem Anblick.

Nachdem die vier Oma umhalst und abgeküsst haben, die Blumen und Geschenke überreicht sind und der Lärmpegel um ein paar Dezibel angestiegen ist, stürzen sich Mama und Susanne auf mich.

»Das sieht ja schlimm aus«, ruft meine Mutter.

Tante Susanne nickt. Beide hocken sich hin und

betasten fachfraulich meinen Verband, während Pinkie (wie passend!) auf meinen Schoß springt und mich ableckt.

»Da kannst du gar nicht auf dem Tisch tanzen heute Abend.«

Wenn es nur das wäre! Ich kann auch nicht flüchten, wenn mir alles zu blöd wird. Das finde ich weitaus schlimmer.

»Wo ist denn unsere Lila?«

»Die müsste gleich kommen«, antworte ich. »Sie wollte noch die Tischblumen besorgen.« Das hat mir Oma erzählt.

»Warum ist sie nicht bei dir?«, fragt meine Mutter. »Sie muss dich doch stützen, wenn du mal aufstehen musst.«

Ich zeige auf meine Krücken. »Mama, ich schaffe das schon allein.«

»Trotzdem«, sagt Tante Susanne. »Wenn es dir nicht gut geht, muss sie dir zur Seite stehen. Weißt du noch, als du dein gebrochenes Bein hattest, Mone?«

Meine Mutter nickt gerührt und drückt Susannes Hand. Ich vermute, sie sind zu dieser Zeit sogar zusammen aufs Klo gegangen.

Heute Morgen habe ich beschlossen, dass ich meiner Mutter endlich die Wahrheit sagen muss. Ich finde es unerträglich, dass sie immer noch nicht weiß, dass Lila und ich nicht mehr zusammenwohnen. Es ist allerhöchste Zeit.

»Mama, hör mal …«, setze ich an.

Susanne, die etwas vergessen hat, geht noch einmal zum Cabrio.

»Mit Lila und mir, da gibt es …«

»Ach, ihr beiden«, sagt Mama lachend und drückt mich an sich.

Ich rieche ihr zartes Maiglöckchen-Parfüm.

»Ihr seid die besten Freundinnen«, schwärmt sie. »... so wie Sanne und ich. Erst gestern haben wir wieder festgestellt, wie glücklich uns das macht. Unsere Mädchen hängen genauso aneinander wie wir.«

»Also ...« Ich schlucke und mein Satz bleibt mir im Halse stecken.

»Was wolltest du mir erzählen? Habt ihr euch zusammen was Hübsches für eure Wohnung gekauft?«, fragt sie aufgekratzt. »Ich bezahle es euch, ja?« Sie zückt sofort ihre Geldbörse.

»Schon gut, Mama«, sage ich hilflos.

Ich winke Basti heran. Mit langen Schritten kommt er über den Rasen und grinst uns an.

»Was ist das für ein atemberaubender junger Mann?«, flüstert meine Mutter. Sie zupft an ihrem Hut.

»Darf ich vorstellen? Das ist Sebastian. Mein Freund. Basti, das ist meine Mutter.«

»Wie angenehm«, sagt Mama und strahlt.

»Hallo«, sagt Basti lässig und reicht ihr lächelnd die Hand. »Nett, Sie kennenzulernen.«

Sie beugt sich zu mir herunter. »Hieß dein Freund nicht eigentlich Robert?« Meine Mutter kann unglaublich laut flüstern.

»Jetzt heißt er Sebastian.«

Basti lächelt immer noch. Wenn er uns für blöd hält, dann merkt man es ihm jedenfalls nicht an. Ganz der gut erzogene Schauspielerinnensohn. Meine Mutter hakt sich bei ihm unter und zieht ihn mit sich fort, ehe ich es verhindern kann.

»Was machen Sie denn beruflich, junger Mann?«

Oh je! Ich hätte ihn warnen müssen. Sie wird jetzt ein umfangreiches Ausfrageprogramm starten, an dessen Ende sie von seiner Schuhgröße bis hin zum Kontostand über alles informiert ist oder zu sein glaubt. Armer Basti!

Ich seufze schon wieder. Denn jetzt biegen Lila und Rob (!) um die Ecke, bepackt mit zwei großen Holzkisten voller Blumengestecke für die Tische. Lila strahlt wie die Sonne selbst. Sie sieht in ihrem schwingenden Babydoll-Kleid, das den Busen so perfekt betont (und optisch ein wenig vergrößert!), einfach entzückend aus. Sie und Rob sind auch ein schönes Paar – Typ starker Held und zarte Elfe. Der starke Held lächelt allerdings ziemlich unsicher, als er mich auf der Hollywoodschaukel entdeckt.

Keine Angst. Ich breche deinetwegen schon nicht in Tränen aus.

Jetzt sind wir also schon drei frisch verliebte, junge Paare. Wenn nicht alles so scheußlich kompliziert wäre, könnten wir viel Spaß zusammen haben. Aber da sehe ich leider schwarz. Denn statt Partyspaß und Liebesgeflüster bahnen sich hier gerade ein Haufen zwischenmenschliche Dramen an. Ich überlege ernsthaft, ob ich nicht einen Ohnmachtsanfall mimen soll, um das Schlimmste zu verhindern oder wenigstens nicht mitzukriegen.

Aber warum eigentlich ich? Die meisten Probleme macht ja wohl Lila. Soll sie doch bitte in Ohnmacht fallen.

Ich will eigentlich nur schön feiern. Aber im Moment sieht es nicht danach aus.

Wenn Susanne und Simone erfahren, dass Lila und ich heftig zerstritten sind, werden sie die Welt nicht mehr verstehen. Sie werden enttäuscht die Köpfe hängen lassen und uns so lange manipulieren, bis wir uns wieder vertragen. Ob wir nun wollen oder nicht.

Das nächste Problem ist Vicki. Wenn Lila sieht, dass Oma sie eingeladen hat, wird sie riesig beleidigt sein. Spätestens heute wird sie sehen, dass ich mit Vicki befreundet bin und zu allem Überfluss auch noch bei ihr wohne.

Wenn Rob herausfindet, dass Vicki die Autorin seines neuen Lieblingsromans ist, will er bestimmt ein Autogramm von ihr. Lila wird schäumen. Und Rob wird sehen, dass Lila genauso heftig bocken kann wie ich.

Wenn Thomas und Thorsten erfahren, dass Oma mit Margret ein paar Monate nach China reisen wird, werden sie sich furchtbar aufregen und versuchen sie aufzuhalten. Oma wird stinksauer werden. Und das an ihrem eigenen Geburtstag.

Der arme Basti hat keine Ahnung, in was für eine verrückte Sippe er da geraten ist. Das nette Fest wird sich, noch bevor es begonnen hat, in ein Desaster verwandeln. Dabei hätte *ich* mit ein bisschen Geschick und Vorausschau das Schlimmste verhindern können.

Fazit: Das kann ja heiter werden!

Hätte ich in diesem Moment schon gewusst, welches Drama sich heute noch ereignen würde, dann wäre ich sofort in Ohnmacht gefallen oder besser noch in einen hundertjährigen Schlaf – inklusive Dornenhecke um meine ganze verrückte Familie.

Ich sitze auf der Kellertreppe und verschnaufe ein wenig. Es ist schön ruhig hier, und ich kann einen Moment meine Gedanken sortieren. Im Garten ist der Festrummel in vollem Gange. Es sind weit über 80 Gäste gekommen. Wir haben gerade eine Menge köstlicher Torten und Kuchen verputzt. Oma ist mit Geschenken, Blumen und Glückwünschen überhäuft worden. In ihrer kleinen Rede hat sie sich bei allen sehr herzlich bedankt. Sie hatte vor Rührung ein paar Tränen in den Augen. Ich fange langsam an, mich zu entspannen, denn schon zwei der von mir vorausgesagten Katastrophen sind nicht eingetreten.

Als Oma ihr Geschenk von meinen Eltern, Susanne und Thorsten auspackte, war sie sprachlos. Und ich auch, denn die vier hatten ihr einen China-Reiseführer und einen Gutschein für den Jack-Wolfskin-Store in ansehnlicher Höhe geschenkt. Anscheinend waren sie übereingekommen, dass man Oma sowieso nicht bremsen kann und dass sie, wenn sie schon um den halben Globus reist, es wenigstens in Markenklamotten tun soll.

Einen Punkt konnte ich also von meiner inneren Liste des Schreckens streichen. Uff!

Nicht ganz so glatt, aber immerhin zufriedenstellend, verlief mein Wiedersehen mit Lila. Sie kam, sobald sie ihre Blumenkiste abgestellt hatte, zu mir und umarmte mich kurz.

»Danke«, wisperte sie.

»Wofür?« Für das Anschreien neulich?

»Rob hat mir erzählt, was du zu ihm gesagt hast.«

Verrückt! Ich hatte also tatsächlich geholfen, sie wieder zusammenzubringen.

Zwar lächelte Lila nicht und ballte ihre Hände zu Fäusten, während sie sprach. Aber ich glaube nicht, dass sie sauer war, sondern eher unsicher. Schließlich hatte ich sie beim letzten Treffen nicht gerade pfleglich behandelt.

Unsere Mütter, die uns vom Weiten beobachteten und sich lächelnd anstießen, schienen jedenfalls nichts von den Spannungen zu merken. Das war fürs Erste okay so.

Im allgemeinen Geschirrabräum-Wirrwarr hat niemand gemerkt, dass ich mich davongeschlichen habe.

Jetzt blieb fast nichts mehr zu tun.

Außer: Lila und Vicki zusammenbringen, damit sie sich mal die Hände schütteln und Lila endlich kapiert, was für eine wunderbare Frau Vicki ist. Lila erklären, dass Vicki meine Freundin ist. Rob verbieten, sich Vicki mehr als fünf Meter zu nähern. Meinen Eltern verklickern, dass Lila und ich nicht mehr zusammenwohnen und dass sie kein Drama daraus machen sollen. Und – nachdem die To-Do-Liste endlich abgehakt ist – entspannt mit meiner Familie Omas Geburtstag feiern.

Nachdem mir das klar ist, wird es Zeit, dass ich zu den Gästen zurückkehre. Ich habe mir einiges vorgenommen, was nicht einfach ist. Gern würde ich noch in Feierlaune kommen, bevor die Party zu Ende ist.

Ich kraxele gerade die Treppe hoch, als Pinkie und Purple wie die Verrückten um die Ecke gefegt kommen. Purple hat ein Bällchen im Maul. Pinkie will es ihm abjagen. Sie knurren, kläffen und balgen sich. Als

Purple den Zankapfel endlich fallen lässt, kullert er die Kellertreppe herunter. Die beiden fegen wie blöde die Stufen hinab und kloppen sich unten weiter.

»Aus!«, rufe ich ärgerlich.

Aber die zwei Terrier in Rage sind immun gegen meine Erziehungsversuche.

Ich gucke mich um, ob nicht Mama oder Susanne ihre Babys zur Räson bringen wollen, aber sie sind nicht in Sicht. Ich muss also die beiden Biester aus dem Keller holen, bevor sie größeren Schaden anrichten. Da unten steht ein Haufen zerbrechliches Zeug. Der Gang ist, als ich mühsam hinuntergehumpelt bin, leer. Die Rasenden toben jetzt durch Omas Kellerraum. Sie hat vorhin die Tür offengelassen, weil sowieso aller paar Minuten jemand hinuntergeht, um Wein, Wasser oder Sekt herauszuholen. Es klirrt verdächtig. Ich verzichte lieber darauf, meinen Fuß zu schonen und humpele, so schnell ich kann, hinter den Hunden her. Ich muss die beiden aus dem Keller kriegen, *bevor* die ganzen teuren Weinflaschen zu Bruch gehen. Als ich die zwei endlich gestellt habe, sitzt Pinkie mit dem Ball im Maul auf einem Regalbrett zwischen lauter Pappkisten. Wow! Ich habe noch nie einen Hund klettern sehen. Purple springt wie ein Gummiball hoch, um ihre Spießgesellin zu kriegen. Das sind ein paar Chaoten! Es sieht lustig aus, was sie da veranstalten. Aber mir bleibt trotzdem das Lachen im Halse stecken. Was, wenn Omas edles Villeroy-&-Boch-Service in den Kisten ist? Wild entschlossen, dem Treiben ein Ende zu bereiten, will ich Purple am Halsband packen, um sie rauszuschleppen. Aber das macht sie nur noch wilder. Sie schnappt nach mir.

»Aus, verdammt noch mal«, schreie ich.

In dem Moment springt Pinkie im hohen Bogen vom Regal. Und reißt prompt eine der Kisten mit sich. Es kracht heftig. Die beiden Unglücksraben fliehen jaulend aus dem Kellerraum. *Feige Biester! Erst Schaden anrichten und dann kneifen.*

Ich bleibe im Chaos zurück. Zum Glück ist es weniger schlimm, als ich befürchtet habe, denn in der Kiste ist nichts Zerbrechliches. Nur eine Menge Papierkram.

Ich werde alles wieder einräumen und nachher Basti bitten, den Karton wieder an seinen Platz zu stellen.

Gesagt. Getan. Ich trage die herumliegenden Sachen auf einen Haufen und fange an, sie zurückzupacken. Es sind allerlei alte Papiere und vor allem jede Menge Fotos, ordentlich in Briefumschläge gepackt und beschriftet. Ich schaue mir gern alte Bilder an. Das habe ich schon als Kind geliebt. Meine Großeltern haben mir dabei Geschichten von früher erzählt.

Ehe ich mich versehe, schiebe ich meine aktuellen Probleme auf die Reservebank und tauche ab in alte Zeiten. Ich hoffe nur, jetzt kommt keiner und stört mich. Bloß ein paar Minuten gucken, dann werde ich ja gehen.

Dann versöhnen sich eben alle ein bisschen später. Na und?

Oma hatte als Mädchen auch so blonde Haare wie ich. Und so entzückende Kleider und hübsche geflochtene Frisuren. Ich weiß, es war keine gute Zeit, in der sie aufgewachsen ist, aber auf den Fotos, da lächelt sie immer. Sie war wohl schon damals ein durch und durch lebensbejahender Mensch.

Bei ihren Hochzeitsfotos muss ich beinahe weinen. Oma und Opa haben blutjung Ende der 40er-Jahre geheiratet. Da waren sie als Flüchtlinge bettelarm und Luisa konnte sich kein weißes, rauschendes Brautkleid leisten. Sie trug ein schlichtes, dunkles Kostüm mit einer hellen Bluse und Opa einen geborgten Anzug mit einer kleinen Blume am Revers. Trotz der Not sehen sie glücklich aus.

Ich arbeite mich durch die Familiengeschichte in Bildern und würde am liebsten ignorieren, wie die Zeit vergeht. Irgendwann werden sie mich oben vermissen. Ich sollte jetzt wirklich gehen. Vielleicht kratzen sich Lila und Vicki ja schon die Augen aus.

Nur noch zwei oder drei Umschläge!

Bei den Kinderfotos von Thorsten und Thomas muss ich herzlich lachen. Ein paar süße Lausbuben! Später kommen Paaraufnahmen mit Susanne und Simone dazu. Die vier waren immer zusammen unterwegs.

Einer der Umschläge mit der Aufschrift ›Die Enkel‹ ist zugeklebt. Ich will ihn wegpacken, denn die Fotos von mir und Lila kenne ich ja alle. Aber dann macht es mich neugierig, dass dieser Umschlag als einziger von allen verschlossen ist. Ich öffne ihn vorsichtig.

Das macht man aber nicht. Es sind schließlich nicht deine Sachen.

Ach Quatsch. Man kann es auch übertreiben mit dem Datenschutz und all diesem Kram. Ist doch überhaupt nichts dabei. Die beiden Enkel sind Lila und ich. Wir dürfen ja wohl unsere eigenen Fotos anschauen! Bestimmt hat Oma den Umschlag nur aus Versehen zugeklebt.

Na also! Es sind ein paar Babyfotos drin. Die hängen im Haus meiner Eltern an jeder Wand.

Ich will den Umschlag gerade weglegen, da entdecke ich ein Bild von meiner Mutter, das ich vorher noch nie gesehen habe. Sie ist hochschwanger und Papa legt seine Hände um ihren riesigen Kugelbauch. Süß, die zwei!

Jetzt fällt mir auf, dass ich kein einziges Bild von Mamas und Susannes Schwangerschaften kenne. Na gut, dass sie nicht im Wohnzimmer ausgestellt sind, kann ich verstehen. Aber auch in unseren Fotoalben zu Hause sind keine. Das wundert mich. Wie ich Simone und Susanne so kenne, haben sie ihre gemeinsame Schwangerschaft bestimmt in jeder freien Minute zusammen verbracht und sich pausenlos gegenseitig bewundert und fotografiert. Neugierig geworden schaue ich weiter. Endlich kommt ein Bild, auf dem alle vier werdenden Eltern zu sehen sind. Sie strahlen um die Wette. Mamas Bauch füllt das halbe Bild. Tante Susanne steht daneben. Sie lacht nicht ganz so selbstbewusst wie Mama und … Sie ist schlank wie eine Tanne.

Ich muss zum Augenarzt und zwar dringend.

Wo. Ist. Tante. Susannes. Babybauch?

Ich sehe beim besten Willen nur *einen* schwangeren Bauch. Und das kann überhaupt nicht sein, denn Lila und ich sind gleich alt. Wir sind am *gleichen* Tag zur Welt gekommen. Deshalb kann meine Mutter nicht hochschwanger gewesen sein, während Tante Susanne so schlank wie eine Gerte war.

Da stimmt was nicht! Mein Herz galoppiert aufgeregt. Aber mein Verstand steht auf Stand-by. Ich kapiere nichts, gar nichts.

»Rosa! Hier steckst du!«

Bastis Stimme holt mich zurück. Zumindest so weit,

dass ich fähig bin, auf das Bild zu tippen. »Basti. Kannst du mir das erklären?«

Er lacht. »Da gibt es nicht so viel zu erklären. Wenn ich nicht ganz schiefliege, ist das eine Bilderbuch-Zwillingsschwangerschaft im schätzungsweise achten Monat. Das ist deine Mutter, nicht wahr?«

»Kannst du mich bitte kneifen oder hauen oder treten?«

Er kennt mich ja schon ganz gut, deshalb guckt er trotz meines seltsamen Ansinnens nicht allzu verwirrt. »Kann ich machen, aber küssen wäre mir ehrlich gesagt lieber.«

Mir auch. Aber ich fürchte, davon wache ich nicht aus meinem völlig krassen Albtraum auf.

Logisch! Es ist ein Traum.

Ich bin den Hunden in den Keller nachgegangen und irgendwann beim Anschauen der Bilder eingeschlafen. Schließlich war ich schon den ganzen Tag so müde.

»Du zitterst ja«, sagt Basti. Er greift nach meiner Hand. Das fühlt sich allerdings ganz real an.

Aber ich muss doch träumen!

»Das … kann keine … Zwillingsschwangerschaft sein«, sage ich stockend und tippe auf das Bild. »Denn das würde bedeuten, dass Lila und ich Zwillinge sind. Aber das sind wir nicht, denn wir sind Cousinen. Lila ist Tante Susannes Tochter.«

»Soll ich ehrlich sein?«

Basti schaut mich unsicher an. Wahrscheinlich überlegt er, was er mir jetzt zumuten kann. Ich nicke. Natürlich soll er ehrlich sein!

»Ich meine …«, beginnt er zögerlich. »Deshalb habe ich dich überhaupt wiedergefunden. Weil Lila genauso aussieht wie du… Und ich ihr im Krankenhaus hinterhergelaufen bin. Kriegt ihr das nicht laufend gesagt? Ihr müsst einfach Zwillinge sein und wie es scheint, seid ihr es ja auch wirklich.«

Er klingt auch ein bisschen verwirrt und starrt immer wieder ungläubig auf das Foto. Aber er hat recht.

Jens hat es neulich gesagt und tausend andere Leute auch. Lila und ich fanden es lustig. Klar, wir haben uns immer wie Zwillinge angezogen und verhalten. Aber das war doch nur gespielt!

»Feiert ihr zwei etwa im Keller?«

Oma steht, die Hände in die Hüften gestemmt, in der Tür und zwinkert uns zu. Sie trägt einen Flaschenkorb und geht zielstrebig zum Weinregal. Doch dann sieht sie mein verschrecktes Gesicht, die offene Kiste und das Foto in meiner Hand. Für einen Moment sieht sie so fertig aus, dass ich fürchte, sie trifft jetzt der Schlag.

»Basti, schnell!«

Er läuft zu ihr und stützt sie.

»Jetzt weißt du endlich Bescheid«, bringt meine Großmutter mühsam und mit brüchiger Stimme hervor. »Sie hätten es euch schon längst sagen müssen.«

Ein paar Minuten vergehen, in denen keiner von uns ein Wort herauskriegt.

Ich hoffe immer noch, dass Oma gleich loslacht und sagt, das alles sei ein Riesenwitz. Aber nichts geschieht. So langsam sickert die Wahrheit, so unglaublich sie auch ist, in mein Gehirn.

Lila ist meine Zwillingsschwester.

Meine Eltern haben sie nach unserer Geburt Tante Susanne und Onkel Thorsten gegeben, damit sie bei ihnen aufwächst. Na klar, die beiden Paare teilen schließlich alles. Warum dann nicht auch die Kinder? Es gibt keinen Grund, so etwas nicht zu tun.

Außer dass es völlig irre und bescheuert ist!!!

Konnten Onkel und Tante nicht gefälligst selbst Kinder kriegen?

»Wir sollten wieder hochgehen«, sagt Oma. Sie sieht blass, aber gefasst aus. »Meine Gäste warten auf den Wein. Sonst kommen sie nach und nach alle in den Keller. Pack bitte schnell die Fotos weg. Wir reden später darüber.«

»Ich kann Getränke hochbringen«, bietet Basti an. »Dann könnt ihr jetzt noch reden.«

»Weiß Lila es?«, frage ich. Ich stelle mir einen Moment lang vor, wie schrecklich es für sie sein muss, wenn sie erfährt, dass die eigenen Eltern überhaupt nicht ihre eigenen Eltern sind. Großmutter schüttelt den Kopf. Plötzlich werde ich wütend.

»Ihr spinnt doch«, schreie ich. »Was habt ihr uns nur angetan? Und du, Oma? Wenigstens *du* hättest es uns sagen können!«

Ich will sie zur Rede stellen, jetzt sofort. Diese vier Verrückten, die behaupten, unsere Eltern zu sein. Ha, vielleicht sind sie es ja gar nicht! Was kommt jetzt noch? Vielleicht stammen wir ja aus einem geheimen Fortpflanzungslabor? Genetisch optimiert. Ich traue ihnen alles zu. Auch wenn nichts mehr zu retten ist – sie sollen mir jetzt sofort erklären, was sie sich dabei gedacht haben, so einen gigantisch großen Blödsinn zu verzapfen.

So schnell ich kann, haste ich aus dem Keller. Es geht erstaunlich flink, allerdings nur, wenn ich das Stechen in meinem Fuß ignoriere. Wut verleiht ungeahnte Kräfte.

»Rosa! Warte doch.« Sebastian will mich aufhalten, aber Oma bremst ihn.

»Lass sie«, sagt sie ganz ruhig. »Der Moment könnte zwar etwas passender sein. Aber sie hat das Recht, so wütend zu sein.«

Der erneute heftige Schmerz in meinem Fuß bewirkt, dass ich langsamer gehen muss.

Als ich den Garten betrete, sehe ich sie alle. Lila und Rob sitzen mit meinen Eltern und Susanne und Thorsten an einem Tisch. Irgendwer hat einen Witz gemacht. Sie lachen und Onkel Thorsten klopft Rob freundlich auf die Schulter. Lilas Wangen sind zart gerötet. Sie schaut ihren Freund strahlend an und legt ihren Kopf an Susannes Schulter. Die gibt ihr einen Kuss aufs Haar.

Langsam gehe ich auf sie zu. Und dabei sehe ich (genüsslich!) vor mir, was gleich passieren wird. Eine Bombe wird platzen. Ich werde meine Eltern anschreien, sie schonungslos mit der Wahrheit konfrontieren. Sie werden entsetzt aufspringen, weinen und nicht begreifen, dass ihr eben noch so schönes Leben in Scherben vor ihnen liegt.

Na und? Dann müssen sie es eben wieder zusammenkleben. Das geht. Ich habe es doch selbst gerade hinter mir. Mit sehr zweifelhaftem Ergebnis allerdings, denn jetzt ist schon wieder alles kaputt. Und daran haben nur diese vier Verrückten Schuld. Und das müssen sie jetzt büßen! Ich sammle, auf eine Stuhllehne gestützt (mein Fuß!), alle meine destruktiven Kräfte.

»Du hast eine unglaublich nette Familie, Rosi.« Jemand bläst einfach die Lunte an der Bombe aus.

Es ist Margret. Sie steht neben mir, nimmt einen Schluck aus ihrer Kaffeetasse und grinst mich fröhlich an.

»Sie sind einfach entzückend«, legt sie noch nach. »Kein Wunder, dass du so ein liebes Schätzchen bist.«

So, jetzt hat sie auch noch den Zünder demontiert. Die Bombe ist entschärft. Meine Wut verraucht. Ich bemühe mich, Margret zuliebe ein Lächeln zustande zu kriegen, aber sagen kann ich jetzt nichts. Ich glaube, wenn ich den Mund aufmache, schreie ich vor Verzweiflung.

»Dass ihr so zusammenhaltet, ist großartig«, fährt sie fort.

Was ist denn heute mit Margret los? Ein ganzer Schwall Lobeshymnen aus ihrem Mund, das ist schon seltsam genug, aber dass ihr Entzücken meiner verrückten Sippe gilt, das ist völlig unglaublich.

»Weißt du, es gibt so viele zerrüttete Familien. Meine nicht ausgenommen. Ich habe dir das noch nicht erzählt … Na ja, über so etwas spricht man ja auch nicht gern. Ich habe auch zwei Kinder und die wollen nichts mit mir zu tun haben.«

»Warum denn nicht?«

Irgendetwas muss Margret ausgefressen haben. Sie also auch! Eltern machen nichts als Ärger. Wenn das so ist, verzichte ich lieber auf eigene Kinder.

»Es ist ja nicht so, dass man als Mutter keine Fehler macht.«

Ha! Das ist wohl wahr! Vielleicht kann ich die Bombe doch noch platzen lassen.

»Aber in dem Moment, wo du dein Kind in den Armen hältst, da liebst du es … Und nichts auf der Welt kann dich je wieder davon abbringen.«

Nun ist meine Munition endgültig hin, in tausend Einzelteile zerfallen. Ein paar harmlose Splitter, weiter nichts.

»Was ist denn mit dir und deinen Kindern passiert?«

Sie zuckt mit den Schultern und ihr Gesicht wirkt wieder verschlossen. »Ach, lass mal, Rosi«, sagt sie ausweichend. »Umso schöner finde ich es, dich und deine lustige Familie zu kennen.«

Jetzt ist sie wieder die alte Margret. Allzu viel kriegt man nicht aus ihr heraus.

Onkel Thorsten ist unterdessen zu Omas fast 100-jähriger Nachbarin herübergerückt. Er gießt ihr gekonnt ein Glas Wein ein und beginnt, mit ihr zu plaudern. Er ist gelernter Kellner und kann sehr charmant sein. Papa fuhrwerkt mit Daniel und meinem Nachbarn am Grill herum. Leo ist wirklich gekommen. Sein Labrador hält gerade Pinkie und Purple erfolgreich in Schach. Der große Hund hat jetzt nämlich den Ball im Maul. Die beiden Kleinen sitzen brav vor ihm, heben ein Pfötchen und fiepen kläglich. Mama und Susanne lassen sich von Vicki ›Mittsommernacht‹ signieren. Nicht zu glauben, sie haben es auch gekauft. Sie stehen kichernd wie zwei Teenager mit ihr am Getränketisch. Vicki lächelt, redet und gestikuliert. Sie scheint sich wohlzufühlen.

Lila und Rob sitzen knutschend auf der Hollywoodschaukel.

Omas Nachbar spielt auf dem Schifferklavier.

Die Sonne scheint. Wohin ich auch schaue ... Es sieht einfach perfekt aus.

Weshalb bin ich noch mal hergekommen?

Ach ja! Ich will die Gartenparty kaputtmachen und allen die Laune verderben.

Will ich! Will ich! Will ich!

Aber kann ich nicht.

Es geht einfach nicht und dafür gibt es zwei handfeste Gründe.

Erstens: Ich bin Rosa, und ich kann nicht aus meiner Haut. Ich bin als Sonnenschein auf die Welt gekommen. Wie sehr ich mich auch bemühe – die Rolle des donnernden Gewittergottes, die liegt mir nicht. Und ich mag sie auch gar nicht. Gewitter zerstören mehr, als sie nützen.

Will ich wirklich meine Familie zerschlagen, die mich mein ganzes bisheriges Leben gehalten und getragen hat?

Der zweite Grund ist der Glückskeks. Er hat natürlich wieder mal recht.

Warum soll ich sie vor allen bloßstellen, wenn wir später allein darüber sprechen können? Ob ich auch mal wieder ohne Glückskekse den Durchblick kriege?

Meine Wut verraucht und mein Verstand gewinnt die Oberhand.

Basti tritt hinter mich und schlingt seine Arme um meinen Bauch. »Na, schon Dampf abgelassen?«

Ich drehe mich zu ihm um, schüttele den Kopf und drücke mich ganz fest an ihn. »Meine Familie ist irre, oder?«

Er lacht und küsst mich auf die Stirn. »Mal ehrlich, wessen Familie denn nicht?«

»Na deine.«

Er lacht. »Warte mal, bis du sie kennenlernst.«

Wohl oder übel muss ich auch lachen. Es wird noch ein paar Stunden dauern, bis ich mit meinen Eltern reden kann. Aber ich bin erwachsen. Da muss ich durch. Und so lange kann ich das Leben doch durchaus mal genießen.

Meine Großmutter, die gerade mit den Flaschen aus dem Keller kommt, schaut mich unsicher an.

»Ist schon gut«, sage ich.

Sie nickt mir zu und lächelt mich dankbar an.

Es ist ein Uhr nachts und die meisten Gäste sind gegangen.

Ganz so entspannt, wie ich gehofft hatte, konnte ich nicht feiern. Ja, ich habe gelacht, gegessen, getrunken und geplaudert. Aber das, was ich heute über meine Familie erfahren habe, ist mir dennoch nicht aus dem Kopf gegangen.

Basti hat mir geraten, erst ein wenig Zeit verstreichen zu lassen, bis ich mit meinen Eltern und Lila über alles rede. Ob er recht hat? Soll ich warten, bis die stärksten Emotionen abgeklungen sind? Na ja, meine Wut ist weg, aber die unglaubliche Verwirrung – wird die jemals abklingen?

Im hinteren Teil des Gartens gibt es einen kleinen Kinderspielplatz. Dahin hat sich Lila verzogen, nachdem Rob gegangen ist. Sie sitzt auf der Schaukel und träumt vor sich hin. Ich werde den Gedanken nicht los, dass sie darauf wartet, dass ich zu ihr komme. Basti muss jetzt auch los. Er hat Frühschicht und will noch ein paar Stunden Schlaf bekommen, bevor er ins Krankenhaus fährt.

»Soll ich dich lieber mitnehmen?«, fragt er, als ich ihn zur Gartenpforte bringe.

Ich schüttele den Kopf.

»Sicher?«

»Ich werde schon nichts Unüberlegtes machen«, beteuere ich.

Wir geben uns zum Abschied einen langen Kuss. Nachdem Basti weg ist, mache ich mich direkt auf den Weg zu Lila.

»Schön, dass du kommst«, sagt sie unkompliziert, als ich mich zu ihr auf die Schaukel hocke. »Was hast du mit deinem Bein gemacht?«

»Nur umgeknickt«, wiegele ich ab. Ich habe Wichtigeres zu besprechen.

»Du wohnst jetzt wirklich bei Vicki?«, fragt Lila.

»Ja.«

»Ich hätte es lieber von dir als von ihr erfahren.«

Ich finde, dass sie auf einmal richtig traurig aussieht. Nicht immer, aber manchmal ist Lila viel ehrlicher als ich. Ich möchte es gern wieder gutmachen.

»Lila, hör mal«, beginne ich.

Aber leider hört sie nicht, sondern redet.

»Aber, es ist Vicki«, ruft sie beinahe verzweifelt. »Ich meine, du hast sie doch auch gehasst, damals. Sie war unsere Feindin und jetzt? Ich kann nicht glauben, dass du ihr wirklich den Vorzug vor mir gibst.«

»Lila, wir sind doch keine Kinder mehr«, sage ich.

Ihre impulsive Attacke gegen Vicki verwirrt mich. »Hast du wirklich noch nicht gemerkt, was für eine tolle Frau sie ist?«

»Du bist doch nur angezogen von dieser blöden Promiwelt«, platzt Lila heraus. »Der Doktor, seine Mutter, jetzt Vicki ... Auf einmal bin ich dir nicht mehr gut genug.«

Mir bleibt die Luft weg. Einmal, wegen Lilas idiotischer Überlegungen und zum anderen, weil sie plötzlich ganz offen mit mir spricht. Denn jetzt *verstehe* ich sie endlich. Es ist gar nicht der Neid, der sie quält.

Lila hat Angst mich zu verlieren.

Warum habe ich das nicht viel eher kapiert?

»Ach Lila!«

Jetzt weiß ich, was ich zu tun habe. Diese Angst kann ich ihr nehmen – ein für alle Mal. Sie ist meine *Zwillingsschwester*. Näher als wir uns sind, können sich zwei Menschen gar nicht sein. Es wird Zeit, dass sie das auch weiß. Es wird sie trösten und beruhigen und zwischen uns wird alles wieder so schön, wie es früher war.

»Ich muss dir was sagen«, beginne ich vorsichtig.

»Mach es kurz«, sagt Lila. Ich glaube in ihren Augen ein paar Tränen schimmern zu sehen.

»Du willst nichts mehr mit mir zu tun haben, stimmt's?«

»Lila, du bist meine Schwester. Ich weiß es selbst erst seit heute. Wir beide sind Zwillinge und meine Eltern sind in Wirklichkeit unserer beider Eltern. Das heißt, dass wir zusammengehören, ganz egal, was geschieht. Ich werde immer für dich da sein.«

Ich habe ohne Punkt und Komma gesprochen, ohne Luft zu holen. Das, was ich hier sage, kommt mir selbst ganz und gar unglaublich vor. Aber es ist doch wahr.

Lila hört mir mit offenem Mund zu. Dann schnappt sie nach Luft und beginnt zu lachen. »Rosa, was hast du denn eingenommen? Komm, lass uns ernsthaft überlegen, wie es mit uns weitergeht!«

»Hör mir zu«, sage ich so ruhig und bestimmt, wie ich kann. »Das ist mein voller Ernst und außer zwei Gläsern Wein habe ich nichts getrunken.«

Lila hört auf zu lachen. »Du behauptest, dass meine Eltern nicht meine Eltern sind«, sagt sie und starrt mich entsetzt an. »Sag mal, spinnst du jetzt total?«

Ich könnte mich selbst ohrfeigen, dass ich es nicht ein wenig sensibler angefangen habe. »In Omas Keller sind die Beweise«, sage ich nicht eben geschickter.

»Hör auf«, schreit Lila. Ihre Stimme klingt ganz wacklig. »Wie gemein bist du denn?«

»Lila, es ist wahr. Wir können Oma fragen.«

Sie glaubt mir nicht! Es ist so ein verdammter großer Mist.

»Ich verstehe, dass du sauer auf mich bist«, sagt sie jetzt aufgebracht. »Ich war gemein zu dir und jetzt willst du dich rächen. Okay! Tu, was du nicht lassen kannst, aber lass meine Eltern aus dem Spiel. Die haben dir doch gar nichts getan.«

Sie springt aus der Schaukel und starrt mich böse an. Ich will sie am Handgelenk packen, aber sie reißt sich los. Fast sieht es so aus, als wollte sie mir ins Gesicht schlagen. Ich ducke mich entsetzt.

»Ich bin fertig mit dir, Rosa!« Über ihr Gesicht laufen Tränen.

»Lila, warte!«, rufe ich kläglich hinter ihr her und kraxele mühsam aus der Schaukel.

Warum will sie mich denn nicht verstehen? Ich sage doch die Wahrheit. Und zur Wahrheit gibt es keine Alternative. Was hätte ich also tun sollen?

»Hau ab«, schreit sie und stürzt sich schluchzend in die Arme ihrer Eltern.

Zwei Sekunden später ist meine Mutter bei mir. »Du entschuldigst dich jetzt bei Lila!«, sagt sie in einem Ton, als wäre ich fünf und hätte Lila mal wieder einen Baustein über den Kopf gezogen.

Sie hätte wenigstens fragen können, was überhaupt los ist.

Ich soll mich entschuldigen? Haha! Wer ist denn schuld an der ganzen Misere? Ich fühle mich so verletzt und gedemütigt wie ein Kleinkind, das Ärger bekommt, obwohl es nichts getan hat.

»Mir reicht es mit euch«, schreie ich meine Familie an.

Alle starren mich entgeistert an. Sie haben gerade eine Flasche Wein geöffnet und wollten noch einen gemütlichen ›Absacker‹ trinken, bevor sie ins Bett gehen. Alle anderen Gäste sind schon weg. Nun bin ich also doch explodiert und mein Pulver ist noch nicht ganz verschossen.

»Setz dich her«, sagt mein Vater und klopft auf den Platz neben sich. »Erzähl uns mal, was los ist.«

»Mache ich nicht! Ihr wollt nur, dass ich mich entschuldige. Das werde ich nicht tun, weil es nichts zu entschuldigen gibt – jedenfalls nicht von meiner Seite«, schreie ich. »Und solange ihr das nicht kapiert, will ich nichts mehr mit euch zu tun haben. Ihr gemeinen Lügner!«

Wütend, verzweifelt und jammernd humpele ich aus dem Garten. Niemand versucht mich aufzuhalten. Sie sitzen da wie gelähmt.

So, das war es dann mit meiner Familie. Sie hassen mich jetzt. Na und?

Wenigstens der Glückskeks kann sich freuen. Ich habe mit meiner Rüge brav gewartet, bis ich mit meinen Leuten allein war.

Heulend stapfe ich die lange Straße zum S-Bahnhof entlang. Jetzt geht es mir so, wie scheinbar den meisten Menschen. Ich habe eine total zerrüttete Familie.

Ich fühle mich furchtbar einsam und verlassen. Aber besser keine Familie als ein Haufen irrer Kinderhändler mit Kuh-Hupe im Auto. Ein Glück, dass ich sie los bin!

Glückskeks 14

Das Glück ist auf der Seite derer, die ein gesundes Urteilsvermögen besitzen.

»Hier sind wir«, ruft Vicki fröhlich und winkt.

Es ist mal wieder Samstagabend. Ich checke unauffällig mein Handy. Kein Anruf von meiner Familie.

Ich seufze entmutigt. Wir Redlichs sind nämlich die geborenen Problemeaussitzer. Keiner von uns streitet sich gern. Abwarten und Tee trinken. Das ist unsere Devise. Man soll es nicht glauben, aber das funktioniert ziemlich oft. Aber dieses Mal habe ich meine Zweifel. Seit einer Woche warten meine Eltern darauf, dass unser Problem sich in Luft auflöst. So viel Tee haben sie bestimmt lange nicht getrunken. Was sie vergessen: Ich bin auch eine Redlich und kann auch warten. Wenn nicht einer von uns demnächst den ersten Schritt macht, dann kann unsere Krise noch Jahre dauern.

Zum Glück gibt es auch Erfreuliches. Vicki und Daniel haben Karten für ein Klassikkonzert im Britzer Garten besorgt und jede Menge Leute eingeladen. Ich habe mit den beiden Picknickkörbe und Getränke hergeschleppt und freue mich nun auf gute Musik und ein Feuerwerk am späten Abend. Basti muss noch arbeiten und kommt nach.

Auf der großen Festwiese versammeln sich wahre Menschenmassen. Aber Vicki hat in dem ganzen Gewirr trotzdem Karl, Angelika und ihre Familie ausgemacht. Sie kommen über den Rasen auf uns zu. Karl sitzt in einem Rollstuhl. Er ist seit ein paar Tagen zu Hause. Ich sehe, dass ihm das guttut, auch wenn er immer schmaler wird.

Gestern habe ich ihn in meiner Mittagspause besucht. Wir saßen eine Stunde auf seinem Balkon, jeder eine seiner schnurrenden Katzen auf dem Schoß.

»Heute Morgen war deine Großmutter hier«, sagte Karl.

Es klang nebensächlich und so war es sicher auch gemeint. Aber mir liefen ansatzlos die Tränen aus den Augen. Die ganze Woche war ich tapfer gewesen. Margret, Vicki, Leo … Alle hatten mich immer wieder auf die Party angesprochen, was für ein wunderbares Fest es doch gewesen sei, wie erstklassig meine Familie zu feiern verstünde …

Ich hatte schon einen Kieferkrampf vom falschen Grinsen. Denn für mich bedeutete dieses Fest nur eines – die ganz große Katastrophe. Meine Familie hätte stärker werden können an diesem Abend. Ich hätte eine Schwester gewinnen können. Aber am Ende hatte ich alles verloren. War das nun meine Schuld? Weil ich diesen doofen Briefumschlag geöffnet hatte? Ist ein Geheimnis weniger schlimm, wenn man es gar nicht kennt? Viele Fragen, keine Antwort. Meine Familie war wahrscheinlich furchtbar böse auf mich. Sie wollten mich sicher niemals wiedersehen. Na und? Ich sie auch nicht!

Die Entdeckung des alten Familiengeheimnisses hatte mich ziemlich aus der Bahn geworfen. Ich konnte beinahe an nichts anderes mehr denken und versuchte doch mit aller Gewalt, es nicht zu tun. Basti, der als Einziger wusste, was ich an diesem Abend herausgefunden hatte, versuchte mehrmals mit mir darüber zu reden. Aber ich blockte ab. Stattdessen suchte ich Zerstreuung, wo immer es möglich war. Vicki amüsierte sich.

»Seit du mit Basti zusammen bist, ist eine wilde Hummel aus dir geworden«, sagte sie lachend, als ich es mal wieder nicht zu Hause aushielt und sie unbedingt zum Ausgehen überreden wollte.

Statt ihr die Wahrheit zu sagen, setzte ich wieder mein künstliches Grinsen auf. Ich konnte nicht darüber reden. Es war mir zu peinlich. »Los, lass uns was trinken gehen!«

Nach dem Trinken wollte ich ins Kino, danach zum Tanzen und schließlich wieder in die Werkstatt – ohne Schlafpause. Nun saß ich also auf Karls Balkon in der Sonne – übermüdet und fix und fertig.

»Was ist los mit dir?«, fragte er mitfühlend.

Nichts, gar nichts, nur dass meine Familie für mich gestorben war. Ich wartete seit einer Woche darauf, dass mir diese Tatsache gleichgültig wurde. Oder, dass jemand aus meiner Familie anrufen und mir alles erklären würde. Aber das geschah nicht – weder das eine noch das andere. Wie um Himmels willen hatte Karls Tochter dieses schreckliche Gefühl 20 Jahre durchgehalten? Ich sollte sie vielleicht um Rat fragen.

Vorerst jedoch schüttete ich Karl mein Herz aus. Er hörte still und aufmerksam zu.

»Dürfen Eltern ihre Kinder weggeben?«, fragte ich zögernd.

»Das dürfen sie«, antwortete er. »Es gibt manchmal sogar verständliche Gründe dafür.«

»Ich kenne die Gründe nicht«, sagte ich ratlos. »Aber

ich vermute, mein Onkel und meine Tante konnten keine eigenen Kinder bekommen. Du musst wissen, die vier sind unzertrennlich. Sie haben zusammen ein Haus gebaut, verreisen miteinander – teilen ihr ganzes Leben. Sogar ihre Hunde sind Zwillinge.«

»Na ja, das ist in der Tat verrückt. Aber Menschen machen verrückte Sachen.«

»Sie hätten es uns doch irgendwann sagen müssen, findest du nicht?«

Er lächelte. »Mit der Ehrlichkeit ist es manchmal so eine Sache, oder?«

Ich seufzte, denn ich hatte Karl durchschaut. Er wollte mir keinen Rat geben, mir keinen Weg aus dem Dschungel meiner Gefühle zeigen. Den sollte ich ganz allein finden.

»Und dann ist da noch die Sache mit dem passenden Zeitpunkt …«, ergänzte er.

Ich fing an meine Eltern zu verstehen. Für manche Offenbarungen gibt es ihn nicht, den richtigen Moment. Ich fühlte mich ein wenig getröstet.

Außerdem hatte ich eine zuverlässige »Gefühls-dschungel-Landkarte« in meiner Handtasche.

Das Glück ist auf der Seite derer, die ein gesundes Urteilsvermögen besitzen.

Endlich! Zum ersten Mal tat ein Glückskeks mir gegenüber mal das, was er sollte – nämlich Glück verheißen. Ich fühlte mich zwar noch nicht wirklich besser, aber ich war wild entschlossen, das Glück festzuhalten, wenn es mir denn über den Weg laufen würde. Vielleicht waren ja Oma und Lila und unsere Eltern schon unterwegs, um sich tränenreich bei mir zu entschuldigen? Vielleicht sollte ich auch losgehen?

Nein, wir müssten uns in der Mitte treffen. Aber wer soll den ersten Schritt machen?

Viel zu kompliziert das alles.

Die Ankunft weiterer Leute lenkt mich von meinen Grübeleien ab. Einige kenne ich nicht. Es sind Freunde von Daniel, ausnahmslos sehr nett. Mit allen kann man wunderbar plaudern. Leider kommt Margret nicht. Vicki hat sie eingeladen, aber ihr ist nicht nach einem fröhlichen Zusammensein. Existenzsorgen plagen sie.

Der Hausbesitzer hat die Miete für ihre Werkstatt erhöht, ziemlich drastisch sogar. Ausgerechnet jetzt, wo es anfing, besser zu laufen und Margret mich und Jola eingestellt hat, um sich ein wenig zu entlasten. Es ist gemein!

»Irgendein Wunder muss geschehen, Rosi. Sonst können wir zumachen.«

Erschrocken hatte ich ihr zugehört. Aber eine Lösung fiel mir auch nicht ein. Im Gegenteil! Ich bekam langsam aber sicher das Gefühl, dass Probleme wie ein Sieb sind: Stopfst du ein Loch zu, dann läuft es eben aus dem nächsten.

Anne, Vickis Agentin, kommt über den Rasen auf uns zu. Mit ihren langen Beinen, den dunklen, glänzenden Haaren und dem auffälligen Make-up sieht sie aus wie ein Modell auf dem Weg zum Fotoshooting. Alle Leute starren sie an. Bestimmt auch, weil sie so schick gekleidet ist. Ich habe ein Déjà-vu.

Dieses herrlich leuchtende Rot!

Sie beugt sich zu mir herunter, gibt mir Küsschen rechts und links und grinst so breit, dass die Ohren Besuch bekommen.

»Naaa, Rosa?«

»Du hast … Das hab ich genäht … äh… Wieso?«, stottere ich mit blödem Gesichtsausdruck.

Ich habe gerade das rote Seidenteil, das ich nach meinem Chinesen-Traum genäht habe, an ihr erkannt. Moment mal! Ich habe die Bluse doch mitsamt meiner Zeichnungen in den Mülleimer geworfen! Als ich mich zu Vicki umdrehe, ist mir alles klar. Die lächelt nämlich genauso lausbubenhaft wie Anne.

»Du bist doch nicht sauer, Rosa, oder?«, fragt sie. »Ich dachte, du bist verrückt geworden, als ich das herrliche Teil im Müll gefunden habe. Und dann musste ich gleich an Anne denken, die mich seit dem Chiliabend laufend gefragt hat, wann sie mal ein Kleidungsstück aus deiner Werkstatt kaufen kann.«

»Das ist meine Lieblingsbluse«, bestätigt Anne. »Ich werde laufend darauf angesprochen. Mal ehrlich, du bist genial, Rosa. Mit deinen Klamotten solltest du dich selbstständig machen!«

»Ich hätte sie gern in schwarz«, sagt Vicki. »Rot steht mir nicht, leider, sonst hätte ich sie behalten.«

»Komm schon«, lacht Anne. »Du kriegst ja wohl ein Hochzeitskleid von ihr.«

Ich schaue benebelt von Vicki zu Anne und von Anne zu Vicki.

»Du musst mir noch den Preis nennen«, sagt Anne jetzt. »Vicki hat sie zwar geklaut, aber *ich* bin eine ehrliche Haut. Sind 200 okay?«

»Zwei…hu…hundert… Euro?«, stottere ich.

In der Tat habe ich mir noch nie Gedanken gemacht, was meine Arbeit kosten soll. 200 Euro für eine Bluse? So viel verdiene ich sonst in der ganzen Woche.

»Ich schenke sie dir«, sage ich rasch zu Anne.

»Nee, nee«, widerspricht sie. Sie guckt mich an, als sei ich eine Außerirdische.

»Das sollst du nicht. Das kommt gar nicht infrage.«

»Doch«, antworte ich bestimmt. Nun ist es an mir, breit zu grinsen. Ich habe einen richtig guten Einfall. »Du hast mir auch etwas geschenkt.«

»Ach so?«

»Erzähl mal!«, fordert mich Vicki auf.

»Eine Idee.«

»Was denn für eine?«, fragt Anne. »Es hat auf jeden Fall mit deinem Talent zu tun, oder?«

»Ihr werdet es schon noch erfahren.«

»Was wollen wir noch unternehmen?«, frage ich, an Basti gelehnt.

Ich gucke träumerisch in die bunten Raketenblumen am Britzer Abendhimmel, zu denen das Orchester Händels Feuerwerksmusik spielt. Neben mir sitzen Leon und Luca mit kugelrunden Augen, jeder auf einer Seite von Karls Rollstuhl. Beinahe wären sie eingeschlafen. Jetzt aber sind sie wieder hellwach und wetteifern darum, ihrem Großvater die schönsten Feuerwerksfiguren zu zeigen.

»Opa, guck mal …«

Es tut meiner Seele gut, die drei so vereint zu sehen.

»Gehen wir zu dir oder zu mir?«, fragt Basti.

»Weder noch«, sage ich. »Ich bin noch unternehmungslustig.«

Er gibt mir einen Kuss aufs Haar. »Na gut. Ich habe sogar schon eine Idee. Lass dich mal überraschen«, sagt er fröhlich. »Aber dann zu mir?«

»Dann zu dir«, antworte ich lächelnd. »Liebend gern.«

Als wir eine Stunde später durch Lichterfelde-West fahren, steigt Panik in mir auf. Basti hat doch nicht etwa irgendein Versöhnungstreffen mit meiner Großmutter arrangiert? Er sieht meinen ängstlichen Blick.

»Keine Angst«, beruhigt er mich. »Wir machen nichts, was du nicht willst.«

Von wegen.

Kurz nachdem ich erleichtert aufgeatmet habe, ereilt mich der nächste Schock. Wir halten direkt vor den Toren eines gigantischen Rummelplatzes, der hier für ein paar Wochen seine Zelte aufgeschlagen hat. Basti freut sich wie ein Schneekönig.

»Ist das nicht cool?«

Im Gegenteil. Mir wird gerade ziemlich heiß. Was um Himmels willen sollen wir hier?

»Das ist ein Volksfest der Superlative«, strahlt Basti. »Hier gibt es die schnellste Achterbahn, die gruseligste Geisterbahn, die längste Bratwurst …«

Für Letzteres könnte ich mich am ehesten erwärmen. Vielleicht auch noch für die kitschigste Losbude, weil man da wenigstens etwas gewinnen kann. Aber bei allem anderen kann ich nur verlieren. Ich leide nämlich seit meiner Kindheit unter einem extremen Drehwurm. Ob es dafür einen medizinischen Fachbegriff gibt? Ich muss Basti fragen. Drehwurm hört sich nämlich niedlicher an, als es ist. De facto bedeutet es, dass ich umgehend erbrechen muss, sobald sich irgendetwas unter mir im Kreis bewegt. Egal, ob schnell oder langsam – mein Magen rebelliert sofort. Bei endlosen Bus- und Autoreisen, schaukelnden Schiffen … Wenn andere grün und grau vor Übelkeit werden, bin ich überhaupt nicht empfindlich. Ich könnte Kapitänin auf einem Schmugglerschiff im Indischen Ozean werden. Aber ein harmloses Kinderkarussell haut mich in null Komma nichts um.

Schon als kleines Mädchen war es auf dem Rummelplatz um mich geschehen. Mir wurde sogar vom Zugucken schlecht. Meine Eltern nahmen darauf Rücksicht. Ich durfte Teppich rutschen und Zuckerwatte essen, so viel ich wollte. Alles andere ersparten sie mir (und sich!).

Aber mit 14 hatte ich dann trotzdem ein traumatisches Erlebnis. Mein damaliger Schwarm wollte mir nämlich nicht glauben und hatte mich mit betteln (»Nun komm schon, Süße! So schlimm wird es schon nicht sein.«), schmeicheln (»Ich liebe dich, wenn du das für mich tust. Ehrlich!«) und Erpressung (»Wenn du nicht mitkommst, erzähle ich allen, dass du ein Schisser bist.«) – jedenfalls gegen meinen Willen – auf eine Walzerbahn gelockt. Fünf Minuten später bereute er es, denn ich kotzte ihm noch während der Fahrt meinen gerade verspeisten kandierten Apfel über die Hosen. Das war so peinlich. Er hatte sich angeekelt von mir abgewendet und danach nie wieder ein Wort mit mir geredet. Mir war noch drei Tage später übel. Daraufhin hatte ich um Jahrmärkte immer einen großen Bogen gemacht.

»Du bist ja so still«, sagt Basti, während er mich zum Kassenhäuschen zerrt.

»Können wir nicht etwas anderes machen?«

»Magst du Kirmes etwa nicht?«

»Doch schon, aber …« *Warum sagst du ihm nicht, dass du Rummelplätze buchstäblich zum Kotzen findest?*

Ja warum? Vielleicht, weil ich nicht schon zu Anfang unserer Beziehung als jammernde Spaßbremse dastehen will. Er hat es doch lieb gemeint. Und überhaupt. Hätte er nicht erkennen können, dass ich eigentlich *nicht* will? Ich meine, einem sensiblen Mann von heute müsste das doch möglich sein. Oder?

»Na also …«, lacht Basti.

Meine Hoffnung, dass er vielleicht ein ganz kleines bisschen Gedanken lesen kann, ist endgültig dahin.

»Ich dachte einen Moment, du hast Angst.«

»Ich?« Die schauderhafte Kirmeskakophonie, die uns umgibt, seit wir die Einzäunung durchschritten haben, schluckt mein hysterisches Kichern. So wird das nichts. Ich muss mir etwas überlegen und zwar schnell. Ich könnte wieder anfangen zu humpeln oder …

»Basti?«

»Ja, mein Schatz?«, sagt er abgelenkt und guckt sich suchend um.

Ich werde es mit den Waffen der Frau versuchen und schenke ihm einen ganz treuherzigen Blick. »Wollen wir nicht doch jetzt gleich zu dir?«

»Gern«, sagt er strahlend. »Aber da wir schon mal hier sind, können wir doch erst noch ein wenig Spaß haben, okay?«

Ich gebe auf. Er kapiert es nicht.

Du darfst echt nicht sauer auf deine Eltern sein, Rosa Redlich! Du kannst ja nicht mal bei solchem Pipifax die Wahrheit sagen!

»Wollen wir, ja?«, fragt Basti.

Er strahlt mich so verliebt an, dass ich ihm einfach nicht den Spaß verderben will. Für die wahre Liebe muss man Opfer bringen. Erst ich. Später er.

Also los jetzt, Rosa! »Okay«, sage ich.

Weil ich eine Woche geübt habe, sieht mein falsches Lächeln wahrscheinlich gar nicht so falsch aus. Aber schon nach zwei Minuten habe ich die Nase voll von meinem Altruismus. Das sogenannte Volksfest ist die Apokalypse, der Untergang der modernen Zivilisation. Mit vor Entsetzen geweiteten Augen starre ich auf das wüste Treiben um mich herum. Es ist wie auf einem Gemälde von Pieter Brueghel, das wir mal im Kunstunterricht angeguckt haben – ein menschliches, abstoßendes Chaos.

Rechts von mir stürzt ein Mann von einem wie verrückt hoppelnden Bullrider. Er schreit vor Schmerzen und kriecht auf allen vieren aus dem Ring. Die Zuschauer grölen wie besessen. Der Nächste steigt auf. Er macht eine Siegerpose. Noch.

Linkerhand motzt eine Mutter ihr heulendes kleines Kind an, weil es nicht mit ihr in die ›Wilde Maus‹ steigen will.

»Nun hab dich nicht so! Die Maus ist doch soooo süß.«

Über ihr saust gerade ein Wagen des ›süßen‹ Fahrgeschäfts so heftig um die Kurve, dass man förmlich die Halswirbel der Insassen knacken hört.

Neben der Bratwurstbude steht ein junges Mädchen und erbricht sich. Der Farbe nach zu urteilen, hat sie zu viel Mais gegessen.

In der riesigen Schiffsschaukel, die wir jetzt passieren, schreit eine ältere Frau in wilder Panik um Hilfe.

»Anhaaaaaaalten! Biiiiitte!«

Oh Gott! Die kriegt gleich einen Herzinfarkt und stürzt kopfüber in die Tiefe.

Hinter dem Pferdekarussell hat sich ein knutschendes Pärchen an einen Baum gedrückt. Er macht ziemlich verdächtige Bewegungen aus der Hüfte heraus. Sie guckt verzückt gen Himmel. Schnell wende ich meinen Blick ab.

Am Bierzelt zanken sich zwei offensichtlich besoffene junge Männer.

»Verzieh dich, du Wichser.«

»Dich mach ich alle, du Penner.«

Gleich werden sie ihre Messer zücken und sich gegenseitig in den Bauch rammen.

Sodom und Gomorrha sind nix dagegen!

Ich will nach Hause!!! Jetzt!

So langsam beschleicht mich ein Verdacht. Ist Sebastian vielleicht aus professionellen Gründen hier? Herzinfarkte, Stichwunden, Prellungen, schwallartige Magenentleerungen … für einen Mediziner ist das hier die reinste Tummelwiese. So lange ist Basti noch nicht im Geschäft. Vielleicht will er ja in seiner Freizeit ein wenig üben? Aber mein Schatz hört und sieht nichts von den menschlichen Abgründen um ihn herum. Er geht strahlend wie ein kleiner Junge durch die Reihen und sucht ein für uns passendes Fahrgeschäft. Nachdem ich alles abgelehnt habe, was er vorgeschlagen hat (»Och nö, lass uns lieber zum nächsten gehen.«), bleibt er stehen und schaut mich an.

»Wusste ich es doch«, sagt er grinsend.

Was wusste er?

Ich lächle unsicher. Hat er endlich gemerkt, dass ich Jahrmarktsplätze hasse und fährt uns jetzt zu sich nach Hause, um mich auf seinem kuschligen Futon nach allen Regeln der Kunst zu verführen? Oh Basti! Ich danke dir!

»Du bist wie ich, du willst die richtig harten Dinger.«

Oh lala! Das klingt aber eindeutig zweideutig. Kann er vielleicht doch hören, was ich denke?

»Also gut«, sagt er und zeigt nach vorn. »Da ist es.«

Meine Augen folgen, Schlimmes ahnend, seinem ausgestreckten Zeigefinger.

›Monsterwhirl‹, lese ich mit Entsetzen.

»Da staunst du, was?«

In der Tat. Und in zwei Minuten wird er staunen, nämlich darüber, wie eine gesunde junge Frau sich blitzschnell in einen grünen, kotzenden Oger verwandeln kann. Es geht nicht. Ich muss es ihm jetzt sagen. Liebe hin. Opfer her. Doch als ich gerade Luft hole, sehe ich eine Lösung, die mich nicht ganz so blass aussehen lässt.

»Schau mal da«, schreie ich.

Wir stehen nämlich direkt vor dem Eingang zu einer Geisterbahn. Ein riesiger Vampir schwebt über dem Tor und winkt uns mit gefletschten Blutzähnen zu.

»*Darauf* stehst du?«, fragt Basti lachend.

»Und wie«, sage ich.

Ich ziehe ihn nun meinerseits. Aus diesem schrecklichen Wirbeldings quellen schrille Hilfeschreie. Bloß weg hier! Die Geisterbahn ist entschieden das kleinere Übel. Sie wird sich ganz bestimmt nicht drehen. Mit ein paar lächerlichen Pappgeistern werde ich schon fertig. Ich bin zufrieden, denn nun stehe ich vor meinem Freund doch nicht als Spaßbremse da. Wenn wir durch die dunklen Gänge fahren, werde ich ihm sehr überzeugend darlegen, warum wir im Anschluss ganz schnell nach Hause müssen – ohne Umweg über ›Monsterwhirl‹ und andere Folterinstrumente.

Kurz darauf setzt sich unser Wagen in Bewegung. Kaum haben sich die Türen hinter uns geschlossen, streckt eine überdimensionale, schwarze Spinne ihre acht haarigen Beine nach uns aus. Ich werfe mich mit Inbrunst in Bastis Arme und beginne entschlossen mit der Überzeugungsarbeit.

»Hey!«, sagt er überrascht. »Du bist ja stürmisch. Wollen wir es hier drin machen?«

Bloß nicht! Dann hat er ja keinen Grund mehr, gleich mit mir nach Hause zu fahren. Ich darf es also nicht übertreiben. Während ich Basti zärtlich streichle und küsse und dabei selbst ganz schwache Knie kriege (Wie gut er sich anfühlt! Wie sehr ich seinen Duft liebe!), ruckelt der Wagen mit uns gemächlich durch die Ausgeburten menschlicher Albträume.

»Die Geisterbahnen früher waren irgendwie harmloser«, sage ich.

Ich schließe entsetzt die Augen. Diese Vampirlady, die gerade einen blassen schlaffen Jüngling im Arm hält, sieht total echt aus. Sie fletscht die spitzen Zähne. Aus ihrem Mund trieft Blut.

Ich weiß, das sind hier alles Puppen, aber es ist trotzdem besser, wenn ich mich Basti und nicht dem Horror um uns herum widme. Seit ich als Achtjährige heimlich ›Dracula jagt Minimädchen‹ gesehen habe, bin ich – nun ja – manchmal ein wenig schreckhaft.

Ich hocke mich auf Bastis Schoß. Dabei öffne ich noch einmal kurz die Augen. Gerade fahren wir durch eine Art Kapelle, in der lauter geschlossene, schwarze Särge stehen. Sofort kneife ich die Augen wieder zu. Mir ist vollkommen klar, dass die Dinger jeden Moment aufgehen, um uns ihren erschütternden Inhalt zu präsentieren. Ich will aber gar nicht wissen, was da drin ist. Der Wagen fährt jetzt zu allem Überfluss besonders langsam.

Basti genießt es merklich, dass ich mich wie eine Klette an ihn presse. Sein Atem geht schwer. Meiner auch. Aber aus anderen Gründen. Ich habe panische Angst!

Mit einem Mal ruckt unser Wagen heftig und bleibt stehen – mitten in der Kapelle des Grauens. Zu allem Überfluss wird es auch noch eine Spur dunkler im Raum. Diese Geisterbahnbesitzer übertreiben aber wirklich maßlos!

»Was ist denn jetzt los?«, fragt Basti irritiert.

Er zieht mein Shirt wieder dahin, wo es hingehört.

»Vielleicht muss das so sein«, sage ich ängstlich.

Ich rechne fest damit, dass uns jetzt irgendetwas Ekelhaftes anspringt. Zum Glück bin ich mit einem Arzt hier drin. Bestimmt weiß Basti, was er machen muss, wenn mein Herz plötzlich stehen bleibt. Nach einer Minute tut sich noch immer nichts. Der Wagen steht. Um uns ist schwarze Nacht. Es ist totenstill. Meine Nerven sind gespannt wie Drahtseile.

»Basti, das gefällt mir nicht«, jammere ich.

»Das ist bestimmt ein Stromausfall.«

»Hör doch mal«, quieke ich und berge entsetzt meinen Kopf an seiner Schulter. »Da ist was.«

Vor der Kapelle sind wir an einem Henker mit gezücktem Hackebeil vorbeigefahren, der einen knienden, gefesselten Menschen in seiner Gewalt hatte. Wahrscheinlich ist er jetzt mit ihm fertig und macht sich auf den Weg zu uns, seinen nächsten Opfern. Ich höre schon seinen unheimlich Atem.

»Hhhhch, aaah, hhhch …«

… und in der Schwärze tapsende Schritte.

Diese Geisterbahn ist ein einziger Albtraum.

Dann ertönt mit einem Mal eine helle Stimme in der Dunkelheit. »Warum hörst du auf?«

Es klingt gedämpft, aber dennoch ganz nah.

»Da stimmt was nicht«, antwortet eine Männerstimme. »Hör doch mal. Es fahren gar keine Wagen mehr.«

»Scheiße.«

Der Sargdeckel direkt neben mir öffnet sich knarrend. Ein weißer Arm kommt daraus hervor. Eine Hand tastet über meine Haare. Ich stoße einen gellenden Schrei aus.

Und dann lacht jemand – ein helles, gar nicht unheimliches Lachen. Eine tiefere Stimme fällt ein, dann noch eine. Das ist Sebastian. Er lacht wirklich. Ich kann deutlich spüren, wie sein Körper bebt.

»Was macht ihr denn hier?«

Da er kein bisschen ängstlich klingt, öffne ich ein Auge. Ich gucke geradewegs in ein paar hübsche Katzenaugen, die mir ziemlich vertraut sind.

»Vicki? Daniel?«, schreie ich gleichermaßen verdutzt wie erleichtert. »Was zur Hölle macht ihr in dem Sarg?«

»Ach, na ja …«, antwortet Vicki.

Bei einem Blick auf ihre Kleidung erübrigt sich jede weitere Frage. Sie trägt ein schwarzes Kleid, das heißt, sie trüge es, wenn es nicht fast vollständig von ihrem Oberkörper gerutscht wäre. Auch ihr BH könnte besser sitzen. Ich gucke von ihr zu Basti. Zum Glück ist es ziemlich dunkel. Bei Vickis Anblick könnte sogar ein Mönch vom Glauben abfallen.

»Was ist denn hier los?« Eine weitere Stimme schallt aus der Dunkelheit.

Die Schritte, die ich gerade schon gehört habe, nähern sich bedenklich.

»Der Henker!«, schreie ich.

Das ist ein so bizarres Stelldichein!

»Aua, pass doch auf«, zetert eine Frauenstimme.

Ich kriege eine Gänsehaut, allerdings nicht vor Angst.

»Wie soll ich denn aufpassen? Es ist doch stockdunkel hier drin.« *Die* Stimme kenne ich doch auch.

Meine Nerven geben auf. Ich kriege einen hysterischen Anfall – eine wilde Mischung aus Lachen, Heulen und einem Schluckauf.

»Rosa? Was ist denn jetzt los?«, fragt Basti besorgt.

Vicki klettert aus dem Sarg. Sie richtet ihre Kleidung,

allerdings mit eher geringem Erfolg. Daniel bleibt noch sitzen.

»Hat einer von euch ein Feuerzeug?«, frage ich. Ich kann kaum sprechen, so sehr schütteln mich Lachkrämpfe.

»Ja, ich«, sagt Daniel. »Warum?«

»Wir kriegen netten Besuch«, antworte ich lachend. »Mach mal Licht!«

Im selben Moment leuchtet eine kleine Flamme auf. Es wird ein wenig heller im Raum.

Vicki, Daniel und Basti folgen mit den Augen meinem ausgestreckten Finger. Ich habe mich nicht verhört. Im Halbdunkel tauchen tatsächlich – Hand in Hand – Lila und Rob auf.

Mein alleridiotischster Albtraum war nicht so verrückt wie das hier!

»Das gibt es doch gar nicht«, sagen Vicki und Lila gleichzeitig. Sie funkeln sich böse an.

»Mach sofort das Feuerzeug aus«, brüllt Rob.

So panisch hat seine Stimme noch nie geklungen. Er ist sonst immer die Ruhe selbst.

»Hier drin ist alles aus Pappe und Papier. Ein Funken und alles brennt wie Zunder, verdammt noch mal.«

Das ergibt Sinn. Daniel gehorcht. Es ist wieder stockdunkel, aber meine Augen gewöhnen sich langsam daran und sehen immer besser.

»Was macht ihr alle hier?«, fragt Rob mit strenger Stimme.

»Dreimal darfst du raten«, antworte ich. Ich bin mir keiner Schuld bewusst. Schließlich haben Basti und ich Eintritt bezahlt und sitzen brav in unserem Wagen. »Genauso kann ich fragen, was *ihr* hier macht?«

»Wir sind im Wagen hinter euch«, antwortet Rob. »Ich wollte nach dem Rechten sehen, weil alles stehen geblieben ist. Lila wollte nicht allein bleiben.«

Kein Wunder! Sie hat damals auch Dracula geguckt.

»Seinem Freund gehört die Bahn«, sagt Lila. Sie klingt so eingebildet, als gehöre dem Mann ganz Disneyland.

»Wir dürfen fahren, so viel wir wollen.«

Sie glaubt doch nicht ernsthaft, dass ich jetzt neidisch werde?

»Wow«, sage ich und fange schon wieder an zu lachen.

Basti knufft mich in die Seite. Ich hickse hilflos.

»Es gibt anscheinend ein technisches Problem«, doziert Rob.

»So viel steht fest«, sagt Vicki.

»Wo ist denn euer Wagen?«, fragt Lila mit Blick auf Daniel, der noch immer in dem geöffneten Sarg sitzt.

»Keine Ahnung«, antwortet Vicki und kichert. »Ohne uns weitergefahren, fürchte ich.«

»Sie arbeiten hier«, sage ich und biege mich vor Lachen. »Als Untote.«

Was ich für einen Riesenwitz halte, bringt Rob schier aus der Fassung.

»Habt ihr etwa unerlaubt die Gondel verlassen?«

»Na ja«, druckst Vicki.

»Das ist ganz klar nicht erlaubt«, wiederholt sich Rob.

»Wir haben nur ein bisschen recherchiert«, sagt Vicki und zupft an ihrem verrutschten Kleid.

»Recherchiert?«, kreischt Lila. »In einer Geisterbahn?«

»Ihr neuer Roman ist eine erotische Fantasy-Liebesgeschichte in der Zwischenwelt …«, sagt Daniel. Ich merke, dass er sich mühsam sein Lachen verkneift. »Wir dachten, besser hier, als auf einem richtigen Friedhof.«

Basti lehnt an meiner Schulter und lacht tonlos.

»Ihr habt es in einem *Sarg* getrieben?«, fragt Lila und starrt Vicki und Daniel schockiert an.

»Nur zu Recherchezwecken, wie gesagt«, antwortet Vicki. Ich frage mich, wie sie bei diesem Schauspiel so cool bleiben kann. »Außerdem ist das Ding leer und nur aus Pappe. Also keine Panik.«

»Victoria Liesen! Ich habe schon immer gewusst, dass du pervers bist«, schreit Lila. Dann wendet sie sich mit angewidertem Gesicht an mich. »Und bei so einer …, einer Leichenschänderin wohnst du, Rosa?«

Lila konnte schon immer prächtig übertreiben. Zugegeben, Vicki ist schräg. Aber wenn sie und Daniel Spaß dran haben! Mich stört es nicht. Ich freue mich schon auf diese Szene in ihrem neuen Buch.

»Äh«, sagt Rob jetzt.

Er starrt Vicki auf den nur sehr notdürftig bedeckten Busen. Anscheinend haben sich auch seine Augen an die Dunkelheit gewöhnt.

»Ist dein neues Buch … äh … Ich meine, ist es irgendwie genauso spa… spannend wie das erste? Au, verdammt noch mal!«

Wenn ich mich nicht verguckt habe, hat ihm Lila mit voller Wucht und spitzen Schuhen gegen das Schienenbein getreten.

»Du wolltest doch Hilfe holen!«, sagt sie stinksauer.

»Ja, hier geht es irgendwo raus«, sagt Rob verwirrt. »Ich … Ich hole dann mal Hilfe, ja?«

Mühsam reißt er seine Augen von Vicki los, die mit ihrer wallenden Mähne und dem schwarzen Kleid wirklich einer erotischen Vampirdame gleicht.

»Ich gehe dann mal«, wiederholt sich Rob.

Ich glaube, wenn Lila und Daniel nicht da wären, würde er mit Vicki liebend gern in den Sarg klettern, ob nun erlaubt oder nicht. Lila scheint das auch zu kapieren.

»Nun mach schon«, motzt sie ihn an.

»Danke!«, haucht Vicki. Sie guckt Rob mit halb verschleierten Marlene-Dietrich-Augen an. »Das ist nett von dir, dass du uns rettest.«

»Du bist eine Schlampe«, sagt Lila wütend, als Rob davongestolpert ist.

»Ich? Dass ich nicht lache«, faucht Vicki und verwandelt sich zurück in sie selbst. »Wer hat denn hier seiner angeblich besten Freundin den Freund weggeschnappt?« Sie wirkt jetzt gar nicht mehr cool. »Aber ich weiß, du standest ja schon früher auf die Kerle anderer Frauen.«

Hatte ich wirklich geglaubt, dass die beiden sich jemals mir zuliebe vertragen würden? Ich glaube, da habe ich Pech gehabt, denn das hier ist eine waschechte Frauenfeindschaft.

»Jetzt lasst es gut sein«, sage ich entschlossen. »Gleich geht die Fahrt weiter. Steigt doch alle in unseren Wagen!«

»Ja genau«, sagt Basti und rückt ein Stück zur Seite. »Das passt schon. Komm, Lila!«

Ich finde es prima, dass er nicht Vicki gebeten hat, sondern Lila, die sichtlich verwirrt und mit zitterndem Kinn neben uns steht.

»Niemals steige ich zu der da in den Wagen«, schimpft Lila.

Sie wendet sich ab und stöckelt entschlossen ihrem Rob hinterher in die Dunkelheit. Alle Achtung! Ich würde mich da bestimmt nicht allein weiter trauen.

»Lila, bleib hier«, rufe ich ihr nach. »Da drin ist alles voller Vampire!«

»Pah!«, ruft sie. »Besser Vampire als blöde Kühe.«

Das Letzte, was ich von ihr sehe, ist ein wippender Pferdeschwanz und ein paar wacklige Schritte auf viel zu hohen Schuhen.

Nachdem Daniel auch aus dem Sarg geklettert ist und den Reißverschluss seiner Jeans geschlossen hat, steigt er zu uns in die Gondel. Ich kann gar nicht mehr aufhören zu lachen und die anderen auch nicht.

»Das kommt in meine Memoiren«, sagt Vicki. Sie stellt sich auf das Trittbrett des Wagens. »Tante Augusta kann einpacken.«

»Komm doch auf meinen Schoß«, sagt Daniel.

Vicki schüttelt den Kopf. »Dann kann ich für nichts garantieren«, sagt sie lachend. »Ich habe doch kein Höschen an.«

So langsam beginne ich zu verstehen, warum sie erotische Bücher schreibt.

Weiter hinten aus der Bahn ertönen laute Schreie. »Weiterfahren!«

Anscheinend haben die nicht so viel Spaß wie wir, aber meinetwegen kann es jetzt auch weitergehen. Ich muss aufs Klo und will wirklich nach Hause. Ich hoffe, Basti hat nun auch genug von dieser Kirmes. Im selben Moment setzt sich unser Wagen schleppend in Bewegung. Endlich!

»Juhu«, schreien wir beglückt.

Vicki reckt siegesgewiss den Arm in die Höhe.

Unsere Gondel kracht durch eine Schwenktür. Endlich lassen wir die scheußliche Kapelle hinter uns. Jetzt kann nichts mehr schiefgehen.

Oh doch – es kann!

Ein paar Meter vor uns, mitten auf den Schienen, steht Lila mit schreckgeweiteten Augen.

Wir fahren im Schritttempo auf sie zu.

»Hau ab!«, schreit Vicki und wedelt mit den Armen.

»Ich kann nicht«, brüllt Lila in Panik zurück. »Ich klemme fest.«

Oh, mein Gott! Ihre spitze Sandale mit dem Pfennigabsatz hat sich in einer Art Weiche verhakt. Sie kommt nicht vor und nicht zurück.

»Mach den Schuh auf«, schreie ich.

Dabei weiß ich doch, dass es viel zu spät ist. Lila ist wie ein Reh. Anstatt zu flüchten, steht sie schreckstarr da und lässt sich von uns überfahren. Noch drei Meter, noch zwei …

Gleich wird der Wagen Lila umhauen und ihr Bein wird unter dem Gewicht zermalmt werden. Nein!!! Lila!

Vicki reagiert ganz plötzlich. Sie springt von der Gondel, rast auf Lila zu und zieht sie mit einem kräftigen Ruck aus dem Schuh. Lila stürzt mit einem Riesengepolter in die Kulissen. Genau in die Arme eines untersetzten Trolls, der einen Eimer voller glitschiger Augen trägt. Vicki jedoch strauchelt in die andere Richtung – genau vor unsere Gondel.

Das Geräusch, als unser Wagen sie am Kopf trifft, ist gruseliger als die ganze Geisterbahn.

»Wo bin ich?«

Gott sei Dank! Vicki wacht auf.

Seit drei Stunden sitze ich an ihrem Krankenhausbett, starre auf ihren dick bandagierten Kopf und hoffe, dass sie das eine Auge, das nicht verbunden ist, öffnet und mit mir spricht.

»Im Krankenhaus«, sage ich und wische mir ein paar Freudentränen ab. »Du hattest einen Unfall.«

»Wo ist Dani?«

»Draußen. Er telefoniert mit deinen Eltern. Sie sind furchtbar aufgeregt.«

»Was ist denn passiert?«

Scheinbar kann sie sich an nichts erinnern. »Du hast dich vor unsere Gondel geworfen, in der Geisterbahn.«

»Du machst Witze!«

»Doch, hast du«, wiederhole ich. »Wegen Lila. Um sie zu retten.«

»Wegen Lila?« Vicki starrt mich an, als ob ich vom Mond komme. Dann zeigt sie mir einen Vogel. »Niemals! Ich bin doch nicht bescheuert.«

»Ähm, du … äh«, stottere ich wenig hilfreich.

»Ich kann dich hören.«

»Wer war das?« Vicki versucht mühsam den Kopf zu wenden.

»Na ja«, sage ich. »Es … Es ist Lila. Sie ist hier.«

»Wieso das denn?«, krächzt Vicki entsetzt.

»Du hast mir das Leben gerettet«, sagt Lila. Sie tritt jetzt in Vickis Sichtfeld. »Und dafür werde ich dir ewig dankbar sein.«

Vicki schaut mich Hilfe suchend an. »Sag mir, dass ich halluziniere, ja?«, flüstert sie so laut, dass Lila es hören muss.

Nun ja, zugegeben, Lila hat wieder mal ein wenig übertrieben. Aber in diesem Fall ist es in Ordnung, denn was Vicki getan hat, war einfach heldenhaft. Lilas Leben war zwar nicht wirklich in Gefahr, aber immerhin ihr Bein. Und wer weiß, wie schlimm es geworden wäre, wenn unser Wagen sie wirklich überrollt hätte.

»Es ist wahr«, sage ich.

Ich bin heilfroh, dass es so und nicht anders ausgegangen ist.

Beide haben ein wahnsinniges Glück gehabt. In dem Moment, als Lila dem Troll mit dem Augeneimer in die Arme stürzte, kam nämlich auch Rob zurück. Er erfasste die Situation in einer Zehntelsekunde und riss die bereits ohnmächtige Vicki von den Schienen. Daniel und Basti waren blitzschnell aus dem Wagen gesprungen. Basti kümmerte sich sofort um Vicki. Daniel fischte Lila, die heftig am Fuß blutete, aus der Kulisse. Rob rannte wieder nach draußen, damit die Bahn erneut gestoppt wurde. Es sah aus wie bei einer hundertmal geprobten Katastrophenschutzübung.

Jeder wusste, was er zu tun hatte und tat das auch. Ich zückte mein Handy und rief einen Krankenwagen. 20 Minuten später waren wir in der Klinik. Dort wurde Lilas Fuß verarztet. Sie durfte noch am selben Abend nach Hause. Aber sie ging nicht. Still hockte sie sich neben Daniel, Sebastian und mich, um zu warten, was die Untersuchung von Vickis Kopf ergeben würde. Basti hatte die Notversorgung gemacht. Aber Vicki lag nicht in seiner Klinik, sodass er auch nichts tun konnte, außer mit uns zu warten. Nach einer Stunde mit Wundversorgung (sie hatte starke Abschürfungen), MRT und CT stand fest, dass Vickis Kopf keine lebensgefährlichen Verletzungen davongetragen hatte. Lilas eingeklemmter Schuh hatte den Wagen etwas abgebremst, sodass der Aufprall nicht so heftig gewesen war.

Sprachlos hört sich Vicki die ganze Geschichte von uns an.

»Und ihr seid sicher, dass ihr das nicht geträumt habt, oder so?«, fragt sie schließlich. »So was Verrücktes habe ich nämlich noch nie gehört.«

»Es ist wirklich wahr«, bestätige ich. »Ich …«

»Ich muss dir was sagen«, unterbricht mich Lila. »Es tut mir leid, wie ich dich immer behandelt habe. Ich meine in der Geisterbahn und … und früher auch.« Sie ist knallrot und ihre Hände zittern. »Es … Es war mies von mir.«

Ich bin beeindruckt.

»Schon gut«, sagt Vicki. »Ich muss mich bei dir bedanken. Immerhin hat dein Schuh das Schlimmste verhindert.«

»Und Rob«, ergänze ich. »Der hat eine Reaktionsgeschwindigkeit … Wow.«

»Das war alles Schicksal«, sagt Lila. »So viele Zufälle kann es nicht auf einmal geben.«

»Schicksal ist doch auch so eine Art Zufall, meinst du nicht?«, antwortet Vicki. »Aber da müssen wir Rosa fragen. Die ist unangefochtene Expertin in diesen Dingen.«

Lila und ich gucken uns tief in die Augen. Wir müssen wohl beide an dasselbe denken. Manchmal ist das, was wir so großartig Schicksal nennen, irgendwie doch nur hausgemacht. Da war mal so ein komischer Abend, vor ein paar Monaten…

»Rosa, bei dir muss ich mich auch entschuldigen«, sagt Lila leise und schluckt schwer. »Ich habe so viel Mist gebaut. Dafür komme ich mal in die Hölle.«

»Ach, du hast doch nur ein wenig Schicksal gespielt«, sage ich lachend. »Und dafür könnte ich dich knutschen, so im Nachhinein jedenfalls. Da fällt mir ein … Ich muss los.«

»Jetzt?«, fragen Vicki und Lila wie aus einem Munde.

»Mitten in der schönsten Versöhnung?«, legt Vicki noch nach.

Ich habe das Gefühl, dass wir uns im Moment nichts mehr sagen müssen. Alle drei nicht.

»Es ist wichtig«, sage ich und zwinkere den beiden zu. »Schicksal und so … Ihr wisst schon.«

»Wenn du willst, bleibe ich noch ein bisschen«, höre ich Lila zu Vicki sagen, als ich aus dem Zimmer gehe.

Gestern Abend, als Anne meine rote Bluse trug, ist es passiert. Ich habe einen Entschluss gefasst und hoffe, dass ich es nicht bereuen werde. Allzu viel Übung habe ich schließlich noch nicht darin, mein Leben selbst in die Hand zu nehmen.

Nachdem ich das Krankenhaus verlassen habe, fahre ich mit der U-Bahn in den Wedding. Zwischendurch nicke ich immer wieder ein. Nachdem Vickis Unfall passiert war, konnte keiner von uns schlafen gehen. Ich bin hundemüde. Mein Make-up ist von gestern. Ich könnte eine Dusche vertragen und ein paar frische Klamotten. Aber zuerst muss ich ins ›Schraders‹.

Da ist am Sonntag immer Brunch. Nicht, dass ich großen Hunger hätte, aber ein Kaffee wäre gut und … Margret. Die ist nämlich am Wochenende immer da. Jens und Oskar haben ihr einen kleinen Tisch sozusagen dauerreserviert. Sie liest ausgiebig ihre Sonntagszeitung und genießt die vielen Köstlichkeiten vom Buffet.

»Rosi? Wie siehst du denn aus?«, begrüßt sie mich.

Oh je, es scheint schlimmer zu sein, als ich dachte.

Jens begrüßt mich mit einem Küsschen. »Du brauchst einen extrastarken Kaffee, stimmt's?«

Ich lasse mich auf den Stuhl plumpsen und berichte in Kurzform.

Margret und Jens beschließen sofort, nachher in der Klinik vorbeizufahren. Mir wird ganz warm ums Herz. Es tut so gut, Freunde zu haben. Wir sind in den letzten Wochen eine richtig eingeschworene Gemeinschaft geworden.

Margret bestreicht mir ganz mütterlich eine Scheibe Brot mit Nussnugatcreme. Nachdem ich ein paar Schlucke Milchkaffee getrunken habe, kommt wieder Leben in mich.

»Margret, ich habe eine Idee, wie wir deine Werkstatt retten können.«

»Da bin ich aber gespannt«, sagt sie.

Ihr Seufzer straft ihre munteren Worte Lügen. Ich fürchte, sie hat schon fast aufgegeben.

»Wir nähen ab sofort Klamotten«, sage ich begeistert. »Nicht nur, aber auch … Wenn du einverstanden bist.« Ich strahle sie an. Sie guckt verständnislos zurück und schweigt. »Wenn wir Mode machen, können wir ganz andere Preise nehmen. Ich habe gestern mit Vickis Agentin geredet. Es gibt Leute, die bezahlen richtig viel für Mode, die nicht von der Stange kommt.«

»Das mag ja sein …«

Ein Aber will ich gar nicht hören.

Das Glück ist auf der Seite derer, die ein gesundes Urteilsvermögen besitzen.

Der Spruch ist wahr. Ich glaube, nachdem ich so oft gehört habe, wie gut ich nähe, kann ich mir ein Urteil erlauben. Margret, Jola und ich sind richtig gute Schneiderinnen. Wir drei sind ein Team, und wir haben ein Ziel! Wir sollten es zumindest versuchen.

»Habt ihr schon eine Idee, was ihr beim Sommerfest macht?«, fragt Jens, als er uns die nächste Runde Milchkaffee bringt.

Margret winkt ab. »Ach, nix.«

Ich jubele. Das Fest kommt mir wie gerufen. »Margret. Das ist es!«

›Der Wedding kann auch anders‹ heißt das große

Stadtteilfest, das in drei Wochen stattfinden soll und bei dem sich Weddinger Kneipen, Kaufleute, Schulen und Handwerksbetriebe zusammengetan haben, um in ihren Kiezen eine bunte Festmeile aufzubauen. Sie wollen zeigen, dass es im ärmsten Berliner Bezirk trotz mancher Probleme auch bunt und lebenswert ist.

»Was sollen wir denn machen, Rosi?«

»Das fällt uns schon noch ein, Margret«, sage ich und grinse. »Eines weiß ich aber schon – wenn der Wedding anders kann, dann können wir das auch.«

Glückskeks 15

Alles bekommt eine neue Bedeutung, wenn man es mit den Augen der Liebe betrachtet.

Vor einer Stunde stand Lila vor unserer Tür. Vicki hatte sie zum Kaffee eingeladen, zum Dank, weil Lila ihr jeden Tag, bis zu ihrer Entlassung, im Krankenhaus Gesellschaft geleistet hatte. Lächelnd, aber ein wenig schüchtern, trat sie in Vickis Palast ein. (Ich weiß noch, wie ich beim ersten Mal gestaunt habe.) Sie schenkte mir einen Sonnenblumenstrauß und Vicki eine große Schachtel Pralinen. Wir deckten den Tisch, setzten uns gemeinsam im Wohnzimmer auf die Couch und quatschten, als hätten wir nie etwas anderes getan.

»Wie haben unsere Eltern denn reagiert, nachdem ich gegangen bin?«, frage ich Lila.

»Na ja«, druckst sie herum. »Gegangen ist wohl nicht der richtige Ausdruck. Du hast, bildlich gesprochen, das ganze Familienporzellan zerschlagen und uns dann in den Scherben stehen lassen.«

»Was haben sie gesagt?« Mein Herz klopft zum Zerspringen.

»Alle waren sich einig, dass es nicht richtig war, dass du in Omas Papieren gewühlt hast.«

Ich wusste es doch. Sie sind böse auf mich. Dabei stehe ich doch am Ende der tragischen Verkettungen. Genauso gut könnten sie den Hunden böse sein, weil sie die Kiste heruntergestoßen haben oder Oma, weil sie die Fotos überhaupt aufbewahrt hat, oder am besten sich selbst, weil sie ihre Kinder unter sich aufgeteilt haben wie andere Menschen ihre Schokoladentafeln.

»Ihr beide seid also Zwillinge«, sagt Vicki.

Sie betrachtet uns kopfschüttelnd und stopft sich eine Praline in den Mund. Seit ihrem Krankenhausaufenthalt ist ihr Schokoladenkonsum signifikant angestiegen. Ich vermute, Lila ist nicht ganz unschuldig daran. Wahrscheinlich hat sie ihr schlechtes Gewissen mit dem Kauf von sündhaft teuren Pralinenkästen beruhigt.

Vickis Verletzungen sind gut geheilt. Nur ein paar dunkle Blutergüsse am Haaransatz und verkrustete Abschürfungen an der Schläfe geben ihr ein etwas abenteuerliches Aussehen.

»Und eure Eltern haben euch das echt all die Jahre nicht gesagt?«, fragt sie und tippt sich an die Stirn. »Ich habe schon immer geahnt, dass die nicht alle Tassen im Schrank haben.«

»Vicki!« Lila und ich rufen es wie aus einem Mund.

»Ja, Entschuldigung, ganz so schlimm ist es vielleicht nicht. Aber fast.«

»Und sonst haben sie nichts gesagt?«

»Doch«, antwortet Lila und seufzt. »Sie haben alles zugegeben. Mama, also …, jetzt ist es ja meine Tante Susanne, hat so herzzerreißend geweint … Ich habe mir gewünscht, wir hätten das alles nie erfahren. Es war doch immer so schön in unserer Familie.«

Sie sieht aus, als würde sie selbst gleich losheulen. Vicki hält ihr die Pralinen hin.

»Danke«, schnieft meine Schwester.

Jetzt sind es schon zwei, die Schokolade in sich hineinstopfen.

»Aber du kannst nichts dafür«, sagt sie an mich gewandt. »Ich bin dir nicht böse, nicht mehr jedenfalls.«

Ich kann seit Tagen kaum etwas essen. Mein Mund fühlt sich trocken an und in meinem Hals sitzt ein dicker Kloß. Ich bin so sauer auf meine Eltern und andererseits fehlen sie mir. Ich weiß nicht mehr, was richtig oder falsch ist. Die arme Lila wirkt so zerbrechlich wie ein Vogel, der aus dem Nest gefallen ist. Und genaugenommen ist sie das ja auch. Und der böse Nestschubser bin ich. Ohne Frage. Vicki guckt uns beide mitleidig an.

»Das ist kompliziert und ich verstehe, dass ihr durchhängt«, sagt sie. »Aber trotzdem muss mir mal eine Frage gestattet sein.«

»Ja?« Lila und ich schauen sie wie gebannt an.

»Habt ihr euch eigentlich schon mal über die Neuigkeiten gefreut?«

»Wie meinst du das?«

Jetzt seufzt Vicki, wahrscheinlich weil wir uns in ihren Augen sehr blöd anstellen. »Ich meine, ihr könnt doch glücklich sein, dass ihr nun *wirklich* Schwestern seid«, erklärt sie. »Ich hatte immer das Gefühl, dass das euer größter Wunsch ist.«

Lila schaut mich an. »Es ist alles schwierig«, sagt sie leise. »Ich fühle mich so alleingelassen. So als hätte ich überhaupt keine Familie, zumindest keine Eltern mehr.«

»Aber du hast eine Schwester«, beschwört Vicki sie eindringlich. »Und was für eine. Ich bin neidisch. Das kannst du mir glauben.«

»Na ja.« Auf Lilas Gesicht stiehlt sich ein zaghaftes

Lächeln. Vicki nickt ihr aufmunternd zu. »Ich habe sie schon sehr lieb.«

Vicki und Lila! Ich staune, wie unkompliziert die beiden miteinander kommunizieren. Sie haben sich tatsächlich nach all den Jahren vertragen – und das ganz ohne mein Zutun. Zwischen mir und Lila ist auch alles wieder in Ordnung. Ich bin butterweich vor Rührung, und das ist ein guter Grund, mal wieder ein paar Freudentränen laufen zu lassen.

»… obwohl sie eine schreckliche Heulsuse ist und eine Chaotin«, seufzt Lila.

»Da hast du allerdings recht«, lacht Vicki. »Seit sie hier wohnt, passieren mir nur krasse Sachen.«

»Danke gleichfalls«, schniefe ich und muss doch gleichzeitig grinsen.

»… und in jedem Zimmer steht eine Taschentücher-Box.«

»Das ist gar nicht wahr«, lach-heule ich.

»Ich nehme sie zurück, wenn sie dich nervt«, sagt Lila und grinst Vicki verschwörerisch an.

»Jetzt mal was anderes«, sage ich. Ich schnappe mir beherzt die letzte Praline, bevor die anderen es tun. Sie sollen jetzt mal auf andere Gedanken kommen. Und ich auch. »Ich habe eine Idee und die wollte ich mit euch besprechen.«

Basti hat eine 24-Stunden-Schicht hinter sich, als er am Abend bei mir eintrudelt. Das erste, was er sieht, ist ein geplatzter Papiercontainer. Na ja, zumindest sieht es so aus, finde ich, nachdem ich ihn hereingelassen habe und nun mein Zimmer wieder betrete. Zwischen Bergen von Zeichnungen sitzen Lila und Vicki auf dem Fußboden, sortieren und diskutieren.

»Wir bereiten eine Modenschau vor«, sage ich.

Gleichzeitig frage ich mich, ob ich nicht verrückt geworden bin. Ich? Eine Modenschau? Ja, bin ich denn Karl Lagerfeld?

In drei Wochen ist das Wedding-Sommerfest, bei dem ich Models mit verschiedenen Kreationen aus meiner ›Einfach-Rosa‹-Kollektion über einen Laufsteg vor dem ›Schraders‹ schicken will. Anne hat mich auf die Idee gebracht, als sie mir 200 Euro für meine Seidenbluse angeboten hat. Ich möchte es jetzt mit Mode versuchen und mit dem Geld Margrets (und meine) Werkstatt retten. Keine Ahnung, ob es funktionieren wird. Aber Vicki und Lila waren von der Idee und meinen Zeichnungen so begeistert, dass ich eigentlich an meinen Plan glaube.

»Klasse Idee«, sagt Basti. Er steigt auf Zehenspitzen über die Bilderflut Richtung Bett.

»Das hier solltest du unbedingt zeigen«, sagt er. Dabei deutet er auf ein schwarzes, geschnürtes Korsagenkleid mit extratiefem Ausschnitt. »Aber nachher führst du es erst einmal *mir* vor, okay?«

»Das kann ich dir nicht vorführen«, sage ich. »Ich habe es doch noch gar nicht genäht.«

»Na, dann das hier«, sagt er.

Jetzt tippt er auf eine Zeichnung mit einer weißen Tunika, die weite Ärmel hat, aber am Busen eng gerafft und ebenfalls weit ausgeschnitten ist.

»Das finde ich auch toll«, sagt Vicki. »Das musst du unbedingt nähen.«

»Ach, das gibt es auch noch nicht?«, fragt Basti enttäuscht.

Nach 24 Stunden Arbeit darf er ruhig mal ein bisschen langsam kapieren.

»Die Sachen, die du hier siehst«, sage ich und küsse ihn auf die Stirn, »gibt es *alle* noch nicht. Ich muss sie erst nähen.«

»Wann sagtest du, ist die Modenschau?«, fragt Basti und guckt mich ungläubig an.

»In drei Wochen«, antwortet Lila für mich. Auf einmal sieht sie ganz zerknautscht aus.

»Da hast du dir aber wirklich was vorgenommen«, sagt jetzt auch Vicki.

Was ist denn auf einmal los? Eben waren wir noch völlig begeistert und dann kommt Basti, stellt drei Fragen und wir flüchten wie die Hasen in den Bau. Und mein Schatz ist noch nicht fertig.

»Ich habe ja nicht groß die Ahnung …«

Dann halt doch die Klappe!

»… aber einen Laufsteg, die Models, Leute, die sie hinter der Bühne schminken und umkleiden, habt ihr bestimmt schon?«

Da spricht aber ein Experte. Ich werde langsam sauer auf ihn. *Aber er sagt nur wahre Sachen, verdammt noch mal!*

»Nein! Habe ich nicht. Aber das schaffe ich schon«, antworte ich trotzig. »Du tust ja so, als wäre gar nichts da, und ich wäre eine totale Spinnerin.«

»Vielleicht solltest du ein Jahr warten«, sagt Lila jetzt traurig. »Das Fest kommt doch bestimmt noch mal.«

»Nein, nein«, widerspricht Vicki (zum Glück!). »In

einem Jahr muss Margret vielleicht schon zumachen. Das geht nicht. Wir müssen ihr jetzt helfen. Und Rosas Idee ist großartig.«

»Gut«, sagt Basti. »Dann machen wir mal eine Bestandsaufnahme. Rosa! Schieß los!«

Ich starre ihn an, meinen Wirbelwind, der es zweifellos gut meint, aber trotzdem gerade eine Schneise der Verwüstung in meinem schönen Wolkenschloss hinterlassen hat.

In mir regen sich nun auch Bedenken.

Ist mal wieder alles naiv, was ich tue? Sind denn alle Ideen, die nicht gleich mit einem Bau- und Kostenplan auf die Welt kommen, deshalb gleich unbrauchbar?

Keiner sagt was. Lila kriecht über den Boden und legt fahrig meine Zeichnungen zusammen. Vicki holt tief Luft, als wollte sie zu einer großen Rede ansetzen, guckt mich an und fällt in sich zusammen, wie ein Ballon, aus dem die Luft entweicht.

»Erstens: ich habe meine Ideen. Die sind gut und die sind alle schon hier aufgezeichnet«, sage ich selbstbewusst. Es klingt wie Pfeifen im Walde. »Und zweitens …«

Meine Ideen … sonst nichts. Basti hat recht. In drei Wochen ist keine Modenschau zu organisieren, wenn man quasi bei null anfängt.

»Das ›Schraders‹«, ruft Vicki plötzlich enthusiastisch. »Wir haben die Location. Oskar und Jens werden begeistert sein. Das weiß ich.«

»Toll! Berlin wurde auch schon erbaut. Da habe ich ja Glück gehabt«, erwidere ich pampig.

Ich habe nichts …, gar nichts für meine tolle Modenschau. Aber dafür einen Freund, den ich am liebsten umbringen würde. Danke schön, Sebastian! Die Stimmung ist endgültig dahin.

»Ich muss los«, sagt Lila jetzt, konfliktscheu wie eh und je. »Ich ruf dich morgen an. Dann besprechen wir das weiter.«

Vicki verschwindet in die Küche.

Als sie raus sind, sinkt Basti mehr tot als lebendig auf mein Bett. Kein Wunder, so ein Zerstörungswerk macht müde.

»Komm her«, sagt er. Er klopft auf das Kissen neben sich. Ich schüttele den Kopf und gucke ihn böse an.

»Ich wollte dich gar nicht bremsen.«

»Hast du aber.«

»Was habe ich denn jetzt verpasst?«, fragt er verwirrt. »Ich bin hundemüde. Da ist mir entgangen, was jetzt an deinem tollen Plan nicht klappen soll.«

»Na alles!«, sage ich. »Wie du schon richtig festgestellt hast, fehlt alles.«

»Ach, du wirfst die Flinte ins Korn, bevor du es überhaupt versucht hast?« Basti steht auf, kommt zu mir und guckt mir tief in die Augen. »Du darfst jetzt nicht aufgeben«, sagt er eindringlich. »Ich weiß, dass du gut bist und es schaffen kannst. Entschlossenheit ist der Schlüssel zum Erfolg. Du wirst sehen.«

»Du klingst wie ein Glückskeks«, sage ich, noch immer ein wenig bockig.

»Auf die stehst du doch.« Er beugt sich zu mir runter und küsst mich lang.

»Und auf dich«, flüstere ich. Äh, warum war ich gerade so sauer auf ihn?

Für eine Weile rücken meine Pläne in ganz weite

Ferne. Zum Glück gibt es auch Dinge auf der Welt, die man nicht lange planen muss …

Später liegen wir eng beieinander zwischen den Laken.

»Meinst du, ich kann das schaffen?«, frage ich Basti.

Ich weiß selbst nicht mehr, was ich glauben soll. Vielleicht ist es ja wieder nur eine meiner verrückten Traum-Seifenblasen, die genauso schnell platzt, wie damals das Abendkleid seiner Mutter.

»Mach dich an die Arbeit«, sagt der halb schlafende Glückskeks neben mir. »Und vergiss nicht. Du bist nicht allein.«

Es ist doch erstaunlich, wie viel man unter einen Hut bekommt, wenn man muss. Die Arbeit wächst mir fast über den Kopf, aber es ist wunderschön, eine Schneiderin zu sein. Wenn ich morgens die Werkstatt betrete und mit Jola und Margret gefrühstückt habe, singe ich vor Freude, während ich zuschneide, probiere und meinen Rosa-Mode-Träumen freien Lauf lasse.

Meine Sorgen schiebe ich beiseite. Die kann ich jetzt nicht gebrauchen. Auch die Momente, in denen ich das Telefon anstarre und überlege, ob ich nun meine Eltern oder meine Großmutter anrufen soll, gehen vorüber. Die können sich auch melden, aber tun es nicht. Es ist und bleibt verzwickt.

Jola und Margret lassen sich jeden Tag zeigen, was ich genäht habe und spenden mir Beifall. Margret hat in einer Stickerei meine ›Einfach-Rosa‹-Labels mit der kleinen Rose auf schwarzem Grund anfertigen lassen.

Sie sehen so edel aus! Genau wie meine Mode – einfach schön. Ich falle ihr glücklich um den Hals.

»Wir schaffen das, Rosi«, sagt sie.

Sie klopft mir beherzt auf den Rücken. Wenn sie noch immer verzagt sein sollte, so merkt man es ihr nicht an. Jola bleibt fast immer länger, um mir zur Hand zu gehen.

»Hab ich Zeit«, sagt sie. »Und finde ich schön, mal richtig Kleidung zu machen mit dir.«

Sie hat unseren Abstellraum aufgeräumt und eine Kleiderstange gekauft. Da kommt jeden Tag ein neues Stück auf den Bügel, das wir am Ende des Tages zufrieden betrachten.

»Du hast es geschafft, uns mit deinem Modefimmel anzustecken«, sagt Margret lachend.

Nach einer Woche habe ich das Gefühl, dass doch noch alles gut werden kann.

Vicki hatte recht behalten. Jens und Oskar waren von meiner Idee begeistert. Sie würden den Platz vor dem ›Schraders‹ so einrichten, dass ein Laufsteg und jede Menge Stühle rechts und links Platz hätten. Vicki hatte den Einfall, Rosen zu kaufen und alle Tische damit zu schmücken. Jens würde sich etwas Besonderes für die Speise- und Getränkekarte an diesem Tag ausdenken. Am meisten jedoch überraschte mich Lila. Sie rief schon einen Tag später an.

»Entschuldige, dass ich gestern so abgehauen bin«, sagte sie zerknirscht.

»Bist du doch gar nicht.«

»Das lässt mir keine Ruhe mit deiner Modenschau. Deshalb habe ich Rob gefragt, ob er dir helfen kann.«

Oh je, ob der wohl Lust dazu hat? Gespannt lauschte ich Lilas Worten.

»Du weißt doch, dass er Tischler ist.«

Also sie machte es tatsächlich sehr spannend. »Lila …«

»Ja, entschuldige, du warst ja schließlich auch mit ihm zusammen.«

Sie fing an zu kichern. Ich auch.

»Also, bitte jetzt nicht heulen«, bat Lila. »Aber … er baut dir den Laufsteg, mit ein paar Kollegen, am Morgen vor deiner Show. Sie haben so altes Holz vom Bau und angeblich geht das ruck, zuck.«

Ich heulte nicht. Ich jubelte. Was auch immer zwischen mir und Rob schiefgelaufen war. Das hatten wir jetzt überwunden. Rob als netter, hilfsbereiter Schwager – in der Rolle gefiel er mir wieder richtig gut.

Meine 14-jährige Freundin Nelly Winkler schaut mal wieder im Laden vorbei. Seit ich ihr vor ein paar Wochen das Kleid genäht habe, besucht sie mich regelmäßig, um ein bisschen zu schwatzen. Sie überlegt sogar, nach dem Schulabschluss ebenfalls Schneiderin zu werden. Sie sieht mir eine Weile interessiert zu. Ich nähe gerade ein schwarzes Kleid. Es hat einen weiten, schwingenden Rock und ein enges Oberteil, das wie eine Korsage geschnürt wird. Es ist das Teil, das Basti so sexy fand. Dazu schweben mir schwarze Stiefel und eine Netzstrumpfhose vor.

»Ist das geil«, haucht Nelly und berührt den matt glänzenden Stoff.

»Willst du es anprobieren?«, frage ich. »Du hast die richtige Figur, schätze ich mal.«

»Dann renne ich damit aus dem Laden und komme nicht mehr zurück«, sagt sie grinsend. »Ich stehe auf Schwarz.«

Sie schlüpft in das halb fertige Kleid und wieder einmal bestätigt sich der gute alte Spruch, dass Kleider Leute machen. Nelly sieht fantastisch darin aus.

»Ich habe eine bessere Idee. Willst du es bei einer Modenschau vorführen?«, frage ich, einer Eingebung folgend.

Das Modelproblem ist schließlich noch immer nicht gelöst. Professionelle Models können wir uns nicht leisten. Vicki und Anne haben natürlich eingewilligt, über den Laufsteg zu gehen, aber mir fehlen mindestens noch zehn Frauen.

»Was für eine Modenschau?«

Ich berichte kurz.

»Cool«, sagt sie. »Aber ich bin doch gar nicht hübsch genug.«

»Nun mach aber mal einen Punkt«, sagt Margret energisch. »Hast du keinen Spiegel zu Hause?«

Nelly wird rot. »Okay. Ich mache es«, sagt sie geschmeichelt.

»Hast du schon drei Models«, bemerkt Jola nüchtern. »Drei Mädchen für 40 Kleider. Wird schöne stressig, wird das.«

»Du hast ein Problem«, sagt Nelly, die aufmerksam zugehört hat, wieder ganz tough. »Stell dir vor, es ist Modenschau und keiner geht hin.«

»Hä?«

»Warum weiß kein Schwein davon?«, fragt sie.

Ich gucke sie Hilfe suchend an. Sie verdreht die Augen.

»Na, dass du Models suchst und eine Modenschau machst.«

»Weil ...« Mir wird heiß und kalt, weil ich schon wieder etwas ganz Wichtiges vergessen habe.

»... ihr überhaupt keine Werbung dafür macht«, sagt Nelly.

»Fataler Fehler, nicht wahr?«

Die 14-Jährigen von heute sind verdammt clever. Wie konnte ich übersehen, dass wir unsere Modenschau auch *anpreisen* müssen? Ich komme mir uralt vor.

»Ich helfe dir«, sagt Nelly und grinst verschmitzt, als sie aus dem Laden rauscht. Sie ist süß, aber wie das gehen soll, weiß ich auch nicht.

Einen Tag später weiß ich es.

In unserer Werkstatt gibt es nämlich eine Invasion. Gegen 15 Uhr rottet sich plötzlich eine Horde Teenager vor der Werkstatt zusammen. Alle gucken durch die Scheibe in den Laden, wispern und tuscheln. Ich bin nicht sicher, ob ich mich fürchten oder einfach winken und grinsen soll.

»Was machen die da?«, fragt Jola. Sie guckt auch ein bisschen ängstlich. Bestimmt hat sie auch die Schlagzeilen über Jugendgewalt in den deutschen Großstädten gelesen.

»Keine Ahnung«, sage ich. »Aber sie sehen nicht gefährlich aus.«

Es sind fast ausnahmslos Mädchen, die eher unsicher als aggressiv wirken.

Nach ein paar Minuten wird das Rätsel aufgelöst. Die

Türglocke geht und Nelly kommt herein. Mit ihr quillt der ganze Schwarm Quasselstrippen in die Werkstatt. Margret, die im Abstellraum war, schlägt fast lang hin vor Überraschung.

»Was macht ihr denn hier, Kinder?«, fragt sie.

»Wir wollen uns bewerben«, sagt Nelly und übernimmt selbstbewusst die Wortführung. »Für Rosas Modenschau.«

Sie strahlt mich an und hinter ihr kichern, wispern und quietschen die ganzen süßen Teenager-Mädchen. Spontan falle ich Nelly um den Hals.

»Das meint ihr nicht ernst, oder?«

»Doch«, antwortet meine kleine Freundin. »Ich habe ihnen von deinen coolen Fummeln erzählt, und alle wollen mitmachen. Außerdem haben wir Flyer am Computer gemacht und ausgedruckt. Und die werden wir in den nächsten Tagen verteilen. Damit auch wer kommt, wenn wir modeln.«

Mir bleibt der Mund offen stehen. »Ihr habt was?«

Eine hübsche Brünette tritt vor. »Hier«, sagt sie und hält mir ein Bündel Papier hin. »Das sind meine.«

Ich halte einen quietschbunten Zettel in den Händen, den ein Model auf dem Laufsteg schmückt – ›Kommt zu Rosas Modenschau‹, alles komplett mit Datum, Ort und Zeit. Es sieht cool aus und hat wahrscheinlich richtig Arbeit gemacht. Ich bin platt.

»Ich habe ein Praktikum in einer Werbeagentur gemacht«, sagt die Brünette stolz.

»Danke«, hauche ich.

Ich habe schon wieder meine Not, die Tränen der Rührung zu unterdrücken. Eine nach der anderen überreichen sie mir ihre Flyer. Keiner gleicht dem anderen.

Nur eines eint sie. Sie sind mit Ideenreichtum, Witz und dem einen oder anderen Rechtschreibfehler ausgestattet.

»Und? Dürfen wir jetzt mitmachen?«, fragt Nelly.

»Ihr dürft«, sage ich.

Ein kollektiver Jubelschrei ist die Antwort.

»Aber das ist eine ernste Sache«, sagt Margret durch den Lärm. »Ihr müsst zuverlässig und pünktlich sein und vorher ein paar Mal zum Anmessen kommen.«

Ganz selbstverständlich übernimmt sie die Organisation der Anproben. Sie schreibt sich die Namen und Handynummern der Mädchen auf, außerdem wann sie Zeit haben und vorbeikommen können. Jola nimmt Maß. Ich schaue dem aufgeregten Treiben noch ein wenig ungläubig zu und überlege dabei, welches Mädchen welches Kleidungsstück tragen kann.

Das sind meine Models! So langsam wird es real. Ich, Rosa Redlich, mache eine Modenschau mit einem kichernden Haufen Schülerinnen, vor einem Restaurant mitten im Wedding, mit 20 Sorten kunterbunter Flyer aus dem Computer und einem Laufsteg aus altem Bauholz.

Ich bin verrückt!

Es gibt nur zwei Möglichkeiten: Entweder wird es einfach nur schlecht oder es wird der Hammer. Zurück kann ich jetzt nicht mehr. Und das ist auch gut so!

Von diesem Tag an ist die Werkstatt ein Hühnerstall. Oder ein Taubenschlag. Die Tür geht den ganzen Tag auf und zu. Zu den Mädchen, die alle brav und pünktlich wie die Schweizer Uhren zur Anprobe kommen, gesellen sich neugierige Nachbarinnen und die Mütter der Kinder, die ungläubig fragen kommen, ob das denn alles der Wahrheit entspräche, was ihre Töchter zu Hause erzählen. So manch eine Frau setzt sich fest, quatscht eine Weile oder hilft beim Knöpfe annähen. Meist dauert es nicht lange, bis eine von uns rüber ins ›Schraders‹ läuft und eine Ladung Milchkaffee besorgt.

Und dann geschieht gleich noch das nächste Wunder.

Mandy, eines der Mädchen, das von mir einen kurzen rosa Jeansrock und eine Tunika aus weißer Seide (wir verbrauchen Margrets Sammlung kostbarer Sari-Stoffe, die sie in Indien gekauft, aber nie verwendet hat) angemessen bekommen hat, bringt ihre Mutter mit.

»Meine Tochter ist wie ausgewechselt, seit sie hier mitmacht«, sagt die attraktive Blonde begeistert. »Ich wollte mich mal bedanken.«

»Gern geschehen«, antworte ich lächelnd. »Es macht so viel Spaß.«

»Eine Nobelmodenschau mit Weddinger Mädchen«, sagt Margret. »Auf so eine Idee kann nur die Rosi kommen.«

»Ich, ähm, ich will nicht aufdringlich sein«, sagt Mandys Mutter. »Ich bin Kosmetikerin und Visagistin. Eigentlich ja Verkäuferin, aber ich habe noch mal eine Ausbildung gemacht und vor einem Jahr abgeschlossen. Bestimmt habt ihr schon jemanden für die Schminke?«

»Schickt dich der Himmel«, sagt Jola.

Ich frage mich, wann der Himmel wieder aufhört mit seinen Sendungen. Es ist mir nämlich langsam peinlich.

»Ich will auch helfen«, sagt Vicki, die gerade hereingekommen ist und uns einen großen Korb Mirabellen zur Stärkung mitgebracht hat. »Das Problem ist, ich habe mein Kleid zum Vorführen schon, und ich kann kein bisschen nähen.«

»Kannst du Knöpfe annähen?«, fragt Margret.

»Vermutlich«, sagt Vicki. »Ich mache alles. Hauptsache ich kann hierbleiben.«

Sie guckt sich mit glänzenden Augen um. Vor dem Spiegel dreht sich gerade Mandy. Ihre Mutter probiert mit zwei anderen Mädchen verschiedene Frisuren aus. Und vor der Tür übt Nelly mit ein paar anderen das Laufen in hohen Schuhen, ohne dabei blöd auszusehen. Sie haben sich einen Kreidestrich auf den Boden gemalt und stöckeln so ernsthaft auf der Linie entlang, als säße nicht ich, sondern Heidi Klum persönlich hinter der Fensterscheibe.

»Ich hocke allein in meinem Arbeitszimmer und hier tobt das Leben«, sagt Vicki. »Ich habe den falschen Beruf.«

»Du kannst auch hierbleiben, ohne zu arbeiten«, biete ich ihr an.

Eine mehr oder weniger – darauf kommt es jetzt nicht an.

Männer lassen sich eher selten blicken, außer Basti (der mir jeden Tag sagt, wie stolz er auf mich ist), Jens und Oskar (die uns Essen bringen, damit wir nicht verhungern) und Karl, der fast immer von seiner Tochter begleitet wird. Und dann ist da noch die kleine Fangemeinde meiner Models, die nicht in den Laden kommt, aber draußen am Kreide-Catwalk den Mädchen Beifall spendet.

»Hatte ich noch nie so eine wunderschöne Arbeitsplatz«, sagt Jola und schickt einen dankbaren Blick zum Himmel.

»Ich auch nicht«, sage ich.

Nebenbei stelle ich fest, dass ich seit Tagen keinen Glückskeks um Rat gefragt habe.

»Ich mache den Laden nicht zu«, sagt Margret und ballt die Faust. »Einen Teufel werde ich tun.«

Jola schüttelt den Kopf, verzichtet aber darauf, sich zu bekreuzigen.

»Ihr seid so klasse«, sagt Vicki lachend. »Ich will auch Schneiderin werden.«

Schnell wie der Wind sind die drei Wochen verflogen.

Heute ist der große Tag. Der Wedding wird sich für einen Abend in eine große Festmeile und der Platz vor dem ›Schraders‹ in einen Catwalk verwandeln.

Ich habe wenig geschlafen. Vicki, Daniel, Basti und ich haben bis in die Nacht hinein geschwatzt und gelacht und dabei zwei Flaschen Wein geleert. Vicki war mindestens so aufgeregt wie ich und konnte überhaupt nicht still sitzen, was mich rührte, aber auch ein wenig verwunderte. Daniel hielt, so gut es ging, ihre zapplige Hand. Laufend steckten sie die Köpfe zusammen und flüsterten. Irgendwann hatten sie mich angesteckt. Ich konnte plötzlich auch nicht mehr ruhig sitzen und unternahm deshalb mit Basti einen Spaziergang durch das nächtliche Schöneberg, bis mir die Füße wehtaten. Danach war ich endlich müde, kuschelte mich in Bastis Arme und schlief ein. Als ich aufwachte, war ich fix und alle.

Ich hatte geträumt. Und wie! Meine Modenschau verwandelte sich im Traum in ein einziges Desaster. Die Models trugen gar nicht meine Kleider, sondern hatten sich irgendwelche Säcke aus der Kleiderspende geholt. Die Zuschauer buhten und brüllten und zerlegten den Laufsteg in tausend Einzelteile. Margret wollte nie wieder etwas mit mir zu tun haben. War das ein böses Omen? Sollte ich vielleicht lieber im Bett bleiben?

Mir war ziemlich schnell klar, dass das nicht möglich war. Bei dieser Modenschau ging es ja nicht nur um mich. So viele Leute hatten mitgeholfen und mich unterstützt. Wir waren ein Team und durften einander nicht im Stich lassen. Vielleicht würde etwas schiefgehen. Aber so schlimm, wie im Traum, würde es bestimmt nicht werden. Dafür hatten wir viel zu hart gearbeitet.

Basti küsst mich auf die Nasenspitze.

»Ich muss noch mal weg«, sagt er. Er ist schon angezogen. »Ich bin rechtzeitig zurück.«

Ich finde es schade, dass er geht. Aber mit mir ist sowieso nicht viel anzufangen. Außerdem muss ich selbst gleich los, weil schon bald die Mädchen kommen und sich anziehen, schminken und frisieren lassen.

»Drück mir die Daumen«, sage ich.

Er lächelt und weg ist er. Ich bleibe noch einen Moment im Bett und denke nach.

Keine Ahnung, wie es nachher gelingen wird. Mal sehen, ob die Schau vor fünf oder 500 Leuten stattfindet. Aber wie auch immer, für mich ist heute ein großer Tag. Es macht mich froh, dass ich durchgehalten und mein Ziel erreicht habe. Ich bin glücklich. Und deshalb sollten eigentlich die Menschen nicht fehlen, die bisher jeden besonderen Tag in meinem Leben begleitet haben. Ich greife zum Telefon und wähle die Nummer meiner Eltern. Egal, was geschehen ist. Ich möchte sie heute dabei haben, genau wie Oma, Tante Susanne und Onkel Thorsten. Sie sollen wissen, dass sie mir wichtig sind.

Während das Telefon klingelt, rast mein Herz. Keine Reaktion. Meine Eltern sind nicht zu Hause. Nur der Anrufbeantworter geht ran und begrüßt mich mit fröhlichem Hundegebell. Mir fällt fast das Ohr ab.

»Pinkie hat gesagt, es ist niemand zu Hause. Wenn ihr uns wirklich sprechen wollt, müsst ihr noch mal anrufen. Eure Simone, Thomas und Pinkie Redlich.«

»Hallo Pinkie, hier ist Rosa. Sag Mama und Papa, dass ich sie sehr lieb habe und dass sie mir heute sehr fehlen werden, wenn ich meine erste Modenschau mache. Vielleicht wollt ihr ja auch vorbeikommen. Das … Das wäre schön.«

Dasselbe bei Susanne und Thorsten, nur dass dieses Mal Purple bellt. Auch hier spreche ich auf das Band. Oma ist ebenfalls nicht da. Ich hätte mich eher überwinden sollen. Jetzt ist es zu spät.

Als ich in die Küche gehe, um mir Kaffee zu machen,

höre ich Daniel und Vicki flüstern. Als ich reinkomme, verstummen sie.

»Hallo, Süße«, sagt Vicki.

Es klingt so künstlich, dass ich mich frage, was sie eigentlich auf dem Kerbholz hat.

»Alles okay mit euch?«

»Jaaa!«, kommt es unisono. »Wieso denn nicht?«

Schon klar. Sie verbergen etwas vor mir. Na gut! Solange sie nicht heute Nacht meine Kleider zerschnitten haben, soll es mir egal sein. Warum soll ein verlobtes Pärchen auch keine Geheimnisse haben?

Nach dem Kaffee gehe ich duschen, werfe mich in Jeans und Top und fahre mit der U-Bahn in den Wedding. Nachher ziehe ich mich um. Ich werde auch eines meiner Modelle tragen – ein rosa, schulterfreies Abendkleid mit Spitzenoberteil, einem schwingenden, kniekurzen Rock aus glänzendem Chiffon und einer überdimensionalen Blume am Gürtel.

Schon als ich in die Malplaquetstraße einbiege, höre ich Baulärm. Auweia und das am Samstag. Vor dem ›Schraders‹ hämmert, sägt und feilt es, dass es eine Freude ist. Rob und seine Kollegen sind wirklich gekommen. Der Laufsteg ist so gut wie fertig. Aus den umliegenden Häusern gucken die Anwohner. Keiner motzt. Die Polizei ist auch nicht da. Das ist großartig. Soll noch mal einer sagen, die Berliner sind grantig.

Mein Zeitungsmann grüßt mich freudig.

»Viel Glück heute, Rosa!«, ruft er. »Meine Frau und ich, wir kommen auch vorbei.«

An seinem Kiosk hängen vier Modenschau-Flyer aus, an jeder Scheibe ein anderer. Ich winke ihm zu. Dann begrüße ich Lila und ihr fleißiges Handwerker-Team.

»Danke«, sage ich gerührt.

Die 20 Meter lange Holzkonstruktion, die nicht schnurgerade ist, sondern in einem eleganten Bogen verläuft, sieht einfach toll aus.

»Ich gebe euch ein Bier aus, ja?«

Mein Vorschlag findet Anklang. Ich setze mich ein wenig dazu, bis mich Margret in den Laden winkt. Auch hier herrscht schon Hochbetrieb. Eingehüllt in eine Parfüm- und Haarspraywolke betrete ich meinen Modesalon. Als ich die ganzen aufgeregten Mädchen sehe, die zufrieden ihre Kleider an sich pressen und sich damit vor dem Spiegel drehen, bin ich plötzlich ganz sicher. Hier und heute wird nichts mehr schiefgehen.

Ein paar Stunden später stehen sie vor mir – 20 Weddinger Großstadtgören, die mittels Schminke, Haarlack und meinen Klamotten in strahlende Models verwandelt wurden.

Da ist Nelly mit dem Korsagenkleid (den Ausschnitt habe ich nicht ganz so tief geschneidert wie geplant), die mit ihren schwarz geschminkten Augen wie eine junge Gothiclady ausschaut und sich sichtlich wohl damit fühlt. Jenna, die zuerst nicht mitmachen wollte, weil sie Größe 40 trägt, sieht in ihrem blauen Wickelkleid wie eine indische Prinzessin aus. Ihr volles rotes Haar ist aufgesteckt und mit Blumen verziert. Die schüchterne Nejla trägt einen weiten Overall mit breitem Gürtel. Dazu einen Schleier mit Perlenstirnband, zart wie Spinnweben, über dem glänzenden schwarzen Haar …

Ob klein, groß, schmal oder füllig – sie sind alle wunderschön.

Margret macht ein Gruppenfoto und als sie die Kamera ablegt, sehe ich die Tränen in ihren Augen.

»So und jetzt rüber mit euch«, sagt sie mit leicht brüchiger Stimme und wischt sich verstohlen übers Gesicht. »Bevor die Gäste kommen und euch schon vorher sehen.«

Jens und Oskar haben uns im ›Schraders‹ ihren roten Salon gegeben, den wir als Umkleide und Aufenthaltsraum nutzen können. Die Mädchen, die sich daran gewöhnt haben, dass Margret die Hosen anhat, folgen ihr willig.

»Ich komme gleich nach«, rufe ich und nicke ihnen zu.

Kurz darauf steckt Vicki den Kopf durch die Tür. »Hier bist du!«, ruft sie. »Wollen wir uns gegenseitig beim Anziehen helfen?«

Sie wird bei der Schau ihren Verlobungsoverall tragen, eines der wenigen Stücke, die ich nicht extra anfertigen musste.

»Klar doch!«

»Bist du aufgeregt?«, fragt Vicki.

»Und wie!« Ich fächele mir Luft zu. In zwei Stunden soll es losgehen.

»Ich habe was für uns«, sagt Vicki und zückt ein kleines Fläschchen.

»Was ist das?«

»Feuerwasser! Das hat mein Onkel vor Jahren aus Amerika mitgebracht. Es beruhigt die Nerven, hat er immer gesagt. Ich habe es noch nie gebraucht, aber heute ist definitiv ein guter Tag dafür.«

Ich hole zwei kleine Gläschen aus dem Schrank. Vickis Hände zittern beim Eingießen. Anscheinend braucht sie das Zeug dringender als ich. Süß, dass sie bei *meiner* Modenschau aufgeregter ist als bei der Premiere ihres eigenen Buches.

Ich habe keine Ahnung, was wir da trinken, aber es macht seinem Namen alle Ehre. Nachdem das Brennen in der Kehle nachgelassen hat, breitet sich ein warmes Gefühl im Bauch aus. Die Welt scheint mit einem Mal ganz rosig zu sein. Beschwingt verlassen wir die Werkstatt und gehen rüber ins ›Schraders‹.

Vor dem Lokal probiert Rob gerade die Stereoanlage aus. Der Sound ist großartig und wird garantiert noch den Verkehrslärm auf der Müllerstraße übertönen. Oskar kommt uns entgegen. Er hat zwei Gläser mit einer interessant aussehenden grünblauen Flüssigkeit in den Händen.

»Probiert mal! Das ist der ›Schraders Spezial‹ – unser Renner. Den gibt es heute für alle Gäste zum halben Preis.«

Noch ein bisschen Feuerwasser. Warum nicht?

Der Cocktail erweist sich als angenehm fruchtig. Das wird schön aussehen – grüner Cocktail zwischen rosa Rosen.

»Für die Models habe ich eine Version ohne Alkohol.« Oskar hat wirklich an alles gedacht.

Unterdessen trudeln die ersten Gäste ein. Sie schauen sich neugierig um, suchen sich Plätze und bestellen Fingerfood und Drinks. Die Kellnerinnen tragen heute lange rosafarbene Schürzen über schwarzen, schlichten Kleidern und je eine rote Rose im Haar.

Wenn ich das nächste Mal hier heraustrete, dann

auf dem Laufsteg. Ich winke Rob und Lila zu, die an der Musikanlage sitzen. Lila hat mit den Mädchen die Musik ausgesucht. Sie haben sich zusammen für ein paar Hits von Shakira entschieden. Meine Schwester hebt beide Hände und drückt ihre Daumen. Auch in ihrem Haar steckt eine Rose. Ich werfe ihr eine Kusshand zu.

»Es ist der absolute Wahnsinn«, kreischt Nelly und fällt mir um den Hals. »Da draußen sind Millionen. Sie jubeln und schreien. Unglaublich!«

Ich darf nicht heulen. Heike, Mandys Mutter, hat mich so toll geschminkt. Dann wäre alles umsonst. Außerdem muss ich darauf achten, dass die Mädchen, wenn sie rausgehen, perfekt aussehen.

»Das stimmt«, sagt jetzt auch Vicki, die kurz hinter Nelly gelaufen ist. »Rosa, das ist ein voller Erfolg. Ich glaube, sogar die Presse ist da.«

Ich kriege kaum Luft vor Freude und würde am liebsten selbst schon hinausgehen. Aber ich bin die Letzte. Und nach mir sollen noch mal alle Mädchen auf die Bühne kommen, für den Abschlussauftritt. Einige haben zwei Kleider vorzuführen. Margret und Jola helfen ihnen beim Umziehen.

Draußen dröhnt Shakiras ›Waka Waka‹ und ein strahlendes Model nach dem nächsten kommt vom Laufsteg zurück. Ich nippe an meinem Cocktail und zerre nervös an meinem Kleid herum.

»Du musst nicht mehr aufgeregt sein«, sagt Anne, Vickys Agentin. Sie kommt gerade herein und gibt mir ein Küsschen. »So eine Stimmung habe ich noch nie erlebt. Ich hätte Lust, noch zehn Kleider von dir vorzuführen.«

Sie tippt auf ihr taubenblaues, kniekurzes Volant-Kleid. »Das hier kaufe ich übrigens. Nur damit du es weißt, ja?«

Ich nicke betäubt. Anne geht weiter, um sich noch einmal umzuziehen.

Nach circa 20 Minuten sind sie alle gelaufen. Jetzt bin ich dran. Ich darf es nicht verderben. Jetzt nicht heulen, nicht umknicken, keinen Firlefanz.

Also los, Rosa Redlich! Hier wird gerade dein Traum wahr!

Als ich den Laufsteg betrete, bin ich beinahe fassungslos. Der ganze Platz vor dem ›Schraders‹ ist voller Menschen. Es dämmert bereits. Das Abendrot taucht die Szenerie in einen beinahe magischen Lichtschein. Ich werde mit Beifall, Pfiffen und tosendem Jubel begrüßt. Ich konzentriere mich auf mein Lächeln und auf meine Schritte. Eins, zwei, drei … langsam fange ich an, mich sicher zu fühlen.

Dann sehe ich Basti. Er sitzt in der ersten Reihe und schaut mich an. Neben ihm – oh mein Gott –, neben ihm sitzt seine Mutter! Sie sieht atemberaubend wie immer aus. Und sie lächelt mich an. Ich laufe ein bisschen zittrig an den beiden vorbei. Hoffentlich halten die Nähte.

Jetzt nicht stolpern. Der Laufsteg ist so unglaublich lang.

Da ist Lila. Neben ihr sitzen Karl und Angelika. Sie zwinkern mir zu.

Überall Menschen, die mich mögen.

Und dann höre ich es. Ein irres Hundekläffen, so schrill und durchdringend, dass Shakira einpacken kann. Ich blicke mich suchend um. Da stehen sie, ganz hinten in der Menge – Oma, meine Eltern, Tante Susanne und Onkel Thorsten. Sie sind gekommen! Glücklich und erleichtert werfe ich ihnen eine Kusshand zu.

Tausend Gefühle stürzen auf mich ein. Ich weiß nicht, ob ich noch weiterlaufen kann. Mir ist schwindlig vor lauter Glück. Ich schwanke leicht. Doch dann kommen alle meine Models. Sie sind, wie verabredet, losgelaufen, als ich am Ende des Laufstegs angekommen bin. Jetzt umringen sie mich. Der Beifall erreicht eine schier unglaubliche Lautstärke. Unmengen Kameras sind auf uns gerichtet. Es ist wie in einem Hollywoodfilmfinale. Nur noch viel, viel besser! Ich winke Margret zu mir hoch. Zuerst ziert sie sich, aber dann stellt sie sich neben mich und der Applaus brandet noch einmal auf.

Doch dann geschieht etwas Seltsames.

Mit einem Mal kommt Bewegung in die Gruppe der Mädchen. Sie bilden rechts und links des Laufstegs ein Spalier. Ich erschrecke. Was machen sie da? Das war nicht abgesprochen. Ich habe keine Ahnung, aber Nelly flüstert mir zu: »Eine Überraschung«, dann zieht sie mich an die Seite.

Rob lässt aus dem Lautsprecher Glockengeläut erklingen. Mein Herz schlägt wie verrückt, weil ich keine Ahnung habe, was hier jetzt passieren wird. Als die Glocken verklingen, ist es mucksmäuschenstill auf dem Platz.

Und dann kommt sie. Meine allerbeste Freundin Vicki. Sie ist schön wie eine Göttin – in einem bodenlangen, cremefarbenen Empirekleid mit einer langen Schleppe und einer weißen Feder im offenen, glänzenden Haar. Sie trägt einen Strauß aus verschiedenen rosa Blüten in der Hand. Barfuß schreitet sie über den Laufsteg. Der Wedding hält den Atem an.

Es ist ihr Hochzeitskleid.

Erst jetzt sehe ich, dass neben mir, am Ende des Catwalks, Daniel steht. Er trägt einen Smoking. Neben ihm steht Basti und strahlt mich an. Ein paar Meter entfernt parkt eine weiße Limousine. Jetzt beginne ich ganz langsam zu begreifen.

Dieser Tag ist nicht nur mein bisher größter persönlicher und beruflicher Erfolg. Dieser Tag ist jetzt auch Vickis Hochzeit. Eine Traumhochzeit in einem Kleid, das ich genäht habe. Einen schöneren Abschluss konnte dieser wunderbare Tag nicht finden.

Als Daniel seine Braut vom Laufsteg hebt, brandet der Applaus wieder auf. Die Fotografen stürzen sich auf ihr Motiv (›Sex-Autorin heiratet Stararchitekt‹ oder ›Luxushochzeit im Armenkiez‹). Basti greift nach meiner Hand.

»Darf ich bitten?«

Mein Herzschlag setzt aus. Er wird doch nicht …?

»Keine Angst«, flüstert er und führt mich zum Auto. »Wir zwei sind nur die Trauzeugen.«

Zwei Minuten später setzt sich das Auto in Bewegung.

»Scheiße«, sagt die Göttin im Hochzeitskleid. Sobald das Publikum außer Sicht ist, fängt sie an zu zappeln. »Hast du eine Pinzette dabei, Rosa?«

»Eine … was?«

»Was war denn das für ein beschiss… Laufsteg?«,

wütet die Braut. »Ich habe 10.000 Splitter in den Füßen. Bin ich etwa ein Fakir?«

»Das ist altes Bauholz, hat Lila gesagt.«

»Ich kann an einer Apotheke halten«, bietet der Fahrer an. Im Rückspiegel sehe ich sein schiefes Grinsen.

»Du wolltest ja unbedingt barfuß laufen«, sagt Daniel. Er sieht aus, als wollte er vor Lachen gleich platzen. »Ich habe ja gesagt, trag die High Heels.«

»Na und?«, beharrt Vicki. »Besser so, als wenn in der Zeitung steht, dass die Braut 1,90 groß war, oder?«

Und so kam es, dass die schönste Braut Berlins an ihrem Hochzeitstag fluchend in eine Apotheke stürmte, und ich während der Fahrt zum Standesamt gefühlte 200 Holzsplitter aus ihren zarten Füßen zog. Wir lachten alle, bis uns die Tränen kamen.

Während der Trauung waren wir dann sehr still. Nur wir vier waren in dem kleinen, festlich geschmückten Raum zusammen. Basti griff nach meiner Hand.

Dann waren Vicki und Daniel Mann und Frau. Das machte mich beinahe noch glücklicher als die ganze gelungene Modenschau.

Auf der Rückfahrt schwiegen wir. Daniel und Vicki hatten sich an den Händen gefasst.

Eine Stunde später kehrten wir in den Wedding zurück.

»Rosa«, sagte Vicki. Sie hielt mich fest, als ich aussteigen wollte.

»Ja?«

»Ich hab was für dich«, flüsterte sie.

Sie kramte in ihrem winzigen Beutelchen und drückte

mir einen kleinen Zettel in die Hand. »Ich brauch ihn jetzt nicht mehr.«

Die Größe des knittrigen, weißen Papierchens erinnerte mich an etwas. Sollte es etwa …?

Oh ja. Es war ein Glückskeksspruch.

Alles bekommt eine neue Bedeutung, wenn man es mit den Augen der Liebe betrachtet.

Endlich hatte ich mein Liebesorakel!

So viele Wochen hatte ich sehnsüchtig darauf gewartet.

Ich schaute nach draußen, sah die fröhliche, feiernde Menschenmenge, die neugierig darauf wartete, dass die Braut und ihre Schneiderin aus der Limousine stiegen. Ich sah meine Familie, die sich lachend mit grünen Cocktails zuprostete. Angelika, die Karls Hand hielt, und Margret, die von unseren Models umringt wurde und glücklich strahlte.

Und dann fiel mein Blick auf Basti und Eva Andrees, seine Mutter.

»Kommst du, Rosa?«, rief er und zwinkerte mir lächelnd zu. »Ich möchte dir eine Frau vorstellen, die dringend ein Kleid für ihre nächste Filmpremiere bestellen will.«

Und mit einem Mal wusste ich, dass ich den kleinen Zettel gar nicht mehr brauchte.

ENDE

Weitere Romane finden Sie auf den folgenden Seiten und im Internet: www.gmeiner-verlag.de

S. LIEBSCH / N. MESTROVIC

Muttertier @n Rabenmutter

278 Seiten, Paperback.
ISBN 978-3-8392-1150-2.

MUTTERGLÜCK IN RHEINKULTUR Zehn Jahre haben Maxi und Hanna nichts mehr voneinander gehört. Dabei waren die beiden Rheinländerinnen bis zu Maxis Hochzeit beste Freundinnen. Damals hatte ein Tsunami in weiß für die anhaltende Funkstille gesorgt.

Ausgerechnet beim Surfen im Internet treffen sie sich wieder. Ein paar E-Mails später stellen Maxi und Hanna fest, dass sie inzwischen wieder einiges gemeinsam haben: Einen ganzen Stall voller Blagen, Dauerstress im Alltag und keine Aussicht auf ein geregeltes Einkommen. Endlich sind sich die zwei wieder einig: Für ihr Mutterglück brauchen sie ganz schnell einen Job …

BETTINA BRÖMME

Weißwurst für Elfen

326 Seiten, Paperback.
ISBN 978-3-8392-1151-9.

VOM BLITZ GETROFFEN Natascha, Ende zwanzig und ziemlich dick, fristet ihr Dasein in einer angesagten Eventagentur. Doch dann erfüllt sich für die Münchnerin ein Traum: Durch einen Blitzschlag tauscht sie den Körper mit ihrer schlanken, attraktiven – und ziemlich verhassten – Kollegin Li. Aller Gewichtsprobleme entledigt macht sich Natascha auf, endlich ihren charmanten Chef Wim zu erobern. Der sich als Problem erweist. Genauso wie die Aufgabe, die neu gewonnene Traumfigur zu hegen und zu pflegen. Aber auch Li fühlt sich in ihrer neuen Haut alles andere als wohl. Bis sie merkt, dass es nicht nur auf Äußerlichkeiten ankommt …

GMEINER

Wir machen's spannend

ELLA DANZ

Schatz, schmeckt's dir nicht

417 Seiten, Paperback.
ISBN 978-3-8392-1109-0.

GESCHMACKSVERIRRUNG Helene, Anfang 40, ist überaus zufrieden mit ihrem perfekt eingerichteten Leben im beschaulichen Berlin-Charlottenburg: Auch nach zwanzig Jahren führt sie eine glückliche Ehe mit Architekt Jan und frönt mit Hingabe ihrer großen Leidenschaft – dem Kochen. Ihre kulinarischen Kreationen sind berühmt und ihre Tischgesellschaften legendär.

Unliebsame Nebenbuhlerinnen hat sie in der Vergangenheit mit Kreativität und Fantasie aus dem Weg geräumt. Bis eine neue Kollegin in Jans Büro auftaucht: Diane Blume. Ökologisch engagiert, der Esoterik verschrieben, voll Energie und positiver Ausstrahlung. Und – was das Schlimmste ist – Vegetarierin! Helene ist entsetzt und holt zum Gegenschlag aus …

GABRIELE DIECHLER

Glaub mir, es muss Liebe sein

278 Seiten, Paperback.
ISBN 978-3-8392-1107-6.

ANLEITUNG ZUR LIEBE Nach zwei Affären ihres Mannes und einem Sexleben, das völlig erlahmt ist, beschließt Franziska noch einmal ganz von vorne anzufangen. Zusammen mit ihrer zwölfjährigen Tochter Melanie findet sie eine vorübergehende Bleibe im Haus ihres alten Schulfreunds David, der nach einem Burnout zurückgezogen am Tegernsee lebt.
Franziska stürzt sich in ihr neues Leben, als gäbe es kein morgen. Sie versucht als Autorin beruflich durchzustarten und stolpert gleichzeitig von einem amourösen Abenteuer ins nächste. Immer auf der Suche nach der großen Liebe …

GMEINER

Wir machen's spannend

ANNETTE KAST-RIEDLINGER
Liebling, ich kann auch anders

424 Seiten, Paperback.
ISBN 978-3-8392-1108-3.

SEEGEFLÜSTER MIT FATALEN FOLGEN Bei Recherchen für eine Studie der Uni Konstanz fischt die Journalistin Eva den Traummann Magnus aus dem Internet. Nach dem euphorischen Beginn einer perfekt erscheinenden Liaison erkennt sie jedoch, dass der Familienvater nur spielen will. Statt klein beizugeben, sinnt sie unter dem Motto »Liebling, ich kann auch anders!« auf Vergeltung.

Ihre Freundinnen Eliza und Sibylle unterstützen Eva mit Fantasie, Humor und Raffinesse dabei, dem Gefühlsschlamper eine unvergessliche Lektion zu erteilen.

SONJA ULLRICH
Fummelbunker

370 Seiten, Paperback.
ISBN 978-3-8392-1119-9.

FALSCHES SPIEL Esther Roloff, Versicherungsdetektivin auf Probe aus Wattenscheid, wird von ihrem Bruder Olaf um Hilfe gebeten. Sein Arbeitskollege Boris Bäcker ist nach einem Besuch im neuen Lütgen-Spielcasino spurlos verschwunden. Olaf glaubt, dass die Spielbank damit zu tun hat, und auch der Schuldenberg, den der Lokalreporter hinterlässt, spricht eine deutliche Sprache. Doch bald wird Esther misstrauisch: Nicht nur, dass Bäckers Spielschulden vor seinem Verschwinden getilgt wurden. Er arbeitete außerdem an einem Dossier über einen Mann, der seiner Einschätzung nach einen Mord begangen hat …

GMEINER

Wir machen's spannend

MARGIT KRUSE

Eisaugen

321 Seiten, Paperback.
ISBN 978-3-8392-1116-8.

TIEF IM WESTEN Eine ehemalige Zechensiedlung, mitten im Ruhrgebiet. An einem kalten Aprilmorgen wird auf dem nahe gelegenen Friedhof eine tote Frau entdeckt.

Ausgerechnet Margareta Sommerfeld, frisch von ihrem untreuen Partner getrennte Verkäuferin bei Hertie in der Süßwarenabteilung und glühende Verehrerin von TATORT-Kommissarin Maria Furtwängler, fühlt sich dazu berufen, bei der Aufklärung des Mordes mitzumischen. Drei Tatverdächtige hat sie bereits im Visier, als eine weitere Leiche auftaucht …

SIGRID HUNOLD-REIME

Janssenhaus

277 Seiten, Paperback.
ISBN 978-3-8392-1123-6.

FAMILIENBANDE Emma von Odenwald, 31-jährige Köchin aus Hannover und immer noch Single, fühlt sich gegenüber ihren erfolgreichen, glücklich verheirateten Eltern als Versagerin. Auch äußerlich hat sie mit ihnen keinerlei Ähnlichkeit. »Manchmal denke ich, dass ich ihnen ins Nest gelegt worden bin!«

Wie Recht Emma mit ihrer Vermutung hat, bringt kurze Zeit später ein Gentest zu Tage. Als sie ihre Eltern damit konfrontiert, nennen diese ihr widerstrebend eine Adresse in Ostfriesland und gestehen, dass es keine legale Adoption war. Emma macht sich auf die Suche nach ihrer Herkunft und stößt dabei auf ein Meer aus Lügen und Verstrickungen …

GMEINER

Wir machen's spannend

Das neue KrimiJournal ist da!

2 x jährlich das Neueste
aus der Gmeiner-Krimi-Bibliothek

KRIMIJournal

Auf Heimatbesuch

Geheime Kriegsbeute

In jeder Ausgabe:

- Vorstellung der Neuerscheinungen
- Hintergrundinfos zu den Themen der Krimis
- Interviews mit den Autoren und Porträts
- Allgemeine Krimi-Infos
- Großes Gewinnspiel mit ›spannenden‹ Buchpreisen

ISBN 978-3-89977-950-9
kostenlos erhältlich in jeder Buchhandlung

GmeinerNewsletter

Neues aus der Welt der Gmeiner-Romane

Haben Sie schon unseren GmeinerNewsletter abonniert?
Alle zwei Monate erhalten Sie per E-Mail aktuelle Informationen aus der Welt der Krimis, der historischen Romane und der Frauenromane: Buchtipps, Berichte über Autoren und ihre Arbeit, Veranstaltungshinweise, neue Krimiseiten im Internet und interessante Neuigkeiten.

Die Anmeldung zum GmeinerNewsletter ist ganz einfach. Direkt auf der Homepage des Gmeiner-Verlags (www.gmeiner-verlag.de) finden Sie das entsprechende Anmeldeformular.

Ihre Meinung ist gefragt!

Mitmachen und gewinnen

Wir möchten Ihnen mit unseren Romanen immer beste Unterhaltung bieten. Sie können uns dabei unterstützen, indem Sie uns Ihre Meinung zu den Gmeiner-Romanen sagen! Senden Sie eine E-Mail an gewinnspiel@gmeiner-verlag.de und teilen Sie uns mit, welches Buch Sie gelesen haben und wie es Ihnen gefallen hat. Alle Einsendungen nehmen automatisch am großen Jahresgewinnspiel mit ›spannenden‹ Buchpreisen teil.

GMEINER

Wir machen's spannend

Alle Gmeiner-Autoren und ihre Romane auf einen Blick

ANTHOLOGIEN: Zürich: Ausfahrt Mord • Mörderischer Erfindergeist • Secret Service 2011 • Tod am Starnberger See • Mords-Sachsen 4 • Sterbenslust • Tödliche Wasser • Gefährliche Nachbarn • Mords-Sachsen 3 • Tatort Ammersee • Campusmord • Mords-Sachsen 2 • Tod am Bodensee • Mords-Sachsen 1 • Grenzfälle • Spekulatius **ABE, REBECCA**: Im Labyrinth der Fugger **ARTMEIER, HILDEGUNDE**: Feuerross • Drachenfrau **BAUER, HERMANN**: Verschwörungsmelange • Karambolage • Fernwehträume **BAUM, BEATE**: Weltverloren • Ruchlos • Häuserkampf **BAUMANN, MANFRED**: Jedermanntod **BECK, SINJE**: Totenklang • Duftspur • Einzelkämpfer **BECKER, OLIVER**: Das Geheimnis der Krähentochter **BECKMANN, HERBERT**: Mark Twain unter den Linden • Die indiskreten Briefe des Giacomo Casanova **BEINSSEN, JAN**: Goldfrauen • Feuerfrauen **BLATTER, ULRIKE**: Vogelfrau **BODE-HOFFMANN, GRIT/HOFFMANN, MATTHIAS**: Infantizid **BODENMANN, MONA**: Mondmilchgubel **BÖCKER, BÄRBEL**: Mit 50 hat man noch Träume • Henkersmahl **BOENKE, MICHAEL**: Riedripp • Gott'sacker **BOMM, MANFRED**: Blutsauger • Kurzschluss • Glasklar • Notbremse • Schattennetz • Beweislast • Schusslinie • Mordloch • Trugschluss • Irrflug • Himmelsfelsen **BONN, SUSANNE**: Die Schule der Spielleute • Der Jahrmarkt zu Jakobi **BOSETZKY, HORST (-KY)**: Promijagd • Unterm Kirschbaum **BRÖMME, BETTINA**: Weißwurst für Elfen **BUEHRIG, DIETER**: Schattengold **BÜRKL, ANNI**: Ausgetanzt • Schwarztee **BUTTLER, MONIKA**: Dunkelzeit • Abendfrieden • Herzraub **CLAUSEN, ANKE**: Dinnerparty • Ostseegrab **DANZ, ELLA**: Ballaststoff • Schatz, schmeckt's dir nicht? • Rosenwahn • Kochwut • Nebelschleier • Steilufer • Osterfeuer **DETERING, MONIKA**: Puppenmann • Herzfrauen **DIECHLER, GABRIELE**: Glutnester • Glaub mir, es muss Liebe sein • Engpass **DÜNSCHEDE, SANDRA**: Todeswatt • Friesenrache • Solomord • Nordmord • Deichgrab **EMME, PIERRE**: Diamantenschmaus • Pizza Letale • Pasta Mortale • Schneenockerleklat • Florentinerpakt • Ballsaison • Tortenkomplott • Killerspiele • Würstelmassaker • Heurigenpassion • Schnitzelfarce • Pastetenlust **ENDERLE, MANFRED**: Nachtwanderer **ERFMEYER, KLAUS**: Endstadium • Tribunal • Geldmarie • Todeserklärung • Karrieresprung **ERWIN, BIRGIT / BUCHHORN, ULRICH**: Die Reliquie von Buchhorn • Die Gauklerin von Buchhorn • Die Herren von Buchhorn **FOHL, DAGMAR**: Der Duft von Bittermandel • Die Insel der Witwen • Das Mädchen und sein Henker **FRANZINGER, BERND**: Zehnkampf • Leidenstour • Kindspech • Jammerhalde • Bombenstimmung • Wolfsfalle • Dinotod • Ohnmacht • Goldrausch • Pilzsaison **GARDEIN, UWE**: Das Mysterium des Himmels • Die Stunde des Königs **GARDENER, EVA B.**: Lebenshunger **GEISLER, KURT**: Bädersterben **GERWIEN, MICHAEL**: Alpengrollen **GIBERT, MATTHIAS P.**: Rechtsdruck • Schmuddelkinder • Bullenhitze • Eiszeit • Zirkusluft • Kammerflimmern • Nervenflattern **GORA, AXEL**: Das Duell der Astronomen **GRAF, EDI**: Bombenspiel • Leopardenjagd • Elefantengold • Löwenriss • Nashornfieber **GUDE, CHRISTIAN**: Kontrollverlust • Homunculus • Binärcode • Mosquito **HAENNI, STEFAN**: Brahmsrösi • Narrentod **HAUG, GUNTER**: Gössenjagd • Hüttenzauber • Tauberschwarz • Höllenfahrt • Sturmwarnung • Riffhaie • Tiefenrausch **HEIM, UTA-MARIA**: Totenkuss • Wespennest • Das Rattenprinzip • Totschweigen • Dreckskind **HERELD, PETER**: Das Geheimnis des Goldmachers **HOHLFELD, KERSTIN**: Glückskekssommer **HUNOLD-REIME, SIGRID**: Janssenhaus • Schattenmorellen • Frühstückspension **IMBSWEILER, MARCUS**: Butenschön • Altstadtfest • Schlussakt • Bergfriedhof **KARNANI, FRITJOF**: Notlandung • Turnaround • Takeover **KAST-RIEDLINGER, ANNETTE**: Liebling, ich kann auch anders **KEISER, GABRIELE**: Engelskraut • Gartenschläfer • Apollofalter **KEISER, GABRIELE / POLIFKA, WOLFGANG**: Puppenjäger **KELLER, STEFAN**: Kölner Kreuzigung